OSCAR
BESTSELLERS

GIANLUCA GOTTO

LE COORDINATE DELLA FELICITÀ

di sogni, viaggi e pura vita

I edizione Novel marzo 2020
I edizione Oscar Bestsellers aprile 2022

ISBN 978-88-04-74569-3

Questo volume è stato stampato
presso ELCOGRAF S.p.A.
Stabilimento - Cles (TN)
Stampato in Italia. Printed in Italy

oscarmondadori.it

La citazione a p. 105 è tratta da Jim Morrison, *Tempesta elettrica. Poesie e scritti perduti*, Mondadori, Milano 2001.
La citazione a p. 208 è tratta da Charles Bukowski, *Factotum*, Guanda, Parma 1986.
La citazione a p. 238 è tratta da Charles Bukowski, *Storie di ordinaria follia. Erezioni, eiaculazioni, esibizioni*, Feltrinelli, Milano 1981

Anno 2022 - Ristampa 3 4 5 6 7

mondadori.it

Indice

		Capitolo zero
11		La persona più felice che conosca
21	1	Così non va
25	2	Niente che possa trovare qui dentro
28	3	Il tizio che porta il cane
35	4	Senza soldi ma libero
39	5	Fermatevi subito, no?
44	6	Se non ci aiutiamo tra di noi
50	7	E tu chi cazzo sei?
60	8	Spaghetti a mezzanotte
68	9	Dare una possibilità a me stesso
72	10	La fabbrica dei polli
80	11	Solo un cameriere
86	12	E se avessero ragione gli altri?
90	13	Tu lo conosci Peter?
99	14	La Grande Legge dell'Uno
103	15	Avere poco ma avere tutto
112	16	Casa?
118	17	Chiedi alla polvere

122 18 Torino in piena notte
130 19 La città più calda del Canada
135 20 Prima dei trent'anni
142 21 Andate a messa, troverete lavoro
146 22 Dall'oceano alla neve
149 23 Sei sicuro di essere pronto?
158 24 Il bene più prezioso che abbiamo
167 25 Se non mi fossi ribellato
173 26 Felicità e mirtilli
178 27 Vuoi un tè alle prugne?
183 28 E ora?
188 29 Wanderlust
193 30 L'unico viaggio di cui ti puoi pentire
198 31 Ovunque e da nessuna parte
205 32 Nomade digitale
212 33 Ascoltare tutti, dare retta a pochi
218 34 Pronti-via, il sogno ha inizio
223 35 750 euro
235 36 Pad thai
244 37 Vi piace il piccante?
253 38 Maledettamente bello
258 39 E se avessimo sbagliato tutto?
263 40 Fallire non significa essere falliti
267 41 Com'è Angkor Wat?
273 42 Sesso in ostello
277 43 L'erba sotto i piedi
281 44 L'età è solo un numero
286 45 Minimalista
292 46 Che motivo abbiamo di stare qui?
297 47 Forse sì, forse no. Vedremo

303 48 Volevano solo ballare, ed era bellissimo
312 49 Il Vietnam in moto
322 50 Perdona, perdonati e guarda avanti
331 51 Bali?
338 52 Qui non c'è la polizia, ma viviamo bene lo stesso
343 53 Il bivio
351 54 Scegliere la libertà
355 55 Grazie crisi
362 56 Mangia Vivi Viaggia
367 57 Resto ancora un po' qui

375 *Ringraziamenti*

Le coordinate della felicità

Dedicato a B.
Grazie per averci illuminato la vita e averci mostrato che la felicità è una cosa semplice.

Capitolo zero

La persona più felice che conosca

Spengo il computer e guardo l'orologio. È un mio rito. Quando finisco di lavorare, voglio sapere quanto tempo ci ho messo, perché il tempo è l'unica cosa che non possiamo comprare o accumulare, ma solo valorizzare. È quanto di più prezioso io possieda, e il mio obiettivo è prendermene cura, ogni giorno.

Sono stato bravo: ho iniziato alle 08.47 e ora sono appena le 11.52. Tre ore e cinque minuti: ecco la mia giornata lavorativa. Nel momento stesso in cui spengo il computer so che non lo dovrò più accendere per motivi professionali. Il lavoro è finito, ci si rivede domani.

"Una giornata lavorativa di tre ore" penso mentre mi alzo dalla sedia e metto in ordine la piccola scrivania della mia camera. Quattro pareti, un letto, due finestre e un bagno. Nient'altro. Negli ultimi giorni ho chiamato questo luogo "casa", ma presto mi sposterò altrove. Verso la prossima meta.

Esco dalla stanza, mi chiudo la porta alle spalle, e la mia mente inizia a volare: due anni fa ero un disoccupato. Un disoccupato che inseguiva un sogno in cui non credeva nessuno. Tre anni fa facevo il panettiere in Canada, cinque anni fa il cameriere in Australia; sei anni fa ero uno studente universitario totalmente insoddisfatto della sua vita e incapace di intravedere una qualsiasi prospettiva di felicità nel suo futuro.

Oggi, invece, mi trovo a Chiang Mai, in Thailandia. Soggiorno al terzo piano di una guesthouse completamente bianca, che si affaccia da un lato sui templi e dall'altro sulla piscina. Sono la persona più felice che conosca e quando vedo Claudia, la mia compagna, non riesco a non allargare ulteriormente il sorriso.

Mi chiede se ho finito di lavorare e le dico di sì. Ci prendiamo un po' in giro, ridiamo e scendiamo nelle stradine caotiche di Chiang Mai alla ricerca di un ristorante dove pranzare. Ci sentiamo leggeri e spensierati. Propongo uno dei miei locali preferiti, ma poi decidiamo di provare qualcosa di nuovo.

Non abbiamo fretta. Nessuno ci dirà che la pausa pranzo è finita. In realtà, dal momento in cui ho spento il computer sono in "pausa lavoro": non ci sono più responsabilità, solo tempo da occupare come meglio credo.

Durante quelle tre ore e cinque minuti di lavoro ho guadagnato abbastanza da poter vivere a Chiang Mai per diversi giorni, e questo mi basta. Da tempo ho smesso di considerare i soldi come un punto di arrivo, e di tentare di accumularne a più non posso per dimostrare qualcosa a me stesso e agli altri. Ho smesso di barattare il mio tempo con il denaro. Oggi lavoro per guadagnare più tempo, non più soldi. Il denaro è solo uno strumento, non l'obiettivo finale.

Alla fine io e Claudia ci fermiamo in un ristorante vegetariano. Ci accoglie una simpatica ragazza thailandese con il tradizionale *sawadee ka*, quel saluto che ormai conosciamo a memoria. Rispondiamo allo stesso modo e, anche se la nostra pronuncia è pessima, la ragazza comprende bene il linguaggio universale dei sorrisi. Prima di entrare nella sala al piano rialzato ci togliamo le scarpe, perché in questo ristorante si mangia seduti su cuscini, di fronte a tavolini bassi. Mi metto a spulciare il menu, una delle mie attività preferite. Leggo i nomi fantasiosi dei piatti e provo a immaginarne il sapore. Alla fine opto per una zuppa dal nome impronunciabile, mentre Claudia ordina un massaman curry.

Il cibo arriva presto, ed è delizioso. Quando abbiamo finito di pranzare, ci prendiamo qualche minuto per rilassarci un po'. Mi appoggio con la schiena al muro e allungo le gambe. Guardo fuori dalla grossa finestra che si affaccia sulla strada: non vedo altro che un immenso cielo privo di nuvole. È una visione rilassante, che mi fa sentire in pace con me stesso. Con la giusta compagnia, quella vista e lo stomaco pieno, non posso davvero desiderare di più.

Al tavolo di fianco si è seduta una ragazza americana. È piena di tatuaggi e sta strimpellando una chitarra recuperata in un qualche angolo del ristorante. Non è molto brava ma se ne frega, e a un certo punto si mette persino a cantare. Solo allora capisco (e non senza sforzo) che sta suonando una versione a dir poco alternativa di *Sweet Child O' Mine*. Le sorrido e le faccio il segno del pollice all'insù, per farle capire che apprezzo. A piacermi non è tanto l'esecuzione, quanto l'atteggiamento: fa ciò che le piace senza curarsi del giudizio altrui. Mi regala uno "*yeah*" e un sorriso po' imbarazzato.

Tanto basta per iniziare a scambiare qualche parola, dando vita a una di quelle conversazioni tra viaggiatori che risulterebbero impossibili in altri contesti: "Da dove arrivi?", "Dove vai?", "Cosa mi consigli di visitare?". In questi dialoghi non si parla mai di lavoro, non si chiede l'età, non si discute di soldi, non si esprimono giudizi. Si comunica in modo semplice e spontaneo, senza maschere, e spesso si scende in profondità, perché aprirsi con una persona sconosciuta è davvero molto facile quando viaggi. Si ha l'impressione di essere tutti nella stessa situazione, tra viaggiatori. Si instaura subito un rapporto di fiducia, c'è come una sorta di cameratismo che può nascere solo tra anime erranti lontane migliaia di chilometri da casa. Le parole si scelgono con cura, tornano a essere importanti, perché quando le pronunci sai che verranno ascoltate con attenzione. Lontano dal rumore e dalla prevedibilità della quotidianità, sono i dettagli a fare la differenza.

Alla ragazza americana viene servito da mangiare: noodles

e verdure. Non so il suo nome, ma non ha importanza. La ricorderò comunque. Io e Claudia la salutiamo, ci alziamo e usciamo a passeggiare. Una volta in strada compriamo due cocchi freschi. L'acqua è dolce e rigenerante, una meraviglia in questo caldo afoso del nord della Thailandia.

Siamo a Chiang Mai da quasi dieci giorni e abbiamo visto praticamente tutto ciò che volevamo vedere. Ci siamo tuffati in un lago in mezzo ai canyon, abbiamo scoperto le montagne circostanti in scooter e visitato antichi templi dalle infinite scalinate. Abbiamo anche partecipato a una lezione di yoga e a una *cooking class* per imparare a cucinare il curry thailandese. Abbiamo visitato un santuario dedicato agli elefanti, un luogo dove questi animali meravigliosi vengono curati e reintrodotti a uno stato naturale dopo aver subito torture di ogni tipo.

Amiamo Chiang Mai, ma è ora di cambiare: dove si va?

«E se tornassimo a Bangkok?» propongo. «Solo un paio di giorni, poi potremmo attraversare tutta la Malesia via terra, entrare a Singapore e fermarci un po' lì. Dicono sia una città pazzesca. Poi magari prendiamo un volo e andiamo a Bali oppure, se ci siamo stufati, torniamo in Europa.»

«A me piace la Thailandia» dice Claudia. «Vorrei fermarmi ancora un po'. Ho visto che c'è una cittadina a tre ore da Chiang Mai, si chiama Pai. Ho letto che ci sono panorami splendidi e che è molto più tranquilla rispetto a qui. E poi è famosa per le fragole. Sembra un bel posto.»

Basta uno sguardo e decidiamo di partire il giorno seguente. Giriamo qualche agenzia di viaggi per affittare uno scooter al prezzo più basso. Contrattiamo un paio di minuti con una signora dai capelli corti e folti, che alla fine cede e accetta il nostro ultimo prezzo. È ufficiale: domani partiremo di buon'ora e andremo a Pai, questa affascinante cittadina nel nord della Thailandia.

C'è chi deve implorare il proprio capo per ottenere le ferie, e magari persino chiedere ai colleghi di spostare le proprie. Si finisce per dedicare mesi e mesi al lavoro per poi partire quando lo decidono gli altri, spesso nel periodo meno conveniente dal punto di vista economico. E se ti viene il raffreddore il giorno prima di partire? Be', ci vai lo stesso, pur sapendo che non potrai goderti appieno quella esperienza. Una situazione odiosa, ma estremamente comune, penso. E poi penso al valore immenso di poter vivere secondo le proprie regole e decidere liberamente come gestire il tempo che si ha a disposizione.

Mi incanto con questi pensieri in testa mentre guardo fuori dalla piccola agenzia turistica. Chiang Mai è come tante altre città asiatiche: l'incessante movimento di scooter, persone, biciclette e automobili convive con la presenza fissa ed eterna dei templi. Osservo la strada in continuo divenire. Ci sono già decine di persone che stanno montando i banchetti dello street food: cucineranno tutta la sera cibo semplice, economico e delizioso. Sfameranno i loro connazionali e i visitatori provenienti da ogni parte del mondo.

Ci accordiamo con la signora thailandese sull'orario per ritirare lo scooter, usciamo e camminiamo per un po' girovagando tra bancarelle e negozietti. Poi ci fermiamo su una panchina. Sono le 18.30. Davanti a noi il fiume che scorre a Chiang Mai riflette le mille sfumature di arancione del sole di fine giornata.

«Non è bellissimo?»

«Cosa? Il tramonto?» mi chiede Claudia.

«Tutto. Tutto quanto: la nostra vita, il mondo, le persone. Essere liberi. Non è bellissimo?»

Sono felice come non mai. Sorrido per l'ennesima volta, ma questa volta di un sorriso diverso. C'è tanta soddisfazione in questo piccolo gesto, e tanto orgoglio.

Pochi anni fa collezionavo multe a Torino mentre mi recavo all'università in automobile. Ero frustrato, insicuro, depresso e totalmente insoddisfatto della mia vita. Tutti mi dicevano che dovevo continuare su quella strada perché era quella *giusta*. Era la laurea *giusta*, poi avrei trovato il lavoro *giusto*, la ragazza *giusta*, la casa *giusta* e l'automobile *giusta*. E quando mi permettevo di dire che mi sarebbe piaciuto viaggiare, scoprire il mondo e magari trovare il modo di slegarmi dai nodi di un modo di vivere soffocante, le risposte diventavano sentenze. Mi sentivo dire che ero solo un ragazzino che non aveva mai lavorato in vita sua, e che crescendo avrei capito quanto la vita sia un vero inferno. Mi sentivo dire che i sacrifici sono necessari e che i sogni vanno accantonati per evitare di illudersi e soffrire ancora di più.

Quando addirittura osavo mettere in dubbio la validità del modello di vita occidentale, quello frenetico, freddo e limitante che adottano milioni di persone ogni singolo giorno, mi sentivo dire di lasciar perdere con quelle "paranoie". Qualcuno mi consigliò persino di andare dallo psicologo, perché "a vent'anni devi solo goderti la vita".

Ma io a godermi quella vita non ci riuscivo. Mi sembrava di sprecare il mio tempo e quella sensazione mi angosciava terribilmente. Non riuscivo a perdonarmi, volevo giornate memorabili e ricche di emozioni. Non mi interessava essere *giusto*, volevo essere *felice*.

Mentre il sole sta quasi scomparendo dietro le montagne di Chiang Mai, la mia mente torna al giorno in cui ho deciso di ribellarmi. Il giorno in cui ho deciso che dovevo provarci, almeno provarci. Se avessi fallito sarei tornato indietro a morire lentamente, incastrato in una vita monotona che non avevo mai davvero scelto.

Sono passati solo pochi anni da quel giorno, eppure mi sembra di aver vissuto tre vite intere. Ero partito contro il parere di tutti, con il cuore pieno di eccitazione e di paura, senza sapere che negli anni successivi avrei dormito sulla moquette di un aeroporto, in un van, in una tenda nei boschi, in un'automobile parcheggiata nel deserto, in decine di strutture alberghiere, e che avrei chiamato "casa" almeno sette abitazioni in tre diversi continenti.

Non sapevo che avrei svolto una decina di lavori, tutti molto differenti l'uno dall'altro, tra l'Italia, il Canada, l'Australia e... il mondo intero. Non sapevo che avrei abbandonato gli studi accademici per immergermi nell'antica arte della panificazione, né che avrei lavorato prima in un locale che si affacciava sull'oceano Indiano e poi dentro a un'affollata pizzeria nel centro di Vancouver.

Incredibilmente, quel giorno di pochi anni prima, mentre uscivo di casa sotto la pioggia di Torino, non sapevo neppure che mi piacesse viaggiare. Ma, più di tutto, non avrei mai creduto che mi sarei ritrovato a Chiang Mai a osservare un tramonto con la donna della mia vita, sentendomi finalmente libero e vivo. Se me lo avessero detto, non ci avrei creduto.

E come avrei potuto credere che fosse possibile lavorare a un computer per poche ore al giorno e spostarmi da una città all'altra in base alle sensazioni del momento? Quando ero partito non sapevo nemmeno cosa fosse un nomade digitale e se me lo avessero spiegato avrei detto che no, era semplicemente impossibile vivere una vita del genere. Avrei pensato che fossero tutte cazzate, intrappolato com'ero nella mia cieca frustrazione.

Lo stomaco mi fa capire che è ora di cena, così io e Claudia ci alziamo e ci incamminiamo alla ricerca di un nuovo ristorante da provare. Possiamo metterci cinque minuti o un'ora per trovare il locale giusto, non ha alcuna importanza. Inseguire il tempo non è più un problema, perché ora il tempo di qualità è alla base delle nostre vite. Non esistono più ossessioni come quella del sabato sera, il momento della settimana in cui *devi* divertirti. Oggi ho la libertà di fare ogni giorno ciò che più mi rende felice, senza dover chiedere il permesso a nessuno. Ogni giorno può essere sabato sera.

Poter gestire autonomamente il proprio tempo significa avere la possibilità di scegliere. E io non sono libero di decidere soltanto quando lavorare, ma anche dove farlo. Di conseguenza, posso stabilire in totale autonomia anche dove vivere. Abbiamo scelto di andare a Pai, ma avremmo potuto fare qualsiasi cosa: tornare a Bangkok, andare in Laos, prendere un volo per Bali, rientrare in Italia, volare in Australia. Se solo avessimo voluto, saremmo potuti entrare in Cina via terra oppure tornare in Canada, dove vivevamo un paio di anni prima.

Sorrido, per l'ennesima volta. Sono grato a me stesso per aver avuto il coraggio di lanciarmi quando ho sentito che non sarei più stato capace di sopportare l'infelicità. A volte devi semplicemente ribellarti e credere in te stesso. Lasciare la confortevole cabina dell'aereo, buttarti nel vuoto e attivare il tuo "paracadute dell'anima". Ora ne sono certo: tutti ne abbiamo uno. Ma lo scopri solo quando ti senti mancare l'aria sotto i piedi, quando ti rendi conto di esserti davvero buttato nella direzione della tua felicità.

Quando mi lanciai, solo pochi anni fa, per prima cosa provai paura, perché mi sembrava di aver fatto un'idiozia. Precipitavo nel vuoto e pensavo che mi sarei schiantato. Poi trovai il mio paracadute, lo attivai e iniziai a godermi il panorama durante la lenta discesa. Da quel momento mi sono riempito gli occhi della bellezza del mondo, osservando paesaggi che non dimenticherò mai. Ho fatto esperienze molto intense che hanno stravolto le mie convinzioni e mi hanno mostrato realtà che non avrei mai nemmeno immaginato. Ho conosciuto persone che sono entrate nel mio cuore per restare, persone che non avrei incontrato se non fossi partito.

Ci si può davvero costruire una vita felice partendo o ripartendo da zero. Lo dico con certezza perché ne sono la prova vivente. E, sia chiaro, io non sono una persona speciale: sono semplicemente un ragazzo che si è ribellato e ha trovato la sua felicità in percorsi di vita alternativi. Tutto parte dalla ribellione, quello è il primo passo. Il secondo è lanciarsi, il terzo trovare il paracadute e capire come aprirlo. L'ultimo è godersi la vita, finalmente.

Io e Claudia troviamo un ristorante con terrazza. Il cielo è uno spettacolo e mi ricorda quando, qualche anno fa, feci una promessa a me stesso osservando le stelle sopra Perth, in Australia. Ripenso a come me la sono costruita, questa mia nuova vita, ripenso al punto da cui sono partito e a tutto ciò che ho attraversato. Mentre vado in bagno a lavarmi le mani, osservo distrattamente la mia immagine allo specchio: rispetto a un tempo ho qualche chilo in meno, barba e capelli più lunghi, la pelle più abbronzata e un sorriso sincero sul volto. Non quello contratto di una volta, quando indossavo una maschera per nascondere la mia tristezza. Sono diverso esternamente, ma il vero cambiamento è avvenuto dentro. Perché le nostre rivoluzioni personali, grandi o piccole che siano, iniziano sempre in un posto che abbiamo dentro.

Da qualche parte, tra la testa e il cuore.

1
Così non va

Il periodo del liceo è come una bolla. Sei giovane, senti di avere tutto il tempo davanti a te e mille opportunità che ti aspettano. Sei positivo sul futuro perché, che tu ne sia consapevole o meno, ti trovi in una posizione privilegiata, nella quale non hai grandi responsabilità. In quegli anni vivi amicizie che sembrano destinate a durare per sempre e amori che ti fanno perdere la testa. Hai la sensazione di essere invincibile e, quando guardi il mondo da dietro la finestra della tua classe, i problemi delle persone là fuori ti sembrano lontani e insignificanti. I tuoi sogni invece sono così concreti che non vuoi porti alcun limite.

Poi ti diplomi e ti godi qualche settimana di totale relax. Alla fine, prima che tu abbia davvero il tempo di rendertene conto, la bolla scoppia e improvvisamente sei nel mondo degli adulti. La realtà ti colpisce con forza e capisci che il tempo per realizzare i tuoi desideri scorre ogni giorno più velocemente. Se a diciassette anni pensavi di poter fare qualsiasi cosa, a diciannove senti di non poter sprecare nemmeno un secondo. Anche perché hai davanti a te una scelta da cui non puoi scappare: cercare un lavoro o continuare a studiare?

Fu di fronte a quel bivio che gli ingranaggi del mio cervello e del mio cuore si incepparono per la prima volta.

Come la maggior parte dei miei compagni di liceo scientifico, non avevo mai nemmeno preso in considerazione l'idea di non iscrivermi all'università. Quella era la strada che tutti intraprendevano ed era unanimemente considerata quella giusta. Così mi iscrissi anche io. Non valutando alcuna alternativa, presi a correre in una delle due strade del bivio senza la minima esitazione. Mi limitai a prendere la direzione che tutti gli altri stavano seguendo e non mi posi alcuna domanda.

Mi iscrissi a Giurisprudenza. Perché proprio quell'indirizzo? Una domanda a cui non so rispondere nemmeno ora. Forse perché era considerato un percorso accademico prestigioso? Oppure perché pensavo che mi avrebbe garantito un lavoro ben retribuito? Di certo c'è che, dopo un paio di mesi, fu appunto l'incapacità di trovare una risposta a quella semplice domanda ad alimentare dentro di me un senso di frustrazione e malessere. E, non riuscendo a rispondere, la verità presto venne a galla: la scelta dell'università era stata una "non-scelta". Non mi ero mai chiesto veramente se fosse quella la strada giusta per me.

Quel pensiero iniziò a ossessionarmi, specialmente quando mi ritrovavo incastrato nel traffico di Torino, dentro la mia minuscola Fiat Seicento rossa. Mi sentivo in trappola. Avevo la sensazione di essermi fatto trasportare dagli eventi, senza dare reale peso alle mie decisioni. Dopo il diploma era stato tutto così veloce: a luglio l'esame e l'addio definitivo alla vita da liceale, un po' di svago e poi improvvisamente mi ero ritrovato dietro un banco diverso da quello del liceo, in un edificio vecchio e triste ad ascoltare professori noiosi e annoiati. In quel periodo le mie giornate erano caratterizzate da lunghe attese, tanto nel traffico quanto all'università durante le infinite pause tra una lezione e l'altra. La mia totale mancanza di stimoli e l'assurda burocrazia di quel contesto stavano generando in me una forte insoddisfazione.

Mi chiesi se fosse quello il modo giusto di affrontare un periodo irripetibile della mia vita, visto che spesso avevo sentito gli adulti parlare con nostalgia dei loro vent'anni.

Una nostalgia che nella maggior parte dei casi si era trasformata in rimpianto: i "se potessi tornare indietro..." si sprecavano nei discorsi dei grandi, pronunciati con quel tremendo sorriso amaro tipico di chi ha messo troppa distanza tra i propri sogni e la realtà.

Più passavano i mesi e più mi rendevo conto che mi stavo infilando proprio in quel genere di tunnel, quello che genera rimpianti. Nonostante questa consapevolezza, però, ancora non avevo il coraggio di ribellarmi. Ero paralizzato dalla paura.

Dopo qualche mese provai a mettere in atto un cambiamento lasciando Giurisprudenza per passare a Filosofia. Era stata la mia grande passione al liceo, ma inizialmente non l'avevo nemmeno considerata perché stupidamente credevo che una laurea di quel tipo non mi sarebbe servita per trovare un lavoro. All'epoca ero convinto, come migliaia di altri ventenni, che l'università non avesse altro scopo che quello di garantirti un lavoro ben pagato. O anche solo un lavoro, visti i tempi che corrono.

Negli anni successivi, viaggiando, leggendo e studiando da solo, avrei capito quanto sbagliata sia questa mentalità. Sono fermamente convinto che la laurea sia un valore aggiunto alla propria formazione, ma sono altrettanto convinto che la sua concezione originale sia andata ormai perduta. Si dovrebbe studiare per accrescere la propria cultura, spinti dalla passione, ma oggi non è più così. Alcuni vedono nell'università un prolungamento della bolla del liceo, tanti altri la considerano semplicemente l'opportunità di raggiungere un traguardo prestigioso. Il famoso "pezzo di carta" è un obiettivo che ancora molti aspirano a raggiungere solo perché "così dev'essere": pochi laureati sono realmente interessati a ciò che studiano, mentre la maggior parte di loro ha l'unico scopo di sentirsi chiamare, un giorno, "dottore".

Per un gran numero di persone la laurea serve ad abbellire il proprio *curriculum vitae* oppure a rendere orgogliosa la propria famiglia. E come potrebbe essere quindi un punto di partenza, quando in realtà è chiaramente un punto di arrivo? Una volta laureati si è pronti a far valere la conoscenza acquisita e a metterla a disposizione degli altri: molti credono che quella sia la cima della montagna, mentre io sono convinto che sia solo il campo base da cui iniziare la scalata. Ecco perché c'è un'intera generazione di neolaureati che, una volta fuori dalla sicurezza della scuola, si scontra con una realtà ben diversa da quella che si aspettava. Spinti da genitori, amici, insegnanti e istituzioni a considerare la laurea come l'unica priorità e opzione, questi ragazzi si convincono di meritare uno stipendio e un lavoro soddisfacente a prescindere, grazie al pezzo di carta che la mamma ha appeso con orgoglio nel salotto di casa.

Ovviamente sono consapevole che migliaia di persone frequentano l'università perché profondamente interessate a ciò che studiano. Ho amici che si sono laureati al Politecnico di Torino dopo anni passati a raccontarmi con emozione tutte le cose fantastiche che stavano imparando. Se c'è la passione, però, può anche esserci il "cinismo" di volersi laureare per poter guadagnare bene un domani. Ma non era questo il mio caso. A me interessavano solo alcune materie e forse la mia era una forma di passione così particolare da essere incompatibile con i rigidi schemi dell'istruzione tradizionale. Così, quando compresi che i libri che assegnavano all'università li avrei potuti leggere anche da solo, senza dover andare ogni giorno in un certo luogo per un certo numero di ore, qualcosa si spense definitivamente dentro di me.

Ogni giorno, quando tornavo a casa, pensavo sempre alla stessa cosa: "Così non va, non può andare". Tentavo disperatamente di soffocare la vocina che mi implorava di agire, quella che nasceva da qualche parte dentro di me e che mi faceva paura, perché temevo avesse ragione. Preferivo non ascoltarla invece di affrontare la realtà dei fatti.

"Sei infelice" mi diceva. "Cambia. Fallo per te."

2
Niente che possa trovare qui dentro

Quando ero bambino, Jim Carrey era il mio idolo perché si guadagnava da vivere facendo ridere le persone. Oggi ha la mia stima perché, ritrovatosi in una posizione di grande successo ed estrema ricchezza, ha scelto di non accontentarsi. Invece di spegnere il cervello e far scorrere il tempo, ha deciso di scavare più a fondo sulle questioni della vita, con tutte le insidie che questa ricerca comporta. Non mi stupisce che sia considerato da tutti come un invasato per via della sua barba lunga e delle frasi di difficile interpretazione che pronuncia. Da sempre la gente giudica i gesti di ribellione come capricci e confonde la consapevolezza con la pazzia. Quello che so per certo è che Jim Carrey ha capito tante cose della vita e di se stesso dopo aver esplorato gli abissi della sua anima. Ho ascoltato molti dei suoi discorsi degli ultimi anni, proprio quelli che hanno spinto così tante persone a ritenerlo impazzito. C'è una frase in particolare che mi è rimasta impressa: "La vita non ci succede, siamo noi che dobbiamo farla accadere".

Ecco, il mio anno passato all'università mi insegnò poco, ma fu la giusta occasione per comprendere che quella vita non l'avevo scelta in modo consapevole. Fu in quel periodo che capii che l'unico modo per sentirmi realizzato sarebbe stato quello di trovare la forza di scegliere consapevolmente, perché quello che è giusto per gli altri non è detto sia giusto per chiunque.

Felice non lo ero, se non quando mi fermavo a fantasticare, quando sognavo a occhi aperti e la mia mente volava verso situazioni e luoghi lontani. Ero sicuro che per trovare la mia felicità fosse necessario esplorare nuovi orizzonti. In quei momenti sentivo che da qualche parte, fuori dal mio rettangolo di vita torinese, c'era qualcosa di straordinario che mi aspettava, ma purtroppo avevo anche il terribile presentimento che non mi avrebbe aspettato per sempre. Volevo che la mia esistenza fosse una storia meravigliosa, come quei libri che vorresti non finissero mai. Indipendentemente dalla motivazione, però, sapevo che quella vita io non sarei mai stato in grado di viverla se avessi continuato a frequentare l'università. O almeno non quell'università, non in quella città, non in quel modo. Si erano accumulati troppi fattori negativi dietro a una scelta che fin dall'inizio non avevo sentito mia.

Attraverso questi ragionamenti, realizzai di avere due possibilità: lasciare gli studi e dedicarmi alla ricerca della mia felicità oppure continuare e nuotare sempre più a fondo dentro quella vita deprimente. Perché ormai non era più solo una questione legata all'università: il malessere ora arrivava da tante situazioni differenti.

Nel momento stesso in cui iniziai a mettere in dubbio il valore della mia scelta universitaria, che da sempre consideravo sacro, qualsiasi punto fermo della mia vita iniziò a vacillare: Torino era davvero la città più bella del mondo? Volevo davvero passare il resto dei miei giorni in mezzo al grigio, allo smog, alla pioggia e alla frustrazione generale? E se invece mi fosse piaciuto molto di più vivere al mare, con le infradito ai piedi per dieci mesi all'anno? Ma soprattutto, ragionando su un piano molto più generico, era davvero giusto vivere in quel modo solo perché qualcun altro me lo aveva indicato come corretto? Non sarebbe stato meglio seguire il mio cuore, anche a costo di rischiare tutto?

Queste domande generarono in me ancora più confusione, ma ormai avevo una certezza: l'unico modo per trovare una risposta alla mia infelicità era *fare qualcosa*. Cercare il cambiamento a qualsiasi costo, senza paura di essere giudicato. Era necessaria una decisione drastica. Non potevo più andare avanti facendo finta di niente.

Un giorno, finalmente, il fragile equilibrio emotivo con cui tenevo miracolosamente insieme la mia vita si ruppe.

Mi trovavo all'università a seguire una lezione di cui non mi importava davvero nulla. Guardando l'orologio per l'ennesima volta, compresi che stavo facendo del male a me stesso. L'orologio era diventato un'ossessione, perché teneva traccia dell'ineluttabile verità: non era quello il modo in cui volevo trascorrere il mio prezioso e irrecuperabile tempo. Quel compulsivo guardare le lancette era un grido di aiuto a me stesso: "Fai qualcosa!".

Mi girai e fissai i miei compagni di classe pensando di poter scorgere un segnale che mi ispirasse a restare al mio posto. Ottenni invece solo conferme di ciò che pensavo da ormai troppo tempo: c'era chi stava allo smartphone e chi addirittura dormiva. Al professore non importava niente di tutto ciò e andava avanti con la sua spiegazione, imparata a memoria e ripetuta chissà quante volte nel corso degli anni. Compresi di non appartenere a quel luogo. Radunai le mie cose e mi alzai. *Game over.*

Vedendomi in piedi, il professore uscì dallo stato di trance in cui era caduto.

«Sì?» mi chiese. «Ha bisogno di qualcosa?»

"Niente che possa trovare qui dentro" pensai.

Ma invece dissi: «No, niente, perdoni l'interruzione».

Presi lo zaino e scesi gli scalini. Uscendo dalla classe, dopo essermi lasciato alle spalle le occhiate perplesse dei miei colleghi di corso, mi sentivo leggero ed emozionato.

Felice? Forse. Cavalcando l'onda di quell'entusiasmo improvviso, presi la prima vera, forte decisione della mia vita: compilai i moduli in segreteria e presentai la rinuncia agli studi.

3
Il tizio che porta il cane

Quella decisione mi insegnò una grande lezione: la libertà è meravigliosa, ma all'inizio è anche terrificante. Non avevo più le spalle coperte, non avevo un piano da seguire. Ero solo. Ero ben consapevole che la "bella vita" dello studente senza responsabilità avrebbe presto lasciato spazio a nuovi doveri e scelte complesse. Ma a quel punto, dopo mesi a vivere una vita che non mi rendeva minimamente felice, ero pronto. La mia piccola rivoluzione personale era iniziata e non vedevo l'ora di inseguire la mia vera felicità. Non quella che ti indicano gli altri, non quella che si trova nelle aspettative altrui, ma quella che arriva dritta dal tuo cuore.

Un gesto di ribellione è utile per iniziare a ragionare fuori dagli schemi e lontano dai pregiudizi. Avevo capito, ad esempio, che il freddo non faceva per me. E poi avevo sentito forte e chiaro il desiderio di viaggiare. Non lo avevo mai fatto molto con la mia famiglia: ero abituato alle solite vacanze di una o due settimane, spesso nei villaggi turistici. Eppure, una volta libero dagli schemi che regolano la vita di uno studente, volevo muovermi. Non sopportavo l'idea di stare fermo in un solo posto e dedicare pochi giorni all'anno alla scoperta del mondo.

Fin da quando rientrai a casa la sera in cui diedi la rinuncia agli studi, iniziai a sognare Paesi lontani e affascinanti. Immaginavo come sarebbe stato vivere in nazioni di cui avevo solo sentito parlare o che avevo visto distrattamente in qualche film o serie tv.

La prima persona a cui dissi che mi sarebbe piaciuto cambiare vita e partire fu Claudia, la mia fidanzata. All'epoca eravamo una coppia giovane, come tante altre. Eravamo ben distanti dal realizzarci come singoli, ma anche come coppia. Non potevo nemmeno immaginare l'infinità di esperienze che avremmo vissuto insieme, né tantomeno quello che sarebbe diventato il nostro rapporto.

Ma già all'epoca sapevo che il nostro rapporto funzionava *in primis* perché siamo due persone che comprendono il valore di limitarsi ad ascoltare l'altro, senza giudicare, senza imposizioni, senza prevaricazioni e ricatti emotivi.

Entrambi avevamo sempre avuto un forte desiderio di mantenere la nostra indipendenza, pur volendo affrontare la vita insieme.

Fin dal primo giorno insieme ci eravamo detti di essere semplicemente noi stessi e dirci sempre la verità. Quella era la nostra unica regola e così il rapporto era diventato molto forte: quando trovi qualcuno con cui puoi essere te stesso sempre, perché sai che non verrai giudicato, hai trovato una persona speciale. Aprendoci completamente, avevamo scoperto di piacerci per quello che eravamo. Così l'amore era divampato, grazie anche a una naturale affinità, una visione simile delle cose della vita e obiettivi condivisi.

Pur essendo giovani, sentivo che insieme saremmo potuti arrivare in cima al mondo. La frase che più rappresentava il nostro rapporto, specialmente in quegli anni in cui ci sentivamo "sbagliati" a desiderare qualcosa di diverso da ciò che facevano tutti i nostri coetanei, l'avevamo presa da un film visto in uno dei nostri primi appuntamenti, in un afoso pomeriggio torinese: "Io e te contro il mondo".

Ovviamente avevo già parlato a Claudia della mia insoddisfazione per la vita da universitario e fin dall'inizio lei mi aveva detto che avrei dovuto seguire il mio cuore, il mio istinto.

«Sei sveglio e hai mille progetti in testa» mi disse più volte in quel periodo con il suo solito modo di fare che non apparteneva a nessun altro: risoluta ma anche dolce e appassionata. «Non sarà certamente una laurea ad avere un peso sul tuo percorso di vita. Ti conosco: se ti metti qualcosa in testa prima o poi ce la fai. E sappi che puoi sempre contare su di me. Ricordati anche che non siamo alberi: non abbiamo radici, se vogliamo possiamo mollare tutto e andarcene dall'altra parte del mondo. Io e te.»

Contrariamente a me, Claudia aveva iniziato a lavorare subito dopo il liceo. Per lei l'università non era mai stata un'opzione e la ammiravo perché aveva sempre avuto le idee molto chiare.

Come tante altre ragazze determinate a costruirsi un'indipendenza economica, si era però presto scontrata con la realtà lavorativa italiana: orari estenuanti e paga per nulla dignitosa. Lavorava come cameriera in bar squallidi dove veniva sfruttata per pochi soldi. Io avevo grande stima per il suo andare avanti senza lamentarsi mai, nonostante le condizioni tutt'altro che invidiabili, ma sapevo anche che non era certo felice di quella situazione.

E così come lei mi supportava nel fare ciò che più mi rendeva felice, io volevo poterle offrire un'alternativa a quella vita deprimente. Entrambi cercavamo una soluzione che fosse adatta a entrambi e alla fine la trovammo: partire, cambiare aria, viaggiare, visitare luoghi nuovi, vivere esperienze nuove, provare lavori nuovi.

Non volevamo credere che la vita che avevamo davanti in quel periodo fosse quella che avremmo fatto per il resto dei nostri giorni. Non volevamo fermarci a vent'anni, volevamo muoverci, scoprire, metterci alla prova.

In fondo siamo due anime simili io e Claudia, due che non si arrendono, e cercano sempre di trarre il massimo dalla vita.

Così, quando le esposi i miei dubbi e le mie perplessità, non solo sulla scelta universitaria, ma anche sul vivere a Torino, una città che non sentivo *mia*, mi rispose con un entusiasmo contagioso.

«Partiamo! Andiamocene via di qui.»
«Stai scherzando? O dici davvero?» Le mie parole uscirono tutte d'un fiato.
«Sì, andiamo. Cosa abbiamo da perdere?»
«Okay ma... dove andiamo?»
Ne parlammo per ore e ore quel giorno, poi ne riparlammo il giorno dopo mentre la accompagnavo al lavoro e ancora per molte sere al telefono, fino a notte fonda. A un certo punto fu palese che entrambi eravamo intenzionati ad andare lontano per provare nuove esperienze. Eravamo spaventati, ma anche eccitati da quell'idea: ci faceva sentire vivi e ci dava un assaggio di pura felicità, quindi era sicuramente quella giusta.

Mentre cullavamo il sogno di trasferirci all'estero, iniziai a cercare lavoro a Torino. Il piano era di accumulare più denaro possibile e poi partire, magari di lì a un anno. Sentivo la forte pressione della mia famiglia, che giustamente voleva che mi mantenessi da solo. Non provai risentimento nei loro confronti, perché effettivamente le strade erano due: studiare o lavorare. In teoria era chiaro, ma non era così semplice nella pratica. Mentre studiare era relativamente facile, perché chiunque poteva iscriversi all'università e pianificare almeno tre anni della sua vita, lavorare era tutto un altro paio di maniche.

Mi proposi per qualsiasi annuncio, praticamente ovunque, ma non trovai nessun vero impiego. Portavo in giro il mio *curriculum* e collezionavo rifiuti che nel mio cuore bruciavano come cocenti umiliazioni. In quel periodo iniziai a provare un senso di profonda sfiducia verso la società in cui ero cresciuto. Mi sentivo tradito. Non mi capacitavo di come fosse possibile che una persona desiderosa di lavorare non potesse farlo. Erano passati pochi mesi dal mio addio all'università e già il mondo mi appariva come un luogo molto più ostile e buio rispetto a quello che osservavo da dietro la finestra della mia aula, quando ero un ingenuo studente.

Alla fine non trovai altro che un lavoretto da dog-sitter: per cinque euro all'ora portavo in giro un simpatico cane di nome Ruben, raccoglievo i suoi escrementi e gli davo da mangiare a pranzo. Così guadagnavo circa cinquanta euro a settimana. Una cifra che di certo non mi avrebbe permesso di raggiungere l'obiettivo che mi ero prefissato, ovvero mettere da parte almeno cinquemila euro da investire nel mio sogno di partire e cambiare vita.

Il tempo passava e la situazione, se possibile, peggiorava ancora di più. Se prima ero uno studente insoddisfatto, ora ero un disoccupato senza prospettive. Non avevo un lavoro, non avevo soldi e non avevo idea di cosa avrei fatto nei mesi successivi.

Iniziai a dubitare del valore della mia scelta di abbandonare gli studi perché, mentre io arrancavo, i miei coetanei chiudevano brillantemente il primo anno universitario e si lanciavano a tutta velocità nel secondo. Nel giro di un anno e mezzo si sarebbero laureati, mentre io... chi lo sa, forse sarei stato ancora il tizio che portava in giro il cane per cinque euro all'ora.

Una sera, molto semplicemente, decisi che ne avevo abbastanza.

Ci sono momenti nei quali comprendi che devi agire, senza badare troppo alle conseguenze. Se il tuo cuore e la tua pancia ti dicono di fare una cosa, dovresti farla e basta. Pensare e ripensare a tutto ciò che potrebbe o non potrebbe succedere (il cosiddetto *overthinking*) è il modo migliore per restare fermo e subire passivamente la vita, senza agire. Ma io non avevo lasciato la strada sicura dell'università per restare fermo e piangermi addosso, né per vivere peggio di prima. Se a Torino non c'erano le condizioni giuste per fare qualcosa che mi rendesse felice, non avrei aspettato l'intervento divino. Ero stufo di attendere: volevo mettermi in gioco, smettere di sopravvivere e iniziare a vivere.

Quella sera mi alzai dal letto dove mi ero sdraiato a deprimermi, accesi il computer e cominciai a fare alcune ricerche su Internet. Mi riempii gli occhi di immagini di luoghi lontani, la mente di informazioni e l'anima di nuovi sogni. Più leggevo, più sentivo una certa energia crescere dentro di me e farmi stare bene.

Alla fine spensi il computer e mi fermai un attimo, con gli occhi che brillavano. Anche se era l'una di notte, chiamai Claudia e le proposi quella che sembrava in tutto e per tutto una follia. Lei, la mia anima gemella, ribadì il concetto che aveva già espresso in precedenza. Come sempre, con poche, decise parole: «Partiamo. Ma lo facciamo davvero e lo facciamo subito».

AUSTRALIA

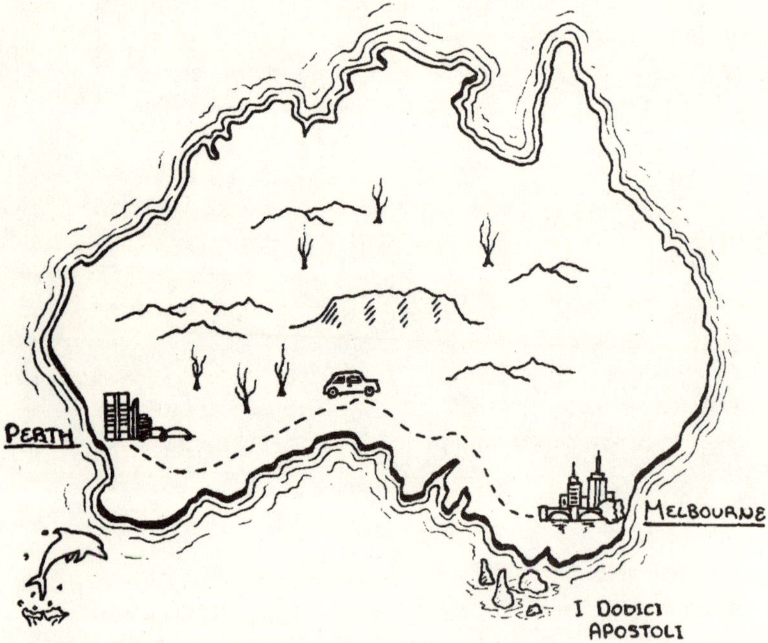

4

Senza soldi ma libero

Il piano era tanto semplice quanto approssimativo, parecchio sconsiderato e decisamente ambizioso. La nostra idea era di partire per l'Australia con un Working Holiday Visa (un visto che permette a chi ha meno di trent'anni di vivere e lavorare nel Paese per dodici mesi), frequentare un corso di inglese e nel frattempo iniziare a lavorare. Avevamo circa millecinquecento euro a testa, una cifra che, avremmo poi scoperto, non sarebbe bastata nemmeno per un mese. Sapevamo anche prima di partire che il nostro budget era molto ridotto, ma non avevamo idea di quanto fosse cara la terra dei canguri. Lo scoprimmo non appena mettemmo piede fuori dall'aeroporto, dopo un viaggio in aereo che ci aveva fatto sostare prima a Muscat, in Oman, e poi a Kuala Lumpur, in Malesia. Un viaggio lungo più di venti ore che ci aveva completamente distrutti a livello psicofisico. Anche per questo motivo, appena sceso dall'aereo, non avevo la lucidità mentale per prendere decisioni ragionevoli. Quella era la prima grande avventura indipendente della mia vita e posso dire senza vergogna che non ero molto preparato. Non avevo fatto i conti, non avevo pianificato. Mi ero semplicemente buttato per scappare da una vita insoddisfacente.

In testa avevo solo un obiettivo: trovare risposte alle mie domande e capire come costruirmi un'esistenza che mi rendesse davvero felice. Questo impeto è positivo quando devi prendere decisioni che richiedono coraggio e determinazione, ma diventa un rischio quando si tratta di partire per andare dall'altra parte del mondo. Ero giovane e immaturo e non ragionavo più di tanto sulle conseguenze delle mie azioni. Così ad esempio, dopo essere atterrato, stravolto com'ero dal viaggio in aereo, non pensai minimamente di cercare un bus per arrivare all'hotel. Insistetti invece per prendere un taxi, una scelta che mi mise subito di fronte alla realtà del mondo *là fuori*, quello che, quando ero un annoiato studente universitario, pensavo ingenuamente di poter conquistare senza sforzo.

Solo quando scendemmo mi resi conto che avevamo speso una cifra fuori dal nostro budget e sarebbe stato molto più sensato prendere un autobus. In quel momento capii che la mia prima avventura all'estero non sarebbe stata una passeggiata, e iniziò per me un importante percorso di maturazione. Mi lasciai alle spalle il ragazzino che poteva contare su tutti i comfort di una vita in famiglia, come il letto caldo in cui dormivo da sempre, la pasta che compariva magicamente nel piatto e un bagno sempre pulito a disposizione. Ero abituato a vivere in una bolla fatta di comodità e nessun vero ostacolo da affrontare. Quel primo impatto con il costo della vita australiana fu una doccia gelida, che generò in me un po' di ansia e mi portò a pensare: "È ora di svegliarmi, qui posso contare solo su me stesso".

E non c'è niente di cui vergognarsi nell'ammettere che fino a quel momento ero un bambino viziato nel corpo di un adulto, perché quello che davvero conta nella vita non è il punto di partenza ma il percorso che si affronta. Salire su un aereo che ti porta dall'altra parte del mondo richiede coraggio, e fin da quel primo giorno in Australia mi sentii subito più maturo. Mi resi conto dell'importanza dei soldi e della necessità di lavorare per guadagnarli. Compresi che i soldi sborsati per il taxi erano solo una delle tante spese che avrei dovuto sostenere e che mi sarei dovuto rimboccare le maniche fin da subito. Ancora oggi, quando ripenso a quell'esperienza in Australia nel suo complesso, mi rendo conto che la più grande lezione che ne trassi fu il senso di responsabilità, verso me stesso e verso gli altri. L'importanza di conquistarsi le vittorie senza contare su aiuti esterni; la spaventosa bellezza dell'essere indipendenti, con tutti i vantaggi e gli obblighi che ne conseguono.

Quell'episodio mi aveva aperto gli occhi e nel momento in cui arrivammo all'hotel, che avevo prenotato senza badare al prezzo, mi resi conto che era una follia spendere cinquanta euro a notte quando ne hai solo millecinquecento da parte e sei un immigrato disoccupato. Ne parlai con Claudia e decidemmo che il giorno successivo saremmo andati a dormire in un ostello. La paura di fallire e dover tornare a casa con la coda tra le gambe era forte, perché percepivo la possibilità concreta di finire tutti i soldi prima ancora di scoprire davvero qualcosa sull'Australia. O su me stesso, che poi era il vero scopo di tutta quell'avventura.

I prezzi esorbitanti della vita di ogni giorno rendono l'Australia una nazione esclusiva, non per tutti. Una brioche dal benzinaio dietro l'angolo, ad esempio, costava tre dollari. Un panino poteva costare fino a quindici dollari. Una bottiglia d'acqua più di due dollari. Un biglietto giornaliero per prendere gli autobus fino a dodici dollari. Una pizza margherita in un ristorante senza arte né parte costava venti dollari! Ma, considerando quello che l'Australia può darti, sei pronto a sacrificarti pur di restare. La prospettiva di rimanere a lungo in quella terra ti porta a trovare motivazioni a cui non avevi neppure mai pensato. Non me ne resi conto subito, perché all'inizio ero semplicemente terrorizzato all'idea di finire sotto un ponte. Una paura primordiale, che sollecitava il mio istinto di sopravvivenza.

Trovammo un ostello frequentato da surfisti locali, che per loro stessa ammissione non avevano alcuna voglia di lavorare (quando gli chiesi cosa facessero nella vita, risposero: «*We just surf!*»), e *backpackers* (viaggiatori e viaggiatrici con zaino in spalla) senza un soldo come noi. Non avevo privacy e non era semplice, per me, condividere lo spazio con perfetti sconosciuti, dopo anni passati a chiudermi la porta della mia camera alle spalle e godermi un po' di solitudine. Tuttavia, in quell'ostello c'era un'atmosfera molto amichevole: spesso qualcuno cucinava per tutti e poi ci si sedeva sul divano a guardare un film o a chiacchierare. Sicuramente sarebbe stato impossibile sentirsi soli.

La vita, pur dormendo in ostello, era cara e alla fine di ogni giornata mi chiedevo come potessi aver speso così tanti soldi senza fare nulla di speciale. Non ci misi molto ad arrendermi all'idea che l'Australia, semplicemente, ha un costo della vita troppo elevato.

Una sera in ostello, mentre contavo i contanti che tenevo nascosti, mi ritrovai a sorridere. Sapevo che sarebbe stata incredibilmente dura, eppure, nonostante la paura di non farcela alimentata anche dalla distanza da casa e dalla nostalgia di una vita tranquilla e sicura, per la prima volta mi sentivo orgoglioso. Orgoglioso di me stesso, orgoglioso di averci almeno provato. Orgoglioso, soprattutto, di aver preso una decisione con la mia testa: quell'esperienza, comunque fosse andata, la sentivo mia. Ero a un passo dal ritrovarmi senza soldi, ma ero libero.

Quella sensazione era esattamente uno dei motivi per cui avevo deciso di partire. Quella libertà era ciò che speravo di trovare e l'avevo assaporata dopo meno di una settimana.

5

Fermatevi subito, no?

«*Hello? Hi... I saw your...* oddio, come si dice "annuncio"?»

«*Hello?*»

«*Yes, hi. I saw your ad in the English school.*»

«Ma sei italiano?»

«Grazie a Dio, sì! Mi chiamo Gianluca, anche tu sei italiano?»

«Sì, mi chiamo Davide. Eri così agitato che stavo male per te. Stai cercando una stanza?»

«In realtà siamo in due, io e la mia fidanzata.»

«Mh... la stanza è piccola, ma ve la do volentieri.»

«Fantastico! Quando possiamo venire?»

«Venite subito che poi devo andare al lavoro.»

Conobbi Davide in questo modo, con una telefonata. Dopo aver messo giù, ricordo bene cosa dissi a Claudia.

«Per lui va bene, ci dà la camera.»

«Davvero?»

«Sì. Sembra gentilissimo. Strana tutta questa disponibilità, spero non sia una truffa.»

«Dici?»

«Sì, non mi piace, sento puzza di bruciato. E poi vuole che andiamo subito.»

«Subito?»

«Strano, vero? Be', noi diamo un'occhiata e poi al massimo ce ne andiamo via. Occhi aperti, mi raccomando.»

Ricordo molto bene quel dialogo perché all'epoca il mio modo di ragionare era ben diverso da quello che ho poi acquisito viaggiando e vivendo all'estero. Purtroppo in Italia c'è una mentalità molto diffusa e radicata che ci rende sempre sospettosi e diffidenti. Ci basiamo fortemente sui pregiudizi perché i media ci bombardano dalla mattina alla sera con notizie drammatiche, catastrofiche e deprimenti. Non possiedo una televisione da anni, ma ogni volta che mi capita di tornare in Italia e guardare un telegiornale mi sembra che il mondo sia un posto tremendo e pericoloso. Esattamente l'opposto di quanto vivo sulla mia pelle ogni singolo giorno, viaggiando. Ci vogliono spaventati da tante cose, ma soprattutto da ciò che è diverso. Colore della pelle, scelte di vita, lavori alternativi: se è diverso da ciò che loro stessi definiscono "normale", allora è il male. Così milioni di persone assumono una visione molto ristretta e vengono contagiate da una paura assoluta del prossimo. Si chiudono in loro stesse, criticano chi apre il cuore al mondo e sono sempre pronte a dubitare della bontà altrui. Tanti hanno smesso di credere che esistano ancora persone buone e disinteressate.

Io ero proprio così. Ecco perché dopo quella telefonata con Davide ero sicuro che il suo annuncio di affitto di una camera fosse una truffa, uno *scam* come dicevano da quelle parti. La mia mente, corrotta da anni di pregiudizi che mi erano stati indicati come l'unica verità, si perdeva in una valle di negatività.

"Sicuramente vuole fregarci" pensavo mentre camminavamo sui marciapiedi immacolati di Perth per raggiungere casa sua. "Ci chiederà i soldi della caparra e poi ci sbatterà fuori di casa. E se fosse un maniaco sessuale? Dormiremo vicino a un molestatore? Meglio fare un giro, salutare cortesemente e andarsene in fretta."

Non avevo mai convissuto con nessuno in pianta stabile, nemmeno con Claudia. Anche per questo ero sinceramente preoccupato di entrare in casa di uno sconosciuto e iniziare a costruirmi una piccola routine in un ambiente che, per chissà quale ragione, avevo già deciso che sarebbe stato ostile e pericoloso.

Quando arrivammo all'indirizzo che Davide ci aveva fornito, ci trovammo davanti a una graziosa casetta indipendente con tanto di giardino. Aveva almeno cinque stanze ed era delimitata, sul retro, da una siepe. Tutto era ben curato e sul piccolo spiazzo davanti alla porta era parcheggiata un'automobile cabriolet degli anni Novanta. A quel punto, poco prima di bussare, ero certo che ci stessero per fregare. Non sapevo come, ma ne ero sicuro. All'epoca ero convinto che nessuno si potesse dimostrare così gentile senza avere secondi fini. Oltretutto il prezzo dell'affitto era anche piuttosto basso per quella zona.

Bussai alla porta. Di fianco a me c'era Claudia, dietro di noi le due valigie che contenevano tutti i nostri vestiti. Sulle spalle avevamo due piccoli zaini. Il nostro aspetto era tremendo, perché eravamo stanchi soprattutto a livello mentale: dovevamo iniziare a lavorare e dovevamo farlo il prima possibile.

Ci aprì la porta un ragazzo abbronzatissimo, con barba e capelli scuri e un sorriso rilassato. Era molto elegante nei suoi pantaloni neri, camicia bianca e gilet.

«Ciao ragazzi! Benvenuti, entrate pure» ci disse.

«Ehm, ciao, scusa ma abbiamo tutta la nostra roba con noi.»

«E che problema c'è? Portate tutto dentro.»

Lo disse sorridendo, con un gesto della mano che io avrei rivolto solo a vecchi amici. Improvvisamente mi sentivo tranquillo, come se conoscessi Davide da sempre. Aveva un atteggiamento talmente spensierato da far sciogliere tutte le mie paure come ghiaccio sotto al sole australiano.

«Di dove siete, ragazzi?» ci chiese con entusiasmo mentre entravamo in casa.

«Di Torino. Ma tu sei italiano o sei australiano di origini italiane?»

Quella domanda stupida e imbarazzante mi uscì fuori istintivamente. Non mi sembrava italiano, non tanto per l'aspetto ma per i modi. Ai miei occhi era la persona più rilassata e serena del mondo e non ero abituato a vedere individui del genere in Italia. A Torino, nello specifico, erano tutti perennemente incazzati, frustrati e pronti a mandarti a quel paese con un'occhiataccia. Ritrovarmi di fronte a un ragazzo praticamente della mia stessa età che emanava un'energia così positiva fu una sorpresa importante. Mi fece dubitare della mia convinzione secondo cui nessuno è gentile in modo disinteressato.

Davide scoppiò a ridere.

«Certo che sono italiano, sono di Genova. Sono venuto qui tre anni fa e non me ne sono più andato. Perché me lo chiedi? Sembro australiano?»

«No, cioè... sì, in un certo senso sì. Tra le tavole da surf che ho intravisto entrando e questo modo di fare molto amichevole, mi era venuto il dubbio!»

Sorrise. Mi chiesi se lo avesse inteso come il complimento che era o se non avesse capito ciò che volevo dire. Poi ci mostrò la casa, che era arredata in modo molto giovanile: un televisore a schermo piatto, una PlayStation, un divano nero e due tavole da surf appoggiate all'angolo nella sala d'ingresso. Subito dopo, una cucina molto grande, un bagno con doccia, tre stanze da letto e un altro bagno, essenziale e piccolo. Sul retro un giardinetto protetto dalle siepi, con una veranda e una griglia da barbecue in bella vista.

«Allora, vi piace?» ci chiese.

Io me ne ero già innamorato e Claudia sembrava provare la stessa sensazione. Quella casetta era fantastica e, per quanto la stanza che avremmo affittato fosse molto piccola, aveva tutto ciò che ci serviva. Ma a farmi apprezzare quel posto era Davide, con i suoi modi di fare e il suo sorriso. Sembrava una bella persona, una di quelle con cui è piacevole passare del tempo.

«Ci piace molto» dissi. «Te la fermiamo, come si dice. Considerala occupata e dicci quando possiamo entrare.»

Davide fece un'espressione confusa.

"Ecco la fregatura" pensai. "Ora ci dice che non siamo i

benvenuti oppure che dobbiamo anticipare qualche grande somma di denaro."

«Non capisco» rispose. «Avete tutta la vostra roba con voi, perché dovreste tornare un altro giorno? Fermatevi subito, no?»

Guardai Claudia, sbalordito.

«Davvero? Possiamo trasferirci subito?» chiesi.

Non ci conosceva minimamente, potevamo essere due delinquenti. Quelli erano i pensieri che la mia mente partoriva all'epoca. Per fortuna, viaggiare avrebbe stravolto completamente il mio modo di ragionare.

«Ma certo! I soldi me li date stasera, quando torno. Se avete bisogno di qualsiasi cosa scrivetemi sul cellulare. Io ora devo andare a lavorare» disse. Poi indossò un paio di scarpe eleganti, prese le chiavi dell'automobile, ci rivolse un sorriso sincero e disse un'ultima parola: «Benvenuti».

Uscì, lasciandoci soli nella sua casa.

Avremmo potuto rubare qualsiasi cosa e scappare per sempre, perché non aveva i nostri documenti e non sapeva i nostri nomi completi. Non sapeva nemmeno se fossero veri, i nomi che gli avevamo dato.

Davvero non riuscivo a capire come potesse fidarsi così ciecamente di due sconosciuti. Quando udii il suono della sua automobile che partiva, realizzai che se n'era andato per davvero. Ci aveva lasciati a casa sua, fidandosi di noi. Ero sconvolto dalla bellezza di quel gesto. Non potevo crederci.

Io e Claudia ci guardammo, poi le chiesi: «Cosa diavolo è appena successo?».

6
Se non ci aiutiamo tra di noi

Immagina di mettere in affitto una stanza della tua casa e di ritrovarti di fronte due giovani disperati alla ricerca di un tetto sopra la testa. A quanti di loro daresti fiducia al punto di lasciargli le chiavi in mano, prima di andare a lavorare? Me lo chiesi quel giorno e risposi a me stesso con assoluta onestà: io non lo avrei fatto. Non avrei mai corso il rischio di lasciare un perfetto sconosciuto solo in casa mia. E, se lo avessi fatto, avrei trascorso tutta la giornata al lavoro con un'ansia insostenibile e la certezza che al mio rientro avrei trovato la casa svaligiata. Davide invece si era comportato in un modo così gentile da lasciarmi senza parole. Quando tornò quella sera volevo scoprire tutto di lui, non solo per la fiducia che ci aveva concesso, ma per un motivo ben più importante: mi sembrava una persona davvero soddisfatta della sua vita. Una persona che aveva trovato la sua felicità, ovvero proprio ciò che io ero andato a cercare dall'altra parte del mondo.

«Davide, voglio ringraziarti. Ciò che hai fatto per noi è straordinario. Non potevo crederci quando te ne sei andato come nulla fosse» gli dissi.

Davide stava addentando una fetta di pizza comprata sulla strada verso casa e mi sorrise.

«Ma figurati. Non è la prima volta che lo faccio. Se non ci aiutiamo tra di noi... Quando sono arrivato qui, io e la mia ex eravamo completamente soli, proprio come voi: se qualcuno ci avesse dato fiducia fin dall'inizio, tutto sarebbe stato più facile!»

Ero incuriosito dalla sua storia e passammo tutta la serata a raccontarci i nostri percorsi di vita. Il suo era molto particolare: da adolescente aveva deciso di lasciare il liceo e lavorare come muratore. Quella scelta impulsiva lo aveva portato a faticare duramente fin dall'adolescenza, rinunciando a molti degli svaghi tipici di quell'età. A vent'anni la sua fidanzata aveva ricevuto una proposta lavorativa da Perth per diventare l'aiutochef in un ristorante. Senza pensarci troppo, erano partiti.

«Sono arrivato qui senza sapere una sola parola di inglese» mi disse. «Non sapevo nemmeno come dire "ciao" o "grazie". Ero completamente isolato. Il ristorante dove lavorava la mia fidanzata dell'epoca mi aveva assunto come cameriere e la prima sera feci cadere un carrello pieno di bicchieri. Una figura di merda... pensavo che non mi sarei ripreso mai più. E invece sono ancora qui.»

Ascoltai la storia di Davide con grande attenzione. Provavo un'enorme stima nei suoi confronti per tanti motivi, ma soprattutto perché era partito con molte meno certezze di me eppure non si era arreso. Voleva conquistarsi il suo posto in Australia e aveva fatto di tutto per ottenerlo, nonostante non sapesse neanche una parola di inglese e non avesse mai lavorato prima nella ristorazione.

«Dopo un po' di tempo qui a Perth, io e la mia fidanzata ci siamo lasciati. Non è stato bello, anzi, è stato brutale.»

Davide aveva finito di mangiare e stava bevendo una birra. Lo osservavo mentre parlava. Ora aveva gli occhi lucidi e improvvisamente mi sembrò fragile. La sua bella risata si era trasformata in un sorriso amaro mentre mi raccontava della storia d'amore che lo aveva quasi annientato.

In un momento di pausa, mi resi conto che si stava completamente aprendo con me e che quell'attestato di fiducia era ancora più grande del precedente: se nel pomeriggio mi aveva aperto le porte del suo appartamento, ora mi stava aprendo le porte del suo cuore. Stava raccontando le sue debolezze e i momenti più difficili della sua vita a un ragazzo che aveva incontrato per la prima volta poche ore prima.

Era una bella anima, Davide. Una persona intenzionata a credere nella bontà degli altri. Quando lo compresi, un po' mi emozionai. Ed era decisamente una novità per me, che a Torino vivevo immerso nell'apatia.

«Quando la mia ex se n'è andata di casa, mi sono trovato completamente solo. Avevamo condiviso tutto qui: il letto, la cucina, i sogni, i desideri, le ambizioni. Eravamo partiti con mille dubbi e la certezza che avremmo sempre potuto contare sulla nostra relazione. Invece, di colpo mi trovavo solo in un Paese dove riuscivo a malapena a comprendere ciò che mi diceva la cassiera al supermercato.»

Poi mi raccontò di quanto fosse stato difficile passare dalla vita italiana a quella australiana, soprattutto in ambito lavorativo.

«Sai, in Italia facevo il muratore. Era un lavoro duro ma che non richiedeva alcuna apparenza: se volevo potevo fumare, imprecare. Ci insultavamo per prenderci in giro. Peggio mi vestivo e meglio era. Nessuno mi avrebbe mai detto nulla sul mio taglio di capelli o sulla barba troppo lunga. Dovevo solo spaccarmi la schiena e fare attenzione a non combinare disastri, punto. Fare il cameriere è tutta un'altra storia: gran parte del tuo lavoro è legato all'apparenza. Devi essere composto, elegante, educato. Devi avere i capelli a posto e la barba curata. Devi sorridere, sempre e comunque. È stata una transizione complicata all'inizio.»

«Non hai mai pensato di mollare tutto e tornare a casa?» gli chiesi.

«No, mai. L'Australia è una nazione straordinaria e la amo.»

«Ma non ti piaceva vivere in Italia?» insistetti.

«Scherzi? Adoro Genova. Ogni giorno mi mancano la mia città, la mia famiglia, i miei amici. Ma sai qual è il punto? L'Australia mi ha dato opportunità che in Italia non avrei mai e poi mai avuto. Con la mia terza media nessuno mi avrebbe dato fiducia. Invece sono venuto qui come un immigrato che nemmeno sapeva l'inglese e l'Australia mi ha subito dato una possibilità. Renditi conto: qualche anno fa ero un muratore, ora sono il vicemanager di un ristorante di lusso. Ho ventotto anni e guadagno in una settimana quanto prendevo in un mese in Italia. Sono passato dal respirare polvere tutto il giorno al chiacchierare con milionari australiani molto generosi con le mance. Quando un Paese ti offre questa opportunità, come fai a voltargli le spalle? Come fai a pensare di venire qui e comportarti male?»

Erano parole forti, pronunciate da una persona realizzata e grata. Ecco cosa rendeva Davide così luminoso ai miei occhi: aveva fatto esattamente ciò che volevo fare io. Aveva lasciato una situazione sicura ma priva di soddisfazioni, per cercare la sua felicità altrove. L'aveva trovata. E anche per questo non aveva esitato ad accogliere due sconosciuti in casa, perché la felicità genera fiducia negli altri. E poi lo aveva detto chiaramente: l'Australia gli aveva dato fiducia incondizionata. Gli aveva insegnato una preziosa lezione di vita: probabilmente era rimasto colpito da tutte le opportunità che quel Paese gli aveva offerto proprio quanto lo ero rimasto io quel pomeriggio, quando lui mi aveva consegnato le chiavi ed era uscito.

La fiducia è uno scambio, come l'amore. O come l'odio. Tutti i sentimenti sono uno scambio, perché riguardano sempre qualcun altro e perché non puoi pensare di limitarti a dare o ricevere. Dare *e* ricevere, scambiare energia, sensazioni, storie, piccoli gesti. Ascoltando Davide compresi che non dobbiamo aspettare di ricevere qualcosa per inserirci in quel circolo positivo di fiducia e amore. Dobbiamo essere noi i primi a dare qualcosa agli altri, dobbiamo iniziare un nuovo ciclo invece di aspettare che qualcuno faccia la prima mossa. Onestamente non lo avevo mai fatto. Ero cresciuto con l'idea che fosse giusto aspettare di ottenere qualcosa prima di mettersi in gioco in prima persona. Ma se tutti aspettassimo, il mondo intero andrebbe in stand-by per sempre. Forse il segreto per raggiungere la felicità è donare felicità. Sicuramente la fiducia aveva funzionato in quel modo, almeno tra di noi: Davide aveva ricevuto fiducia incondizionata dall'Australia e l'aveva trasmessa senza batter ciglio a due perfetti sconosciuti. E io, in quel momento, mi sentivo già più propenso a fidarmi degli altri.

Non avevo mai ragionato in quel modo. Sorrisi e fui grato di essere partito per quell'avventura: una lezione del genere non l'avrei imparata restando al sicuro nelle abitudini della mia vita a Torino. Nel mio giro di conoscenze non c'era un essere umano così positivo.

«E poi non è solo il lavoro. Mi piace Genova, ma qui hai visto cosa mi trovo davanti quando esco di casa? Abbiamo un prato verdissimo dall'altra parte della strada, se prendo l'auto arrivo in centro e mi sembra di stare a Sydney, se prendo lo skate in cinque minuti sono di fronte all'oceano. Posso fare surf ogni giorno e fa caldo sette mesi all'anno. Dài, Gianlu, come potrei mai rinunciare a tutto questo? Questa è la vita migliore che potessi desiderare.»

Gli confessai che lo stimavo e lui mi regalò il suo miglior sorriso. Poi sbadigliò, disse che era stravolto e se ne andò a dormire. Anche Claudia andò a dormire, mentre io rimasi lì, nella cucina di quella casetta australiana immersa nel silenzio, a pensare a tutto ciò che avevo ascoltato, a rielaborarlo.

Avevo appena scoperto una storia straordinaria, raccontata da un ragazzo come tanti. Quanti eroi si celano dietro a vite apparentemente normali? Quante anime luminose abbiamo intorno di cui non ci rendiamo conto? E se iniziassimo tutti ad aprirci e fidarci degli altri, come si trasformerebbe il mondo?

Uscii dalla porta sul retro con quei pensieri in testa e mi fermai a guardare il cielo stellato. Era infinito e luminoso. Mi sentivo piccolo ma pieno di vita. Ascoltare un percorso come quello di Davide mi aveva aperto gli occhi su tanti aspetti, ma su uno in particolare: la felicità esiste e ognuno di noi ha il diritto di andare a prendersela. L'avrei trovata in Australia come lui? Non ne avevo la minima idea, ma ero certo che non avrei smesso di cercarla. Decisi che da quel momento in poi avrei iniziato a donare fiducia agli altri, senza aspettarmi nulla in cambio.

D'altronde, in quel periodo della mia vita la felicità derivava quasi esclusivamente da Claudia. Ero follemente innamorato di lei e ciò che condividevamo era ciò che mi faceva stare bene. Ma allora perché chiudermi a riccio con tutti gli altri? E se la mia insofferenza fosse dipesa proprio dalla mancanza di apertura e condivisione con il mondo intero? Ero convinto che tutti i miei problemi derivassero da fattori esterni, ma forse la soluzione era interiore. Forse dovevo cambiare atteggiamento, iniziare a dare e trasmettere positività. Imparare a fidarmi degli altri come Davide aveva fatto con me. Quella notte promisi a me stesso che ci avrei provato.

7
E tu chi cazzo sei?

La chiacchierata con Davide mi aveva trasmesso un'energia nuova e potente. Ne avevo bisogno per tutta una serie di motivi, non solo per la mia ricerca della felicità, ma anche su un piano molto più pratico. Io e Claudia eravamo in Australia da circa due settimane: lei aveva già trovato un lavoro come cameriera mentre io ero ancora disoccupato. Più i giorni passavano e più i miei soldi diminuivano. Dopo essere entrati in casa di Davide, mi rimanevano poche centinaia di euro. Era una situazione disperata, perché solo l'affitto di quella camera era di circa centocinquanta euro a settimana. Dovevo assolutamente trovare un lavoro.

Il primo step fu creare un *curriculum vitae* degno di questo nome. Non avendo alcuna reale esperienza lavorativa, ma dovendo a tutti i costi iniziare a guadagnare soldi, inserii alcuni lavori che non avevo mai svolto. Bugie, inutile negarlo.

Dal momento che mi sarei proposto solo a bar e ristoranti, scrissi nel *curriculum* che avevo lavorato come cameriere in una località sciistica in Italia. Poi aggiunsi che avevo anche lavorato in un ristorante di Torino. Leggendo il mio *curriculum,* risultava che per oltre un anno avevo servito ai tavoli. Non era una mossa corretta, certo, ma ero convinto che senza mentire non avrei mai trovato un lavoro. In realtà non sapevo che in Australia, contrariamente all'Italia, c'era talmente tanta richiesta che avrei potuto semplicemente compilare un *curriculum* con i miei dati personali e qualche frase d'impatto sulla mia volontà di sacrificarmi, imparare e dare il massimo. Invece iniziai a far girare quel foglio pieno di impieghi che non avevo mai svolto. Lo inviai a una cinquantina di ristoranti, bar e caffetterie e dopo poche ore ricevetti la prima telefonata.

«Gianluca? Ciao, sono Michele. Sono il proprietario di un ristorante a Fremantle.»

Non avevo la minima idea di dove si trovasse Fremantle ed ero agitatissimo per quella prima opportunità. Il mio inglese era discreto, ma fortunatamente Michele parlava italiano. Di quello non mi sarei dovuto preoccupare, non al telefono almeno.

«Buongiorno, Michele, la ringrazio per questa telefonata» risposi cercando di apparire professionale.

«Dammi del tu» disse secco.

«Okay, non volevo...»

«Stasera abbiamo bisogno di un *kitchen hand*» mi interruppe senza tanti complimenti. «Vieni alle 18.30?»

Rimasi senza parole per la seconda volta in due giorni. Non mi aveva chiamato per un colloquio, non voleva sapere nulla su di me. Sostanzialmente mi aveva offerto un lavoro. Così, su due piedi.

«Ehm... sì, certo» replicai.

Non sapevo cosa dire nonostante le mille domande che giravano vaghe e confuse nella mia testa. Cosa avrei dovuto fare? Quante ore avrei lavorato? Quanto avrei guadagnato? Dove diavolo era Fremantle?

«Allora ci vediamo stasera. Ti aspetto. Non farmi scherzi.» Poi mi diede il nome del ristorante e mise giù.

Claudia era al lavoro. Davide era andato a fare surf. Ero solo in casa e non avevo la minima idea di ciò che mi aspettava per la serata.

Per prima cosa cercai il nome del ristorante su Google. Era un locale italiano, con buone recensioni. Purtroppo però non era vicino: Fremantle dista circa venti chilometri da Perth. Dovevo prendere i mezzi per arrivarci e ci avrei messo almeno un'ora. Non era la situazione ideale, ma ero deciso a giocare le mie carte, per quanto fossero poco favorevoli. Avevo un disperato bisogno di soldi e soprattutto di iniziare a fare qualcosa. In quelle due prime settimane passate in Australia non avevo fatto altro che preoccuparmi di spendere il minimo possibile e di informarmi sulle possibilità che avrei potuto sfruttare. Non era così che avevo immaginato quell'avventura.

Michele mi aveva detto al telefono che avrei dovuto fare il *kitchen hand*. E chi o cosa accidenti è un *kitchen hand*? Ancora una volta mi affidai a Google e scoprii che si trattava di una specie di tuttofare in cucina. Stando a quanto riportato su un forum di italiani all'estero, avrei dovuto principalmente tagliare verdure, pulire le stoviglie e fare tutto ciò che lo chef mi avesse ordinato di fare. Sembrava un lavoro duro ma relativamente semplice, anche se ero consapevole che avrei comunque incontrato molte difficoltà: fino all'anno precedente ero abituato a mangiare ciò che altri mettevano nel mio piatto, senza preoccuparmi di produrre personalmente il mio cibo. In altre parole, non avevo mai cucinato con regolarità, né pulito piatti e posate.

Guardai l'ora e scoprii che erano le 16. Scrissi un messaggio a Claudia annunciandole dove stavo andando, indossai un paio di pantaloni leggeri e una maglietta, e uscii di casa. Il sole dell'Australia era caldo e invitante, ma non potevo farmi distrarre: ero un uomo in missione. Non sapevo per quanto avrei lavorato, né quanto avrei guadagnato, ma ero felice di aver ricevuto una possibilità.

Presi un bus che teoricamente mi avrebbe portato a destinazione, ma dopo un'ora mi resi conto che qualcosa era andato storto. Chiesi all'autista quando saremmo arrivati a Fremantle e la sua espressione mi fece capire che ero in un mare di guai.

«Amico, siamo ben lontani da Fremantle» mi rispose.

«Ma devo essere lì per le 18.30. Come posso fare?» gli chiesi in un inglese stentato e con una malcelata disperazione nella voce. Lui notò la mia preoccupazione e mi chiese il motivo per cui dovevo essere a Fremantle entro un'ora e mezza.

«Devo lavorare... è il mio primo giorno» dissi mangiandomi le parole. Iniziavo a sudare freddo. Dove diavolo ero finito?

«Amico, qui siamo a Joondalup. Come hai fatto a prendere questo bus?» mi chiese l'autista.

Poi mi spiegò che invece di andare a sud di Scarborough, dove vivevo, ero andato a nord.

«Oh merda, cosa posso fare ora?» chiesi disperato.

«Hai un'ora di tempo, in bus non ce la puoi fare. Devi prendere un taxi.»

Mi crollò il mondo addosso. Non un taxi, non di nuovo. Dopo quello del primo giorno in Australia, non potevo pensare di salire su un taxi e farmi dissanguare. Avevo l'impressione di aver gettato al vento la prima opportunità lavorativa della mia vita ed era una sensazione tremenda.

«Quanto mi costa un taxi per Fremantle?» chiesi all'autista.

«Da qui? Credo sugli ottanta dollari.»

Lo ringraziai e scesi.

Guardai l'orologio: erano le 17.24. Avevo un'ora per arrivare al ristorante. In tasca avevo novanta dollari e dovevo prendere una decisione: rinunciare alla possibilità di lavorare e tornare a casa sperando di venir contattato da qualcun altro, oppure spendere quasi tutti i miei soldi per andare a lavorare. Non sapevo quanto avrei guadagnato quella sera, ma ero sicuro che non avrei incassato ottanta dollari.

Ci pensai freneticamente per qualche minuto, poi decisi: avrei preso il taxi. Avrei considerato quegli ottanta dollari come un investimento su me stesso: certo quel primo giorno sarei andato in perdita, ma se mi fossi impegnato al massimo forse sarei riuscito a farmi assumere. E poi, continuando a lavorare, avrei incassato molto più di quei soldi "sprecati". Infine, pensai, chi cerca di cambiare non può trincerarsi nei "no". Non puoi cambiare se non impari a dire di sì alle opportunità che ti si presentano, anche se le condizioni sembrano tutt'altro che favorevoli.

Mi guardai intorno alla ricerca di un taxi. Le persone uscivano dal lavoro e avevano l'aria rilassata di chi non deve pensare ad altro che a cenare e godersi la tranquillità della propria casa. Più o meno alla stessa ora, Claudia staccava dal suo lavoro. La tentazione di mollare tutto e tornare indietro era enorme, ma non potevo farlo: avevo scelto di lasciare l'università e trasferirmi in Australia e ora che ero lì non potevo permettermi di comportarmi da debole. Avrei fatto di tutto per ottenere quel lavoro. Era meglio perdere soldi che tornare a casa con l'idea di aver fallito alla prima occasione che l'Australia mi aveva presentato.

Arrivai al ristorante alle 18.25, persino in anticipo. Pagai il taxista e, quando vidi i miei ottanta dollari finire nel suo portafoglio, provai una fitta di dolore. Poi mi obbligai a concentrarmi su ciò che mi aspettava.

Il ristorante era molto curato, un posto di classe. Già mi sentivo a disagio.

«Ciao, sono Gianluca. Sono qui per il lavoro» dissi a una ragazza alla cassa.

«Che lavoro?» mi chiese. Lei non era italiana e quella fu la prima prova della serata: scoprire come me la cavavo in inglese.

«*Kitchen hand*» replicai.

«Okay, vai dietro e parla con Mike.»

Mi fece un sorriso che sapeva tanto di "buona fortuna, ne avrai bisogno".

Mi recai nel retro e mi ritrovai nel mezzo di una cucina bianca e pulitissima. Gli strumenti in acciaio erano appesi con ordine e pronti all'utilizzo. Il bancone era lucido. Davanti a me c'erano due persone, impegnate a litigare in inglese.

«Non puoi fare gli spaghetti con il pollo! Noi italiani non mangiamo questa roba!» urlava un uomo sui sessant'anni. Era alto, con tanti capelli bianchi; portava un vistoso anello d'oro al dito medio e un gilet troppo stretto per la sua stazza. Il suo accento metteva in luce le sue evidenti origini italiane.

«*I'm the chef and I do whatever the fuck I want!*» replicò urlando il tizio con cui litigava. Era più basso dell'italiano, ma in ottima forma fisica. Biondo, occhi azzurri, barba tagliata corta. Sembrava tedesco, nell'aspetto e nell'accento.

I due si insultarono in inglese per mezzo minuto, minacciando anche di alzare le mani. Mi sentivo tremendamente a disagio e, a essere onesti, avevo anche un po' di paura. Avrei dovuto lavorare in quell'ambiente estremo e violento per tutta la serata?

«E tu chi cazzo sei?» mi chiese d'improvviso lo chef.

«Scusate... io sono Gianluca.»

L'altro uomo, evidentemente Mike (che al telefono si era presentato come Michele), colse l'occasione per andarsene.

«Ecco il tuo *kitchen hand*, ora mettiti al lavoro» disse. Poi sparì, senza degnarmi di uno sguardo.

«Hai mai lavorato in cucina?» mi chiese l'uomo dagli occhi di ghiaccio. Mi fissava ed ero ben consapevole che lo faceva per intimorirmi.

«No, dietro no. Solo davanti» risposi io andando in palla.

«Cosa diavolo significa? La cucina è solo dietro!» urlò lui.

«Hai ragione, scusa.»

«Ascoltami bene: io mi chiamo Thomas e questa è la mia cucina. Fai quello che ti dico, non commentare, non improvvisare e forse andrà tutto bene. Intesi?»

Annuii con la testa e Thomas mi tirò un grembiule.

«Mettiti il berretto e i guanti di lattice» mi ordinò indicando un bancone sul fondo della cucina. «Poi inizia a pelare quelle patate.»

C'erano decine di patate e non avevo idea di come pelarle efficacemente. Lo avevo fatto una volta in vita mia, forse. Ciononostante, mi buttai e feci del mio meglio, quantomeno per sembrare sicuro di me.

"Nella ristorazione l'apparenza è tutto" mi aveva detto Davide.

Dopo un quarto d'ora, Thomas mollò il pollo con cui stava armeggiando e si avvicinò minaccioso per vedere come stavo andando. Trattenni il fiato, finché lui esplose.

«Che razza di modo di pelare le patate è questo?» mi urlò in faccia. «Guarda quanto cazzo è spessa la buccia! Razza di idiota! Sai cosa? Alla fine della serata peso tutte le bucce e te le faccio pagare. Sveglia, ragazzo! Svegliaaaaa!»

Mi sentivo frastornato e affranto. Non avevo mai fatto niente del genere nella mia vita ed ero certo di non essere all'altezza. Mi chiesi chi me lo avesse fatto fare, perché mi fossi cacciato in quella situazione, dall'altra parte del mondo.

Eppure, notai con grande stupore, non volevo scappare. Sarei restato lì a farmi insultare pur di poter lavorare o almeno imparare qualcosa. Quella voglia di fuggire che avevo all'università, quando avrei dato qualsiasi cosa pur di uscire dall'aula, era totalmente assente in quella cucina infernale. Perché in quel caso ero stato io a scegliere di presentarmi e mettermi in gioco. Avevo avuto la possibilità di tornare a casa, ma avevo scelto di provare a costruire qualcosa per me stesso. Avrei lavorato per ripagare il taxi, quella sera, e gli insulti non erano piacevoli, ma sentivo di essere cresciuto, di essere diventato adulto. Avevo iniziato a prendere decisioni consapevolmente. Non volevo più tornare indietro.

Intorno alle 19 si presentò una ragazza che risultò essere il braccio destro dello chef tedesco. Aveva più o meno la mia età: pelle olivastra, occhi e capelli nerissimi. Fu la prima persona a mostrarmi un po' di gentilezza. Mi disse di chiamarsi Maria e di essere lì con il Working Holiday Visa, come me. Era nata in Grecia ma cresciuta in Germania. Anche se avevamo la stessa età e lo stesso visto, lei era arrivata prima in Australia ed era già stata assunta a tempo indeterminato dal ristorante. Con lei lo chef era severo ma mai offensivo. Non urlava e si limitava a darle ordini. Lei si muoveva con decisione ed efficienza. Il modo in cui lo chef la guardava faceva trasparire la stima che nutriva nei suoi confronti.

Sbucciai decine di patate, poi iniziarono ad arrivare i primi piatti sporchi dalla sala. A quel punto mi misero a lavorare alla *washing machine*, una macchina mostruosa all'interno della quale dovevo impilare i piatti, le posate e i bicchieri. La macchina puliva nel giro di un minuto, io dovevo toglierli e metterli ad asciugare. Era un lavoro massacrante, anche perché dovevo svolgerlo per la maggior parte del tempo con la schiena piegata: ero troppo alto per stare dritto.

Dopo appena un'ora ero distrutto. Mi faceva male qualsiasi muscolo della parte superiore del mio corpo e il dolore arrivò a toccare anche il mio orgoglio: come potevo essere fisicamente così debole a quell'età? Nel pieno delle mie forze, non riuscivo a reggere un po' di duro lavoro per un'ora? Mi feci coraggio e andai avanti a pulire provando a non pensare a niente. Mi concentrai totalmente sull'attività che dovevo svolgere. Poi Michele (o Mike) ricomparve in cucina.

«Pulite tutto, abbiamo finito» disse.

Non sapevo quante ore fossero passate, potevano essere due o duemila. Thomas, lo chef, gettò il grembiule e se ne andò. Maria si mise immediatamente a pulire il bancone.

«Pulisci tutto come se ci dovessi mangiare sopra» mi consigliò con un sussurro. «Lo chef è molto esigente, odia il disordine e la sporcizia. Davvero, pulisci nel miglior modo possibile.»

Iniziai a ordinare i piatti sugli scaffali. Poi raccolsi tutte le bucce delle patate in un sacchetto. Non sapevo se lo chef fosse davvero intenzionato a pesarle e farmele pagare, ma non volevo rischiare. Pulii il bancone tre volte, finché non sembrò nuovo di zecca. Infine passai la scopa per terra, senza che nessuno me lo avesse chiesto.

Quando lo chef tornò, era vestito come uno che sta per andare a bere una birra con gli amici. Si fermò in mezzo alla cucina e si mise a osservare tutto ciò che lo circondava. Notai che Maria faceva finta di pulire per non incrociare il suo sguardo, mentre io commisi il classico errore da principiante: mi feci scoprire a guardarlo.

«Come hai detto che ti chiami?» mi chiese, sempre con quel tono minaccioso.

«Gianluca.»

«Stasera hai lavorato di merda» disse con freddezza. Ci rimasi malissimo ma, prima che potessi elaborare quel giudizio, lui continuò: «Non sei fatto per questi lavori, lo riconosco subito. Ma se continuerai a impegnarti come stasera forse potresti continuare con noi. Intanto ci vediamo domani».

Non sapevo cosa pensare di quelle parole. Subito provai rabbia: chi era quel tizio per dirmi per cosa ero o non ero fatto? Era la mia prima esperienza in assoluto. Poi, però, pensai che non dovevo prendermela. Forse era vero che avevo lavorato male. In ogni caso, ero arrivato a fine serata. Solo poche ore prima mi sembrava un traguardo irraggiungibile.

Lo chef se ne andò. Io e Maria restammo da soli.

«Scusa la domanda idiota, ma... per farmi pagare?» le chiesi.

«Aspetta Mike. Ti pagherà in contanti.»

Poco dopo se ne andò anche lei e io restai solo in quella cucina. Era mezzanotte ed ero totalmente stravolto. La sola idea di dover prendere un autobus e metterci un'ora per tornare a casa era una prospettiva che non riuscivo a sopportare. Però, in fin dei conti, ero fiero di me. Avevo lavorato per davvero, per la prima volta nella mia vita. Sentivo di aver fatto il mio dovere, dopo anni di riflessioni e pensieri. Dalla teoria alla pratica, il passaggio era stato soddisfacente.

«Com'è andata la serata?» mi chiese Michele in italiano. Sembrava molto più rilassato rispetto a quando lo avevo visto la prima volta, poche ore prima.

«Bene. Grazie per questa opportunità» risposi.

«Hai lavorato per cinque ore e mezza. Considerando che sei in prova posso pagarti dieci dollari all'ora. Okay?»

Senza che potessi rispondere, mi mise in mano cinquantacinque dollari australiani. Poi mi indicò la porta e mi salutò.

Uscii dal locale e mi lasciai avvolgere dall'aria fresca della notte australiana. Guardai le banconote, le riposi nel portafoglio con cura. Poi guardai il cielo: era bello come quello della sera precedente, quello che avevo ammirato dopo aver parlato con Davide. Erano passate solo ventiquattr'ore ma sembrava trascorso un anno.

Tornai con la mente a quando desideravo una vita piena: l'avevo trovata. Ero stravolto ma felice di aver finalmente fatto qualcosa di concreto, di non essermi limitato a seguire la strada indicata da altri. Nel corso di quella giornata avevo pure perso dei soldi considerando il costo del taxi, ma avevo guadagnato un'enorme fiducia nelle mie potenzialità. Se ero riuscito a resistere e a ottenere la possibilità di lavorare anche il giorno successivo, allora avevo vinto. Mi avevano insultato, avevo speso più di quanto avessi incassato ed ero distrutto e stravolto. Nonostante questo, avevo ottenuto una grande vittoria nella mia piccola battaglia personale: per la prima volta nella mia vita ero davvero uscito dalla mia comfort zone. Quella sera compresi che a volte devi trovarti costretto a contare solo su te stesso per capire di valere molto più di quanto hai sempre creduto.

8

Spaghetti a mezzanotte

Sapevo che c'era solo un autobus notturno che mi avrebbe riportato a casa. Mi avvicinai alla fermata quasi barcollando e lì trovai un ragazzo biondo, più o meno della mia stessa età, seduto sulla panchina. Aveva una maglietta nera attillata, pantaloni neri e scarpe nere. Sulle spalle uno zaino enorme. Sembrava un *backpacker*, ma anche un po' un militare per via dell'abbigliamento. Non capivo cosa potesse farci lì, a Fremantle, in piena notte.

Mi sedetti vicino a lui. La stanchezza aveva annullato le mie inibizioni, così lo salutai. La pratica di rivolgere una parola a un perfetto sconosciuto sarebbe diventata un'abitudine nella mia vita e nei miei viaggi, ma in quel momento era qualcosa di totalmente nuovo. Un piccolo passo verso un me stesso aperto al mondo, pronto a fidarsi e condividere.

«Ehi» dissi sedendomi. Feci anche uno stupido occhiolino, che a quell'ora e in quel contesto poteva essere facilmente frainteso.

«*Hello*» mi rispose lui stupito.

Lo fissai per qualche secondo. Avevo una sensazione e mi lanciai.

«Sei italiano?»

Lui si meravigliò, come se gli avessi letto dentro l'anima.

«Sì, anche tu?»

«Esatto. Sono Gianluca.»

«Io sono Fabio.»

Ci stringemmo la mano e mi rivolse un sorriso debole e stanco.

«Che ci fai qui a quest'ora, tutto solo?»

«Sono nella merda fino al collo» mi rispose con un forte accento bergamasco.

«In che senso?»

«Sono appena arrivato in Australia e l'ostello dove avevo prenotato qui a Fremantle ha dato via il mio posto.»

«Mi dispiace... ora dove vai?»

«Qua è tutto chiuso, provo a cercarne uno a Scarborough. Non posso permettermi un albergo. Se non trovo niente dormo in spiaggia e domani si vedrà.»

Quelle parole risuonarono nella mia testa, ma soprattutto nel mio cuore. Un perfetto sconosciuto che aveva bisogno di aiuto. Una persona che avrebbe potuto derubarmi o accoltellarmi nel momento stesso in cui mi fossi offerto di dargli una mano. Ma se volevo cambiare il mio modo di vedere il mondo, e così cambiare me stesso, quella era un'occasione che non potevo ignorare. Sembrava quasi che quel meraviglioso cielo stellato avesse deciso di mettere alla prova la promessa fattagli la sera prima, quando avevo giurato che avrei attuato un cambiamento.

«Senti, che ne dici di venire a dormire nella casa dove sto? Siamo io, la mia fidanzata e il ragazzo che ci ospita da ieri.»

Lui sgranò gli occhi, non se l'aspettava. Pensai che probabilmente avevo avuto la stessa identica espressione di fronte alla proposta di Davide del giorno precedente.

«Ma sei serio?» l'accento bergamasco era diventato ancora più forte per lo stupore.

«Sì, Fabio, davvero. D'altronde, se non ci aiutiamo tra di noi...»

Mentre eravamo sul bus, Fabio mi spiegò che nel suo paese in provincia di Bergamo lavorava nell'azienda del padre. Poi aveva cercato la sua strada altrove, proprio come me, seppur con motivazioni ben diverse dalle mie. Non mi aveva spiegato nulla nei dettagli, ma intuivo che volesse diventare indipendente e conquistarsi da solo il suo posto nel mondo. Non era un figlio di papà, tutt'altro, si vedeva che era un duro. Un ragazzo pronto ad affrontare la vita di petto e preparato agli imprevisti che ti mette di fronte. Uno che non perde tempo a lamentarsi ma agisce.

Fabio aveva le idee chiare e una grande cultura che gli permetteva di spaziare da un argomento all'altro con molta facilità. Quando mi disse di non essere laureato e di non aver mai pensato di frequentare seriamente l'università, rimasi colpito. Per la prima volta avevo incontrato un ragazzo più o meno della mia età che aveva fatto la mia stessa scelta di vita. Spinto dalla mia volontà di imparare a fidarmi degli altri, gli avevo confessato che tutta la mia avventura australiana era nata proprio dalla scelta di abbandonare l'università. Gli raccontai ogni cosa superando la paura di essere giudicato. Non mi ero mai aperto con nessuno fino a quel punto se non con Claudia, e ora lo stavo facendo con un perfetto sconosciuto, in piena notte, su un bus che mi stava riportando nella mia nuova casa in Australia.

"Guardami, sto mantenendo la mia promessa" pensai lanciando lo sguardo fuori dal finestrino, verso il cielo stellato.

Quando ebbi finito di spiegare la mia insofferenza per l'università e la vita da universitario, rimasi in silenzio. Nonostante fosse tardi, Fabio aveva occhi attenti e svegli. Si prese qualche secondo, poi si lanciò in una riflessione totalmente inaspettata.

«Sai, ci sono persone che sono fatte per essere inquadrate. Devono essere indirizzate, altrimenti non possono essere felici. Hanno bisogno di sentirsi dire cosa devono fare. Io credevo di essere così: l'azienda di mio padre, la casa, la macchina e una vita tutta uguale per quarant'anni. Poi ho capito che persone come me, e probabilmente anche come te, un po' ribelli e un po' sognatrici, non funzionano all'interno di schemi così rigidi. C'è il rischio che per noi la laurea sia una condanna, perché l'università può intrappolare la tua mente costringendoti a ragionare in un certo modo e spegnere il tuo spirito libero. E se fino al liceo puoi permetterti progetti di vita non convenzionali, quando hai una laurea in mano ti senti costretto a seguire certi percorsi. Perché hai investito tre o cinque anni della tua vita a studiare per entrare in un certo settore, e stai pur certo che dopo ti sentirai obbligato a seguire quella strada. Ci sono persone che trovano la massima realizzazione in questo modo. E poi ci sono le teste di cazzo come noi.»

Non sapevo cosa pensare di quelle parole e negli anni successivi mi sono spesso interrogato sul loro significato. Si può essere d'accordo o meno con Fabio, ma una cosa è certa: ero stato costretto ad andare dall'altra parte del mondo per trovare un'opinione sincera e alternativa. Prima di partire, per mesi avevo ascoltato le frasi di amici e parenti ed erano sostanzialmente tutte uguali: "Non sprecare questa opportunità", "Laureati e dopo fai quel che vuoi", "Sei intelligente, dovresti studiare" e via discorrendo. Poi, nel momento in cui avevo deciso di aprirmi e fidarmi degli altri, il destino mi aveva subito messo di fronte una persona che aveva apprezzato e giustificato (seppur con argomentazioni molto estreme) il mio (il nostro) cambiamento. Invece di tenermi tutto dentro, per la prima volta avevo deciso di condividere qualcosa di personale con gli altri e avevo ricevuto in cambio un'opinione interessante e nuova, di quelle che ti entrano nella testa e ti danno da pensare per tanto tempo.

Arrivammo a casa in piena notte. Claudia era rimasta sveglia per sapere come fosse andata la mia serata al lavoro. La abbracciai e mi sentii a casa, pur essendo dall'altra parte del mondo. Davide, invece, era collassato davanti alla televisione, sul divano, dopo il turno serale al ristorante. Mentre Fabio si presentava a Claudia, io svegliai Davide.

«Scusa Davide, ho trovato un ragazzo italiano in giro, da solo in piena notte. Non sa dove andare. Può dormire qui stanotte?»

Lui si svegliò lentamente, mi fece un sorriso stanco. Poi mi disse che avevo fatto bene e ripeté nuovamente quella frase bellissima che aveva utilizzato per me e che io avevo detto a Fabio: «Se non ci aiutiamo tra di noi...».

Davide e Fabio si presentarono e in pochi minuti eravamo tutti svegli e sorridenti a raccontarci i nostri percorsi di vita. Tutti mi chiesero del mio primo giorno di lavoro come se fossimo una famiglia, con un reale interesse. E pensare che in quella stanza c'era sì la donna che amavo, ma anche due persone che conoscevo pochissimo.

Parlammo per una ventina di minuti, aprendoci. A un certo punto, dal nulla, Davide propose di farci una spaghettata: erano le due di notte. Accettammo con entusiasmo e nel giro di pochi minuti la brigata lavorava già in perfetta sintonia: c'era chi scolava la pasta, chi preparava il sugo, chi apparecchiava la tavola e chi stappava quella che probabilmente era la bottiglia di vino più economica di tutta l'Australia. Quattro giovani italiani capitati dall'altra parte del mondo, con ambizioni, trascorsi e idee differenti, ma uniti dal potere della condivisione e dal desiderio di fidarsi gli uni degli altri.

Mentre mangiavamo lanciai un'occhiata furtiva a quel cielo stellato così luminoso da sembrarmi impossibile e pensai che, indipendentemente da come sarebbe andata la mia vita da quel momento in poi, ne era valsa la pena. Era valsa la pena di lasciare l'università e ritrovarmi senza soldi e senza un futuro certo in Australia. Ne era valsa maledettamente la pena.

Quella serata fu fantastica e pose fine a una giornata intensa e indimenticabile. Il giorno dopo, però, mi svegliai con la consapevolezza di dover iniziare a guadagnare davvero, perché altrimenti mi sarei ritrovato costretto a chiedere un prestito a qualcuno oppure a tornare a casa. Mi restavano poche centinaia di dollari e dovevo pagare l'affitto a Davide. La situazione era tragica, ma ero molto fiducioso perché il ristorante italiano mi aveva dato un'altra possibilità.

Il secondo giorno andò meglio del primo, il terzo ancora meglio e dal quarto iniziai a sentirmi parte di un meccanismo ben rodato. Dopo circa una settimana passata a tagliare verdure, sbucciare patate e pulire in maniera maniacale,

Thomas (lo chef) mi abbozzò un sorriso. Inutile negarlo: fu una bella sensazione.

Thomas aveva creato un clima militaresco, come se la sua cucina (non mancava mai di sottolineare che quella era la *sua* cucina) fosse l'ultimo avamposto a difesa dall'invasione nemica. Tra lui e Maria c'era un grande feeling mentre io ero l'ultimo arrivato, sotto ogni punto di vista. Mi faceva sentire costantemente come se fossi un problema e non una risorsa, ma in fondo non mi dispiaceva. Forse avevo proprio bisogno di essere spinto al limite per capire chi fossi realmente e chi potessi diventare. Non puoi crescere se stai fermo nella comfort zone di una vita semplice e scontata, dove non esistono vere sfide o situazioni complesse da gestire. Anche per questo motivo quel mezzo sorriso che mi rivolse perché avevo imparato a mantenere la buccia delle patate così sottile da essere quasi trasparente fu una enorme soddisfazione. Certificava la mia crescita. E ancora una volta pensai che, se non avessi preso una scelta giudicata da tutti come sbagliata, non mi sarei ritrovato a provare un tale orgoglio per me stesso. Erano solo bucce di patate, ma in quel momento rappresentavano molto di più: tra quelle spesse della prima serata e quelle, invece, sottilissime, c'era tutta la mia evoluzione. Quelle bucce erano la prova del mio percorso di crescita personale.

Dopo un mese passato a lavorare sei giorni su sette in cucina, mi ritrovavo finalmente con qualche soldo da parte. Avevo appena pagato l'affitto e fatto la spesa, pertanto i duecento dollari che avevo in tasca erano tutti miei e potevo usarli come preferivo. Se mi fossi ritrovato con la stessa cifra un anno prima l'avrei subito spesa, magari per comprare un paio di scarpe o un oggetto tecnologico. Invece quei soldi erano diventati sacri, perché me li ero guadagnati. Non mi erano stati regalati per il mio compleanno o per Natale, non li avevo trovati per strada: li avevo ottenuti faticando. Ecco perché non li avrei sprecati, al contrario li avrei utilizzati solo per qualcosa di veramente importante. Mi piaceva l'idea di provare a investirli su me stesso, non consumarli stupidamente. Un solo mese in Australia mi bastò per imparare a dare il giusto valore al denaro.

Io e Claudia, intanto, iniziavamo ad apprezzare quella vita. Lavoravamo tanto ma ogni singolo giorno ci prendevamo almeno un'ora solo per noi. Spesso alla sera andavamo a Scarborough Beach a osservare il tramonto sull'oceano Indiano, con i piedi affondati nella sabbia. In lontananza, se avevi fortuna e prestavi attenzione, potevi scorgere balene e delfini che nuotavano sotto la luce arancione che pone fine alla giornata e dà il benvenuto alla notte. Quei momenti aggiungevano un valore immenso alla mia vita e al nostro rapporto. Stavamo crescendo insieme ed eravamo profondamente fieri di quello che facevamo. Solo un mese prima camminavamo pallidi e spaventati per le strade di Torino, convinti che sarebbe andato tutto male. Ora ci ritrovavamo con una casa, un lavoro e una vita felice. Io lo ero davvero. Felice di essere vivo e grato per ogni singola giornata.

Un altro motivo per cui l'esperienza australiana stava andando così bene erano le persone che avevamo intorno. Dopo quella prima nottata a mangiare spaghetti e raccontarci le nostre vite, Davide aveva detto a Fabio che, se avesse voluto, avrebbe potuto fermarsi. In casa c'era una stanza vuota dove avevamo sistemato tutto ciò che non sapevamo dove altro mettere, e volendo poteva trasferirsi a vivere lì. Fabio aveva accettato e il giorno dopo Davide – anche se spesso in Australia le stanze erano date completamente spoglie – era andato all'Ikea di Perth per comprargli un letto, un mobile e una piccola scrivania. Un gesto di una gentilezza sconfinata, che in un certo senso spinse tutti noi a imitare la sua attitudine positiva.

Avevo adottato quella medesima filosofia di vita nel momento stesso in cui avevo conosciuto Fabio e gli avevo proposto di venire a casa nostra, nonostante fosse un completo sconosciuto.

Avrei compreso che quella dell'amore è davvero una ruota un paio di mesi dopo quella notte indimenticabile. Tempo prima avevo *dato*, poi improvvisamente *ricevevo*.

Prima di partire per l'Australia, Fabio aveva svolto un corso professionale da barista. Era appassionato, abile e molto competente, motivo per cui non aveva faticato a trovare un lavoro poco dopo l'arrivo nel nuovo Paese. Dopo una settimana di ricerche e colloqui, era stato assunto da una catena di caffetterie molto popolare nel Western Australia. Vista la sua professionalità e la sua bravura, la manager del locale dove lavorava si fidava ciecamente di lui. Un giorno, Fabio, senza dirmi assolutamente nulla e senza che io glielo chiedessi, parlò con la sua responsabile di un suo amico che stava cercando lavoro come cameriere. Disse che garantiva lui per la serietà del ragazzo e la manager decise di fidarsi, fissando subito un colloquio. Quel ragazzo ero io.

«Gian, domani hai un colloquio nel posto dove lavoro» mi disse entrando in casa sorridendo, mentre io stavo pranzando.

«Ma io non ho mai mandato il *curriculum* lì.»

«No, *pota*! Te l'ho procurato io il colloquio. Se fai una bella impressione ti prendono al cento per cento.»

Rimasi senza parole, con la forchetta sospesa a metà tra il piatto e la mia bocca.

«Cioè, mi hai trovato un'opportunità lavorativa così, senza che nemmeno te lo chiedessi? Per farmi un favore?»

«Amico, cosa mi hai detto quella notte a Fremantle? Se non ci aiutiamo tra di noi...»

9
Dare una possibilità a me stesso

Ero abituato alle luci intense della cucina del ristorante italiano di Fremantle, alle urla di Thomas e all'efficienza di Maria. Lavorare in quelle quattro mura era come andare in guerra: quando perdevi faceva malissimo, quando vincevi tornavi a casa sul bus notturno sentendoti un veterano scampato alla morte. Io ero rimasto l'anello debole della catena e in un certo senso speravo che arrivasse qualche volto nuovo. Sarebbe andato bene chiunque, purché non fossi io a dover ricoprire per sempre quel ruolo.

Nella caffetteria dove lavorava Fabio, invece, era tutto incredibilmente diverso. Mi presentai al colloquio con l'aria da duro, perché avevo immaginato di ritrovarmi di fronte a un altro Thomas, ovvero uno chef incazzato pronto a urlarmi in faccia che ero un rifiuto della società per il modo in cui pelavo le patate. La prima impressione che ebbi di quel posto fu invece molto positiva, anche solo per la sua posizione.

Il locale era al secondo piano di un piccolo edificio che si affacciava direttamente sulla spiaggia di Scarborough. Al piano inferiore si trovavano una gelateria e un negozio di surf e, salendo le scale, entravi in un locale luminoso e ampio, suddiviso in una zona interna con decine di tavolini e divanetti e una zona esterna con una terrazza da cui si godeva una vista sensazionale della spiaggia e dell'oceano. La parte interna era caratterizzata dal legno, al punto di sembrare una baita di montagna, con tanto di parquet e quadri raffiguranti paesaggi naturali e animali. C'era un bancone lungo cinque o sei metri, dietro al quale lavoravano freneticamente camerieri e barman, alle loro spalle un enorme specchio che ricopriva la parete. I dipendenti erano tutti vestiti con camicia bianca, grembiule e pantaloni neri e una specie di coppola in testa, sulla quale era ricamato il logo dell'azienda. Fuori, invece, c'era una terrazza con tavolini tondi e sedie bianche. Da lì potevi abbracciare con lo sguardo l'oceano imponente, la spiaggia che si perdeva a vista d'occhio, il cielo azzurro e privo di nuvole. Poi la strada, i negozi di surf, le palme, la pista ciclabile, il parcheggio. Mi fermai per qualche secondo ad ammirare tutto quanto, pieno di gratitudine.

Al colloquio scoprii subito che anche la manager era italiana. Come Michele, come Davide e Fabio, come me e Claudia e come tanti altri che avrei incontrato nei mesi successivi in Australia. Una circostanza che osservavo con una strana sensazione di orgoglio e amarezza: da un lato eravamo ragazzi e ragazze che cercavano il loro posto nel mondo e la loro felicità con coraggio e determinazione, lontani da amici e parenti; dall'altro lato individui che non avevano più alcuna fiducia nel loro Paese e nel sistema che lo governava. E quando le giovani generazioni sono costrette a scappare lontano dalla propria terra per farsi strada, vuol dire che c'è qualcosa di profondamente sbagliato. In un'epoca in cui ci si preoccupa tanto dell'immigrazione, non preoccuparsi dell'emigrazione dei giovani significa non avere alcun interesse nel costruire un futuro migliore.

«Ciao, sono Gianluca» dissi porgendo la mano.

La manager alzò lo sguardo e mi sorrise. Quel semplice gesto era già meglio di quanto avevo vissuto il primo giorno nel ristorante di Fremantle.

«Ciao Gianluca, sono Alessandra. Parliamo in inglese per favore» mi disse gentile ma ferma.

"Ecco, rivolgendomi a lei in italiano di sicuro sono passato per quello che crede di partire privilegiato avendo a che fare con una sua connazionale" pensai con rammarico.

Mi chiese il *curriculum* e glielo porsi. Avevo aggiunto l'esperienza lavorativa come *kitchen hand* nel ristorante ma, nonostante questo, il mio era ancora un curriculum molto scarno.

Improvvisamente Alessandra alzò gli occhi e mi pose una domanda che mi fece trasalire.

«Vedo che hai lavorato anche in Italia. Chiamo questo bar e questo ristorante e chiedo qualcosa su di te, okay?»

Per qualche secondo rimasi senza parole.

«Certo, ma forse il ristorante ha chiuso. Ah, e il bar di sicuro ha chiuso, me lo ricordo» dissi senza riuscire a celare l'agitazione. Mi ero persino inventato i nomi dei due locali.

Lei mi fissò dritto negli occhi. Avrà avuto quattro o cinque anni in più di me ed era già store manager di un'importante catena nel settore della ristorazione. La stimavo perché ero sicuro che avesse alle spalle una storia simile alla mia. Più avanti nel tempo avrei capito che ogni immigrato ha una storia simile alla mia, caratterizzata dall'essere disposti a rischiare pur di cercare altrove la propria realizzazione personale.

«Ascoltami, Gianluca. Un rapporto lavorativo è come un rapporto d'amore: se non c'è la fiducia, non può durare. Quindi io te lo chiedo una sola volta e devi rispondermi onestamente: ti sei inventato questi due lavori svolti in Italia?»

Ci ragionai su per un secondo e mezzo, con lo sguardo basso e il cuore che batteva all'impazzata. Poi ripensai a quanto mentissi a Torino, quando fingevo ogni giorno che tutto andasse bene e cercavo sempre di sembrare forte e sicuro di sé, anche se in realtà ero profondamente confuso. Non ero scappato da una situazione del genere per continuare a mentire anche in Australia. Proviamo qualcosa di nuovo e spaventoso, pensai: essere completamente onesto.

«Sì, sono cazzate» dissi sospirando. «L'ho scritto perché credevo di non avere alcuna possibilità con un *curriculum* vuoto. Però sto davvero facendo il *kitchen hand* a Fremantle.»

Lei si tolse gli occhiali e fece cadere il mio *curriculum* sul tavolo.

«Apprezzo che tu me lo abbia detto. Considerando anche che garantisce Fabio per te, per me puoi iniziare già oggi pomeriggio. Ma ricordati quello che ti ho detto: non tradire più la mia fiducia se ci tieni a questo lavoro.»

Fu una lezione importante, l'ennesima di quella avventura australiana. Ancora una volta era venuta fuori l'importanza della fiducia, perché Alessandra si era fidata di me nonostante fossi partito malissimo.

In quel periodo iniziai a ragionare su quella che negli anni successivi sarebbe diventata la mia filosofia di vita: cercare di essere sempre me stesso. Indossiamo maschere perché vogliamo apparire meglio di ciò che siamo, proprio come avevo fatto io nel compilare il mio *curriculum*. In realtà mi sarebbe bastato dimostrare il mio valore sul campo, perché non ero andato in Australia per divertirmi, ma per costruirmi un futuro.

Ognuno di noi è unico ed è proprio questo aspetto a renderci meravigliosi. La paura di essere giudicati ci spinge a omologarci e a perdere la nostra identità, ed è in quel momento che iniziamo lentamente a morire, a scomparire e a non riconoscerci più. Non c'è nulla di sbagliato in nessuno di noi. Non c'è nessuna guerra da combattere, se non quelle che la nostra mente si inventa. Non ha senso indossare un'armatura per nascondere agli altri chi siamo veramente.

Quel colloquio cambiò un po' la mia vita. Subito dopo, mentre mi alzavo, scosso ma stranamente leggero, decisi che avrei dato una possibilità a me stesso. Non mi sarei nascosto, non avrei fatto finta di essere meglio. Io sono io, mi dissi. Il mondo mi avrebbe accettato per quello che ero, con tutti i miei difetti. Da quel momento avrei provato a essere sempre autentico e senza filtri. Si trattava di una svolta importante e spaventosa, ma sapevo che quella era la strada giusta.

10
La fabbrica dei polli

Dopo qualche settimana di lavoro mi resi conto di non essere completamente a mio agio nelle conversazioni in lingua inglese. Stare in cucina a pelare patate era un conto, parlare con decine di persone prendendo ordini e rispondendo alle loro domande su ingredienti e quant'altro era tutto un altro paio di maniche. Così decisi di investire i primi soldi guadagnati su me stesso e mi iscrissi a un corso di inglese. Avevo già una buona conoscenza della lingua, ma volevo migliorarmi ancora.

Scelsi un corso di livello *advanced* presso un istituto che si trovava vicino a casa. Anche lì incontrai decine di giovani impegnati a vivere intensamente, e l'atmosfera era perfetta per studiare e crescere. Stranamente non c'era nessun italiano: le nazioni più rappresentate erano la Corea del Sud e la Germania. Ogni giorno osservavo con curiosità le profonde differenze tra chi proveniva dall'estremo Oriente e chi invece era nato e cresciuto a poche centinaia di chilometri dall'Italia. Soprattutto per quanto riguardava le ragazze: le coreane erano curatissime nell'abbigliamento e nell'aspetto, mentre le tedesche arrivavano a lezione con i capelli bagnati dal mare, shorts e infradito. Anche dal punto di vista culturale, però, c'erano differenze evidenti. In quel periodo, ad esempio, scoprii che per molti orientali soffiarsi il naso in pubblico è un gesto estremamente maleducato. Al contrario, invece, per loro è normale emettere suoni di ogni tipo mentre mangiano. Rimasi senza parole di fronte a queste curate e graziose ragazze sudcoreane che ruttavano senza pudore.

Un giorno un ragazzo sudcoreano di nome Glen mi disse di non potersi presentare al lavoro perché aveva l'esame finale del corso d'inglese. Doveva trovare qualcuno che lo sostituisse nel pomeriggio e colsi l'occasione per propormi. Quella mattina mi ero svegliato pensando che sarebbe stata la mia giornata libera e invece poche ore dopo mi stavo recando presso una fabbrica fuori dal centro di Perth. Non sapevo quasi nulla di quel posto, se non che si chiamava Chicken Factory, la "fabbrica di polli". Il ragazzo sudcoreano mi aveva detto che non avrei dovuto fare altro che pulire e sistemare i cesti in cui il pollo veniva consegnato a ristoranti e supermercati. La paga era alta: per otto ore di lavoro avrei guadagnato duecento dollari australiani.

Quando arrivai all'indirizzo che Glen mi aveva fornito, mi trovai di fronte a un immenso mostro di cemento, un edificio grigio e triste. All'ingresso fui accolto da un responsabile della sicurezza, un uomo asiatico dall'aria stravolta e annoiata.

«Compila e firma questi moduli» mi disse. «Poi entra in quella stanza, cerca la tuta e gli stivali adatti e torna qui.»

Dentro la stanza che mi aveva indicato ero l'unico occidentale, gli altri erano tutti asiatici. C'erano degli stivali bianchi posizionati sotto una panca e una serie di tute, anche queste bianche, appese al soffitto. Sembravano fantasmi, il che rendeva l'atmosfera ancora più deprimente. Dopo aver indossato gli stivali e la tuta bianca tornai dall'uomo all'ingresso. Mi fece firmare un altro modulo e poi mi portò in una stanzetta dove c'erano alcune sedie e un televisore.

«Guarda questo filmato, dura quindici minuti» mi disse.

Sullo schermo del vecchio televisore comparvero una serie di immagini relative alla sicurezza sul lavoro. Il video mostrava tutti i modi possibili e immaginabili in cui un operaio può infortunarsi o ammazzarsi in una fabbrica.

Erano scene molto forti: si passava dalla gente decapitata da muletti impazziti a macchine infernali che strappavano le braccia a chi non prestava attenzione a dove infilava le mani. Se l'intenzione era di impressionarmi e tenere alta la mia soglia di attenzione, ci erano riusciti.

Finito il video, l'uomo mi fece firmare un altro modulo e poi mi presentò un ragazzo di cui dimenticai il nome nel momento stesso in cui me lo disse. Anche lui era asiatico e anche lui aveva l'aria di uno che è appena tornato a casa dalla guerra. Non riuscii a non notare che la sua tuta bianca e i suoi guanti verdi erano sporchi di sangue.

«Io sono il tuo responsabile. Seguimi» si limitò a dirmi.

Passammo attraverso un tunnel senza finestre, il cui pavimento era ricoperto da uno strano liquido, probabilmente disinfettante per gli stivali. Poi entrammo in un'area sconfinata dove decine di polli crudi agganciati a una catena passavano sopra le nostre teste. Rimasi impressionato dal numero di polli che sfrecciavano a tutta velocità e mi chiesi quanti ne venissero "prodotti" ogni giorno. Centinaia? Migliaia? Decine di migliaia? Dopo aver attraversato tutta la zona, ci ritrovammo sul retro della fabbrica. Qui erano presenti due operai (anche loro asiatici) che scaricavano i cesti in plastica dai camion e li posizionavano su un rullo che li portava dentro un macchinario adibito alla pulizia e alla disinfestazione.

«Il tuo lavoro è molto semplice: prendi i cesti, li metti sul rullo. Prendi i cesti, li metti sul rullo. Prendi i cesti, li metti sul rullo» mi disse mimando il movimento, come se stesse parlando a un bambino.

«Tutto chiaro» replicai un po' infastidito.

«Vai a timbrare il tuo cartellino. Inizi alle 16 e finisci a mezzanotte. Alle 21 puoi andare a cenare in mensa per mezz'ora. Hai una pausa di dieci minuti ogni due ore. Ci vediamo a mezzanotte.»

Il lavoro era molto duro, il più duro che avessi mai fatto. Era un continuo piegarsi, trascinare e sollevare. Dopo un paio di ore avevo le braccia indolenzite, alla pausa cena ero distrutto. Mi facevo forza pensando che stavo guadagnando più di venti dollari australiani all'ora e che, in ogni caso, non sarei più tornato in quella fabbrica. Era un lavoro occasionale e dovevo farmelo andare bene per qualche ora.

Quando conclusi il turno, ero l'uomo più felice del mondo. Potevo andare a casa, dormire e dal giorno successivo riprendere a servire ai tavoli della caffetteria, sotto il sole e a due passi dall'oceano. Ma un episodio scombussolò i miei piani dopo aver timbrato il cartellino. Forse a causa della stanchezza o forse grazie a qualcosa di più grande, magari l'Universo, un'entità superiore che ormai identificavo con il cielo stellato australiano, mi persi all'interno di quella gigantesca fabbrica. Intorno a me c'erano altri operai, ma sembrava che nessuno di loro fosse in grado di comprendere o rispondere alla mia semplice domanda: «Dov'è l'uscita?». Così, vagando per i corridoi asettici della Chicken Factory, vidi una porta che sembrava un'uscita di sicurezza. In quel momento ero troppo stanco per cercare l'uscita tradizionale, pertanto misi la mano sul maniglione antipanico ed entrai, ritrovandomi di fronte a qualcosa che cambiò per sempre la mia prospettiva sull'alimentazione, ma anche sul modo in cui consumiamo e su tutto ciò che accettiamo quotidianamente senza porci alcuna domanda.

In quella stanza senza finestre, illuminata da flebili e fastidiose luci rosse, i polli che avevo visto appesi e spennati erano ancora vivi. Ci voleva coraggio a definire "vita" lo stato in cui si trovavano quegli animali: erano ammassati l'uno sull'altro dentro gabbie troppo strette anche solo per consentirgli di muoversi. La mancanza di spazio li faceva impazzire, lo percepivo dai rumori strazianti che emettevano. Per farsi strada si beccavano tra loro, così dentro le gabbie c'erano polli già morti, altri mutilati, altri ancora in condizioni agghiaccianti a metà tra la vita e la morte. Spostando lo sguardo vidi che gli operai aprivano le gabbie e prendevano un pollo alla volta. Lo legavano per il collo a un macchinario ed erano così veloci e abituati al movimento da riuscire a tirarne fuori a decine ogni minuto. I polli si dimenavano con tutte le loro forze, mostrando un attaccamento così poco commisurato a quella misera vita da gelarmi il cuore. Una volta attaccati al rullo per il collo continuavano a urlare e muovere le zampe, finché non raggiungevano un punto nel quale il rullo diventava una lama. Facevano una specie di saltino e poi la loro testa finiva in un cesto di metallo posizionato sotto il rullo.

Era una scena sconvolgente, che mi lasciò senza parole. I versi di quei poveri animali disperati erano strazianti, ma lo era ancora di più il suono secco della loro decapitazione. Ciò che più mi scioccava, però, era vedere quanti animali venissero uccisi in pochi minuti: ero davanti a un'autentica catena di montaggio della morte. Una fabbrica di polli, nel vero senso del termine.

Vedevo quegli animali battersi con gli occhi pieni di terrore, aggrapparsi alla sopravvivenza con tutte le loro forze e poi afflosciarsi, senza testa e senza vita. Fu un pugno nello stomaco che mi costrinse a pormi domande che nessuno, dalla famiglia alla scuola, mi aveva mai invitato a farmi. La prima era la più banale: come avevo potuto mangiare carne per tutti quegli anni senza sapere che dietro a ogni boccone si nascondeva una tale sofferenza? Non ero nemmeno nella fase del "giusto o sbagliato", ero scioccato all'idea di aver vissuto per tutti quegli anni nella più totale ignoranza.

Poi arrivò la fase della negazione: "Non può essere così ovunque, sicuramente la carne italiana non è prodotta in questo modo". Ma nella mia mente si stava già facendo largo l'unica grande verità: qualsiasi animale finisca nel tuo piatto è un animale morto ammazzato.

Tornai a casa turbato. Quante volte avevo mangiato pollo fritto in un fast food e magari lo avevo persino avanzato e buttato con noncuranza? Come avevo potuto non rendermi conto che dietro a ogni pezzo di carne che consumavo stava la vita spezzata di un essere vivente? Mi chiesi per quale motivo non mi fossi mai domandato prima se tutta quella crudeltà fosse davvero necessaria, se non esistesse un'alimentazione priva di sofferenza.

Essere vegetariani mi era sempre sembrata una scelta da estremisti. Ora avevo assistito a ciò che significa davvero consumare carne: vite misere che si concludono tra paura, sofferenza e morte. Non era forse ben più estremo?

Mi resi definitivamente conto che viviamo in un'epoca nella quale l'apparenza è dominante. Lo avevo già capito falsificando il *curriculum*, ma in realtà la questione è ben più ampia. Ci mostrano l'immagine di una bella bistecca ma non ci fanno vedere il modo in cui l'animale da cui arriva è stato ammazzato. Quanti sopporterebbero la scena di una macellazione? Ben pochi. Eppure ognuno di noi, con totale superficialità, mangia e consuma senza porsi il minimo dubbio sulle conseguenze di queste azioni che diamo per scontato.

Personalmente, solo quando mi ero ritrovato per sbaglio dentro a un mattatoio avevo aperto gli occhi su una realtà che prima avevo completamente ignorato. E avevo provato molte sensazioni, tra cui quella di essere schiavo di regole che non avevo mai messo in dubbio. Non mi ero mai chiesto se fosse giusto mangiare carne. Lo facevo e basta.

Quella sera andai a dormire senza dire niente a nessuno, ma continuando a ripensarci. Il giorno dopo mi alzai e non feci colazione. Presi il computer e iniziai a fare ricerche su Internet. Mi informai sulla carne e sul pesce che mettiamo nei nostri piatti, sul modo in cui vengono allevati gli animali che mangiamo e sulla dieta vegetariana. Finché mi capitò davanti agli occhi *Earthlings*, un documentario narrato dalla voce di Joaquin Phoenix. Era su YouTube, lo guardai tutto e piansi.

Decisi senza alcuna esitazione di diventare vegetariano. Non era una scelta di alimentazione, era una scelta di vita. Era pura consapevolezza applicata: non sarei mai riuscito a mangiare carne sapendo che un capriccio culinario (perché di questo si tratta, nient'altro) causava una sofferenza estrema e ingiustificabile a esseri senzienti. Una mucca, un maiale, un pollo e qualsiasi altro animale erbivoro non vuole altro che sopravvivere, stare con i propri simili e vivere un'esistenza pacifica. Non vuole altro che essere felice, proprio come ognuno di noi.

Quella alla Chicken Factory fu un'esperienza tremenda ma che sono grato di aver vissuto, perché un uomo libero e realizzato, come quello che ambivo a essere, deve ragionare liberamente e agire di conseguenza. Volevo gettare le maschere, ma il primo step era allontanare l'ipocrisia. Non potevo pensare di costruirmi un'esistenza felice continuando a far finta di niente, non dopo tutto quello che avevo letto, visto e osservato di persona. Anche in questo caso, volevo essere io a scegliere se mangiare la carne, non limitarmi ad accettare ciò che gli altri mi mettevano nel piatto. In famiglia e nella mensa scolastica. Nella mia vita non avevo mai scelto di mangiare carne, proprio come non avevo scelto di frequentare l'università. Mi ero lasciato trasportare dagli eventi senza ragionare, senza dubitare di nulla, come una medusa che si fa trasportare dalle correnti. Mi mettevano una coscia di pollo nel piatto e la mangiavo senza pensarci due volte. Era buona e tanto mi bastava. Al modo in cui era arrivata nel mio piatto, nemmeno ci pensavo, anche perché nessuno mi aveva mai invitato a farlo. A pensare.

Nonostante fosse una decisione nata da una circostanza violenta, decisi di diventare vegetariano con grande semplicità e in modo molto pacifico. Smettere di mangiare carne è un atto di amore, aggredire e giudicare chi non lo fa è un atto di violenza che personalmente ritengo contraddittorio. Per questo motivo non ho mai provato a imporre la mia scelta a nessuno. Però negli anni a venire ne ho parlato sempre liberamente ogni volta che mi veniva chiesto perché avessi preso questa scelta.

Spesso vedevo espressioni infastidite e non ne capivo il motivo: non ho nulla contro chi mangia carne, purché lo faccia in modo consapevole. Se assisti allo spettacolo di una macellazione e non ti fa alcun effetto, non sei una persona peggiore di me, hai semplicemente una sensibilità diversa dalla mia.

Ciò che mi dispiace è vedere quante persone non abbiano la minima idea della crudeltà che si cela nei piatti che gli vengono proposti. Come diceva qualcuno: "Se i macelli avessero le pareti di vetro, saremmo tutti vegetariani".

E ancora di più mi lascia sgomento rendermi conto di quanto le persone siano ancorate alle tradizioni. Sono state educate a mangiare animali e, anche ora che sono adulte e non vorrebbero causare sofferenza, non riescono a staccarsi da quell'abitudine, forse perché spaventate dall'idea di perdere la propria identità.

Una paura che si trasforma in aggressione. Quante volte mi è stato detto che l'uomo è fatto per mangiare la carne, che è nella nostra natura. Eppure, se prendi un bambino e lo chiudi in una stanza con un coniglio e una mela, il bambino mangerà la mela. Il coniglio susciterà in lui tenerezza, vorrà accarezzarlo, giocarci. Un carnivoro non esiterebbe un secondo a sbranare il coniglio. Noi non abbiamo questo istinto, abbiamo iniziato a mangiare carne per sopravvivere e ora che non abbiamo più questo problema lo facciamo per una questione di abitudine e gusto. Ma non siamo forse arrivati a un livello di consapevolezza tale da poter andare oltre a questa tradizione di violenza, sofferenza e morte? Alla fine è tutta una questione di consapevolezza. Che sia sul cibo, sul lavoro, sul denaro o sui rapporti con gli altri poco importa. Ciò a cui tutti noi dovremmo ambire è una vita consapevole, nella quale sappiamo ciò che succede intorno a noi e quali sono le conseguenze delle nostre azioni. Una vita nella quale siamo in grado di scegliere e non subiamo passivamente i piccoli e grandi eventi della quotidianità. Altrimenti non siamo altro che burattini, individui vuoti che scelgono di non-scegliere. Proprio ciò che speravo di non essere.

Scoprire che dietro al gusto della carne c'era quella sofferenza insensata fu per me un momento di svolta. Ed ebbi l'impressione di tornare al timone della mia esistenza. Fu come aprire gli occhi. Da quel giorno iniziai a pormi sempre una domanda, in qualunque situazione, che mi cambiò la vita: "Perché lo sto facendo?".

11
Solo un cameriere

La vita in Australia era fantastica. Vivevo in un luogo che ogni giorno sapeva come lasciarmi senza parole, tra prati verdissimi, spiagge infinite e la maestosità dell'oceano a due passi da casa. Avevo la fortuna di condividere tutta questa bellezza con la donna che amavo e avevo trovato in Davide e Fabio due amici veri, di quelli che spesso mi erano mancati a Torino. Avevo concluso il corso di lingua e avevo iniziato a ragionare in inglese in alcune situazioni, soprattutto sul lavoro. A volte sognavo persino in inglese, una sensazione strana che un po' mi spaventava, perché mi rendevo conto di quanto fossi cambiato rispetto al ragazzo che ero meno di un anno prima. Vedere quanta strada abbiamo percorso fa paura, ma è anche motivo di orgoglio.

Sapevo di essere maturato ed ero fiero del mio percorso. Mi sentivo bene fisicamente ed emotivamente, ogni giorno mi svegliavo con tanta voglia di fare e vivere appieno. L'Australia mi aveva dato talmente tante opportunità per esprimere le mie potenzialità e i miei desideri da aver rappresentato la cura migliore che potessi scegliere per me stesso. Per il mio corpo, la mia mente e la mia anima.

Lavorando duramente, io e Claudia avevamo accumulato diverse migliaia di dollari. Decidemmo di comprare un'automobile, una vecchia Mitsubishi con la vernice del cofano irrimediabilmente corrosa dal cocente sole australiano. Era un veicolo datato, con quasi duecentomila chilometri sulle spalle e una serie infinita di piccoli problemi. L'avevamo acquistata da un surfista che viveva in una casetta indipendente affacciata direttamente sulla spiaggia. Era un tipo molto rilassato, con un'evidente passione per la marijuana. C'erano tante persone così nella zona, interessate unicamente a vivere con lentezza, senza dare o avere problemi. Gente perennemente abbronzata e in infradito. Conosco molte persone in Italia che le reputerebbero dei rifiuti della società; io invece le stimavo perché sembravano in pace con se stesse e anche parecchio felici. La vita è una sola ed è troppo breve per viverla secondo schemi che ti deprimono. È davvero troppo breve per preoccuparsi continuamente di essere *giusti* agli occhi degli altri.

Pur ammirando quel surfista per il modo in cui affrontava la vita, non mi fidavo più di tanto quando diceva che il motore era perfetto. Chiamai un meccanico, organizzammo un appuntamento ed ebbi la conferma, da parte di un esperto, che tutto funzionava a dovere.

«Avanti, amico» mi disse il surfista di fronte al meccanico. «Come fai a non vedere che con questa bestia puoi tornare fino in Italia, se vuoi!?»

Acquistare quell'automobile fu un passo importante. Una decisione del genere poteva solo nascere dalla volontà di mettere radici in Australia. I luoghi, i lavori, le persone, il clima, l'oceano... l'esperienza di vita in quell'angolo di mondo era troppo piacevole per non dedicarle almeno tre o quattro anni. O chissà, magari fermarci per il resto del nostro tempo.

Su un piano strettamente personale, mi ero innamorato dell'Australia perché mi aveva dato esattamente quello che cercavo: opportunità. Non ero alla ricerca di soldi facili, né pretendevo di essere felice semplicemente perché ero andato dall'altra parte del mondo. Volevo avere la possibilità di esprimere il mio potenziale perché in Italia non ci ero mai riuscito. A Perth avevo avuto mille opportunità in questo senso e avevo cercato di sfruttarle tutte nel migliore dei modi, con la consapevolezza che ognuna di esse fosse unica. Ero riuscito a valorizzare il mio tempo, una sensazione bellissima di cui riuscivo a godere pienamente in due momenti precisi: quando sei nel letto e ti addormenti con il cuore in pace mentre ripensi a quanto è stata piena la tua giornata e quando ti svegli al mattino e non vedi l'ora di alzarti, fare colazione e spaccare il mondo.

Ero partito dall'Italia per seguire le coordinate della mia felicità, inizialmente sfocate, poi sempre più nitide. Avevo capito che indicavano Perth, in particolar modo Scarborough Beach, dove andavo ogni giorno anche solo a osservare l'oceano.

Ero felice. Eravamo felici. Ma fu proprio nel momento in cui io e Claudia sognavamo timidamente di fermarci a tempo indeterminato a Perth che l'Australia ci mostrò l'altra faccia della medaglia.

Un giorno ero al lavoro. Stavo pulendo i tavolini, era la fine del mio turno. Alessandra mi diceva sempre che non potevo andarmene prima di aver pulito tutto. Fu proprio lei a interrompermi, con un'espressione seria.

«Puoi venire nel mio ufficio?»

«Posso finire e venire dopo aver timbrato?»

«No, andiamo subito.»

Si girò e si diresse verso il piccolo ufficio sul retro del locale. La seguii, entrai e mi sedetti sulla sedia di fronte alla sua scrivania.

«Gianluca, non è facile dirtelo» iniziò. Avevo il presentimento che quella conversazione avrebbe cambiato tutto. «Dalla sede centrale mi hanno detto che non possiamo rinnovare il contratto a chi ha un visto che dura meno di sei mesi.»

Subito non compresi. Cosa c'entrava il visto? Era passata un'eternità da quando avevo aperto il passaporto l'ultima volta... e così mi resi conto di quale fosse il problema: eravamo in Australia da oltre sei mesi e io lavoravo in quel locale da circa cinque mesi.

«Il tuo contratto scade tra una ventina di giorni. A quel

punto ti resteranno solo cinque mesi di visto: per questo non possiamo rinnovarlo.»

«Significa che mi lasciate a casa?»

«Non abbiamo scelta. Con il Working Holiday Visa non possiamo fare di più.»

«Non c'è la possibilità di sponsorizzarmi?» chiesi.

Avevo letto che l'unico modo per prolungare un visto era quello di trovare un'azienda che pagasse per farmi restare nel Paese. Uno sponsor, appunto.

Alessandra fece un'espressione che mostrava quanta tenerezza provasse nei miei confronti, come se davanti a sé avesse avuto un bambino che chiede perché non può mangiare una torta per cena.

«Gianluca... sei *solo* un cameriere.»

Mi sentii tradito. Per un attimo la guardai negli occhi, poi mi alzai e me ne andai infuriato.

Guidai fino a casa, parcheggiai la vecchia Mitsubishi e mi fermai per un attimo, seduto al volante. Il motore ronzava anche da spento e ogni tanto si sentivano degli scricchiolii. Davanti a me, oltre al parabrezza c'era il prato enorme che osservavo ogni mattina quando uscivo di casa. Alcuni bambini giocavano a calcio e i genitori, poco lontani, parlavano tranquillamente. C'era quella luce pazzesca che viene fuori al tramonto, quando tutto si colora di arancione. Da dentro l'abitacolo mi sentivo invisibile, come un elemento estraneo a quel quadretto perfetto. Un osservatore.

Entrai in casa, lanciai le chiavi sul divano e uscii sul giardino sul retro. Istintivamente mi venne voglia di sdraiarmi. Lo feci, sull'erba. Avevo ancora indosso l'uniforme della caffetteria, ero stanco e teso. Mi tolsi il ridicolo cappello che avevo in testa, quello che ci obbligavano a tenere sul lavoro. Fissai il cielo, quel cielo infinito di fronte al quale, una notte di mesi prima, avevo promesso che avrei messo in atto un grande cambiamento nella mia vita.

Sei solo un cameriere.

Quelle parole mi tormentavano. Non sapevo nemmeno come considerarle. Cosa significa essere "solo" un cameriere? Mi sentivo umiliato, come se per le logiche di quella multinazionale non fossi altro che l'ennesimo cameriere da assumere e poi scaricare. Ma in fondo, pensai con amarezza, non ero altro che questo: un numero. Un numero nel database dell'immigrazione, il numero del mio badge, un ingranaggio insignificante all'interno di un sistema elaborato che punta solo al profitto e ai risultati.

Non ero una persona con un cervello e un cuore, con ambizioni e sogni. No, ero *solo un cameriere*.

Nel giro di un paio di ore la felicità era svanita. Sapevo che avrei potuto trovare un altro lavoro, d'altronde avevo imparato bene l'inglese e avevo già avuto esperienze lavorative in Australia. Non era quello ad abbattermi, ma il fatto che improvvisamente non avevo più prospettive future. Un timbro sul mio passaporto diceva che potevo restare in quel Paese per altri cinque mesi e poi me ne sarei dovuto andare. Anche trovando un altro lavoro avrei comunque avuto una data di scadenza. Mi sentivo come se avessi un orologio sopra la testa che segnava un inesorabile conto alla rovescia.

Sdraiato a fissare le nuvole, iniziai a pensare a una soluzione. Avevo una conoscenza limitata sul tema dei visti, ma sapevo che solo persone molto qualificate potevano essere sponsorizzate. Gente capace di far qualcosa di sempre più raro (come i piastrellisti) o estremamente qualificata (come i saldatori). Oppure gente con lauree, master, attestati. Io non avevo niente di tutto ciò. Pensavo di meritare di stare in Australia, ma ciò che era successo poco prima mi aveva dimostrato che il valore di una persona non è determinato da quanto il suo modo di vivere sia in linea con le tradizioni del luogo, ma dalle competenze che può vendere sul mercato del lavoro. E io ero *solo* un cameriere. Uno stupido sognatore convinto di potersi fare una vita in Australia senza esperienza, né laurea.

Ma in quel preciso istante, mentre mi rendevo conto con amarezza di non essere abbastanza per quel Paese, mi dissi che non avrei reagito a quella novità con rassegnazione e rabbia. Ebbi un'illuminazione: dovevo assolutamente trovare una soluzione alternativa. Non solo per restare in Australia, non solo per ottenere un nuovo visto e un contratto di lavoro. Compresi, con un mix di paura ed eccitazione, che dovevo mettermi alla ricerca di qualcosa di completamente *diverso*. Dovevo trovare il modo di svincolarmi da regole ingiuste e limitazioni assurde, uscire da quel sistema in cui ero giudicato come una pedina sacrificabile. Dovevo allontanarmi da quegli schemi nei quali non valevo niente e avventurarmi su sentieri alternativi. Sulle strade sterrate e panoramiche della vita, ai limiti della società, avrei trovato la mia realizzazione. Ne ero sicuro.

12
E se avessero ragione gli altri?

Le settimane successive furono decisamente turbolente. Ormai la magia del lavoro da sogno a un passo dall'oceano era svanita, perché vedevo i titoli di coda avvicinarsi velocemente. Mi sembrava tutto un'illusione, una presa in giro. Mi ero comportato nel migliore dei modi, avevo dato il massimo e mi ero guadagnato il rispetto di tutti i colleghi e dei superiori. Contavano su di me, si fidavano. Eppure non bastava. Una serie di regole prive di senso mi costringeva a rinunciare a tutto quello che avevo conquistato. Magari ingenuamente, ma mi sentivo tradito.

L'ultimo giorno di lavoro fu doloroso. Servii la colazione a una coppia australiana, poi andai a salutare tutti. Mi abbracciarono e mi augurarono buona fortuna. La cuoca brasiliana, che considerava noi giovani camerieri come suoi figli, pianse e mi augurò buona vita.

Uscii dal locale con la testa bassa. Fuori c'era un sole che spaccava le pietre. Vedevo persone spensierate che andavano in spiaggia a godersi la vita. Io, invece, tornavo a casa con la divisa che avevo ricevuto il primo giorno, ma stavolta chiusa in un sacchetto. Sembravano passati secoli da quando avevo lasciato il ristorante a Fremantle, il mio primo vero lavoro. La delusione era mitigata dalla consapevolezza che *là fuori* era pieno di opportunità. Tutta l'esperienza australiana mi aveva insegnato a guardare oltre il mio piccolo quadrato di mondo. Ero arrabbiato e non riuscivo a scrollarmi di dosso quella sensazione d'ingiustizia, ma al tempo stesso ero fiducioso che avrei trovato la mia strada. Forse non in Australia, forse altrove.

Così, dopo sei mesi ero nuovamente disoccupato. Questa volta però la situazione era ben diversa, perché avevo da parte diverse migliaia di dollari australiani. Non era un buon motivo per non fare nulla, ma sicuramente non ero disperato come nelle prime settimane. Decisi quindi di dedicare del tempo a me stesso e non lanciarmi subito nella ricerca di un altro lavoro. Non volevo buttarmi in qualcosa di nuovo solo per non pensare al conto alla rovescia che avevo sulle spalle. Avevo circa cinque mesi di tempo, poi avrei dovuto lasciare il Paese. Oppure potevamo andare nelle *farms*, ovvero nelle fattorie australiane. Dopo ottantotto giorni di lavoro ci avrebbero dato la possibilità di restare in Australia per un secondo anno: era un'opzione che ci affascinava. Ci saremmo svegliati immersi nella natura e avremmo lavorato all'aria aperta. Avremmo conosciuto altri giovani provenienti da ogni parte del mondo. Era una buona soluzione, certo, ma dopo? Dopo il secondo anno mi sarei ritrovato al punto di partenza. Sentivo la necessità di trovare una soluzione più definitiva.

Mi informai meglio sulla *permanent residence*, la residenza permanente che ti permette di vivere nel Paese come un cittadino australiano pur non avendo la cittadinanza. Era molto difficile ottenerla per chiunque, ma per uno come me era quasi impossibile. Erano richiesti titoli di studio di alto livello oppure competenze molto specifiche facenti parte della cosiddetta *skills list*, una lista redatta dal governo australiano per indicare quali professioni sono fortemente richieste nel Paese. Si trattava dei classici lavori che pochi vogliono fare al giorno d'oggi perché molto duri: carpentiere, saldatore, meccanico, panificatore. Quei lavori che in Australia erano svolti dagli immigrati, appunto. Purtroppo non c'era nulla in quella lista che io sapessi fare, né competenze che potessi sviluppare in breve tempo. O almeno così credevo.

Mi resi conto con inevitabile fastidio che con una laurea avrei avuto più possibilità di restare. Non con una qualunque, in realtà, perché ciò in cui mi sarei potuto laureare non era esattamente in cima alla lista dei desideri dell'immigrazione australiana. Eppure qualche dubbio iniziò a insinuarsi nei miei pensieri: e se avessero avuto ragione gli altri? Se avessi fatto un'enorme cazzata a lasciare l'università? Avevo mollato tutto per inseguire la mia felicità e l'avevo trovata a Perth, ma ora stava svanendo velocemente. Era stata tutta un'illusione? Il film mentale di un ragazzo che sognava troppo senza pensare alle conseguenze pratiche delle sue azioni? Era arrivato il momento di essere più cinico e concreto?

Per qualche giorno fui tentato di rientrare in Italia, iscrivermi all'università e tornare in Australia dopo qualche anno, forte della mia laurea. Ci pensai a lungo mentre passeggiavo nei parchi di Perth o sulla spiaggia, solo con me stesso. Mi guardavo intorno, cercavo di cogliere risposte nel modo di vivere delle altre persone, inconsapevoli di essere l'oggetto delle mie ricerche esistenziali.

Un giorno mi sedetti sulla bellissima spiaggia di Scarborough a osservare il tramonto. Più tardi sarei andato a prendere Claudia al ristorante dove lavorava. Non avevo voglia di stare a casa a deprimermi, così avevo preso la nostra vecchia Mitsubishi ed ero andato a vedere l'oceano. Indossavo pantaloncini e canottiera, avevo i piedi nella sabbia. Ero leggero, ma sentivo un peso sul mio cuore. Poi, improvvisamente, all'orizzonte un delfino comparve dal nulla. Fece un salto che lo portò a diversi metri di altezza dall'acqua, per un interminabile secondo rimase sospeso di fronte al sole, poi piombò in mare e scomparve per sempre. Fu un momento di assoluta bellezza che mi lasciò a bocca aperta. Ero sconvolto da tutta quella meraviglia, ma non solo: quell'immagine mi fornì una serie di risposte. Tutte insieme, tutte di colpo.

Forse non dovevo inseguire la felicità, forse dovevo inseguire la libertà. Essere libero di vivere come più desideravo, proprio come quel delfino. Per lui non esistevano confini, poteva nuotare ovunque ne avesse voglia. Io volevo essere così, libero. Volevo trovare il modo di stare in Australia, se ciò che volevo *in quel momento* era stare in Australia.

Mentre il sole svaniva all'orizzonte mi chiesi cosa fosse la libertà. Non avevo una risposta generale e definitiva, ma di una cosa ero convinto: sicuramente una persona libera non deve preoccuparsi di un visto sul passaporto, né di laurearsi con il solo scopo di avere più possibilità. Se vive in una nazione è perché lo ha scelto, se studia qualcosa è perché è appassionato. "Chi trova il modo di aggirare le regole assurde del sistema senza infrangerle diventa libero" pensai.

Nel momento stesso in cui l'idea mi passò per la mente, mi resi conto che, se ci fossi riuscito, non avrei avuto alcun limite. Non era più una questione di Australia: se avessi trovato il modo di guadagnare in maniera non tradizionale, slegandomi dai vincoli tipici di un lavoro normale come quelli che avevo svolto, avrei avuto tutto il mondo a mia disposizione. Nessun visto lavorativo, nessuna residenza permanente. Avrei potuto viaggiare a tempo indeterminato, spostandomi da un luogo a un altro in base alla mia volontà. Svegliarmi a Perth e andare a dormire a Bali. Fare colazione a Hong Kong e cenare a Singapore. Passare l'estate in Italia e l'inverno in Messico. Era pura follia? Un po' lo credevo, ma sentivo anche che solo ragionando fuori dagli schemi avrei potuto *vivere* fuori dagli schemi.

Incredibilmente, solo pochi anni dopo avrei realizzato quella fantasia, arrivando a vivere di quella meravigliosa libertà di tempo, spazio, apparenza ed essere. In un certo senso, il percorso che mi avrebbe portato a trasformare in realtà quel sogno assurdo iniziò proprio a Perth, al tramonto, con i piedi nella sabbia mentre osservavo quel delfino saltare fuori dall'acqua. Libero.

13
Tu lo conosci Peter?

A volte la vita ti viene in soccorso. Quando desideri profondamente qualcosa, ti mette di fronte a indizi e segnali che valgono più di mille pensieri. Episodi troppo incredibili per essere semplici coincidenze, incontri con persone che pensavi esistessero solo nelle tue fantasie. A Perth avevo capito che nella vita non avrei dovuto inseguire ciecamente la felicità, ma la libertà. Il problema era che intorno a me vedevo solo persone impegnate in lavori e vite tradizionali. Non riuscivo a capire come si potesse concretizzare l'idea di vivere davvero liberamente. Poi conobbi Peter.

Un giorno andai a pranzo con Davide. Era il suo giorno libero e mi portò in un locale giapponese in pieno centro dove, pagando dieci dollari, si poteva mangiare quanto si voleva. Al centro della stanza c'era un rullo che trasportava il sushi direttamente dalla cucina e intorno a quel rullo erano seduti i commensali che semplicemente prendevano al volo ciò che stuzzicava il loro appetito.

«Allora, novità sulla situazione visto?» mi chiese Davide mentre falliva nel tentativo di prendere un *temaki* dal rullo con le bacchette. Imprecò in genovese.

«Nessuna, dobbiamo ancora decidere cosa fare.»

«Ma tu stai cercando un altro lavoro?»

«Sì, ma tanti non mi prendono nemmeno in considerazione con il visto in scadenza.»

Era vero: avevo ricominciato a inviare il *curriculum* mentre decidevo cosa fare in futuro. Avevo partecipato ad alcuni colloqui ma senza successo, perché nessuno voleva assumere una persona che dopo pochi mesi sarebbe stata obbligata a smettere di lavorare per lasciare il Paese.

«E alle *farms* non ci avete pensato? Se ci sono riuscito io, ce la potete fare anche voi.»

«Sì, abbiamo preso in considerazione la cosa, ma dopo il secondo Working Holiday che si fa? Io non ce l'ho la tua determinazione, non riuscirei a vivere rinnovando in continuazione visti temporanei.»

Davide viveva da anni proprio così: rinnovando continuamente i visti e trovando i modi più assurdi per prolungare la sua permanenza nel Paese. A volte si iscriveva a una scuola di inglese, altre volte lo vedevo impegnato a studiare per corsi professionali online in piena notte, sempre con l'obiettivo di farsi assegnare un nuovo visto, che fosse di due anni o di tre mesi. Una volta, costretto a lasciare l'Australia nel giro di quarantott'ore per un problema con il suo visto, aveva preso tutto ciò che aveva e si era trasferito per sei mesi in Nuova Zelanda, per poi tornare nella terra dei canguri. Il suo sogno era la permanenza residente ma, come me, non aveva tutti i requisiti per ottenerla.

«Non è semplice» ammise. «Però se vuoi restare qui non ci sono alternative.»

«Sai cosa mi piacerebbe trovare, invece? Proprio un'alternativa» replicai. «Trovare il modo di guadagnarmi da vivere, ma senza essere schiavo dei vincoli di un lavoro tradizionale» dissi. Era un pensiero ad alta voce.

«Vuoi diventare uno spacciatore?»

«Ma no! È qualcosa a cui penso da un po'... è possibile che nel ventunesimo secolo siamo ancora costretti a vivere in base a visti e contratti di lavoro così opprimenti? Ci sarà pure un modo per guadagnare senza infrangere le leggi, ma senza neppure sottostare a questa assurda situazione, no? Vorrei una via alternativa, Davide. Qualcosa di diverso.»

Davide finì di mangiare un enorme boccone, poi mi chiese: «Tu lo conosci Peter?».

«Non credo proprio, no.»

«Ti va un panino di Subway?» mi chiese.

«Che razza di domanda è?» risposi scoppiando a ridere.

«Tra poco capirai. Andiamo a mangiarci un panino, questo sushi fa veramente schifo.»

Salimmo sull'auto di Davide e ci dirigemmo verso un Subway lontano una decina di isolati. Entrando, Davide mi chiese di non fare domande.

«Voglio farti vedere cosa significa davvero vivere in modo alternativo, quindi non rovinarmi la sorpresa.»

Il locale era affollato. Ci sedemmo al primo tavolo disponibile e Davide fece un cenno a un ragazzo di circa trent'anni, impegnato a lavorare dietro al bancone. Non era molto alto ma era in gran forma, con i muscoli che sembravano esplodere sotto la divisa. Aveva la testa rasata, forse perché stava iniziando a perdere i capelli, e gli occhi azzurri. Non un filo di barba. Era molto curato nell'aspetto e sorrideva con cordialità a ogni singolo cliente. Dopo una decina di minuti si avvicinò al nostro tavolo.

«Ciao Peter! Ti presento il mio amico Gianluca» disse Davide in inglese. Io e Peter ci stringemmo la mano. Mentre si presentava riuscii a carpire un leggero accento dell'Europa dell'Est.

«Come vanno le cose, amico?» proseguì Davide.

«Tutto alla grande, grazie. Qua come al solito, ma fuori va molto molto bene. Chissà che un giorno non mi apra uno di questi posti... uno tutto mio!»

«Panineria da Peter? Sarebbe fantastico» disse Davide ridendo.

Dopo i convenevoli, Peter prese le nostre ordinazioni e tornò dietro al bancone.

«Peter è arrivato in Australia due anni fa» mi disse Davide quando fummo nuovamente soli. «Visto così sembra uno dei tanti ragazzi con il Working Holiday Visa che vengono qui a lavorare. Com'ero io, come sei tu. In realtà, per lui fare i panini da Subway è solo un passatempo.»

«Un passatempo?»

«Sì, qualcosa con cui tenersi impegnato. Stasera ti porto in un posto e ti faccio conoscere il *vero* Peter.»

Mangiammo i panini, salutammo Peter e ce ne andammo. Tornati a casa ripresi a spulciare gli annunci di lavoro sui siti online. Poi, prima di cena, Davide mi fece una proposta.

«Stasera io e te andiamo al casinò. Claudia è al lavoro, quindi non hai scuse.»

«E cosa ci andiamo a fare?» chiesi.

Non ero mai stato in un casinò e non avevo intenzione di sprecare soldi.

«Andiamo a fare un giro, devo presentarti il *vero* Peter» insistette. «Io comunque due mani a Blackjack le faccio. Tu puoi anche stare a guardare.»

Nel giro di mezz'ora eravamo al casinò di Perth.

Entrando respirai un'atmosfera carica di tensione, come quella che si percepisce prima di un calcio di rigore decisivo. Io e Davide cenammo nel ristorante interno alla struttura, poi lui mi disse di seguirlo. Camminammo per tutto l'edificio fino ad arrivare in una zona più appartata. All'interno c'erano una decina di tavoli, ai quali erano seduti personaggi di ogni tipo. Alcuni indossavano occhiali da sole, altri cappellini con la visiera a coprire gran parte del volto. C'erano uomini e donne, bianchi e neri, giovani e anziani. Eravamo di fronte alla poker room.

«Peter!» urlò Davide sollevando un braccio in segno di saluto.

Si girarono diverse persone, e si alzò un tizio che non mi sembrava di aver mai visto prima. Senza la divisa Peter era davvero un'altra persona, ma soprattutto aveva un'altra espressione sul volto. Meno cordiale, più determinata. Sembrava pronto e sicuro, come se fosse in totale controllo della situazione.

«Amico, ti sembra il caso di urlare? Spaventi i *fish*!» disse Peter con un tono di voce molto basso. Davide scoppiò a ridere. Io non avevo minimamente capito la battuta.

«Senti, Peter. Io vado a fare due mani a Blackjack. Ti lascio qui il mio amico Gianluca. Raccontagli quello che fai nella vita. Sono sicuro che gli interesserà.»

Peter mi guardò come se fosse in procinto di rivelarmi il più grande segreto nella storia dell'umanità.

«Okay, ma stai di nuovo facendo una stupidaggine» disse rivolto a Davide. «Non andare a giocare dove non hai possibilità di vincere. Poker o niente, amico mio. Poker o niente, quante volte te lo devo dire?»

Si salutarono e io rimasi solo con Peter.

«Vieni, ti offro da bere» mi disse.

Prima di sederci al bar della poker room, Peter disse qualcosa a un tizio in giacca e cravatta. La targhetta attaccata all'altezza del petto recitava Poker Room Manager.

Una cameriera si avvicinò al nostro tavolo.

«Il solito?» chiese a Peter con un'aria un po' maliziosa.

«Il solito. Per me e per lui» rispose lui.

Poco dopo la cameriera tornò con due Sprite. Mi sarei immaginato di tutto, ma non la Sprite.

«Scusa se non ti offro alcol, ma non bevo mai sul lavoro» mi disse strizzando l'occhio.

«Sul lavoro?»

«Davide non ti ha detto nulla di me? Il solito buffone!»

«Non mi ha detto nulla, no... ora però me la devi spiegare questa storia del lavoro.»

«È semplice: vedi tutta quella gente seduta ai tavoli di poker? Per quasi tutti loro questo non è altro che un divertimento per cui sono disposti a pagare, come io pago per andare al cinema. Per me e pochi altri è un lavoro.»

Lo osservai bene. Sorrideva ma non stava scherzando. Soprattutto, sembrava totalmente convinto di ciò che diceva.

«Il tuo lavoro è giocare a poker?»

«Esatto.»

«Ma come può essere un lavoro giocare d'azzardo?»

«È qui che ti sbagli.»

Mi fissò negli occhi con l'espressione di chi è certo di quello che dice.

«In che senso?»

«Semplice: nel poker non giochi contro un banco, giochi contro altri esseri umani. Se hai tre caratteristiche che loro non hanno, o se le hai più marcate di loro, alla fine vincerai i loro soldi.»

«Quali sono le caratteristiche?»

«Disciplina, studio e rispetto per i soldi.»

Peter era seriamente convinto di ciò che diceva. Mi girai verso i tavoli e vidi un ragazzo australiano, quantomeno brillo, che esultava per una mano vinta.

«Quel tizio ha appena vinto duemila dollari» mi disse Peter, intuendo la mia domanda.

«Wow!»

«Non ti esaltare. Li perderà tutti, se non oggi domani. Se non domani la prossima settimana. Se quei duemila dollari durano più di un mese, giuro che è un miracolo. E alla fine dell'anno lascerà sul tavolo molto più di quanto abbia portato via questa sera.»

«Come fai a esserne così sicuro?»

«Perché non ha le tre caratteristiche. È ubriaco e gioca seguendo l'ego: non vuole farsi bluffare, al contrario vuole essere lui quello che bluffa. Sempre. Questo significa non avere disciplina. Inoltre ha vinto la mano giocandosi tutto con Jack-10, quindi non ha mai studiato le strategie vincenti, non le conosce proprio. Infine, qualche sera fa l'ho visto giocare alla roulette come un matto, quindi non ha rispetto per i soldi. Semplicemente, quel tizio non può essere un giocatore di poker vincente» disse ridendo.

Ero rapito dalle sue parole e dai suoi discorsi, ma ero anche molto scettico.

«Quindi vuoi dirmi che ti guadagni da vivere giocando a poker?» ripetei quasi come se mi aspettassi, questa volta, di ricevere una risposta diversa.

«Da cinque anni circa.»

«E come hai iniziato?»

«Quando ho capito che si tratta di un gioco di abilità mi sono messo a studiare la teoria e le strategie vincenti. Ho iniziato con una piccola cifra e dopo un paio di anni ho lasciato il mio lavoro in Polonia perché guadagnavo di più giocando a carte. Durante una vacanza in Australia ho scoperto che questo casinò è pieno di *fish*, ovvero di giocatori scarsi. Così mi sono trasferito qui.»

«Perché li chiami *fish*?»

«Perché loro sono i pesciolini e noi siamo gli squali» disse con l'aria di chi ne ha viste tante.

Restammo in silenzio per qualche secondo e io ne approfittai per cercare di assorbire le sue parole.

«Scusa, ma oggi a pranzo facevi i panini da Subway. Com'è possibile?»

«Prima di tutto mi piace mantenere l'apparenza di una vita normale. Come ti dicevo, la disciplina è una delle caratteristiche fondamentali di un professionista del poker. Andare a lavorare ogni giorno a pranzo mi costringe a essere disciplinato e mi aiuta a non montarmi la testa con tutti i soldi che girano al tavolo e che mi trovo sottomano. E poi, so che ti sembrerà assurdo, adoro preparare da mangiare per le persone. Mi piace il cibo, quindi perché no? Così riesco anche a pagare i corsi per mantenere il mio visto studentesco: posso lavorare venti ore a settimana da Subway e dedicare le serate al poker. Il mio lavoro riguarda i panini, il modo in cui mi mantengo... be', è questo» disse indicando la poker room.

Nella mia mente riaffiorò il pensiero che mi girava in testa qualche sera prima: aggirare le regole assurde del sistema senza infrangerle. Ero senza parole. Se cercavo una persona con una vita alternativa e incredibile, l'avevo trovata.

«Ma come si fa a diventare un professionista del poker?» chiesi con l'innocenza di un bambino.

«Devi studiare tantissimo, imparare a rispettare il denaro e poi giocare senza paura. È un lungo processo.»

«Posso chiederti quanto guadagni giocando a poker?»

Peter fece un sorriso orgoglioso.

«Guadagno molto bene. Con quello che incasso in un anno potrei comprarmelo, il locale di Subway dove lavoro» disse.

Ancora una volta, restai in silenzio. Ragionavo su quanto mi aveva detto, erano tante informazioni, una più inaspettata e interessante dell'altra.

Poi Peter aggiunse: «Ora devo tornare al tavolo».

Si alzò e tornò a giocare. Trascorsi tutta la serata a osservare attentamente Peter. Fin dalle prime mani compresi che era un giocatore diverso da chi lo circondava: era composto, aveva sempre la stessa espressione indipendentemente dal punto che celava, era concentrato anche quando non era coinvolto nell'azione. Notai che ci metteva sempre lo stesso tempo per prendere qualsiasi decisione, che fosse fare una puntata oppure passare le carte. Era come un robot, e anche agli occhi di una persona che non aveva mai giocato a poker come me era chiaro che fosse in grado di leggere i suoi avversari come libri aperti. Lui, invece, era impenetrabile come un muro di gomma: mi era impossibile capire se avesse una mano buona o una pessima. Era in totale controllo, sapeva sempre ciò che faceva. Nulla era lasciato al caso, nulla era in mano alla dea bendata a parte gli *all-in*, ovvero quelle situazioni in cui due giocatori puntano tutto e sono le probabilità a determinare chi vince il piatto. Ma anche in quei casi, Peter metteva le *fiches* in mezzo sempre con la mano migliore. Poteva venire "scoppiato" da una mano peggiore, ma la sua decisione era comunque corretta.

«Il poker non è un gioco d'azzardo, ma un gioco d'abilità. Non giochi contro il banco ma contro altri esseri umani.» Le sue parole mi risuonavano in testa mentre lo vedevo incassare un piatto dietro l'altro.

«Allora, vi siete parlati?»

Era Davide, tornato dalla sua sessione a Blackjack.

«Questo Peter... è un grande. Che vita assurda ha?»

«Eh sì. Cazzo, ma quante ne ha stasera?» disse Davide guardando sbalordito verso Peter, seduto al tavolo pochi metri più in là.

«Quante ne ha di cosa?» chiesi.

«Di *fiches*. Quei pezzetti di plastica che ha davanti.»

«So cosa sono le *fiches*...»

«Già, ma forse non sai che quelle nere valgono cento dollari e quelle rosse cinquecento dollari. Avrà ventimila dollari davanti. Stasera li ha davvero spennati.»

Guardai Peter con il suo portamento da professionista. Davide non vedeva altro che le sue *fiches* e i soldi che rappresentavano, ma io vedevo un'altra cosa: un uomo che poteva fregarsene di visti e contratti di lavoro. Un uomo che doveva rispondere solo a se stesso.

Vedevo un uomo libero.

14
La Grande Legge dell'Uno

Tutti noi siamo cresciuti con le stesse idee di successo: buoni voti a scuola, niente grilli per la testa, il diploma, l'università, un buon partner, un buon lavoro a tempo indeterminato, una casa con il mutuo, i soldi in banca, un'automobile a rate, un piano di investimento per i nostri risparmi, la pensione e la lunga attesa dei titoli di coda. Ognuno di noi, fin da bambino, viene educato a inseguire questa vita, sicura, accettata dalla società e che è stata testata da miliardi di persone. Funziona, o meglio *deve* funzionare.

L'altra grande convinzione che ci mettono in testa è che sia sbagliato allontanarsi dalla sicurezza della massa. Se tutti fanno qualcosa, allora quel qualcosa diventa automaticamente giusto. Chi prova ad andare in direzioni diverse è senza dubbio un folle, un poco di buono, un idiota o un criminale. Qualcuno da screditare a priori. Così cresciamo con la convinzione che nella vita non ci sia spazio per la fantasia e nemmeno per essere se stessi. Perché se siamo *troppo* noi stessi c'è il rischio di apparire diversi, ribelli.

Ci vogliono tutti uguali: individui fatti con lo stampino, con lo stesso taglio di capelli, gli stessi vestiti, lo stesso modo di ragionare, le stesse passioni. Quelli che si svegliano ogni mattina alla stessa ora per andare sempre nello stesso posto e restarci per le solite otto ore per poi tornare a casa, drogarsi di televisione, cenare in silenzio e godersi un po' di "meritato" riposo. Quelli con le passioni universalmente accettate: il calcio per i maschietti, il gossip per le femminucce. Anno dopo anno dopo anno a ripetere schemi consolidati, gli stessi adottati da tutti gli altri. Ci portano a credere che la realizzazione personale sia una vita priva di identità, dove la personalità non deve mai prendere il sopravvento sul conformismo. Prima la forma, poi il contenuto.

È la "Grande Legge dell'Uno".

Abbiamo un'infinità di sentieri davanti a noi, eppure continuiamo a seguire sempre la stessa strada, quella che non abbiamo scelto ma che qualcun altro ci ha indicato come l'unica davvero giusta. Abbiamo paura di essere liberi perché ci fa paura l'idea di poter essere noi stessi, senza maschere o frasi fatte dietro cui nasconderci. Così ci mettiamo comodi sul sedile del passeggero e lasciamo che siano altri a guidare al nostro posto. Ci dicono di ammirare un paesaggio che non abbiamo scelto, di apprezzare la comodità di un sedile che non abbiamo scelto e di goderci la compagnia di persone che non abbiamo realmente scelto per condividere questo viaggio.

Non possiamo essere più cose, non possiamo inseguire più obiettivi, non possiamo avere più di un sogno, e magari non possiamo avere nemmeno quello. Se non vogliamo essere considerati degli outsider, dobbiamo rispettare parametri ben precisi che prevedono una sola e unica direzione. Un tipo soltanto di lavoro, da tenerci stretto come se tutta la nostra vita dipendesse dalla "sacralità" del posto fisso, un ristretto numero di passioni, un solo scopo nella vita. Quale? Provare a guadagnare più soldi di quanti ne servano davvero e conquistare posizioni lavorative sempre più prestigiose. E poi un solo luogo in cui vivere, perché cambiare è spiacevole e poco serio, un partner qualsiasi da trovare il prima possibile per non diventare una vecchia zitella o sembrare un povero sfigato.

Se non rispetti la Grande Legge dell'Uno, non sarai mai pienamente accettato. Così le persone, pur di farsi accettare, finiscono con il prendere una sola strada e seguire quella fino alla fine dei propri giorni.

Queste riflessioni si fecero strada nella mia testa e nel mio cuore in un momento ben preciso. Avevo appena perso il lavoro da cameriere, ero disoccupato e avevo conosciuto una persona incredibile come Peter. Dopo averci parlato e averlo osservato all'opera, dentro di me si accese un desiderio nuovo: muovermi. Non volevo stare fermo, non dopo la delusione che avevo subito.

In un certo senso si era anche rotto qualcosa nel mio innamoramento verso Perth. Adoravo quella città ma, dopo aver perso il lavoro, non sentivo più il legame degli inizi. E poi c'era quel desiderio di libertà che non riguardava solo il lavoro, ma tutta la mia vita. Era un impulso forte, che mi faceva pensare sempre più spesso alla possibilità di mollare tutto e partire. D'altronde, la cosa più sensata che avessi fatto nella mia vita era stata proprio andarmene da Torino per cercare la mia felicità altrove. Magari avrei potuto trovare le risposte che cercavo nello stesso modo: mettendomi in viaggio.

Ne parlai a Claudia, quasi timidamente. Lei si dimostrò subito entusiasta, anche perché sul lavoro stava affrontando le stesse problematiche che avevo avuto io. Sentivamo di non avere molto da perdere e, parallelamente alla delusione per una vita piacevole che doveva per forza di cose finire, avevamo anche una gran voglia di scoprire, di andare, di non fermarci. Era il momento giusto per rimetterci in marcia verso nuovi orizzonti.

«Allora, partiamo?» chiesi a Claudia un giorno, durante una delle nostre solite passeggiate terapeutiche in riva all'oceano. Ne stavamo parlando da diverso tempo, ma non avevamo mai affrontato l'argomento seriamente.

«Partiamo» mi rispose lei con un sorriso carico di entusiasmo. «Dobbiamo solo capire verso dove.»

«A volte non importa dove, l'importante è solo andare!» dissi io con la voce di un vecchio saggio. Scoppiammo a ridere, ma lo pensavo davvero: non sempre è importante la destinazione, al centro di tutto c'è il viaggio. Partire.

«Oltre a fare il filosofo, hai anche qualche suggerimento concreto?»

Fu allora che proposi qualcosa a cui avevo pensato qualche giorno prima, quando ero andato a prenderla al lavoro.

Stavo aspettando che uscisse e, per ingannare il tempo, mi ero portato dietro un libro che raccoglieva scritti e poesie di Jim Morrison. Ero sempre stato affascinato dalla sua visione spirituale del mondo. Le sue parole parlavano di deserti, dell'oceano, dell'infinito e di un modo nuovo di percepire la vita. Avevo reclinato appena il sedile per leggere più comodamente e in quel momento una riflessione mi era passata per la testa: "Potrei dormirci in quest'auto". Era vero: la nostra Mitsubishi era un veicolo lungo e largo, quasi una station wagon. Pensai che rimuovendo i sedili posteriori mi sarei potuto sdraiare completamente nonostante i miei quasi due metri di altezza.

«E se prendessimo Mitsu e andassimo verso est? Senza una meta precisa. Viaggiamo e dormiamo in automobile. Deserti e oceano. Un'avventura on the road, solo per il gusto di viaggiare.»

Mi aspettavo un ventaglio di possibili risposte, ma certo non quella che mi diede Claudia.

«È l'idea più assurda che abbia mai sentito. Ma la adoro. Sì, baby, partiamo con Mitsu. Verso est, senza meta. Io, te e la strada.»

Sorrisi.

La Grande Legge dell'Uno funziona per tante persone, ma non per i sognatori. C'è un mondo grande e meraviglioso *là fuori*, perché camminare sempre sullo stesso percorso di vita?

15

Avere poco ma avere tutto

Nei giorni successivi, tutto accadde molto in fretta. Claudia lasciò il lavoro che avrebbe comunque perso di lì a qualche settimana, poi ci occupammo di sistemare Mitsu in maniera tale da renderla abitabile. Era un'automobile vecchia e malandata, motivo per cui non ci pensammo due volte a rimuovere i sedili posteriori e buttarli nella prima discarica che li accettò. Non ce ne facevamo nulla e non sapevamo dove altro lasciarli. Senza i sedili posteriori si creò abbastanza spazio per un materasso sottilissimo che avremmo srotolato e disteso solo alla sera, prima di andare a dormire. Svolgemmo qualche lavoretto dentro l'abitacolo, poi ci sbarazzammo delle valigie con cui eravamo arrivati in Australia e mettemmo tutto ciò che ci serviva in due zaini da trekking. Non sapevamo ancora che non saremmo più tornati indietro e avremmo affrontato viaggi di ogni tipo sempre e solo con gli zaini in spalla. Tutto ciò che ci rimaneva e non potevamo portare con noi, lo regalammo.

Un'automobile scassata, due zaini e un materassino: questo era tutto ciò che avevamo quando lasciammo Perth. Non fu semplice abbandonare quella città, né dire addio a Fabio e Davide. Avevamo l'impressione che qualcosa di bellissimo stesse per finire per sempre.

Non scorderò mai il giorno in cui partimmo. Il sole splendeva forte su quella casetta che era stata l'incubatrice dei nostri sogni, dei nostri progetti e delle nostre vite. Lì dentro avevamo imparato ad aprirci con gli altri, ognuno di noi. E poi le risate fino a star male, la tradizione delle spaghettate improvvisate per celebrare qualcosa di bello, le litigate, le sfide personali, i film che non riuscivamo mai a finire perché troppo stanchi dal lavoro. In quella casa avevamo vissuto al massimo, valorizzando ogni singolo giorno, ogni singolo momento.

«Niente, noi andiamo» dissi.

Davanti a me Davide e Fabio, così diversi eppure protagonisti in ugual modo della stessa storia, la storia di noi quattro. Ci abbracciammo trattenendo le lacrime e ci promettemmo di rivederci, prima o poi. Quindi io e Claudia salimmo su Mitsu e ci allontanammo.

Nello specchietto retrovisore osservai i ragazzi diventare sempre più piccoli, mentre dentro di me cresceva una tristezza inaspettata. Avevo la sensazione che non avremmo mai più vissuto qualcosa di simile a ciò che avevamo costruito con loro. All'epoca non potevo sapere che uno di loro lo avremmo rivisto solo tanti anni dopo, in un afoso pomeriggio estivo a Milano, mentre l'altro non lo avremmo più rivisto. Tutto passa nella vita. Tranne certi momenti. Certi momenti si tatuano sul nostro cuore e così durano in eterno. Vivere per generare ricordi indimenticabili significa vivere per sempre.

Dopo qualche chilometro, l'amarezza paralizzante lasciò il posto all'eccitazione per quello che stavamo per vivere. Avevamo deciso di guidare con la nostra Mitsu in direzione di Melbourne. Forse ci saremmo fermati prima, forse avremmo proseguito oltre. L'idea, comunque, era di fermarci a Melbourne, prima o poi, per gli ultimi mesi del visto.

La prima giornata di quel viaggio on the road resterà per sempre fra i miei ricordi. Ci lasciammo alle spalle la casa dove avevamo vissuto e ci dirigemmo verso il mare. Ci immettemmo sulla strada che costeggiava l'oceano e osservammo con un po' di emozione Scarborough Beach, la "nostra" spiaggia. Lì avevamo parlato di vita, sogni, prospettive e felicità, spesso di fronte a tramonti mozzafiato. Proseguimmo poi verso Fremantle e passammo davanti al ristorante in cui avevo lavorato come *kitchen hand*. Provai un brivido quando mi resi conto di quante cose erano successe da allora. Avevo vissuto più intensamente in quei mesi che in tutta la mia vita precedente. Più ci allontanavamo da Perth e più quella sensazione di nostalgia e malinconia si allontanava da noi.

Ci immettemmo sulla strada più bella mai vista: da un lato l'oceano, dall'altro gli alberi. Non c'era nessuno in giro e l'infinità del paesaggio era interrotta solo da qualche paesino. L'essenza della vera Australia.

Dopo aver guidato per centocinquanta chilometri, ci fermammo per la cena. Acquistammo qualcosa in un supermercato e parcheggiammo l'auto a due passi dal mare. Mangiammo con il sole che scendeva sull'acqua, lì davanti ai nostri occhi. Poco lontano c'era un bagno pubblico, quindi eravamo pronti per la nostra prima notte on the road. Tirammo fuori il materasso, lo srotolammo e ci sdraiammo. Poi ci guardammo un attimo negli occhi e sorridemmo. Vicini.

Non c'era niente da dire, ogni parola sarebbe stata superflua. Ci addormentammo quasi subito. Stravolti e felici.

Viaggiando on the road ci rendemmo conto di quanto fosse meravigliosa l'Australia. Una nazione dalla bellezza sconvolgente che ha il potere di farti sentire piccolo mettendoti di fronte alla sua immensità. In quel periodo mi risuonavano in testa le parole di una poesia di Jim Morrison: "un Universo dentro un corpo". Così mi sentivo quando osservavo l'infinità del deserto, che dopo aver lasciato la costa attraversammo a bordo della nostra Mitsu.

Al di là dell'aspetto paesaggistico, fu il modo in cui viaggiammo a cambiarci profondamente, a trasformarci da turisti in viaggiatori.

Fino a quel momento, sia io sia Claudia eravamo abituati alle vacanze estive in località balneari. La nostra prima vacanza insieme era stata a Ibiza, un'esperienza divertente e molto superficiale. Girare senza grandi pianificazioni per un Paese selvaggio come l'Australia e dormire in automobile fu impressionante e ci insegnò cosa fosse un vero viaggio. Il bello di scoprire il mondo passa anche dal modo in cui lo fai e, con quello stile di vita spartano e minimalista, non dovevamo preoccuparci di niente se non di goderci ogni singolo momento.

Imparammo ad apprezzare il tramonto e a rispettarlo in silenzio, ma anche a svegliarci prestissimo per assistere all'alba. Per uno come me, abituato a dormire fino a tardi, alzarsi alle cinque di mattina era una prospettiva insopportabile, eppure lo facevo con il sorriso sulle labbra. Perché, quando ti rendi conto di cosa c'è là fuori, capisci che dormire è una perdita di tempo.

Il periodo che passammo on the road per l'Australia rappresenta uno dei migliori della mia vita. Per assurdo, coincide anche con quello più povero di certezze e comfort. Ogni giorno era una sfida, dal momento che anche solo cucinare o utilizzare un bagno era una piccola impresa. Avevamo poco ma non ci mancava nulla: un posto dove dormire, i soldi per mangiare, la nostra compagnia e terre selvagge e magnifiche da scoprire. Non avevamo alcuna comodità perché, rispetto a molti altri viaggiatori che incontravamo, noi non avevamo un van o un camper, ma un'automobile. La qualità del nostro sonno non era certamente ai massimi livelli, ma potevamo fermarci a dormire ovunque volessimo, e questo non aveva prezzo. In quei momenti compresi che non ti serve a nulla un hotel a cinque stelle se puoi dormire sotto un cielo illuminato da un milione di stelle. Non hai bisogno di una vasca a idromassaggio se puoi fare il bagno nell'oceano e la doccia in spiaggia.

Le nostre giornate on the road seguivano un ritmo ben preciso. Ci svegliavamo presto, osservavamo l'alba e preparavamo tè e caffè con il nostro fornelletto a gas, poi mangiavamo biscotti o pane e marmellata. La mattinata era dedicata a noi stessi e alle nostre passioni: a volte io leggevo e Claudia andava a surfare. In quel periodo, spinto dalle ottime vibrazioni che la vita mi stava riservando, iniziai a scrivere pensieri, sensazioni e idee su un taccuino. Lo riempii tutto prima di arrivare a Melbourne e quella pratica di trasportare su carta ciò che mi passava per il cuore e il cervello divenne una specie di autoterapia che pratico ancora oggi. Mi aiuta a rielaborare tutto, ma anche a fissare per sempre un momento. C'è chi ha una macchina fotografica e chi un taccuino e una penna sempre a disposizione.

Durante il viaggio esploravamo le cittadine che ci capitava di incontrare, ed erano tutte molto simili tra loro: tranquille, con pochi abitanti e graziose villette a schiera. A volte qualcuno si fermava a scambiare due chiacchiere con noi. Ci chiedevano dove stessimo andando e, quando gli dicevamo che non ne avevamo idea, spesso ci rispondevano con un "*that's great*" e un gran sorriso.

Pranzavamo con ciò che trovavamo, sfruttando un fornelletto elettrico da campeggio che avevamo acquistato poco dopo la partenza. Dovevamo risparmiare e quell'investimento era la soluzione migliore per un viaggio lungo diverse settimane. Ricordo piatti stracolmi di spaghetti con il sugo freddo, noodles pronti all'uso e tanto burro d'arachidi. Dopo pranzo dedicavamo il pomeriggio a guidare, fino al tramonto. Percorrevamo strade isolate, che dall'oceano si spostavano verso l'entroterra e tagliavano il deserto come una lama. A volte non c'era nessuno per chilometri, se non i canguri. Ci avevano detto che in Australia c'erano più canguri che persone e visitando le zone più remote del Paese lo avevamo visto con i nostri occhi.

Un giorno l'Australia ci lasciò senza parole con un lago... rosa. Per qualche strano motivo, il lago era diventato completamente di quel colore e l'effetto visivo era incredibile. Anche in quel caso non c'era nessuno intorno a noi e ci sentivamo davvero privilegiati a poter godere di una vista tanto incredibile.

Guidavamo fino all'ora di cena, poi ci fermavamo da qualche parte per osservare il tramonto. Mangiavamo qualcosa al volo e poi era ora di "costruire" il nostro letto. Ci sdraiavamo, abbracciati, ci amavamo profondamente e ci addormentavamo presto, catturando con le ultime forze rimaste la bellezza di quel cielo stellato.

Ci mettemmo circa tre settimane a percorrere i tremila chilometri che separano Perth da Melbourne. Fu un periodo intenso e spettacolare, un viaggio indimenticabile che toccò l'apice quando ci fermammo di fronte ai Dodici Apostoli, una serie di grandi faraglioni che caratterizzano uno dei paesaggi più belli al mondo: quello della costa dello Stato del Victoria. È un luogo semplicemente straordinario, dove potresti fermarti per ore e ore a non fare altro che ammirare. La natura non ha altre pretese, ti chiede semplicemente di fermarti, smettere di guardare e iniziare a *vedere*. In quei momenti passati a sentirmi piccolo di fronte al mondo, compresi quanto il viaggio possa essere una terapia. Eravamo sporchi e stanchi, dormivamo scomodi e mangiavamo male, ma avevamo tutto ciò che potevamo desiderare. Non hai bisogno di molto per essere felice.

Quando arrivammo a Melbourne, due giorni dopo aver visitato i Dodici Apostoli, mi sentivo come mai ero stato prima. Non avevo un'idea sul futuro, non sapevo minimamente cosa avrei fatto nei mesi successivi, eppure ero felice. Non solo perché avevo vissuto un viaggio straordinario che aveva portato il rapporto con Claudia su un altro livello e mi aveva riempito gli occhi di meraviglia, ma anche perché avevo assaporato ciò che inconsapevolmente avevo inseguito da sempre. Quel viaggio senza limiti di tempo e di spazio, senza obblighi, apparenze inutili e aspettative da mantenere, mi aveva mostrato cos'è la vera libertà. Avevo vissuto da uomo libero e avevo deciso che avrei fatto di tutto per continuare su quella strada. Non solo nei viaggi, ma anche nel lavoro. Volevo guadagnarmi da vivere come Peter, senza superiori, senza orari, senza l'obbligo di presentarmi in un ufficio ogni singolo giorno con la barba appena fatta, la camicia stirata, un sorriso falso e i capelli in ordine.

Con quella convinzione entrammo in Melbourne, una

vera e propria metropoli, ben diversa da Perth. C'era il mare, ma era paludoso e sporco, così come il fiume che l'attraversava. C'erano tantissime persone e tutte andavano di fretta. Non si respirava l'atmosfera rilassata tipica del Western Australia che ci aveva fatto amare profondamente quella nazione. Dopo una serie di ricerche decidemmo di fermarci a St Kilda, un quartiere colorato e giovanile, molto artistico e un po' hippie. Trovammo un piccolo appartamento in un condominio orribile, che non aveva niente a che vedere con la casa con giardino in cui avevamo vissuto a Perth.

Non ci mettemmo comodi perché sapevamo che saremmo stati poco a Melbourne. Per la precisione, ci restammo un mese e mezzo, giusto il tempo di svolgere qualche piccolo lavoro occasionale. Claudia in un negozio di skateboard in centro, io in una libreria dentro un centro commerciale. Era un lavoro che mi piaceva, e mi rattristava l'idea di poterlo fare solo per pochi giorni, dal momento che stavo sostituendo un ragazzo che si era ammalato. Ma la questione lavorativa era complessa e non c'era modo di fare niente a riguardo. Quando ci proponevamo da qualche parte e il potenziale datore di lavoro scopriva che mancava così poco al termine del nostro Working Holiday Visa, la reazione era sempre la stessa: ci riconsegnava il *curriculum* e diceva *"I'm sorry"*.

Ci rendemmo conto che non avevamo più possibilità lavorative. Purtroppo non avevamo nemmeno più tempo per gli ottantotto giorni delle *farms* e il rinnovo del visto. Non volevamo ammetterlo, ma la realtà era una sola: il nostro tempo in Australia era finito e dovevamo rientrare in Italia.

Vendemmo Mitsu a un ragazzo neozelandese che da Melbourne avrebbe girato la nazione come avevamo fatto noi. Dei sedili posteriori non se ne faceva nulla, ci assicurò quando vide che non c'erano. Lasciammo il piccolo appartamento a St Kilda che non avevamo mai sentito *nostro* e litigammo persino con la padrona di casa che non voleva restituirci la caparra nonostante ne avessimo diritto come da accordi iniziali. Poi, in un bel tardo pomeriggio invernale, ci dirigemmo all'aeroporto dopo mesi di vita australiana.

«Mi piacerebbe vivere qui. C'è tanto verde, c'è l'oceano, si sta bene» dissi a Claudia mentre osservavo gli aerei atterrare sulla pista.

Eravamo dentro l'aeroporto, avevamo già imbarcato i nostri zaini ed eravamo in attesa che il nostro gate aprisse. Di fronte all'ampia vetrata mi sentivo triste.

«Piacerebbe anche a me» disse Claudia.

«Magari non per sempre» aggiunsi. «Non voglio darmi limiti, non voglio restare intrappolato su un'unica strada. Però io vorrei tornarci qui.»

«Anche io, ma come facciamo?» mi chiese.

«Qui, a queste condizioni, non possiamo restare» dissi. «Dobbiamo specializzarci in qualcosa e poi tornare per tentare di prendere la residenza.»

Claudia annuì. Il nostro piano non poteva che essere quello: tornare in Italia, acquisire le abilità giuste e tornare in Australia per ottenere un visto di lunga durata.

«Ti rendi conto che ce ne stiamo davvero andando?» mi chiese Claudia.

Sapevamo che sarebbe andata così, ma in quel momento non era facile da accettare. Il semplice pronunciare quelle parole fu per entrambi molto doloroso.

Un pezzo del mio cuore rimase a terra mentre l'aereo si allontanava da Melbourne e dall'Australia. Quella nazione mi aveva dato mille opportunità, la più importante delle quali era stata di costruirmi un pezzo di felicità. Così avevo capito qualcosa di più su quel puzzle che solo un anno prima mi sembrava irrisolvibile. Ora iniziavo a capire quale forma avesse la mia felicità.

L'Australia mi aveva dato tanto e poi si era ripresa tutto, ma non provavo altro che gratitudine nei suoi confronti. Avevo trascorso un periodo indimenticabile in quelle terre ed ero cresciuto come non sarei riuscito a fare nemmeno in dieci anni stando a casa. Ero una persona diversa, un ragazzo che amava se stesso, gli altri e il mondo.

L'Australia mi aveva insegnato che tutto è possibile. Così, mentre l'aereo prendeva quota e mi proiettava in quel cielo stellato che avevo ammirato a lungo da là sotto, promisi a me stesso che avrei reso la mia vita la storia migliore che avessi mai potuto immaginare.

16
Casa?

In Australia avevo svolto parecchi lavori, tutti molto diversi tra loro. Avevo compiuto un viaggio on the road straordinario e indimenticabile. Avevo conosciuto persone meravigliose che erano entrate nel mio cuore. Ma soprattutto avevo imparato a essere una persona indipendente, adulta, non per l'età anagrafica ma per il modo in cui mi responsabilizzavo. Ero riuscito a mantenermi da solo, a comprare un'automobile e a far fronte a qualsiasi difficoltà mi si parasse davanti. La più grande era stata ovviamente la scadenza del visto, ma tutto sommato ero soddisfatto di come avevo gestito quella crisi, con la consapevolezza che per tornare in Australia un domani avrei dovuto specializzarmi professionalmente.

Da un lato, quindi, lo scopo del mio rientro a Torino era di trasformarmi in un immigrato di prima classe, qualcuno con reali competenze specifiche (e possibilmente rare) da esportare in Australia. Non volevo più essere considerato "solo un cameriere". Al tempo stesso, però, c'era una parte di me, del mio cuore soprattutto, che puntava in tutt'altra direzione. Perché se ero consapevole che il modo più ragionevole e sicuro per tornare a vivere a Perth era attraverso una serie di attestati e corsi professionali, se non addirittura un clamoroso ritorno sui miei passi per prendere una laurea, non riuscivo ad allontanare dalla mia mente la vita apparentemente assurda di Peter. Un ragazzo normale durante il giorno, impegnato a preparare panini per impiegati d'ufficio in pausa pranzo. Uno dei tanti immigrati alla disperata ricerca di un posto definitivo in Australia. L'apparenza era quella.

Peter sembrava davvero una persona disposta a sacrificare la sua felicità pur di raggiungere gli obiettivi fissati dalla società. In realtà, era tutto il contrario: amava svolgere lavori manuali, motivo per cui, come mi aveva confessato, avrebbe preparato panini anche se fosse stato miliardario, ma soprattutto si guadagnava da vivere in un modo intrigante e decisamente alternativo, in un contesto che il 99 per cento delle persone non solo non riuscirebbe a comprendere, ma di cui non è nemmeno a conoscenza.

Io stesso non avevo mai pensato che potessero esistere dei giocatori professionisti di poker. Poi avevo incontrato quel ragazzo polacco che aveva involontariamente acceso una serie di lampadine nel mio cervello. In particolare c'era una riflessione che mi ossessionava: quanti Peter esisteranno a questo mondo? Quante persone libere, indipendenti e realizzate si celano dietro alle apparenze? Scoprendo lo stile di vita assurdo e così affascinante del giocatore professionista di poker, mi sembrava di essermi reso conto per la prima volta che la vita non è in bianco e nero. Ci sono mille sfumature, mille colori, ed è proprio in mezzo al bianco e al nero che si trovano le storie più incredibili. Ragionare per assoluti significa limitare la propria mente, accettare che il mondo è grande e pieno di opportunità significa invece aprire finalmente gli occhi e rendersi conto di quante possibilità abbiamo davanti.

Lo stile di vita di Peter era esattamente quello che avrei voluto per me. Lo prendevo come un modello. Anche per "colpa" sua, convivevano dentro di me due impulsi molto forti, capaci di tenermi sveglio di notte e ossessionarmi durante la giornata. La parte più razionale e prudente mi diceva che dovevo diventare un perfetto immigrato agli occhi dell'Australia, pertanto avrei dovuto sviluppare quelle *skills* richieste per ottenere un posto fisso nel Paese che amavo. La parte più emotiva e sognatrice, invece, mi diceva di lasciar perdere il percorso tradizionale e trovare il modo di vivere come Peter, secondo le mie regole. Mi diceva che dovevo solo trovare il modo di lavorare e guadagnare senza dipendere da un luogo fisso e senza dover sottostare a obblighi che limitavano la mia libertà personale. Perché mi sembrava che il lavoro tradizionale, in qualsiasi forma, fosse un grande ostacolo nel costruirmi una vita davvero libera.

Ormai ne ero certo: dovevo scegliere in fretta tra una vita fatta di sacrifici e insoddisfazione volta a ottenere, un giorno, qualcosa di più grande, e una vita totalmente controcorrente, alla ricerca di settori e attività inesplorate, per le quali non esistevano libretti di istruzioni.

Scelsi la prima opzione. Decisi di buttarmi a capofitto su una strada ben precisa che sembrava giusta solo sulla carta. Diedi retta alla parte più razionale e cinica della mia coscienza e lasciai completamente fuori il cuore. Ma c'era un problema: non sapevo cosa fare dal punto di vista professionale per riuscire a tornare in Australia come una risorsa indispensabile per il mercato del lavoro. Non avevo idea di cosa avrei potuto fare per riuscire in questa impresa apparentemente impossibile. A furia di informarmi iniziavo a perdere gli stimoli: stavo entrando in una spirale di negatività nella quale vedevo solo gli aspetti peggiori delle mie idee. Poi, un giorno, decisi di prendere una decisione. Mi dissi che ormai non aveva più importanza cosa fosse giusto fare, cosa mi rendesse felice. Era arrivato il momento di fare *qualcosa*.

Ricordo bene quella giornata. Stavo facendo il pane in casa, un'abitudine che avevo coltivato a Perth e che mi faceva stare bene per tutta una serie di motivi. Il primo era che lo trovavo un passatempo rilassante e in grado di mantenere allenata la mia manualità; il secondo era che adoravo mangiare praticamente qualunque prodotto da forno; il terzo era che mi affascinava molto la filosofia dell'autoproduzione. Perché dover andare al supermercato a comprare qualcosa che potevo fare io? Preparare il pane da solo era il mio piccolo gesto di ribellione. Potevo creare il pane e nutrirmi senza passare da intermediari, senza dover utilizzare il denaro per pagare un prodotto industriale preparato da altri.

E poi fare il pane è una forma d'arte. C'è tanta scienza, perché ci sono numeri da rispettare e bilance intransigenti, ma la vera bellezza di questo atto millenario sta nella possibilità di agire seguendo la propria fantasia. Puoi creare decine di tipi di pane diversi, puoi dargli le forme più strane, puoi farlo lievitare e salarlo quanto vuoi, tenerlo in forno più o meno a lungo. È un atto semplice e al tempo stesso complesso. È quanto di più pratico esista, ma è anche un'attività che richiede grande fantasia e stimola la tua voglia di sperimentare. Un insieme di azioni armoniose che richiedono competenze ben precise.

Competenze.

La mia mente si fermò su quella parolina magica. "Competenze. Devi essere competente per saper fare dell'ottimo pane" pensai.

Come se una forza incontrollabile avesse preso possesso del mio corpo, mollai l'impasto sul tavolo e corsi al computer. Lo accesi e digitai convulsamente alcune parole su Google: "Bakery visa skills Australia". Aprii tutti i link della prima pagina dei risultati finché non mi ritrovai sul sito ufficiale dell'immigrazione australiana. Le parole che lessi accesero un fuoco dentro di me: le professioni del *baker* (panificatore) e del *doughmaker* (impastatore) rientravano in ben tre *skills lists*.

E se fossi diventato un panificatore? Fare il pane come lavoro. Onestamente non era un'idea che mi entusiasmasse. Non era certo il mio sogno da bambino, ma in quel momento non c'era grande spazio per i sogni. Volevamo tornare in Australia, ci mancavano terribilmente quella nazione e la vita che facevamo laggiù. Ci mancavano l'oceano, andare in giro in infradito per gran parte dell'anno, i ritmi più lenti e tante altre cose. A Torino, poi, la situazione era tutt'altro che serena: non avevamo una casa dove stare, non avevamo un lavoro, non avevamo alcuna prospettiva di un futuro felice. Dopo tutto quel tempo in Australia, tornare fu un autentico trauma e giorno dopo giorno sentivamo sempre di più l'urgenza di scappare da una vita che non sentivamo nostra.

Sapevo che il lavoro del fornaio è durissimo. Mi sarei dovuto svegliare in piena notte e lavorare mentre tutti dormivano, per poi dormire mentre gli altri erano svegli. L'idea aveva un certo fascino agli occhi di uno come me, che non aveva mai creduto nella "normalità". Ciononostante sapevo benissimo che quella scelta mi avrebbe portato a un'esistenza molto dura.

Forse c'erano più contro che pro, ma alla fine decisi di buttarmi: cercai un corso professionale da panificatore a Torino, andai a visitare l'agenzia, mi assicurai che l'attestato fosse riconosciuto anche in Australia e poi mi iscrissi. Spesi praticamente tutti i soldi che avevo da parte, circa tremila euro, ma lo vedevo come un investimento su me stesso e sul mio futuro: la panificazione sarebbe stata il mio biglietto d'entrata per quella nazione che mi aveva stregato, pur considerandomi "solo un cameriere".

Il piano sembrava poter funzionare: avrei svolto il corso (suddiviso in una parte teorica e una pratica), poi io e Claudia saremmo partiti per l'Australia con un visto studentesco e mi sarei subito messo alla ricerca di uno sponsor. Probabilmente lo avrei trovato e avrei ottenuto la residenza permanente, che sarebbe andata anche a Claudia perché eravamo una "coppia di fatto". Secondo la legge australiana una coppia di fatto gode degli stessi diritti di una coppia sposata, motivo per cui se io avessi ottenuto la possibilità di restare più a lungo nel Paese Claudia avrebbe ricevuto il mio stesso timbro sul passaporto e viceversa.

E poi? Una volta raggiunto quel traguardo a lungo sognato, cosa sarebbe successo? Avrei lavorato per tutta la mia vita in un panificio o in una panetteria.

Fu da quest'ultima riflessione che nacque una domanda molto scomoda nella mia mente. Non volevo affrontarla, così provai a soffocarla con un pensiero particolarmente cinico: "Guadagnerò molti soldi lavorando come panificatore in Australia". Questo disperato tentativo di isolare quella domanda scomoda non funzionò. Non poteva funzionare con me. Alla fine affiorò e fui costretto ad affrontarla: stavo mettendo un visto sul passaporto davanti alla mia felicità? Perché la forma della mia felicità, fino a pochi giorni prima, non aveva niente a che fare con quel percorso di vita. Non seppi rispondere. O meglio, non volli rispondere. La verità sarebbe venuta fuori solo qualche tempo dopo.

17
Chiedi alla polvere

Le lezioni del corso di panificazione erano piuttosto interessanti, specialmente perché erano tenute da persone competenti e soprattutto appassionate di ciò che spiegavano. Uno dei motivi alla base della mia insoddisfazione nei confronti dell'università era che non percepivo alcuna passione nelle parole dei miei professori, coloro che dovevano, teoricamente, trasmettere conoscenze preziose agli studenti. Si ponevano con arroganza e non facevano il minimo sforzo per nascondere la noia che provavano nel ripetere gli stessi concetti, anno dopo anno, decennio dopo decennio. All'interno del corso professionale, invece, io e altri quattro ragazzi studiavamo la storia della panificazione, le sue varie applicazioni, ma anche la chimica dietro alla produzione: perché il pane lievita, come si forma la maglia glutinica, cosa cambia all'aumentare o al diminuire della temperatura e tanti altri aspetti poco conosciuti di questa antichissima attività.

Più o meno nello stesso periodo in cui iniziavo il corso, io e Claudia ci trasferivamo a vivere in un minuscolo appartamento dove pagavamo un affitto, molto basso per la zona, di 360 euro. Erano 180 euro a testa, una cifra che potevo permettermi per almeno un paio di mesi con i risparmi che avevo da parte e i pochi soldi che riuscivo a racimolare con lavoretti di ogni tipo.

In quel periodo esplorai praticamente tutte le possibilità

che riuscivo a trovare per guadagnare soldi; alla fine provai anche il poker online, nel tentativo di seguire le orme di Peter. Lessi libri di strategia, passai ore e ore sui forum dedicati e guardai i video dei professionisti all'opera. Mi impegnai al massimo delle mie capacità e in breve riuscii a trasformare un piccolo investimento di cento euro in un "tesoretto" di mille. Quando lo dissi ad alcuni amici, ottenni reazioni di totale disapprovazione, perché il poker è ancora largamente considerato un gioco d'azzardo. Studiando avevo invece capito che si trattava di un gioco di abilità e le mie, di abilità, erano nettamente superiori a quelle del giocatore medio. Non perché fossi un fenomeno naturale, ma perché il livello tecnico del giocatore medio era bassissimo. Alcuni degli avversari che trovavo al tavolo virtuale non sapevano nemmeno le regole e giocavano per puro divertimento. Alcune mosse non erano solo illogiche, ma palesemente sbagliate dal punto di vista matematico.

Quasi inevitabilmente, dopo un po' iniziai a guadagnare con grande costanza. Non si trattava di un vero e proprio stipendio, ma riuscivo a incassare qualche centinaia di euro rischiando molto poco, grazie a quella singola ora che ogni giorno passavo studiando le strategie vincenti e analizzando le mani giocate in precedenza. Più avanti avrei scoperto che quelli erano considerati, dagli addetti ai lavori, gli anni d'oro e irripetibili del poker online. Anche per questo motivo riuscii a vincere con costanza fin dall'inizio. Non erano cifre particolarmente alte, ma erano sufficienti a pagare l'affitto e tutte le spese della mia vita low cost.

Nonostante il discreto successo che stavo ottenendo, non mi passò mai per la testa di trasformare il poker in un vero lavoro. Non era ciò che volevo fare nella vita e avevo la sensazione che quell'opportunità avesse una data di scadenza, pertanto andava sfruttata al massimo prestando grande attenzione a qualsiasi cambiamento arrivasse all'orizzonte. Il livello medio era davvero troppo basso affinché potesse durare per anni: presto la moda del poker online sarebbe passata e i giocatori, anche i più scarsi, avrebbero imparato a giocare meglio. Facevo molta attenzione a non montarmi la testa, e in ogni caso il corso di panificazione serviva a tenermi con i piedi per terra. Ero sempre convinto di prendere l'attestato e poi andare in Australia. Nella vita volevo fare quel mestiere; il poker era il mezzo di sostentamento parallelo. Ed era un gioco divertente e appassionante, una sfida personale.

In ogni caso, anche con quelle piccole ma fondamentali entrate, non potevo permettermi svaghi. Niente cene fuori, niente acquisti inutili, niente spese superflue. Non avevo abbastanza soldi per farlo, ma soprattutto non volevo rischiare di dover tornare a casa dei miei genitori. In quel periodo diventai molto umile. Un tempo, da ragazzino, avevo la tendenza a giudicare gli altri con molta facilità e probabilmente avrei definito il me stesso ventiduenne uno sfigato costretto a calcolare tutte le spese al centesimo per sopravvivere. In realtà ero molto orgoglioso di ciò che stavo facendo. Ero un sognatore squattrinato come i protagonisti dei film, un giovane che lottava ogni giorno in un mare agitato per restare a galla in attesa di arrivare sulle spiagge paradisiache di un'isola rigogliosa. Intravedevo i miei obiettivi, anche se erano lontani.

Negli anni successivi mi sarei convinto che esiste una forza universale più grande di ciò che vediamo, che in qualche modo collega ognuno di noi creando incroci e connessioni che non possono essere considerate semplici coincidenze. Così, proprio mentre combattevo quotidianamente per i miei sogni improbabili, mi capitò sottomano un libro che non potei non considerare un segno del destino.

Non ricordo dove lo avessi recuperato, so solo che un giorno mi ritrovai a sfogliare *Chiedi alla polvere* di John Fante. Tralasciando la storia d'amore crudele e bellissima al centro del romanzo, non potevo credere che quel libro fosse entrato nella mia esistenza proprio in quel momento. L'autore raccontava di un giovane aspirante scrittore che si era trasferito dalla provincia americana a Los Angeles per inseguire il sogno (anche questo molto improbabile) di diventare uno scrittore di successo. Arturo Bandini – questo il nome del protagonista – non aveva i soldi nemmeno per sopravvivere, figuriamoci per vivere dignitosamente. Elemosinava arance e mangiava solo quelle, sopportando l'acidità di stomaco. Era indietro di settimane nel pagamento della sua squallida stanzetta e viveva alla giornata. Nonostante tutte le difficoltà, però, continuava a crederci. Desiderava diventare uno scrittore famoso e non accettava l'idea di arrendersi.

Chiedi alla polvere, che divorai, in quel periodo contribuì a darmi la forza per continuare. Mi informai anche sulla storia di John Fante e scoprii, come immaginavo, che il racconto della vita di Arturo Bandini era lo specchio della sua, quella di un giovane italo-americano che dalla periferia provava a farsi strada in modo artistico e alternativo nella grande città. Mentre tutti cercavano di lavorare e ripartire in piena crisi economica, lui voleva guadagnarsi da vivere scrivendo libri. Scoprii che Fante divenne poi uno sceneggiatore di Hollywood e che i suoi libri furono riscoperti e apprezzati solo dopo la sua morte. Nel 2010, il giorno del 101° anniversario della sua nascita, la città di Los Angeles cambiò il nome di una trafficata intersezione in John Fante Square, proprio a Bunker Hill, il quartiere raccontato e celebrato nei suoi romanzi. Finalmente, anche se dopo essersene andato da questa terra, John era riuscito a diventare una stella nella città dove aveva inseguito i suoi sogni. Promisi a me stesso che un giorno sarei andato a rendergli tributo, fermandomi sotto il sole californiano nella John Fante Square. Perché era anche grazie a lui se avevo capito che alla fine i sognatori ce la fanno sempre, se non smettono di crederci.

18
Torino in piena notte

Dopo aver concluso la parte teorica del corso, la scuola mi diede cinque diverse possibilità per completare le trecento ore di pratica. Scorsi la lista e trovai subito quella giusta: una panetteria a pochi metri da dove adesso abitavamo noi, in cui avevo preso tranci di pizza e brioche per anni quando andavo al liceo. Era l'opzione naturalmente più sensata.

Chiamai il proprietario e fissammo un appuntamento. Il giorno successivo mi presentai a un uomo alto e grosso, con una pancia pronunciata, il collo taurino di chi è abituato alla fatica e le braccia muscolose. Mi strinse la mano con vigore. Si chiamava Enzo.

«Allora, davvero sei qui per fare il panettiere?» mi chiese.

La mia mente tornò alla prima lezione teorica del corso, quando ci era stato spiegato che il termine corretto è "panificatore" e non "panettiere". Realizzai subito che in quel mondo, in quell'angolo di vita, le parole contavano poco. I fatti, prima di tutto.

«Esatto, sono venuto un sacco di volte qui a comprare. Adoro la vostra focaccia.»

Enzo sorrise.

«Perché vuoi fare l'apprendistato?»

«Onestamente, perché voglio tornare in Australia e trasferirmi laggiù.»

«Siete sempre di più.»

«Chi?»

«Voi giovani che ve ne andate. Mi fa un po' stare male 'sta cosa, ma vi capisco. Ai miei tempi era diverso: se facevi il panettiere lo facevi perché ti piaceva. Perché 'sta vita non è facile, eh. Ora lo si fa per poter andare a lavorare in Australia.»

«A me piace fare il pane» dissi, forse ingenuamente.

«Non lo metto in dubbio» rispose Enzo, ma non sembrava convinto.

«Puoi iniziare domani» concluse. «Oggi ti volevo vedere giusto per essere sicuro che non fossi uno sbandato.»

«Perfetto, a che ora devo essere qui?» chiesi io.

«Alle tre qui davanti, puntuale. Se non ci sono ti aprirà Luca. Non fate i furbi che ho le telecamere e vedo quando iniziate a lavorare.»

Mi ero immaginato più volte come sarebbe stato lavorare come panificatore, specialmente perché ero curioso di capire come fosse vivere secondo orari opposti a quelli delle persone normali. Gran parte della popolazione si sveglia al mattino, lavora fino al tardo pomeriggio e poi torna a casa potendo godere del tempo libero fino alla sera. Il giorno successivo la routine è sempre quella: sveglia presto, colazione, lavoro, casa, cena, un po' di tempo libero e sonno. Per un panificatore la vita segue ritmi completamente diversi e non posso negare che questa circostanza aveva un grande fascino ai miei occhi. Cercavo una vita alternativa e dovermi alzare in piena notte per poi dormire con la luce del sole era qualcosa di diverso, che mi attraeva.

Sicuramente nei miei sogni a occhi aperti non avevo preso in considerazione molti fattori. Mi sembrava un sacrificio sopportabile svegliarmi alle due di notte, ma nelle prime settimane di apprendistato da Enzo incontrai non poche difficoltà nell'adattarmi a quei ritmi.

Ho sempre avuto bisogno di un po' di tempo per carburare dopo essermi alzato dal letto. Di certo non sono tra quelli che partono subito a mille. Così la prima notte commisi l'errore di mettere la sveglia troppo tardi, alle due e mezzo. Considerando quanto era vicina la panetteria, ci avrei messo due o tre minuti per raggiungerla a piedi. Mi restavano più di venticinque minuti per lavarmi e mangiare qualcosa, un lasso temporale più che sufficiente... almeno sulla carta.

La sera prima di andare a lavorare da Enzo andai a dormire molto presto, per essere pieno di energie. Mettendomi nel letto riscontrai il primo problema: non avevo sonno. Mi girai e rigirai nel letto e mi addormentai, con ogni probabilità, alla stessa ora a cui mi addormentavo solitamente. Quando la sveglia suonò alle due e mezzo, notai subito che il mio corpo non rispondeva bene a quella novità. Ero abituato a svegliarmi presto al mattino (una buona abitudine che avevo fatto mia in Australia), al punto che spesso ero in piedi già alle cinque e mezzo. Ma quelli non erano gli orari di chi lavora di notte.

Feci una fatica tremenda. Mi sentivo in uno stato di fastidioso torpore, come se fossi chiuso dentro a una grande bolla. Dopo qualche minuto e una camminata per casa cercando di non svegliare Claudia, il sonno era sparito ma rimaneva quella confusione mentale. Soprattutto, non avevo alcuna fame. Il mio stomaco non ne voleva sapere di accettare cibo a quell'orario assurdo. Pensai di bere un caffè, ma la bevanda calda che tanto amavo mi sembrava disgustosa. Decisi quindi, poco saggiamente, di uscire a stomaco vuoto.

Misi piede fuori casa alle 2.45 e mi fermai per un secondo ad assaporare quel momento. Torino era splendida. Senza il traffico infernale, senza tutte quelle persone frettolose e agitate, senza lo smog, senza il rumore della vita quotidiana la città mostrava un volto stupendo che non avevo mai avuto modo di apprezzare. Mi soffermai a osservare i palazzi storici, l'architettura che i miei occhi distratti non avevano mai colto, la fila infinita di alberi che proteggevano la pista ciclabile, i torelli (le storiche fontane di Torino a forma di testa di toro) che sputavano acqua, le fermate del tram così cinematografiche, i marciapiedi lisci e finalmente sgombri. Un'aria fresca accarezzava il mio volto e muoveva dolcemente le foglie sugli alberi. In giro non c'era nessuno. Un bellissimo silenzio regnava tutto intorno. Sembrava che la città fosse solo per me e, pur non avendo ancora iniziato l'apprendistato, pur senza aver mai lavorato nemmeno per un secondo in un panificio, mi convinsi di aver fatto la cosa giusta. Non mi importava niente di ciò che sarebbe successo: quel momento valeva tutto il prezzo del biglietto. Volevo vivere per quegli attimi, quelli che ti fanno sentire vivo e ti tengono attaccato alla terra come se fosse una questione di vita e di morte, ma al tempo stesso fanno volare alto il tuo cuore.

Che bella Torino in piena notte. Lo pensai, poi guardai l'ora e scoprii che erano le 2.58. Ero in ritardo al mio primo giorno di apprendistato. Iniziai a camminare velocemente verso la panetteria, con parecchia amarezza. Arrivai di fronte alla saracinesca alle 3.01. Era abbassata e pensai che probabilmente non era ancora arrivato nessuno. Però le luci dentro erano accese, lo vedevo da una fessura in alto. Bussai e non ottenni risposta. Le 3.02. Bussai di nuovo, niente. Mi guardai intorno per essere certo di non aver sbagliato palazzo. Era quello giusto. Eppure, o non c'era nessuno o non mi volevano aprire. Bussai ancora una volta e alla fine sentii dei rumori provenienti dall'interno. La saracinesca si alzò lentamente, forse per non fare troppo rumore e svegliare chi viveva nei dintorni. Mi trovai di fronte Enzo, con la sua pancia tonda, le spalle larghe e la testa lucida.

«Sei in ritardo. Non ti volevo aprire.»

Ero arrivato in ritardo di appena un minuto, ma era pur sempre un ritardo. Compresi subito che quel mondo, quello dei lavori manuali resi ancora più estremi dall'orario notturno, non era il mondo da dove provenivo. Era fatto di regole rigide e non lasciava spazio ai sogni a occhi aperti in cui mi perdevo continuamente, proprio come quello di pochi minuti prima quando mi ero fermato a osservare Torino.

«Mi dispiace. Potrei dirti una cazzata per giustificarmi, ma la realtà è che ho sbagliato. Non ricapiterà» dissi con sincero dispiacere.

Enzo era molto serio. Non c'era traccia del sorriso con cui mi aveva accolto il giorno prima.

«Questo è un lavoro in cui è necessario avere disciplina e rispetto. Non basta studiare sui libri come si fa il pane: essere un panettiere vuol dire essere un certo tipo di uomo.»

In quelle frasi aveva menzionato tre parole che avevo imparato a fare mie, ma in tutt'altro contesto. Disciplina, rispetto e studio, le stesse tre caratteristiche fondamentali per diventare un giocatore di poker vincente secondo Peter. Probabilmente erano tre concetti validi in qualsiasi aspetto della vita.

«Hai ragione. Mi dispiace.»

«Entra, va'» mi disse.

Chiuse la saracinesca alle nostre spalle e mi ritrovai nell'ingresso della panetteria, solitamente pieno di clienti davanti al bancone. Tutto era buio, l'unica luce proveniva dal retro, dove intravedevo due forni e un'impastatrice in funzione. Faceva caldo e c'erano mille profumi diversi che portavano la mia mente a immaginare focacce, pane e pizza al trancio, ma anche dolci di ogni tipo. E poi il caffè. C'era un odore delizioso di caffè che a quel punto, dopo la camminata e il panico per il ritardo, il mio corpo apprezzava molto.

«Vuoi un caffè?» mi chiese Enzo come se mi leggesse nel pensiero.

«Volentieri, grazie.»

Prese una caffettiera fumante dal bancone e me ne versò una tazzina. Ne versò una anche per sé, poi urlò a qualcuno che si trovava dietro, dove c'erano i macchinari.

«Luca, vuoi un caffè?»

«No, Enzo!»

Enzo trangugiò il suo in un solo sorso. Lo imitai, ustionandomi il palato.

«Andiamo» mi disse. Poi si recò sul retro e lo seguii. «Queste sono le impastatrici» disse indicando due macchinari di forma cilindrica, alti circa un metro e molto rumorosi. «In questa facciamo gli impasti salati, in questa qua quelli dolci. Non confonderti, che altrimenti è un casino.»

Nella stanza c'era un ragazzo molto giovane, probabilmente anche più giovane di me.

«Lui è Luca, lavora qui da quando aveva diciassette anni. Visto che vi chiamate entrambi Luca, tu sarai Luca-due.»

«In realtà mi chiamo Gianluca» risposi sorridendo.

«Che cazzo sei, un principe? Qui ti chiami Luca-due!» disse Enzo senza cattiveria, anzi, ridendo come un matto.

Luca era un ragazzo magro, con i capelli biondi e gli occhi azzurri. Compresi che non era uno a cui piaceva parlare. Anche per questo motivo, sembrava nato per fare quel mestiere.

«Qui c'è il piano dove tagliamo l'impasto» proseguì Enzo. «Ti spiegheremo cosa devi fare e come devi farlo.»

La stanza era piccola e piena di macchinari, sacchi di farina, ingredienti di ogni tipo e centinaia di strumenti.

«Ora, tu sei qui per imparare, ma io credo che il modo migliore di imparare sia fare» mi disse Enzo. «Ti tratteremo come se fossi un dipendente, anche se non sei pagato. A fine giornata puoi prendere tutto ciò che vuoi dalla vetrina, basta che lo chiedi. Quella sarà la tua paga: mangerai ciò che hai prodotto.»

Forse in un altro momento della mia vita mi sarei ribellato all'idea di lavorare gratis. La scuola di formazione mi aveva detto esattamente il contrario di ciò che sosteneva Enzo, ovvero che non sarei stato trattato come un dipendente ma come uno studente. Ciononostante, non ero infastidito da quell'idea. Ero lì per mettermi in gioco e se volevo diventare un panificatore dovevo lavorare come un panificatore. Inoltre, mi affascinava l'idea dell'autoproduzione: "Mangerai ciò che hai prodotto".

«Hai un quaderno per prendere appunti?» mi chiese.

Lo avevo.

«Vieni qui che ti spiego come facciamo l'impasto principale.»

Dopo l'impasto principale fu il turno di quello integrale. Poi passammo alle brioche. Poi, al taglio e alla lavorazione degli impasti. Poi a condire le focacce. Poi a spennellare le brioche con il tuorlo dell'uovo. Poi ai grissini. Quindi a infornare.

Il tempo passò in fretta, ma quando alle sette arrivò la commessa ero stravolto. Mi fermai un attimo, per la prima volta nella nottata, a osservare il sole che inondava la panetteria. Era una gran bella sensazione.

Trascorsi le ultime ore a pulire, sistemare e riempire le brioche di marmellata o crema al cioccolato. Alle 10 Enzo mi prese da parte e mi disse che potevo andare. Mi cambiai nel piccolo bagno sul retro e uscii passando da davanti. Enzo era dietro al bancone e c'erano diversi clienti in attesa davanti a noi. Non volevo dare nell'occhio, volevo solo uscire. Lui invece mi fermò.

«Oggi è stato il suo primo giorno, gente!» urlò prendendomi per le spalle.

Ricevetti qualche sorriso, alcuni sguardi imbarazzati e tanta indifferenza. Rivolgendosi a me, sottovoce, Enzo mi disse: «Aspetta che i clienti se ne vadano e prendi tutto ciò che vuoi».

Osservai la vetrina, piena di focacce, pizze, pizzette. Poi il reparto delle brioche, infine gli scaffali colmi di pane alle nostre spalle. Avevo contribuito a creare tutto quel cibo, quasi come per magia. Mi sentivo orgoglioso del modo in cui mi ero comportato, ma anche e soprattutto della scelta di vita che avevo fatto. Ero disposto ad arrivare ogni singola mattina così stravolto. Lo avrei fatto per costruirmi un futuro. Presi un paio di focacce e una pizza al trancio, salutai tutti e uscii.

Torino era illuminata da un sole caldo e avvolgente. In giro non c'erano molte persone, perché erano le dieci e mezzo di mattina. Tutti erano al lavoro e io staccavo dal mio. Tutti iniziavano a fare il conto alla rovescia delle ore che mancavano alla fine della giornata mentre io ero libero di andare a casa, dormire e poi pranzare. Con il cibo che avevo prodotto con le mie mani.

Mi feci una doccia per togliermi di dosso l'odore di farina e zucchero, poi mi misi nel letto. Prima di addormentarmi ripensai alle ore che avevo appena vissuto: la città tutta per me in piena notte, gli impasti, il forno, il cibo che avevo prodotto e poi portato a casa. La mia prima giornata da panificatore era stata durissima ma piena.

Sdraiato nel letto, avevo un pensiero in testa: quello che è giusto per gli altri non dev'essere per forza giusto per tutti.

Forse non c'era niente di sbagliato in me.

Forse la "normalità" non è altro che un'invenzione.

Ero stravolto, ma ancora una volta avevo scoperto che fuori dalla comfort zone mi sentivo maledettamente vivo.

19
La città più calda del Canada

Dopo una settimana a lavorare sei giorni su sette da Enzo, il mio corpo e la mia mente si abituarono a quegli orari. Mi svegliavo in piena notte carico di energia e con tanta voglia di andare in "palestra", come chiamavo la panetteria. Effettivamente impastando e sollevando sacchi di farina stavo diventando più forte, una circostanza compensata dal fatto che la mia dieta era basata quasi esclusivamente su prodotti da forno. Enzo mi riempiva di cose da mangiare e io non mi tiravo indietro: c'è qualcosa di più naturale del mangiare ciò che creiamo personalmente?

Il piano mio e di Claudia era di restare a Torino fino al termine del mio corso, poi ripartire per l'Australia. C'era però un aspetto nuovo nella nostra vita, qualcosa che proprio non avevamo preso in considerazione: il viaggio che avevamo fatto da Perth a Melbourne ci aveva attaccato il cosiddetto *travel bug*, il morbo dei viaggiatori. Praticamente ogni singolo giorno parlavamo di quanto ci sarebbe piaciuto visitare luoghi nuovi, esplorare, lasciarci incantare dalla bellezza del mondo. Volevamo partire, provare quel brivido che hai quando ti siedi sull'aereo e vedi la tua città sparire o quando ti mettono il timbro sul passaporto e puoi finalmente iniziare l'esplorazione di un nuovo luogo.

Fu così che Perth, la città che tanto avevamo amato, non ci sembrava più la meta perfetta. Volevamo qualcosa di nuovo, perché viaggiando avevamo capito che il valore è nel muoversi, non nello stabilizzarsi. Pensammo quindi ad altre città australiane come Brisbane o Gold Coast, se non addirittura a cittadine di surfisti come Byron Bay. In realtà, timidamente, sognavamo una vita nomade che non si basasse su un unico luogo. All'epoca era ancora un'utopia a tutti gli effetti.

Poi l'Universo mi inviò un segnale. Sapevo già che a volte basta davvero poco per mettere in moto un sogno. Una canzone, un film, un libro, un sapore. Nel mio caso, fu un incontro totalmente inaspettato.

Quella del venerdì era diventata una serata molto particolare per me, perché era l'ultimo giorno della settimana in cui andavo a dormire sapendo di dovermi alzare in piena notte per andare a lavorare. L'unica nottata libera era infatti quella tra sabato e domenica; in tutte le altre lavoravo. Proprio perché rappresentava la fine della mia settimana lavorativa, non avevo molta voglia di uscire e fare tardi. Spesso ero già stanco e volevo solo andare a dormire presto, alzarmi, andare a lavorare e potermi finalmente godere ventiquattro ore di libertà. Quel venerdì sera, però, mi arrivò un messaggio sullo smartphone: un mio amico che si era trasferito a vivere in Francia tornava in città. Era l'occasione giusta per ritrovarsi tutti insieme, mi scriveva un altro amico invitando me e Claudia a vederci in centro a Torino per bere qualcosa.

Non avevo molta voglia di trascorrere una serata a bere birra di scarsa qualità dentro a un pub superaffollato sapendo che di lì a poche ore sarei dovuto andare a lavorare in panetteria. Quella scelta di vita che avevo preso non era certamente una passeggiata e soprattutto era molto limitante: dovevo seguire orari rigidi e godevo di poco tempo libero. Però sapevo che quella era la strada giusta per tornare in Australia e restarci. Mi facevo coraggio con questo pensiero e andavo avanti senza pensare più di tanto.

Quella sera io e Claudia decidemmo di uscire con i nostri amici. Avrei preferito rimandare alla serata successiva, quando avrei potuto poi dormire per quanto tempo volevo, ma per qualche motivo decidemmo di andare lo stesso. Ci trovammo in una delle piazze più note del centro di Torino alle 21.30 e io già contavo quante ore mancavano a quando avrei dovuto iniziare a lavorare in panetteria. Ero stanco e mi chiedevo se non avessi commesso un errore di leggerezza a uscire così tardi.

Arrivò il nostro amico. Ci salutammo, lui ci chiese dell'Australia e noi gli chiedemmo della Francia. Una conversazione leggera e piacevole. Poi arrivò un altro nostro amico, Giovanni, che io conoscevo da quando avevo quindici anni. Insieme a lui c'era una ragazza alta e bionda. Ci salutammo e scherzai chiedendogli se avesse trovato una donna in grado di sopportarlo.

«Non è la mia fidanzata» rispose lui imbarazzato. «Lei è Kate, è una ragazza che sto ospitando con *couchsurfing*.»

Lo avrei provato personalmente qualche anno più tardi. Si tratta di una piattaforma online dove si può offrire il proprio divano a un viaggiatore o una viaggiatrice che sta passando dalla tua città. È uno scambio che non ha nulla a che vedere con i soldi: da un lato c'è chi offre un posto per dormire, dall'altro c'è chi offre il proprio bagaglio culturale e personale. Così fare *couchsurfing* permette di viaggiare anche restando a casa: ospiti persone da ogni parte del mondo, ascolti le loro storie, osservi il loro modo di intendere la vita. In altre parole, viaggi.

«Fantastico!» dissi presentandomi a Kate. «Di dove sei?»

«Sono canadese» mi rispose lei con entusiasmo, visto che fino a quel momento era stata tagliata fuori dalle conversazioni in italiano dei miei amici.

«Mi piacerebbe molto visitare il Canada» dissi.

Era vero: da anni, senza una motivazione precisa, ero affascinato da quel Paese e dai suoi abitanti, specialmente per il modo in cui venivano descritti nella serie tv "How I Met Your Mother". Una delle protagoniste era canadese e, tra prese in giro e luoghi comuni, veniva fuori un ottimo ritratto dei suoi connazionali, almeno ai miei occhi: incredibilmente gentili e di mentalità aperta, amanti delle attività all'aria aperta e orgogliosi del loro Paese e delle loro tradizioni. Era solo una serie tv, ma il pensiero di scoprire luoghi così affascinanti affiorava con sempre più costanza. Quell'impulso di partire verso terre inesplorate era legna sul fuoco che bruciava nel mio cuore. La mia energia, la mia felicità, la mia realizzazione passavano da lì, da quel punto incandescente dentro di me. Se si fosse spenta quella voglia di scoprire, io mi sarei spento con lei.

«Dove avete imparato l'inglese?» ci chiese Kate, interrompendo il flusso dei miei pensieri.

«Siamo stati per un anno in Australia» rispose Claudia.

«Oh, wow! Adoro l'Australia» disse Kate. «Avete solo viaggiato o vi siete fermati a lavorare?»

«Abbiamo fatto entrambe le cose» le risposi. «Avevamo il Working Holiday Visa.»

«Anche in Canada ci sono tanti ragazzi con il Working Holiday Visa» disse lei.

A quelle parole sentii qualcosa muoversi dentro di me.

«Davvero c'è il Working Holiday anche in Canada?» le chiesi. Forse ne avevo già sentito parlare, ma non lo avevo mai nemmeno preso in considerazione.

«Certo! Ci sono tanti ragazzi da tutto il mondo che lo fanno. Io sono a Toronto ma se volete replicare quell'esperienza vi consiglio Vancouver: è la città più calda del Canada ed è meravigliosa sotto tutti i punti di vista.»

Io e Claudia ci guardammo negli occhi. Intravidi un sorriso nascere sul suo volto, ma non dissi nulla.

Continuammo a parlare con Kate e con gli altri, la serata passò piacevolmente e alle due di notte salimmo sulle nostre biciclette per tornare a casa. Aprii la porta di casa alle due e mezza, ci sedemmo al tavolo e senza dire nulla presi dal frigo la mezza pizza che avevamo avanzato la sera prima.

Claudia scoppiò a ridere.

«La pizza? Ora?» mi chiese.

«Non solo la pizza, ma anche il caffè» replicai io senza provare vergogna per quel pasto improvvisato in piena notte.

«Te lo concedo solo perché tra mezz'ora devi essere a lavorare» mi disse Claudia.

Il nostro legame era molto forte. Era una di quelle relazioni nelle quali non devi per forza aprire bocca, parlare e spiegare tutto nei dettagli. Bastano uno sguardo e un sorriso per far vibrare i cuori alla stessa frequenza. In quel momento, di fronte a pizza e caffè, stavamo giocando. Entrambi sapevamo dove sarebbe arrivata la conversazione, prima o poi. Fui io a rompere gli indugi.

«E se andassimo in Canada?»

Claudia sorrise. Nient'altro, eppure era tutto ciò di cui avevo bisogno. Avrei voluto passare la notte con lei più di qualunque altra cosa, specialmente dopo quel sorriso complice. Ma dovevo finire il caffè, alzarmi e andare a lavorare. Mi resi conto, non senza un po' di timore, che sarei andato a dormire solo a mezzogiorno, dopo ventiquattr'ore in piedi.

Salutai Claudia sulla porta e le augurai buonanotte. Non aggiunsi altro. Non ce n'era bisogno. Stavamo pensando la stessa cosa.

Arrivai in panetteria in ritardo di qualche minuto, ma Enzo non ci fece caso. Mi fiondai a preparare il primo impasto, il più importante. Dopo aver versato la farina e tutti gli ingredienti, presi la tazza più grande che c'era tra quelle sopra il lavandino e la riempii di caffè fumante. Cercavo di concentrarmi per evitare errori e fortunatamente non ne commisi. Quando pensavo di non farcela più, oltre alla caffeina mi aggrappavo al mio nuovo sogno: il Canada.

20
Prima dei trent'anni

A diciannove anni, poco dopo aver concluso il liceo, compilai una lista di cose che avrei voluto fare prima di compierne trenta. Erano passati solo alcuni giorni dagli esiti degli esami e, in attesa di partire per il viaggio con cui avrei celebrato il diploma, mi godevo quella libertà totale e irripetibile. Ho sempre amato Torino d'estate, quando si svuota di persone ma si anima di colore. Le giornate sono lunghe, c'è poco traffico e si può camminare in lungo e in largo osservando particolari difficili da apprezzare nel caos che caratterizza il resto dell'anno.

In quel periodo avevo preso la buona abitudine di andare a rilassarmi nei parchi della città. Mi mettevo da qualche parte, solo e tranquillo, tiravo fuori il mio diario e scrivevo tutto ciò che mi passava per la testa. Ricordo bene che una mattina mi trovavo in un prato enorme e verdissimo poco lontano da casa. Era presto ed essendo luglio inoltrato non c'era davvero nessuno in giro. Nel cielo splendeva un bel sole e, per qualche strana ragione, mi ritrovai a ragionare sulla mia vita, sul mio futuro. Un pensiero tirò l'altro e a un certo punto decisi di scrivere quella lista. Non so come mi venne in mente, ma tra le tante voci ce n'era una che diceva: "Nuotare nei tre principali oceani: Atlantico, Indiano e Pacifico". Era una delle cose che volevo fare prima di compiere trent'anni e in Canada, quando di anni ne ave-

CANADA

vo ventitré, e avevo ormai conseguito il diploma di panificatore, completai quella piccola grande missione di vita.

Eravamo a Vancouver da pochi giorni e già amavo profondamente quella città. L'avevamo scelta come destinazione del nostro Working Holiday Visa il giorno dopo aver conosciuto Kate. Io e Claudia non avevamo avuto dubbi: volevamo solo Vancouver. Le ragioni erano culturali e di stile di vita. Sapevo che era una delle metropoli più vivibili al mondo, ma non avevo mai dato troppo peso a quelle classifiche: la cosa che mi attirava di più di Vancouver era la sua fama di luogo abitato da persone con una mentalità molto aperta, voglia di cambiare il mondo e vivere in modo consapevole. Da ciò che avevo letto, si trattava di una città abitata da idealisti e sognatori e le mie aspettative non furono deluse: fin dai primi giorni parlai con persone che avevano lasciato lavori sicuri per girare il mondo o diventare maestri di yoga o ancora aprirsi un *food truck*, i furgoncini che servono cibo in qualsiasi angolo della città. C'era un numero impressionante di individui che avevano scelto di seguire sentieri di vita alternativi invece di accontentarsi della sicurezza garantita dal noioso sentiero battuto. Per uno come me non c'era niente di più stimolante: ogni giorno poteva capitarti di ascoltare una storia di vita straordinaria e incredibile.

Vancouver aveva superato tutte le mie aspettative perché, per quanto avessi letto e mi fossi informato a riguardo, non potevo immaginare che ai miei occhi sarebbe risultata la città più bella del mondo. Nell'area urbana c'erano quartieri residenziali con villette a schiera e lunghi viali caratterizzati da alberi dalle mille tonalità di rosso, ma anche quartieri con grattacieli e ristoranti di ogni tipo e zone piene di murales dove vivevano hippie e artisti. Più lontano scorgevo invece da un lato le montagne e dall'altro l'oceano.

Avevamo deciso di dedicare un po' di tempo solo all'esplorazione di Vancouver, senza pensare al lavoro e al futuro. Volevamo vivere il momento come se non ci fosse un domani.

Passammo qualche giorno in città, poi andammo a visitare Vancouver Island. Sbarcammo a Nanaimo dopo più di due ore di traghetto e ci sembrava di essere al cospetto di una piccola Vancouver: i grattacieli e il mare piatto, ma poco più in là, ecco la natura selvaggia. Era come se ci chiamasse, e noi non esitammo ad iniziare l'esplorazione.

Passeggiammo tra i boschi e l'aria fresca era linfa vitale per le nostre anime. Il silenzio era interrotto solo dai suoni della natura che ci dava la sensazione di essere lontani da tutto e tutti. Fu una sorta di meditazione, una terapia: dopo più di un anno trascorso a ragionare, lavorare sui nostri sogni e risparmiare, eravamo a dir poco entusiasti di poterci godere un po' il presente senza pensare a ieri e a domani.

Doveva essere una visita di una giornata, ma Vancouver Island era un luogo troppo grande e rigoglioso per dedicargli così poco tempo. Dopo qualche ora ci rendemmo conto che sarebbe stato un peccato mortale non prendersi qualche giorno per scoprirla, così affittammo una tenda e passammo la notte in un campeggio in mezzo al nulla. C'erano un falò, una fontana, un bagno e nient'altro. Era uno spiazzo di pochi metri circondato completamente dal bosco. Quella sera ci addormentammo abbracciati scorgendo un cielo stellato spettacolare fuori dalla tenda. Era un cielo diverso da quello australiano, perché più nero e, proprio per questo motivo, le stelle risplendevano ancora di più. Era bellissimo e mi sentii in dovere di fare un'altra promessa, come avevo fatto a Perth. In questo caso promisi a me stesso di non abbandonare mai i miei sogni, di seguirli sempre. In Australia mi ero aperto al mondo e aveva funzionato. Ora era tempo di tenere spalancato il mio cuore e continuare a crederci.

Alla fine restammo nella parte più selvaggia dell'isola per tre giorni, separati dal mondo esterno, senza connessione Internet. Passammo il tempo camminando, amandoci, rilassandoci e contemplando la natura. Ogni tanto mi fermavo e scrivevo sul mio quaderno, scoprendo un'ispirazione che mai avevo avuto prima.

Vancouver Island è uno dei luoghi più incredibili che abbia mai visto. Ogni volta che sbucavamo fuori da un bosco e ci ritrovavamo sulle spiagge dell'isola pensavo che avrei potuto completare il mio obiettivo di nuotare nei tre oceani se mi fossi buttato in mare. Nell'oceano Indiano avevo nuotato a Perth e in quello Atlantico in Francia, durante una breve vacanza che avevo fatto dopo il diploma. Continuavo però a rimandare quell'esperienza, non tanto perché non avevo un costume da bagno, ma perché l'acqua gelida e bassa non era particolarmente invitante.

Durante il nostro vagabondare, ci ritrovammo quasi casualmente a visitare Victoria, la capitale del British Columbia. Mi diede l'impressione di essere finiti in una cittadina da qualche parte in Scandinavia, magari a Bergen. È un luogo da cartolina: le case colorate e i prati curatissimi, il cielo che di giorno si specchia sull'acqua immobile del porto, illuminato di notte da luci molto natalizie e suggestive. A Victoria provammo uno dei piatti tipici canadesi: la *poutine*, patatine fritte che vengono ricoperte dai più disparati ingredienti. Passammo quindi dalla natura più selvaggia alle stradine di una delle città più antiche del Canada.

Poi, qualche giorno dopo, capitammo in un luogo dalla bellezza sconvolgente: Tofino, una perla sulla costa ovest di Vancouver Island. Era una cittadina di surfisti (sì, surfisti in Canada) dove la natura era semplicemente dominante. Anche qui la vegetazione era costituita da fitti boschi, ma la vera bellezza stava nel mare. Non era il mare australiano, né tantomeno quello italiano. Era freddo e selvaggio ed erano pochi i surfisti così coraggiosi da affrontare le temperature rigide dell'acqua per cavalcare le onde. Erano liberi e si erano conquistati quel privilegio con determinazione, arrivando laddove molti non avrebbero mai osato. Osservandoli ammirato pensai che fossero una buona metafora di ciò che ambivo a diventare: volevo rischiare, nuotare controcorrente e conquistare la mia libertà. Sentivo di essere molto vicino al mio obiettivo, anche se tutto sembrava dire il contrario. Teoricamente avevo davanti a me quarant'anni di lavoro da dipendente in un panificio, perché quello era ciò che avrei fatto in Canada e per il resto della mia vita. Magari dopo Vancouver mi sarei aperto una panetteria tutta mia a Perth. Sarei stato libero a quel punto? Forse, ma sentivo che la vita aveva in serbo qualcos'altro per me. E non avevo paura di scoprirlo, anzi, non vedevo l'ora.

Durante il secondo pomeriggio a Tofino parlai a Claudia di quella assurda lista di cose da fare prima dei trent'anni. In particolare le dissi che se mi fossi buttato in quelle acque gelide avrei potuto depennare il punto sul nuotare nei tre oceani.

«Scusa, ma allora cosa stiamo aspettando?» mi chiese lei.

Prima sorrisi, poi capii che era seria.

Nel giro di un minuto eravamo entrambi in acqua, completamente sotto shock per il freddo. Mi sentivo un po' in imbarazzo e quando fui sott'acqua pensai con terrore di aver fatto un'idiozia: si gelava. Dopo qualche bracciata, però, mi resi conto che erano tutte paranoie, come quelle che milioni di persone hanno quando pensano di cambiare vita. Nuotammo per pochi minuti, ridendo come matti e cercando di non spingerci troppo lontano perché le correnti erano fortissime. A una cinquantina di metri da noi c'erano i surfisti, poi l'orizzonte e il sole. Mi sentivo protagonista di un momento indimenticabile, di quelli che da soli valgono tutte le fatiche e le sofferenze di questa vita.

Tornai sulla spiaggia e ci asciugammo velocemente perché battevamo i denti dal freddo.

«Abbiamo fatto una cazzata, vero?» mi chiese Claudia ridendo.

«Sicuramente, una delle più grandi della nostra vita» dissi tremante.

Eppure ero felice. Avevo nuotato nei tre oceani in tre continenti diversi prima di compiere trent'anni. Poteva voler dire tutto o niente agli occhi di qualcun altro, ma per me era come un cartello stradale che mi confermava di aver preso la giusta direzione.

Venne l'ora del tramonto e mentre pensavo a tutto ciò seduto sulla spiaggia di Tofino, l'Universo mi mandò un segnale. Come due anni prima in Australia, sempre di fronte all'oceano e sempre al tramonto, vidi all'orizzonte un meraviglioso animale uscire dall'acqua. Stavolta non era un delfino, non credo neppure che ce ne fossero in quelle acque gelide, ma un'orca: nera, gigantesca e imponente. Rimase sospesa per un interminabile secondo e poi sparì nuovamente. Non ci potevo credere: fino a pochi istanti prima ero in quello stesso mare a nuotare. L'orca era ben distante e quella mi sembrava la stessa scena di Perth. In un caso un delfino nell'oceano Indiano e nell'altro un'orca nell'oceano Pacifico, ma io sentivo lo stesso groppo in gola. Poteva essere un'incredibile coincidenza, ma ero sicuro che non lo fosse. Era un segnale d'incoraggiamento. Era un "buttati di nuovo, rischia". E pensare che non erano passati che pochi giorni da quando avevo promesso, osservando il cielo stellato di Vancouver Island, che avrei sempre inseguito i miei sogni... mi sentivo confuso e felice.

«Baby! Hai visto?» mi chiese Claudia eccitata, indicando il punto sull'orizzonte.

«Ho visto» risposi con gli occhi lucidi nascosti dagli occhiali da sole. «Ho visto bene, amore.»

21
Andate a messa, troverete lavoro

Scoprii l'essenza di Vancouver da dietro il finestrino dei suoi autobus. Nel primo periodo, dopo le scorribande a Vancouver Island, io e Claudia ci spostavamo per la città solo con questo mezzo e il mio passatempo preferito era diventato sedermi sul lato del finestrino per osservare ciò che scorreva dall'altra parte. Ero affamato di immagini nuove, volevo cogliere ogni minimo dettaglio.

Scoprii subito che il Canada mi piaceva, così come i cittadini di Vancouver. Come avevo già avuto modo di vedere, erano eccentrici, originali, disponibili e aperti verso il diverso e il cambiamento, ma anche molto rispettosi e dotati di un grande senso civico: quando dovevamo attraversare la strada sulle strisce pedonali, non c'era un singolo automobilista che non si fermasse con largo anticipo per farci passare. Abituati a Torino, spesso ringraziavamo con un cenno della mano. Loro ci guardavano con uno sguardo interrogativo, come a dire: "Perché mi ringrazi? È normale fermarsi".

Quando eravamo in un luogo pubblico e parlavamo in italiano, quasi sempre qualcuno ci chiedeva da dove venissimo. Che fossero giovani studenti asiatici, anziani con le braccia tatuate o ragazze in pausa pranzo vestite con tailleur eleganti e le scarpe da ginnastica ai piedi (le scarpe da ufficio erano nella borsa), erano tutti incredibilmente gentili e educati. Spesso ci veniva chiesto se il Canada ci stesse "trattando bene" e la domanda era sempre accompagnata da uno sguardo benevolo, come quello di un nonno che parla con i nipotini. Noi dicevamo di sì e loro erano sinceramente contenti che i loro connazionali si fossero comportati adeguatamente. Mi resi conto che i canadesi hanno compreso appieno il valore dell'integrazione, quella che al di là degli slogan politici e delle strumentalizzazioni non è altro che una sana e pacifica convivenza. Il fatto che fossimo italiani non ci rendeva una minaccia: i canadesi non avevano paura di noi, anzi erano incuriositi dal nostro Paese d'origine e dalla nostra cultura.

Vancouver era piena di natura tra parchi, fiumi, laghi, alberi, montagne e poi l'oceano, poco lontano dal centro. Forse era proprio tutta quella natura a contribuire a un'atmosfera particolarmente rilassata: niente urla o litigate nel traffico, nessun muso lungo o occhiatacce. Si respirava un'aria densa di serenità, ed era maledettamente contagiosa.

Oltre al tanto verde, Vancouver mi mostrava il suo lato più moderno e commerciale: grattacieli e centri commerciali sconfinati, la metropolitana sopraelevata (lo SkyTrain) che tagliava la città e ti portava ovunque, la Chinatown con le sue caratteristiche insegne. E poi i tanti negozi dell'usato dove scovare vecchi album musicali, libri e vestiti, i *weed shops* dove acquistare legalmente cannabis a scopo terapeutico, i mille mercati e mercatini... era davvero impossibile annoiarsi in quella città. Ogni giorno c'era qualcosa di nuovo da fare, vedere o scoprire. Vancouver era tutto questo e molto di più, e se la ricorderò per sempre come la città più bella in cui sia mai stato è per l'effetto che tutti i fattori che ho descritto avevano su di me: mi facevano sentire nel posto giusto al momento giusto. Se all'università ero ossessionato dal tempo e guardavo compulsivamente l'ora, a Vancouver mi sfilai l'orologio e mi lasciai guidare da tutto ciò che aveva da offrire.

All'inizio stavamo in un ostello, ma fin da subito ci mettemmo alla ricerca di un posto da chiamare "casa". Passavamo le mattinate nelle caffetterie per usare il Wi-Fi e cercare gli affitti più bassi della città. Alla fine trovammo un minuscolo appartamento al piano terra di un complesso squadrato ma immerso nel verde dei viali alberati, nella zona di Burnaby.

Era un po' periferica rispetto al centro di Vancouver e proprio per questo era più economica. La ragazza che gestiva gli appartamenti aveva qualche anno in più di noi ed era rumena.

«Mi raccomando, se cercate lavoro andate in chiesa la domenica: i pezzi grossi della comunità italo-canadese sono tutti lì!»

Noi ridemmo ma lei era serissima.

«Dico davvero! Andate a messa e parlate soprattutto con le mogli degli imprenditori. Vi troveranno lavoro!»

La ragazza ci spiegò anche che a Burnaby vivevano soprattutto asiatici e che non c'erano problemi di criminalità. Ma poi aggiunse che a Vancouver la criminalità non esiste.

«Per noi rumeni e voi italiani, vivere qui è come vivere... in Svizzera! Capite?» ci diceva. «Non sprecate questa opportunità. Comportatevi bene. Potete fare una famiglia qui.»

Annuimmo e io ci credetti davvero. Non avevo idea di cosa l'Universo avesse in serbo per me.

Decidemmo di prendere quel minuscolo appartamento che sembrava più la stanza di un college così come le avevo viste nei film americani: entravi, a sinistra c'era il bagno e davanti a te un'unica area dove dormire, cucinare e vivere.

Eppure ci piaceva lì. La sentivamo "casa". Ed era anche incredibilmente economica: un affitto a meno di cinquecento dollari al mese a Vancouver era una rarità.

Ovviamente l'appartamento non era arredato. La prima notte, non avendo le tende alla porta-finestra che dava sul piccolo cortile, la luce di un lampione ci impedì di dormire. Io e Claudia le provammo tutte per provare a coprire la luce e alla fine fummo costretti a tagliare e appendere dei sacchi neri dell'immondizia alla finestra per godere di un po' di privacy e oscurità.

Poi ci buttammo sul materasso, perché non avevamo nemmeno il letto. E ridemmo, quella notte, ridemmo a crepapelle per quella situazione fantozziana e per tutto quello che ci aspettava.

Non avevamo niente, proprio come in Australia. Ma avevamo il nostro amore e questo era tutto ciò che ci serviva.

22
Dall'oceano alla neve

Dopo aver raggiunto l'obiettivo di nuotare in tutti e tre gli oceani, feci un'altra cosa su cui fantasticavo da anni.

Fin da quando ero bambino, mi chiedevo (e chiedevo ai miei genitori) se esistesse un luogo dove poter andare al mare al mattino e a sciare nel pomeriggio. Vancouver era uno dei pochi luoghi al mondo dove questo era possibile, e così un giorno decidemmo di farlo. Perché?

«Perché no?» mi rispose Claudia quando glielo proposi.

Sfruttando l'efficientissimo sistema di trasporto pubblico di Vancouver arrivammo a Kitsilano Beach di buon'ora. Ci buttammo in acqua correndo e ridendo, e mentre nuotavo mi resi conto del posto incredibile in cui mi trovavo. Era la seconda volta che nuotavo in quelle acque gelide, ma a Kitsilano il mare era calmo e avevo il giusto tempo per godermi il panorama: la spiaggia con enormi tronchi d'albero come panchine, lo skyline di Vancouver, le montagne più lontane. Era a tutti gli effetti una di quelle viste per cui vale la pena di volare dall'altra parte del mondo.

Dopo il bagno ci asciugammo al sole e prendemmo un autobus verso le cime innevate. Ci fermammo in centro per comprare il pranzo: enormi panini preparati a bordo di un *food truck*. Per appena tre dollari canadesi mangiammo bene e tanto, poi passeggiammo per il centro di Vancouver e infine prendemmo un altro autobus per arrivare alle montagne. Nei nostri zaini avevamo l'abbigliamento adatto per sciare, così ci limitammo ad affittare una tavola da snowboard (per Claudia) e un paio di sci (per me). Sciare non è sicuramente economico a Vancouver, ma avevamo deciso che era un'esperienza da provare assolutamente: volevamo che quella giornata iniziasse al mare e si concludesse in montagna. Era una stupidaggine ma, potendolo fare, perché rinunciarvi? I bei ricordi hanno un'importanza tremendamente sottovalutata e di certo non avremmo mai dimenticato quell'esperienza.

Mentre salivamo sulla cima della montagna, seduti sulla seggiovia, dissi a Claudia che ero profondamente felice. L'atmosfera era romantica e magica: più salivamo e più le luci del centro città si facevano lontane. Ci sentivamo liberi e pieni di vita. Ci baciammo e restammo abbracciati godendoci ogni singolo momento della salita. Arrivati in cima ci guardammo un'ultima volta e poi ci lanciammo nella discesa. Ero contento come un bambino, al punto che per poco non piansi dalla gioia. Era un impulso illogico, ma in quel momento mi sembrava normale emozionarmi. La mia vita era molto meglio di quanto avessi mai immaginato solo qualche anno prima.

A Vancouver si può sciare fino alle 23 grazie al sistema di illuminazione delle piste costruito per i Giochi olimpici invernali del 2010. Scendemmo su quella lingua di neve perfettamente battuta, in mezzo alla fitta boscaglia canadese, con le stelle in cielo e il mare lontano ma ben visibile. Fu semplicemente straordinario, un'esperienza che valeva appieno il costo (elevato) del biglietto.

Dopo aver completato la discesa, restituimmo l'attrezzatura e tornammo a casa in autobus. A bordo ci addormentammo per la stanchezza e fummo svegliati dall'autista, il quale, da bravo canadese, si rivelò di una gentilezza disarmante.

«Ragazzi, non voglio rischiare di portarvi troppo lontano» ci disse. «Dovete scendere qui?»

I canadesi stavano facendo di tutto per farsi amare.

Scendemmo ed entrammo nel nostro minuscolo appartamento a Burnaby a notte fonda. Eravamo stravolti ma felici come poche altre volte nella vita. Era stata una giornata passata tra avventura, risate, buon cibo, mare e montagna. Poco prima di addormentarmi, mentre abbracciavo Claudia nel letto, una domanda mi passò per la testa. Solo una settimana prima mi sarebbe sembrata stupida, ma in quel momento era incredibilmente difficile da affrontare: "È davvero necessario tornare in Australia?".

23

Sei sicuro di essere pronto?

Inizialmente avevamo deciso di dedicare dieci giorni all'esplorazione di Vancouver e dintorni, giusto per saziare la nostra voglia di viaggio. Poi però la bellezza della British Columbia ci aveva rapiti e avevamo prolungato quel periodo a due settimane. Dopo quei quattordici giorni non avevamo più scuse: dovevamo iniziare a cercare lavoro. Entrambi avevamo dei risparmi da parte ma non potevamo permetterci di considerare l'esperienza canadese come un semplice viaggio. Il visto si chiamava Working Holiday non a caso.

Contrariamente a quanto avevo fatto in Australia, non mi sarei candidato per qualunque tipo di lavoro. Forte del mio attestato di panificatore, avrei cercato un posto qualificato e possibilmente ben retribuito. Dopo mesi di studio e duro lavoro senza incassare un centesimo, era arrivato il momento di monetizzare con l'obiettivo di recuperare il più in fretta possibile i soldi spesi per il corso. Il poker mi aveva dato una grossa mano dal punto di vista economico, ma volevo fare le cose nel modo giusto: il corso si sarebbe ripagato con un lavoro da panificatore. Era quella la regola che avevo stabilito.

Il primo step nella ricerca del lavoro è sempre il *curriculum*. Questa volta, memore di quanto promisi a me stesso a Perth, non scrissi falsità. Riportai il mio percorso scolastico conclusosi con il diploma di maturità, poi tutti i lavori svolti in Australia e infine l'apprendistato da Enzo e l'attestato di panificatore. Poi iniziai a cercare possibilità lavorative utilizzando soprattutto Craigslist, un sito di annunci molto popolare in Nord America. Digitando la parola *baker* trovai numerosi risultati, li scorsi tutti e alla fine decisi di inviare la mia candidatura a otto datori di lavoro. Decisi anche di visitare personalmente alcune delle panetterie che più mi ispiravano a Vancouver, attività di cui avevo letto solo online e che volevo scoprire di persona. Così lasciai altri cinque o sei *curricula* presentandomi personalmente e parlando con i proprietari. Da quei primi colloqui compresi che a Vancouver c'era tanta richiesta di panificatori e altri lavoratori specializzati. Molti mi dissero che mi avrebbero richiamato ed effettivamente alcuni lo fecero. Dopo un paio di giorni, avevo già trovato lavoro.

Kabir era un ragazzo indiano piuttosto arrogante. Mi aveva chiamato il giorno dopo aver risposto al suo annuncio di lavoro su Craigslist.

«Cosa sai fare?» mi aveva chiesto dopo i convenevoli.

«Un po' di tutto: svariati tipi di pane, pizze, focacce, brioche...»

«Sai fare gli *scones*?» mi chiese.

Sapevo che gli *scones* sono un prodotto dolciario molto amato in Canada.

«No, ma imparo in fretta» risposi.

Kabir sembrò deluso o irritato da quella risposta, ma alla fine mi disse di presentarmi per un colloquio il giorno successivo.

Il loro era un vero e proprio panificio, non una panetteria, e questo concretamente significava che non vendevano al pubblico ma che si occupavano di produzione di massa da distribuire a ristoranti e supermercati di tutta Vancouver. La loro azienda si trovava a North Vancouver, a circa mezz'ora di bus da dove io e Claudia ci eravamo appena trasferiti a vivere. Ringraziai Kabir e quella sera andai a dormire con la consapevolezza di essermi preparato un intero anno per quel momento.

Lo smartphone suonò all'una, svegliandomi di soprassalto. Dopo due settimane di svago totale, non ero più abituato a quella levataccia. Cercai frettolosamente il pulsante per far cessare quel suono insopportabile, soprattutto perché non volevo svegliare Claudia. Troppo tardi.

«Come ti senti?» mi chiese mentre si stirava nel letto.

«Sto bene, sono pronto» risposi.

Era vero: ero carico e preparato ad affrontare il mio primo giorno di lavoro in Canada.

Fuori era buio pesto, ma oltre alle tende (che avevano sostituito i lugubri sacchetti di plastica neri) distinguevo i pini che caratterizzavano il viale di fronte al condominio. Il vento li scuoteva leggermente e mi incantai osservando quel dolce movimento. Pensai che avrei ricordato per sempre quel momento. Non c'era una ragione precisa: era piena notte e io ero in piedi a fissare gli alberi fuori dalla finestra. Niente di memorabile, eppure provavo un mix di sensazioni contrastanti e molto intense. Mi era successa la stessa cosa un giorno, in Australia, quando mi ero fermato un attimo a osservare la spiaggia e l'oceano dal terrazzo del locale dove lavoravo come cameriere. Non vedevo l'ora di uscire nella notte fresca e sentire anche il rumore di quegli alberi, un frusciare che in qualche modo mi distendeva i nervi.

Preparai un caffè e stirai i muscoli della schiena con qualche esercizio che avevo iniziato a svolgere quando lavoravo da Enzo. Con il caffè mangiai alcuni biscotti. Purtroppo avevo svegliato Claudia, ma lei non me lo fece pesare, anzi, si preparò un tè per tenermi compagnia.

«Mi dispiace di averti svegliata» le dissi.

Per qualche secondo restammo abbracciati sotto la flebile luce della cucina. Il minuscolo appartamento era immerso nel silenzio.

«Sei sicuro di essere pronto? Hai perso un po' di entusiasmo» mi disse Claudia rivolgendomi uno sguardo preoccupato.

In quel momento, gli occhi più belli che abbia mai visto

nella mia vita erano molto attenti a cogliere ogni piccolo movimento sul mio viso.

«Sì, sono pronto. Te lo assicuro. Però non so, c'è qualcosa che non mi convince in tutta questa situazione. Non so cosa sia, provo una leggera irrequietezza. Non mi chiedere di più, perché davvero non saprei spiegarti.»

Era vero. Da quando avevo ricevuto la chiamata mi ero un po' rattristato, come se una parte di me sapesse che non era quella la direzione giusta. La domanda che mi ero posto sull'Australia iniziava a tormentarmi. Le coordinate della mia felicità indicavano qualcos'altro, o almeno questa era l'impressione che avevo.

Mi preparai vestendomi in modo ordinato e sobrio ma senza voler sembrare troppo elegante. L'esperienza mi aveva insegnato che anche in quell'ambiente le apparenze contano, ma nel senso opposto a ciò a cui siamo abituati: devi sembrare fin da subito uno disposto a sporcarsi le mani e spaccarsi la schiena, non un damerino schizzinoso. Salutai Claudia e le augurai la buonanotte, poi mi chiusi la porta alle spalle e uscii all'aria aperta.

Vancouver è la città più mite del Canada, ma non è certamente l'Australia. Era piena estate eppure all'una e mezza di notte faceva freddo. Avevo saggiamente deciso di portare con me una felpa pesante, che tirai fuori dal borsone e indossai.

L'autobus arrivò puntuale, esattamente all'orario che avevo letto sul sito dell'azienda di trasporto pubblico. Non ero stupito, avevo capito subito che in quella città tutto funzionava alla perfezione. L'efficienza, però, aveva anche un costo: l'abbonamento mensile per andare ovunque, senza limiti, costava 129 dollari canadesi, all'epoca pari a circa 90 euro. In quel momento, comunque, non ero particolarmente interessato a quegli aspetti. C'era davvero qualcosa dentro di me che mi rendeva irrequieto e il fatto che Claudia l'avesse notato aumentava la sensazione di disagio. Spesso siamo più bravi a mentire a noi stessi che a coloro che amiamo, motivo per cui a volte sono loro a scoprire prima di noi che qualche ingranaggio dell'anima si è inceppato. Ciò che più mi infastidiva era l'incapacità di comprendere da dove nascesse quell'ansia immotivata. Non avevo paura di fallire sul lavoro, perché girando per le *bakeries* della città avevo capito che il livello era molto più basso rispetto a quello italiano. Ero certo che non avrei avuto problemi da quel punto di vista, eppure ero molto teso.

Appoggiai la testa al finestrino. In cuffia, gli Alice in Chains mi raccontavano di promesse spezzate e ali tarpate. Dalle orecchie al cervello e poi dritto al cuore. Il potere della musica, la sua bellezza unica e condivisa solo con poche altre forme d'arte, mi portò a ragionare: perché non ero entusiasta di aver trovato un'opportunità lavorativa dopo appena un giorno di ricerche? Per quale motivo mi sentivo bloccato, irrisolto, addirittura triste? Provai a non pensarci e mi resi conto con un brivido che era la stessa cosa che facevo anni prima, quando andavo all'università e reprimevo le domande scomode, fingendo che tutto stesse andando per il verso giusto. Però lo feci lo stesso: spensi il cervello e mi persi a osservare il paesaggio. Alla mia fermata scesi dal bus e iniziai a camminare.

In un certo senso, North Vancouver era ancora più bella di notte. Sicuramente era più attraente. Il bosco era scuro e fitto come non mai, il fiume scorreva lento e la strada, poco illuminata, mi dava l'impressione di trovarmi dentro a un romanzo di Stephen King.

Il panificio dove avrei lavorato era l'unica fabbrica ad avere le luci accese. Arrivai di fronte alla porta alla 1.57, in perfetto orario, suonai e mi venne ad aprire un uomo di origini indiane. Era alto, con una pancia rotonda e un sorriso da brava persona. Mi ricordava un po' Enzo.

«Sei il ragazzo nuovo?» mi chiese.

«Sì, piacere. Mi chiamo Luca» dissi per comodità.

«Io sono Sanat» rispose lui stringendomi la mano. «Benvenuto.»

Lo seguii dentro quella che era a tutti gli effetti una fabbrica. Mi ricordò il laboratorio di metanfetamine di "Breaking

Bad", con quelle impastatrici talmente larghe e alte da essere munite di una piccola scaletta saldata alla liscia superficie in acciaio. Anche le divise sembravano quelle di un operaio più che quelle di un panificatore: tutti ne indossavano una simile alla tuta che avevo indossato alla Chicken Factory a Perth, uno di quegli indumenti bianchi che infili dai piedi e poi chiudi fino al collo. Erano tutti dotati anche di mascherina e cuffia in testa.

In quel momento c'erano cinque o sei persone impegnate a produrre pane e altri prodotti da forno. Sanat mi condusse a una delle macchine e iniziò a spiegarmi quello che dovevo fare.

«Prendi la farina e questo foglio» disse mettendomi in mano un pezzo di carta plastificato. «Lì trovi tutte le quantità e il tipo di farina per ogni singolo impasto. Per capire che impasto sta girando nella macchina, guarda il numero magnetico attaccato al bordo. A ogni numero corrisponde un impasto.»

Mi girai e notai un "otto" applicato su una delle impastatrici. Guardai il foglio e scoprii che si trattava di *white bread*. Sulla stessa riga c'erano tante altre indicazioni che non comprendevo.

«Non badare ai riferimenti, sono per le spedizioni» mi disse Sanat. «Preoccupati solo degli impasti.»

Restai in attesa che mi spiegasse altro, invece non disse più nulla.

«Puoi iniziare a lavorare» aggiunse allora Sanat per chiudere il discorso.

Ero confuso. Avevo imparato che ogni impasto e ogni prodotto si crea in maniera molto specifica e diversa. Quanta acqua volevano per il loro pane? Quanto sale? Volevano il malto o (speravo di no per la qualità del prodotto finale) il latte? Alcuni utilizzavano lo strutto (speravo nuovamente di no, sempre per la stessa ragione), altri lo detestavano.

«Il mio lavoro è semplicemente quello di riempire di farina l'impastatrice?» chiesi.

«Esatto» confermò Sanat.

«E l'acqua?»
«All'acqua ci pensa qualcun altro. Ognuno ha un ruolo qui. Il tuo ruolo è trasportare, pesare e versare la farina.»
Sanat mi diede una pacca sulla spalla e se ne andò.
Guardai il foglio e vidi che dopo l'impasto numero otto c'era il numero due. Era un impasto di farina integrale. Mi diressi verso i sacchi di farina impilati, trovai quello che cercavo, verificai tre volte che il codice fosse quello giusto poi lo sollevai e lo portai alla grossa bilancia vicino alle impastatrici. Dovevo versare venti chili di farina integrale, un'infinità per gli standard a cui ero abituato. Ma quella non era una panetteria, era una vera e propria fabbrica. Presi una paletta e versai la farina sulla bilancia. Alle mie spalle due ragazzi, anche loro indiani o di origini indiane, iniziarono a togliere l'impasto numero otto. Quando ebbero finito, rovesciai i venti chili di farina integrale. Sostituii il cartellino magnetico del numero otto con il numero due.
Complessivamente c'erano quattro impastatrici. Ogni impasto durava una ventina di minuti e, tra la ricerca del sacco di farina e la pesata, non avevo sosta. Facevo avanti e indietro dai sacchi alle macchine, dalla lavagna con i numeri degli impasti al foglietto delle istruzioni. Intorno a me erano tutti impegnati a correre da una parte all'altra di quel laboratorio asettico, chi per tirare fuori gli impasti, chi per impilarli per la lievitazione, chi per infornarli e chi per sfornarli.
A un certo punto mi resi conto che non c'era profumo di pane. Quel profumo intenso e delizioso che sentivo ogni notte da Enzo non esisteva in quel luogo che, almeno sulla carta, produceva pane. Forse era a causa del sistema di ventilazione? Che fosse quello il motivo oppure no, aveva poca importanza. Mi trovavo in una vera e propria fabbrica, e del pane non c'era nemmeno l'ombra. Osservai gli addetti ai forni e notai che, non appena tiravano fuori il carrello incandescente, lo consegnavano subito a un collega che lo portava in un altro reparto, lontano dai miei occhi.
Per le prime tre ore non feci altro che riempire le mac-

chine, senza nemmeno potermi avvicinare agli impasti. Poi comparve Sanat.

«Ora ti occupi dei forni» mi disse come se fosse una buona notizia.

Mi mostrò come dovevo infornare i carrelli strapieni di impasti e mi diede un altro foglio, stavolta con le tempistiche di cottura per ciascun prodotto. Mi consegnò un paio di guanti da carpentiere e un bastone in acciaio inossidabile per spingere i carrelli, anch'essi in acciaio inossidabile, dentro un forno alto due metri e largo forse quattro. Pensai che probabilmente quello per cremare i cadaveri non doveva essere molto diverso. Non ne avevo mai visto uno di persona.

Per le successive tre ore lavorai al forno. Sudavo come se stessi correndo la maratona nel deserto, ma non ero stanco. Il mio era un lavoro banale e ripetitivo. Quando ebbi finito, Sanat mi disse che potevo prendermi dieci minuti di pausa.

C'era un distributore di bottigliette di acqua vicino alla mia postazione, così ne acquistai una e la bevvi tutta d'un sorso. Non ero particolarmente stanco, anzi ero quasi annoiato. Da Enzo avevo modo di dar sfogo alla mia creatività mentre impastavo, potevo parlare direttamente con lui e proporre idee, per quanto stupide fossero. Era come far parte di una piccola squadra. In quel panificio, invece, mi sembrava di essere l'operaio di una catena di montaggio: nelle prime tre ore dovevo versare farina, nelle successive tre infornare. Non potevo nemmeno sfornare, perché c'era un altro ragazzo addetto a quel compito. Il pane, le brioche, gli *scones* che infornavo li vedevo per mezzo secondo quando qualcun altro li sfornava. Poi venivano subito portati via, probabilmente per essere impacchettati e spediti. Di quell'antica arte della panificazione che tanto mi aveva affascinato, non c'era nulla. Era un lavoro logorante (soprattutto a livello mentale), che un robot avrebbe potuto svolgere meglio di me. Non era quello che volevo, non era ciò che avevo sognato e per cui avevo studiato.

Sanat comparve proprio allo scadere dei dieci minuti di pausa.

«Ora devi pulire le macchine e fare la manutenzione» disse. Poi mi spiegò come lavare ogni impastatrice rispettando gli standard di igiene richiesti in Canada. Dovevo sfregare la parte interna con uno spazzolone lungo e ingombrante, poi inserire un liquido e dare qualche giro con un materiale artificiale simile a un impasto, ma di spugna.

Trascorsi le ultime due ore così. Alle 10 in punto arrivò Kabir, il ragazzo indiano con cui avevo parlato al telefono. Indossava un paio di jeans stretti e strappati, una giacca e una camicia aperta. Quando aprì la porta, mi resi conto che fuori era spuntato il sole. Solo in quel momento realizzai che lì dentro non c'erano nemmeno le finestre.

24
Il bene più prezioso che abbiamo

Lavorai alla fabbrica del pane per due settimane. Ogni giorno, tranne il lunedì, mi alzavo all'una di notte, facevo colazione, uscivo di casa, prendevo l'autobus, arrivavo nella splendida North Vancouver e poi lavoravo per otto ore. Non mi piaceva quel lavoro, per niente. Era noioso e ripetitivo, e non lasciava alcuno spazio alla fantasia. Non che volessi inventare nulla o rivoluzionare il mondo della panificazione, ma ero stato abituato a ragionare in modo diverso. Lì dentro era tutto programmato: non serviva altro che la mia forza lavoro.

«Ci avanza un po' di impasto giallo, quello delle brioche. Cosa ne faresti?» mi chiedeva spesso Enzo. E allora dovevo pensare, sfogliavo il suo libro delle ricette (di cui era geloso come se fosse il Sacro Graal) e davo sfogo alla mia creatività. Sperimentavo, rischiavo e spesso sbagliavo.

«Bella, bella... bella merda!» diceva Enzo quando sfornavo la mia ennesima creazione non riuscita. Poi scoppiava a ridere e così facevo anche io, coinvolgendo persino il taciturno Luca. Lavoravamo, parlavamo, litigavamo e ridevamo. Intanto però ci occupavamo di produrre cibo partendo dall'inizio e arrivando alla fine, dall'impasto alla vendita. Era un piccolo mondo che governavamo noi, seguendo le nostre regole. Se volevamo cambiare qualcosa, innovare o tornare indietro, potevamo farlo. L'importante era offrire prodotti genuini e di qualità alla clientela.

Nella panetteria di North Vancouver, invece, non avevo nemmeno l'impressione di creare del cibo. Se mi avessero detto che quegli impasti, a base di latte, strutto e tanti altri ingredienti utilizzati per velocizzare la produzione a scapito della qualità, erano in realtà di gomma, non mi sarei stupito neanche un po'. Non vedevo nemmeno quello che, in piccola parte, creavo, dato che appena sfornato altri lo portavano via.

Lavorando in quel contesto così sterile e freddo, persi completamente la passione. Non era più un mestiere, ma un lavoro noioso e insoddisfacente. Dopo qualche giorno iniziai a odiarlo, esattamente come l'impiegato di ufficio odia il suo capo e le quattro mura in cui è rinchiuso. Avevo fatto un corso da panificatore per produrre pane, non per versare farina, infornare e pulire macchinari.

Tutto quello che avevo fatto lo avevo fatto per scampare all'ordinario, perché sapevo che nell'ordinario non sarei mai stato felice. E invece adesso mi ritrovavo in una città moderna e vibrante a fare una vita in cui non mi riconoscevo per nulla. Sapevo che, poco lontano da quella fabbrica, c'erano persone che sognavano e lottavano quotidianamente per realizzare i loro sogni, mentre io mi ero fatto intrappolare in un lavoro che detestavo. Era una trappola perché, proprio come uno dei tanti individui che si fanno trascinare dalla corrente, avevo iniziato a pensare che in fondo non fosse così male. Sì, certo, mi rendeva infelice lavorare otto ore al giorno in quell'inferno senza finestre, ma pagava bene. Mi veniva in mente quando ero un dog-sitter che guadagnava cinque euro all'ora e mi sforzavo di accettare quella situazione perché sembrava la cosa giusta da fare.

Una mattina, però, mentre tornavo a casa stravolto sul bus, la mia insoddisfazione si fece sentire con una forza improvvisa. Provai subito a reprimerla, a innalzare un muro tra il mio cuore e la mia mente, ma il mio animo ribelle non accettava che il collegamento tra la mia emotività e la mia razionalità venisse interrotto. Così l'ondata di insoddisfazione tornò con ancora più potenza, distruggendo tutto ciò che trovava sul suo percorso. Stavo davvero ragionando solo in base ai soldi, proprio io che avevo mollato tutto per trovare la mia felicità? Io che avevo deciso di dare sempre la priorità a ciò che mi faceva sentire vivo? Come mi ero ridotto a lavorare per otto ore al giorno in un luogo così freddo e triste, dove non c'era spazio nemmeno per un pizzico di fantasia e dove la mia personalità non contava nulla? Là dentro ero un numero, proprio come i numeri magnetici degli impasti. Versare farina, infornare e pulire macchinari non significa produrre pane. Non è nemmeno paragonabile. Volevo arrendermi e accettare una vita infelice a ventitré anni? Per cosa, poi? Per soldi che non avrei nemmeno avuto il tempo di spendere? Già, perché tornando a casa alle 11 e dormendo fino alle 15 mi restavano poche ore di tempo libero prima di cenare e tornare a dormire.

Nel frattempo Claudia aveva trovato un lavoro come cameriera in un ristorante in pieno centro a Vancouver e sostanzialmente non la vedevo mai: quando tornavo a casa al mattino non c'era, quando staccava dal suo turno e tornava a casa, io dormivo. Quella vita era inaccettabile per il ragazzo che ero solo poche settimane prima, quando abbracciavo la donna che amavo in una minuscola tenda in mezzo al verde di Vancouver Island.

Lì sull'autobus iniziai a giocare un po' con lo smartphone nuovo per provare a distrarmi. Non funzionò. Mi resi conto di quanto fosse superfluo quell'oggetto che avevo comprato per "festeggiare" la prima paga (in Canada arriva ogni due settimane). Il mio non era stato altro che un tentativo di giustificare tutte le ore passate a lavorare. Scambiavo il mio tempo con il denaro e poi cercavo di comprare un po' di felicità con quei soldi. Come un giocatore d'azzardo che tenta disperatamente di andare in pari. Un circolo che non porta da nessuna parte, specialmente perché i soldi li puoi sempre guadagnare, ma il tempo non torna indietro. Nemmeno un secondo del tuo tempo torna indietro.

Alzai gli occhi dallo smartphone e guardai fuori, verso i colori pazzeschi della natura canadese. Con la testa contro il finestrino e le cuffie nelle orecchie, la mia mente iniziò a volare da un pensiero all'altro...

Fin da bambini siamo portati a credere che i soldi facciano la felicità. Riversiamo il nostro desiderio di sentirci bene sugli oggetti, come se fossero effettivamente l'origine del benessere. Cresciamo convinti che le cose ci rendano felici e, di conseguenza, diventiamo ossessionati dal denaro. Perché senza denaro non possiamo acquistare tutti quegli oggetti che vediamo ovunque: in televisione, sui social network, sui giornali, addosso alle persone famose e sorridenti. Io stesso avevo acquistato il nuovo smartphone solo perché era considerato il migliore del momento. Ma, per quel che mi serviva, ne avevo davvero bisogno? Uno smartphone qualunque non avrebbe apportato lo stesso identico valore nella vita di un panificatore, ovvero di una persona che con lo smartphone non ci lavora?

Fin dalla tenera età ci convinciamo che il denaro sia il bene più prezioso di tutti. Non solo iniziamo a giudicare gli altri in base a questo parametro (più ne hai, più vali), ma facciamo dei soldi la nostra ossessione. Per molti l'equazione "più denaro = più cose = più felicità" è una verità intoccabile e lo stava diventando anche per me. Il problema è che tutti noi, prima o poi, ci ritroviamo a un punto della nostra vita nel quale il denaro non conta assolutamente niente. E, quando ci arriviamo, ci rendiamo conto che esiste un bene molto più prezioso. È il momento in cui capisci che stai per morire. Solo allora comprendi che il tuo conto in banca e gli oggetti che hai accumulato valgono meno di zero. Ognuno di noi prende percorsi di vita differenti, ma arrivati a quel punto siamo tutti uguali. Non c'è niente di più democratico della morte.

Mi resi conto che qualsiasi persona in procinto di abbandonare questa vita probabilmente pensa che il bene più importante non sia il denaro, ma il tempo. Se potesse, darebbe via tutto ciò che possiede per avere più tempo. I soldi si possono accumulare e perdere, si può essere ogni giorno più ricchi o più poveri. Gli oggetti si acquistano, si rompono e si buttano per acquistarne altri. Si può sempre trovare un modo per aumentare il proprio denaro o i propri beni, ma non c'è nessun modo per aumentare il proprio tempo a disposizione. Doveva essere un ragionamento scontato, ma non lo era. Sollevai la testa dal finestrino e iniziai a ragionare più intensamente.

Ci stimolano a inseguire tante cose, ma non il tempo. Ci viene detto di studiare per ottenere un bel lavoro che ci permetta di comprare una casa grande e un'automobile potente. Quando diventiamo adulti, quell'istinto è ancora dentro di noi, più forte che mai, infatti non scegliamo il lavoro che più ci piace e gratifica, ma quello che paga meglio. Non potevo negarlo in alcun modo perché era esattamente ciò che avevo fatto io: non avevo pensato per mezzo secondo di cercare altro se potevo avere un lavoro con un buono stipendio. Mi resi conto che il falso mito che vuole la ricchezza materiale uguale alla felicità ci contagia da piccoli e ci spinge, da grandi, a non dire mai di no di fronte all'opportunità di fare soldi. Anche quando non ne avremmo alcun bisogno. Anche a scapito delle nostre relazioni, delle nostre passioni e della nostra salute. Ero follemente innamorato di Claudia e desideravo trascorrere più tempo con lei, eppure accettavo l'idea assurda di non vederla praticamente mai, se non quando altri (il mio superiore) decideva che potevo stare a casa.

Quando troviamo un lavoro siamo euforici, mi resi conto, perché non pensiamo ad altro che al denaro che guadagneremo. Ma in realtà si tratta di un'illusione, forse la più grande illusione dei nostri tempi, nei quali ognuno di noi ha possibilità di vita pressoché infinite. La verità è che, mentre corri dietro al denaro, il tempo passa inesorabile. Lavori, lavori e lavori, inseguendo una ricchezza che non sarà mai abbastanza: quando hai zero ti sembra fantastica la prospettiva di avere cento, quando finalmente hai cento pensi che sarebbe grandioso avere mille. E quando arrivi a mille ti chiedi: perché non arrivare a un milione?

Scesi dall'autobus. Camminai verso casa e continuai a riflettere.

Le giornate filavano via senza lasciare traccia, tutte uguali, tutte passate a lavorare nella fabbrica del pane. Non riuscivo a distinguerne nemmeno una. Erano tutte maledettamente identiche perché si basavano su attività ripetitive: ogni giorno mi recavo sul posto di lavoro e ripetevo sempre le stesse azioni. Giorno dopo giorno, senza mai poter usare la creatività e fare qualcosa che desse un senso alla mia giornata, che la rendesse diversa e unica. Ricordavo perfettamente il giorno in cui Enzo mi aveva detto di fare ciò che volevo con un pezzo di impasto e io avevo creato il mio primo calzone. Quanto ero orgoglioso di quel piccolo pezzo di pane trasformato in qualcosa di mio, di personale. Erano passati mesi eppure lo ricordavo alla perfezione. Se mi avessero chiesto cosa avevo fatto il giorno precedente alla fabbrica del pane, non avrei saputo dirlo. Le stesse cose del giorno prima? Già.

Tanti si svegliano ogni mattina con il malumore e si presentano al lavoro nervosi. Quando capiscono di essere insoddisfatti, hanno una sola possibilità per tirare avanti: anestetizzare la mente. Lo avevo notato osservando alcuni miei amici profondamente insoddisfatti dei loro impieghi, ma ora lo notavo anche su di me. Rendere la mente impermeabile a quei pensieri pericolosi – uno su tutti: "Non è che sto buttando via la mia vita?" – è l'unico modo per continuare a inseguire il guadagno materiale. Ed è quello che tutte le istituzioni ci mettono in testa fin da piccoli: la fatica, le rinunce, le sofferenze, il mito del "portare la croce" sono caratteristiche necessarie per essere ricompensato (forse) un domani. Ma il denaro che ricevi in cambio non è in grado di comprare il tempo perso a essere infelice e insoddisfatto.

Uno dei più grandi paradossi dei nostri tempi risiede nel

pensiero fisso di milioni di persone quando sono sul posto di lavoro: "Spero che oggi il tempo passi in fretta". Lo avevo pensato anche io, avevo sperato con tutto me stesso di guardare l'orologio al polso e vedere che era passata almeno un'ora. Avrei rinunciato a un'ora di stipendio per poter far volare il tempo fino al termine del mio turno. "Ma non è forse totalmente assurdo?" pensai mentre camminavo sui marciapiedi perfetti di Vancouver. "Come si può sperare che l'unico bene impossibile da recuperare o acquistare finisca velocemente?"

Sembra pura follia, eppure quando si è accecati dall'idea di guadagnare soldi anche questo ragionamento appare sensato. Come mi era sembrato sensato rinunciare a vedere Claudia per cinque giorni alla settimana per poter guadagnare uno stipendio decente.

Camminando iniziai a pensare ai momenti più belli della mia vita. Nessuno di questi era strettamente legato a un oggetto o al denaro, nemmeno quelli che riguardavano il poker, un gioco in cui il denaro è protagonista. Ricordo la soddisfazione che provai quando piazzai un bluff molto audace contro uno dei giocatori più forti del mio livello. Non era l'entità del piatto a rendermi felice, ma il fatto di averlo conquistato contando solo sulla mia abilità e non su una buona mano (che non avevo). Pensai a quando lavoravo da Enzo gratis, senza ricevere un centesimo, eppure tornavo a casa felice e carico come non mai, dopo sette ore in piedi. E poi mi vennero in mente tutti i ricordi della mia relazione con Claudia: il primo bacio, il primo "ti amo", la prima notte insieme. E ancora il nostro viaggio in Australia, i tramonti che osservavamo abbracciati, la nostra tenda a Vancouver Island, i piatti condivisi e i tentativi di dormire l'uno contro l'altra su voli aerei infiniti. Le sue parole, le mie parole, le nostre parole sussurrate direttamente ai rispettivi cuori. Quella volta che mi regalò un cuore con scritto "Finché staremo insieme tutto andrà bene". Quella volta in cui piangemmo e ci risollevammo insieme di fronte all'ingiustizia della vita. Tutti quei momenti, tutti i momenti più intensi, significativi e felici della mia esistenza, avevano a che fare con il denaro? No. I soldi non c'entravano nulla con la mia felicità. Magari non è così per tutti, ma ormai ero sicuro: io volevo vivere per emozionarmi, per le esperienze, per il contatto con le persone. Per la scoperta, i viaggi, la natura. Volevo vivere, non sopravvivere sperando che il tempo passasse in fretta. Stavo barattando il mio tempo con denaro che avrei poi usato per comprare oggetti nel tentativo di sentirmi bene? In tal caso, stavo sprecando il mio tempo.

Ormai avevo imparato a conoscermi, sapevo bene come funzionavo. Il cervello per ragionare, il cuore per azionare il cambiamento. Non era quella la vita che desideravo, ne ero certo. Entrai in casa, ovviamente vuota, silenziosa e triste. Delle risate e del calore di quella prima notte non era rimasto nulla. Doveva essere la nostra tana, ma alla fine quando c'ero io non c'era Claudia e quando c'era lei non c'ero io. No, non avrei accettato nulla del genere, nemmeno per un periodo breve della mia vita, nemmeno per un milione di dollari canadesi. Avevo deciso di inseguire la mia felicità, lo avevo promesso. Non ero venuto fino in Canada per fare quella vita.

Mi infilai nel letto ma ero troppo agitato per dormire. Guardai fuori dalla finestra, i pini e il cielo. "Il mondo è grande" pensai. "Non basterebbe una vita intera per girarlo tutto. Perché arrendermi alla prima opportunità? Perché decidere a priori che è quella giusta, solo perché c'è uno stipendio dignitoso di mezzo?" A me interessava soltanto essere felice, ma lavorare in quella fabbrica non faceva altro che soffiare sul fuoco della mia infelicità.

Chiusi gli occhi: niente. Il motore del mio cervello faceva troppo rumore. Mi teneva sveglio.

«Al diavolo» dissi. Mi alzai e mi vestii.

Senza pensarci più di tanto ripresi l'autobus per North Vancouver, camminai fino al panificio, entrai e chiesi di parlare con un responsabile. Era un tizio indiano che non avevo mai visto prima.

«Mi chiamo Gianluca, sono il ragazzo italiano» dissi.

Il tizio non rispose, né diede segno di particolare interesse. Non avevo tempo da perdere in spiegazioni, ne avevo già sprecato troppo in quel luogo orribile.

«Senti, di' semplicemente che il ragazzo italiano non viene più a lavorare. Mi licenzio, okay?»

Lui mi guardò con indifferenza e non disse una parola. Io uscii dalla fabbrica e mi fermai per un secondo sotto il sole, a godere dell'aria aperta. La mia vita era ufficialmente un disastro confusionario, ma quel gesto mi aveva inondato di felicità. Ero di nuovo libero.

25
Se non mi fossi ribellato

Partii dalle riflessioni che avevo fatto sul bus tornando dal lavoro, le spiegai che mi ero licenziato e poi le dissi che in quel preciso istante, mentre le stavo parlando, ero felice. Semplicemente felice. E aggiunsi che, dal mio punto di vista, non contava nient'altro.

Claudia ascoltò tutto in silenzio, con grande attenzione. Eravamo nella nostra piccola casa e il fatto di essere entrambi lì, insieme, mi convinceva della bontà della mia scelta. Era quello che volevo: tempo libero con una persona importante.

«Non dici niente?» le chiesi dopo un paio di minuti di assoluto silenzio.

«Vedi, ti amo proprio perché sei così. Tanti ti direbbero che sei un testa di cazzo, ma io ti vedo per quello che sei. Sei uno che non si accontenta, e questo è raro. Se non ti piace qualcosa la cambi. Se sei infelice dove sei, ti muovi per essere felice. Non è facile essere così... ma è molto meglio che non essere niente.»

Eravamo a letto. La minuscola stanza era illuminata da una luna troppo grande e luminosa per essere vera.

«Ora cosa farai?» mi chiese.

«Parliamo di te, prima» replicai. «Ti ho stordita stasera con le mie chiacchiere. Quanto diavolo ho parlato?»

Ridemmo in totale spensieratezza.

«Cosa vuoi sapere?»

«Ti piace il tuo lavoro? Praticamente non ci siamo più visti, non abbiamo più parlato. Anche per questo dovevo cambiare qualcosa. Soprattutto per questo.»

«Mi piace, sì. È un locale *business*, lo chiamano così perché il picco della clientela è all'ora di pranzo. Fanno sia caffetteria sia queste "pizze alla pala", tipo pizza al trancio. Essendo un quartiere con tante grandi aziende, sono tutti ben vestiti e molto nervosi.»

«A mance come sta andando?» chiesi sorridendo.

Dai tempi dell'Australia scherzavamo sul fatto che incassasse mance incredibilmente alte.

«Sta andando bene, anche se non come a Perth. Oggi un tizio mi ha lasciato venti dollari di mancia ma lo ha fatto in modo viscido, non mi è piaciuto.»

«Devo venire a menarlo con un mattarello da panificatore?» dissi.

Scoppiammo a ridere.

Ero disoccupato, in un Paese lontano da casa, senza alcuna sicurezza o prospettiva futura. Eppure avevo tutto ciò di cui avevo bisogno per essere felice: un tetto sulla testa, il frigorifero pieno e la donna che amavo accanto a me. I soldi servono a procurarsi le prime due cose, ma ciò che più conta è la terza. Le cose più importanti nella vita non sono *cose*.

«Sai che stanno cercando un pizzaiolo?» mi disse all'improvviso Claudia.

«Ah sì?»

«Perché non ti proponi?» mi chiese alzandosi a sedere. «Sembra quasi fatto apposta che tu abbia deciso di lanciarti in questo colpo di testa proprio oggi. Un segnale.»

«Non sono un pizzaiolo» risposi.

«Io e te possiamo essere quello che vogliamo» replicò subito lei. «Pensa solo a quello che abbiamo vissuto insieme negli ultimi due anni.»

Mi fermai a ragionare. Ovviamente aveva ragione.

«Potremmo lavorare insieme» riflettei ad alta voce.

«Già.»

«Il manager è italiano?»
«Sì, è un ragazzo di Roma.»
«E com'è?»
Claudia ci pensò per qualche secondo.
«Un tipo molto rumoroso.»

«Gianlucaaaa!»

Nei primi ventitré anni della mia vita non avevo sentito nessuno urlare il mio nome così forte. Davanti a me avevo un uomo di circa quarant'anni, con una calvizie incipiente e inesorabile. Era abbronzato, basso e magro. Indossava un paio di jeans scuri e una camicia nera. Aveva un bel sorriso, di uno che nella vita ha preferito essere furbo invece di seguire le regole alla lettera.

«Piacere» dissi stringendogli la mano.

«Io sono Walter» si presentò. «Allora, vuoi lavorà qui da noi?»

«Mi piacerebbe molto, sì.»

«Che sai fare te?»

«Qualsiasi cosa in cui ci sia di mezzo un forno» risposi con sicurezza.

In fondo, lavorando nel panificio indiano e osservando bene i prodotti in vendita a Vancouver, mi ero reso conto che con la mia preparazione teorica e tutte le ore passate a imparare in Italia avevo competenze superiori alla media canadese. Sapevo che in quel locale facevano pizze al trancio, che loro chiamavano "pizza alla pala" perché condivano l'impasto direttamente sulla pala di legno che poi utilizzavano per infornare. Non avevo mai fatto una pizza in quel modo nella mia vita, ma sapevo che con un po' di studio e applicazione sarei stato capace di ottenere ottimi risultati. Mi ero allenato a casa con il piccolo forno a gas incastrato in qualche modo nella nostra minuscola cucina, e il risultato era stato soddisfacente. Ciò di cui ero più felice, però, era un'altra circostanza: lavorando da solo, con le mani in pasta e la possibilità di liberare la mia fantasia, avevo ritrovato l'entusiasmo perduto nella triste fabbrica del pane. Mi ero divertito, e io volevo che il mio lavoro fosse divertente.

«Ma le pizze alla pala le sai fare?» mi chiese Walter mettendomi una mano sulla spalla.

«Le so fare. Devo solo prendere le misure con il forno.»

Walter scoppiò a ridere, anche se la mia non era una battuta: prima di poter dire di saper fare qualcosa dovevo provare il loro forno e i loro ingredienti.

«Senti, me piaci, Gianlù. Quando puoi iniziare? Puoi venire stasera?»

Il circolo della fiducia, di nuovo. Come in Australia, anche in Canada un perfetto sconosciuto era disposto a concedermi una fiducia sconfinata e apparentemente sconsiderata.

"A volte devi solo fidarti" pensai. Davide mi aveva lasciato le chiavi di casa, Walter mi stava lasciando le chiavi della cucina del suo locale.

«Posso venire stasera. Grazie Walter.»

«Ma grazie a te!» urlò lui. Era vero quello che aveva detto Claudia: Walter era maledettamente rumoroso. Ma questo era un aspetto positivo, perché urlava con il sorriso sulle labbra. Era un personaggio pieno di vita, uno di quelli di cui ti vuoi circondare perché con una battuta ti svoltano la giornata.

«Senti, io mi fermerei qui già ora. Mi metto a provare qualcosa con il forno, okay?»

«Vai pure, tra poco il servizio finisce e nessuno te romperà più i coglioni» mi rispose facendomi l'occhiolino. «Sulla parete della cucina trovi un foglio con le indicazioni per l'impasto. Ce l'ha lasciato l'infame che se n'è annato la scorsa settimana.»

Erano circa le tre del pomeriggio e Claudia stava finendo il turno. Entrai in cucina, mi presentai allo chef (anche lui incazzato nero come Thomas, lo chef del mio primo lavoro a Perth) e chiesi il permesso di utilizzare il forno.

«L'importante è che dopo pulisci» mi disse senza alzare lo sguardo dal bancone che stava tirando a lucido.

Sotto al forno elettrico c'erano alcuni sacchi di farina, sul muro un foglio con le indicazioni per l'impasto. Pesai la giusta quantità per fare tre pizze e lentamente aggiunsi un po' di acqua. Poi il lievito, infine il sale. Seguendo il ritmo magico e intransigente dell'impasto a mano, produssi il mio primo impasto per la pizza. Lo tagliai e lo "lavorai", come diceva Enzo. Poi lo lasciai riposare.

Claudia aveva finito il suo turno.

«Come ti trovi?»

«Onestamente? Mi trovo da Dio» risposi. «Questo è esattamente ciò che voglio fare: poter lavorare secondo le mie regole e poter essere creativo. Prega che quelle pizze vengano bene perché questo lavoro può davvero essere una bella svolta.»

Ci salutammo, lei tornò a casa e io lavorai per tutto il pomeriggio mentre il ristorante era chiuso. Lo avrei fatto fino a notte fonda perché ero così felice da non preoccuparmi della stanchezza. L'idea di poter conservare un po' di indipendenza anche sul lavoro, occupandomi personalmente di tutto il processo, dall'impasto al forno, era davvero allettante. Inoltre, non era per niente complesso preparare la pizza alla pala.

Alle 18 entrò Walter, prese una delle mie pizze e gli diede un morso spropositatamente enorme, per un uomo piccolo come lui.

«Ammazza che bòna» commentò con la bocca piena.

Quelle parole fecero traballare di gioia il mio cuore.

«Con 'ste pizze je facciamo er culo a 'sti canadesi!» urlò.

Scoppiammo a ridere, mi diede una pacca sulla spalla e se ne andò.

Poco dopo arrivò Claudia. Ci salutammo, scambiammo due parole e lei si mise a preparare i tavoli. Ogni tanto i nostri sguardi si incrociavano, si scambiavano promesse, messaggi d'amore, provocazioni, scherzi. Quando alle 19 (orario di apertura ufficiale del forno) si sedettero le prime persone, iniziai a sentire la pressione per la prima pizza che avrei dovuto servire a un cliente vero. Con tutto il rispetto per Walter, il suo parere colorito valeva fino a un certo punto.

Ricorderò per sempre quella prima pizza. Presi l'impasto, lo stesi sulla pala in legno e lo condii con il pomodoro. Poi aggiunsi la mozzarella, infine i funghi e le olive. Lo infornai e impostai un timer: nel pomeriggio avevo fatto tante prove e avevo capito che in quel forno dovevo tenerla per sei minuti. Non ero abbastanza sicuro di me da cuocere a vista. Quando tirai fuori la pizza, ero seriamente emozionato. La posizionai sulla vetrina e attesi. Claudia sembrava più tesa di me, specialmente quando accompagnò una coppia di clienti davanti alla vetrina. Scelsero la pizza appena sfornata e mi sentii mancare il terreno sotto i piedi. Come avevo scoperto, se venivano ordinate due porzioni, ai clienti veniva servita direttamente la pala con la pizza sopra. La presi, la tirai fuori dalla vetrina e la consegnai a Claudia, che a sua volta la servì al tavolo.

Cercai con lo sguardo chi avrebbe mangiato la mia prima pizza: una giovane coppia canadese.

"Perfetto, sto per rovinargli il primo appuntamento" pensai.

Invece andò tutto bene: non potei continuare a osservarli, ma notai che alla fine la pala era pulita come se non ci avesse mangiato sopra nessuno. Ripresi a lavorare con il sorriso sulle labbra: forse stupidamente, pensai che quella sarebbe rimasta per sempre una delle mie più grandi soddisfazioni. Se mi fossi aggrappato al lavoro da panificatore a North Vancouver non avrei mai vissuto quel momento. Se non mi fossi ribellato, se non avessi rischiato, mi sarei perso una delle esperienze più gratificanti della mia vita.

26
Felicità e mirtilli

Qualche anno fa guardai un documentario su Andre Agassi, uno dei tennisti più forti di sempre. Parlando della sua infanzia, Agassi spiegava di essere nato e cresciuto a Las Vegas, in una villa in mezzo al deserto poco lontana dall'autostrada che portava dritto nel cuore della Strip, la celebre via dei casinò. Interpellato sulle eventuali difficoltà a cui si va incontro crescendo in un "luogo di perdizione" come Las Vegas, Agassi disse che in realtà parte del suo successo era proprio dovuto all'atmosfera di quella città alimentata dai sogni di gloria di milioni di persone.

Raccontava che quando lui e il padre incontravano qualcuno in giro per Las Vegas e gli chiedevano cosa volesse fare da grande, lui rispondeva sempre di voler diventare il tennista numero uno al mondo. In altre parti del mondo avrebbero provato tenerezza nei suoi confronti, spiegava Agassi, mentre a Las Vegas gli dicevano di continuare a crederci perché aveva tutte le possibilità per farcela.

Vancouver non ha grandi tratti in comune con Sin City, eppure in quella città respiravo la stessa aria carica di ottimismo. Nei giorni liberi io e Claudia passeggiavamo sulla Commercial Drive, una zona frequentata da hippie, artisti di strada, scrittori, musicisti e persino alcuni sciamani. Quando ti sedevi nel parco principale, caratterizzato da alberi scenografici che proiettavano lunghe ombre sul prato all'inglese, potevi star certo di fare qualche incontro speciale.

Era sufficiente guardarti intorno per assistere a uno dei più grandi spettacoli al mondo: le persone. C'era chi suonava, chi cantava, chi ballava, chi teneva corsi di recitazione improvvisata, chi si esibiva nelle arti circensi, chi esponeva le sue idee politiche, filosofiche o religiose a chiunque avesse voglia di ascoltarle... insomma, in un clima del genere era facile iniziare a ragionare fuori dagli schemi. Ma era solo quando intrattenevi una conversazione con uno di questi personaggi che capivi che a Vancouver le persone non pongono limiti ai loro sogni.

Per diversi giorni ci ritrovammo a conversare con un signore di circa cinquant'anni con barba e capelli lunghi. Indossava degli occhiali scuri con le lenti tonde e parlava sottovoce e con calma. Era una persona molto rilassata, non solo per la marijuana che ogni tanto si concedeva tra un discorso e l'altro, ma anche perché sembrava aver trovato la strada giusta nella vita. Ci aveva messo anni, ma alla fine ce l'aveva fatta.

«Un tempo lavoravo in banca» disse un giorno con quel modo di fare teatrale che aveva quando iniziava a raccontare qualcosa. «Un lavoro ben pagato, ma i soldi che entravano erano direttamente proporzionali alla felicità che se ne andava dalla mia vita. Ogni giorno chiuso in una scatola a passare ore e ore al telefono con clienti insopportabili o superiori idioti. Per cosa, poi? Per sbloccare un bonifico o per autorizzare un maledettissimo pagamento? No, grazie. Me ne sono accorto troppo tardi, ma almeno me ne sono accorto.»

Fece un lungo tiro dalla canna che aveva in mano.

«A un certo punto ho detto basta» riprese. «Mi sono licenziato e con tutti i soldi che avevo accumulato negli anni risparmiando – tanti soldi a dir la verità – decisi di partire. Da qui, da Vancouver, ho girato praticamente il mondo intero: tutta l'Asia, tutta l'Australia, tutta la Nuova Zelanda, gran parte del Sud America e del Centro America, tutta l'Africa del Nord, buona parte dell'Europa...»

«E poi?» chiesi affascinato.

«Poi sono tornato qui e mi sono messo a coltivare mirtilli.»

«Coltivare mirtilli?»

«Già, coltivare mirtilli.»

«E perché mai?»

Mi guardò con un'espressione divertita.

«Come perché mai? Io adoro i mirtilli! Li amo alla follia.»

«Ah, quindi hai iniziato a coltivarli perché li ami?»

«Esatto! C'è un campo lungo la statale verso North Vancouver. È il mio campo di mirtilli. Mi metto lì, me ne prendo cura e li vendo. Mi mantengo vendendo mirtilli. È il lavoro più bello del mondo per me, e sai perché? Perché ho la casa sempre piena di mirtilli. Li mangio oppure li uso per fare una torta. A volte preparo anche il riso ai mirtilli! Ed è il più buono del British Columbia.»

Scoppiò a ridere e ridemmo anche noi. "Una storia assurda e fantastica" pensai tra me e me. "Ama i mirtilli e coltiva i mirtilli: per lui, questa è la ricetta della felicità. Tanto semplice quanto potente. Forse la felicità è davvero nelle piccole cose, ma siamo noi a complicarci maledettamente la vita? Ama i mirtilli, coltiva i mirtilli ed è felice. Più semplice di così..."

Di storie simili ne avevo ascoltate tante a Vancouver. Senza menzionare le centinaia di giocatori di poker professionisti che vivevano in città, c'erano sognatori a ogni angolo. Lo avevo intuito fin dai primi giorni, ma lo avevo davvero capito solo immergendomi lentamente in quella realtà. Tutti avevano un desiderio folle ma non proibito che non si vergognavano a mostrare al mondo intero, e tutti sembravano convinti che nulla fosse impossibile. Vivere in un ambiente del genere, dove c'è poco pessimismo e tanta voglia di fare, significa alimentare i propri sogni quotidianamente. Anche per quel motivo, la vita era diventata d'improvviso meravigliosa, in quella meravigliosa città chiamata Vancouver.

Lavoravo nella pizzeria svolgendo un'attività che amavo. Ero cresciuto, come tutti, con l'idea che si dovesse per forza odiare il proprio lavoro e detestare i propri colleghi o superiori. Mi ero convinto che lavorare fosse un sacrificio e per questo motivo, a un certo punto, avevo accettato di essere infelice pur di continuare a lavorare nel panificio di North Vancouver. "D'altronde" mi dicevo, "lavorare *deve* far schifo." Poi mi ero ribellato, avevo preso una decisione forte e per molti incosciente licenziandomi, ma, proprio grazie a quel gesto, avevo trovato una felicità che nemmeno in Australia avevo mai raggiunto: non solo mi guadagnavo da vivere facendo ciò che mi piaceva, ma potevo farlo restando a stretto contatto con Claudia. Inoltre Walter mi aveva dato carta bianca: se volevo proporre nuove idee, lui le avrebbe testate e dopo eventualmente messe sul menu. Così avevamo introdotto i "calzoni alla romana" (il nome lo aveva scelto lui), che altro non erano che normali calzoni. Era stata una grande soddisfazione vederli sul menu perché quella era la prova che potevo essere libero pur essendo un dipendente. Potevo essere creativo pur dovendo rispondere alle esigenze del mio capo.

Tutto andava bene. Anzi, no, tutto andava alla perfezione. Walter ci aveva detto che sarebbe stato felice di sponsorizzarmi e l'idea di fermarmi a Vancouver era molto allettante. Certo, non l'avevamo ancora vista in pieno inverno, ma ormai ero innamorato di quella città e di quella vita. Avevo trovato la mia felicità in un posto incastrato tra i boschi, le montagne e l'oceano.

La vita, però, non è sempre giusta. Nel tempo avrei capito che non puoi essere davvero felice se non impari ad accettare le ingiustizie che ti sono capitate e quelle che ti capiteranno. Perché è facile affrontare ogni giornata con serenità quando tutto va per il verso giusto, mentre è molto più difficile farlo quando l'Universo ti mette i bastoni tra le ruote. Siamo tutti ottimi vincitori, ma pochi sanno perdere a testa alta.

Proprio quando iniziavamo a coltivare timidamente l'idea di progettare un futuro a Vancouver, la vita ci fece lo sgambetto. Stavolta non c'entravano i visti, ma qualcosa di molto più importante.

Un giorno arrivò la telefonata che non ci saremmo mai aspettati.

Si materializzò la paura più grande per qualsiasi viaggiatore e per chiunque si sia trasferito a vivere all'estero, ovvero che sia successo qualcosa di brutto a casa mentre tu sei lontano migliaia di chilometri.

Io non ero presente quando arrivò quella telefonata, ma appena tornai a casa e trovai Claudia seduta sul letto, immobile, compresi subito che era successo qualcosa.

Quando vivi così tante esperienze intense con una persona, si crea un filo invisibile che collega cuore a cuore, anima ad anima.

Mi inginocchiai cercando il contatto visivo, ma i suoi occhi solitamente pieni di vita erano spenti.

«Cosa è successo?» le chiesi.

«Dobbiamo tornare subito in Italia» disse solamente.

27

Vuoi un tè alle prugne?

Immagina di scoprire che un tuo famigliare ha avuto un attacco di cuore mentre andava a lavorare. Che è stato trasportato d'urgenza in un ospedale non attrezzato per le cure necessarie, e così è stato nuovamente caricato in ambulanza e portato in una struttura idonea in una corsa contro il tempo. Che non è morto, non ancora, almeno, come hanno comunicato i medici alla tua famiglia. Che la situazione è stabile, ma è anche molto grave.

Immagina tutto questo e immagina di essere dall'altra parte del mondo. Lontano migliaia di chilometri, a quindici ore di volo e nove ore di fuso orario di distanza.

Improvvisamente la nostra vita felice e spensierata a Vancouver si era trasformata in un incubo. Soli, senza alcuna sicurezza o certezza di ciò che stava succedendo, l'agitazione prese il sopravvento e per qualche ora tremenda fummo paralizzati dalla paura. Ci spaventava l'idea di tornare, ma ovviamente non potevamo restare. Non c'era nulla che potessimo fare nell'immediato per essere di aiuto o supporto e questa sensazione ci logorava.

A un certo punto, dopo tentativi di chiamate internazionali fallimentari e tanta disperazione, realizzammo che esisteva una sola soluzione: dovevamo prendere il primo aereo e tornare in Italia.

Da un lato c'era la paura di perdere per sempre una persona cara; dall'altro la consapevolezza di interrompere per sempre una vita di cui, probabilmente, ci eravamo innamorati troppo e troppo in fretta.

Forse avevamo iniziato a mettere radici, forse nel profondo del nostro cuore ci immaginavamo a Vancouver per un lungo periodo, per anni. Forse avevamo accarezzato l'idea di ottenere la residenza permanente e metter su famiglia in quella città così evoluta, pulita, ordinata, immersa nel verde, multiculturale.

Se in Australia era stato l'ostacolo del visto a spingerci ad andare via, in Canada fu l'Universo a mettersi di traverso. Non potevamo fare altro che accettare quella situazione, fare i conti con la sfortuna e tornare immediatamente in Italia.

Andammo insieme al ristorante dopo aver avvisato Walter. Lo ringraziammo e ci scusammo. Lui fu molto gentile e comprensivo, ma su un punto fu anche brutalmente onesto: non poteva in alcun modo garantirci un lavoro in futuro. Ci disse senza peli sulla lingua che l'avventura lavorativa nel suo ristorante era ufficialmente conclusa. In quel momento, considerando anche che il nostro visto sarebbe scaduto di lì a neanche quattro mesi, capimmo che era davvero finita. Forse saremmo potuti tornare a Vancouver con lo Student Visa, il visto studentesco. Il nostro Working Holiday, invece, si sarebbe esaurito con quel maledetto biglietto aereo di ritorno per l'Italia. Se anche il nostro soggiorno in Italia fosse durato poco, non saremmo certo tornati in Canada con soli tre mesi residui di visto.

Quello stesso giorno, dopo aver lasciato il locale di Walter, io e Claudia camminammo a lungo per le strade di quella città che ci aveva accolti dandoci la possibilità di sognare in grande. Ma non riuscivo a godermi il momento della giornata che avevo imparato ad amare – il tramonto – perché la testa era costantemente rivolta al passato. Pensavo a quanto tempo avevamo impiegato per trasferirci lì, ai voli aerei, ai visti, alla ricerca della casa. Alle esperienze meravigliose che avevamo vissuto a Vancouver Island. A quando mi ero licenziato e mi ero sentito libero, senza sicurezze ma felice. A quando Claudia mi aspettava alla chiusura del ristorante per poter tornare a casa insieme.

Mi sembrò tutto inutile. Mi veniva voglia di piangere.

Camminando, entrammo in Chinatown. Dopo una passeggiata tra bancarelle stracolme di oggetti, arrivammo alla fermata del bus che ci avrebbe riportati nel nostro minuscolo appartamento.

Mi sedetti sulla panchina della fermata con l'aria di chi ha visto un sogno sgretolarsi tra le mani ed è stato catapultato in un incubo. Iniziai a riflettere, riflettere e riflettere su passato, presente e futuro.

Claudia, invece, ha un modo diverso di affrontare le emergenze o le situazioni negative: aggredisce la vita. Inizia a fare e disfare, a muoversi, a cercare soluzioni anche dove sembra che non ce ne siano. Fa così tante cose che difficilmente si riesce a starle dietro. Di certo non sta ferma.

Così, mentre io riflettevo, lei si alzò di scatto dalla panchina e mi chiese: «Vuoi un tè alle prugne?».

La guardai come se fosse impazzita.

«Non sto qua a deprimermi. Là vendono il tè alle prugne. Lo vuoi o no?»

Alzai lo sguardo e vidi che dall'altra parte della strada c'era un banchetto. Scossi la testa.

«E invece te lo prendo lo stesso.»

Sorrisi mentre la guardavo attraversare la strada per raggiungere la famiglia cinese che vendeva il *plum tea* in bicchieri di carta.

Poi guardai verso l'orizzonte, tornando a pensare. Non mi accorsi che Claudia, mentre era in attesa del suo tè, incapace di stare ferma, mi aveva scattato una fotografia. L'avrei vista per la prima volta soltanto un paio di anni dopo, e solo in quell'istante mi sarei reso conto dell'enorme segnale che l'Universo stava cercando di comunicarmi. E avrei capito che non puoi coglierli se permetti alla tua mente impazzita di trascinarti continuamente tra passato e futuro, impedendoti di concentrarti sul momento presente.

Oltre al lavoro, fu molto difficile dire addio a quel monolocale che in un paio di mesi era già diventato più *casa* di quanto lo fossero mai state le nostre abitazioni in Italia. Perché "casa" non è un luogo, ma una serie di emozioni e ricordi. In quel piccolo spazio avevamo condiviso tutto: il letto, il cibo, i sogni, le ambizioni e anche il dolore. Era il nostro *safe place*, il nostro rifugio dal mondo là fuori che tanto ci piaceva esplorare, ma da cui ogni tanto volevamo anche allontanarci per godere della sicurezza della nostra intimità. Ne parlammo a lungo, io e Claudia, abbracciati in un pomeriggio splendido come tanti altri a Vancouver. La città, la nostra città, andava avanti incurante della nostra frustrazione e delle nostre sofferenze.

Eravamo in attesa del taxi che ci avrebbe portati all'aeroporto ed eravamo consapevoli che stava finendo qualcosa di importante. La consapevolezza fa un gran male a volte, proprio come la verità. Preferiresti essere meno sensibile, preferiresti non sapere, non avere certezze, così da poter continuare a sognare. Ma a volte la realtà ti colpisce così forte da svegliarti con violenza, volente o nolente.

Pochi giorni prima eravamo le persone più felici di questo pianeta, con la mente rivolta a un futuro in Canada. Ora eravamo su un aeroplano che ci avrebbe messo alle spalle, per un lungo periodo o per sempre, quella città a cui eravamo profondamente legati.

Il volo di ritorno fu il più deprimente che abbia mai preso. Non solo perché poco dopo il decollo vidi Vancouver Island, che dall'alto sembrava ancora più selvaggia e rigogliosa, ma anche perché eravamo totalmente impotenti di fronte alla situazione. In particolare sull'aereo, senza possibilità di chiamare o restare in collegamento con le nostre famiglie, ci sentivamo esclusi da una questione, letteralmente, di vita o di morte.

Atterrammo all'aeroporto di Caselle dopo uno scalo a Francoforte e uno a Venezia, e accendemmo subito i cellulari per scoprire se quel messaggio che non volevamo nemmeno immaginare fosse arrivato. Per fortuna non c'era. Ci recammo subito all'ospedale e i giorni successivi, complice anche il *jet lag*, passarono veloci e senza lasciare il segno. Ricordo i tetri corridoi dell'ospedale e una sensazione di claustrofobia che a un certo punto mi costrinse a uscire sul primo balcone che trovai per prendere un po' di aria. Fortunatamente la situazione si evolse nel migliore dei modi: dopo un'attesa insostenibile, i medici dichiararono il pericolo superato. Fu un gran sollievo per tutti e ci sembrò di poter tornare a respirare dopo settimane in apnea.

Una volta passata la tempesta emotiva, ci sentimmo grati, leggeri e sollevati. Felici per quella persona che amavamo e per la possibilità di continuare ad averla nelle nostre vite.

Poi, però, un pomeriggio ci ritrovammo molto semplicemente senza avere nulla da fare. Per la prima volta non dovevamo andare in ospedale. Non avevamo uno scopo, né un piano su come occupare il tempo. Per la prima volta dall'inizio di quell'incubo, non eravamo in ansia e preoccupati. Girammo per Torino come due zombie, con i nostri orologi biologici che seguivano l'orario di Vancouver e le nostre anime in subbuglio. A un certo punto, quasi come se non sapessi cos'altro fare per ritrovare la bussola, abbracciai Claudia. Lei mi abbracciò e tutto tornò a scorrere, come se si fosse rotta una diga emotiva.

Avevamo perso il lavoro, avevamo perso l'appartamento a Burnaby, avevamo perso Vancouver e tutte le sue opportunità. Piangemmo, senza vergogna, abbracciati. Da un lato grati per non aver perso una persona cara; dall'altro incazzati con la vita per quello scherzo che non meritavamo.

28
E ora?

E ora?

Era questa la domanda che ci facevamo, a volte a voce alta e a volte con lo sguardo. Dovevamo decidere da che punto riprendere la nostra vita e come tornare a viverla in maniera attiva. Eravamo stati felici, tanto felici, poi era sparito tutto. Bisognava ripartire dalle macerie dei nostri sogni infranti.

Per qualche giorno pensammo di tornare in Canada. Il visto aveva una durata residua di meno di tre mesi e forse avremmo avuto ancora qualche piccola possibilità di trovare in fretta un lavoro in grado di permettere ad almeno uno dei due di ottenerne il prolungamento.

Per questo motivo fui anche tentato di andare a implorare Kabir di riprendermi nel panificio indiano, dove mi era stato detto che avevano tutti i mezzi per sponsorizzarmi e farmi avere, in futuro, la residenza permanente. Con il passare dei giorni quella prospettiva divenne sempre più concreta, perché Vancouver ci mancava tremendamente. C'erano però due problemi. Il primo era che non volevamo lasciare subito i nostri famigliari in un momento comunque ancora delicato. Il secondo motivo era una questione personale. Avevo lasciato quel lavoro perché avevo compreso che non mi avrebbe portato altro che infelicità, trasformandomi in una persona povera dentro. Avrei visto Claudia poche ore alla settimana a causa degli orari contrastanti e mi sarei svegliato ogni giorno odiando tutti (me stesso *in primis*), perché costretto a fare qualcosa che semplicemente detestavo. Eppure ero disposto a chiedere in ginocchio di poter tornare a versare farina, infornare e pulire macchinari. No, non aveva niente a che fare con l'arte della panificazione né con la mia idea di guadagnarmi da vivere facendo ciò che amo, ma offriva determinate sicurezze che non potevo far finta di non vedere.

«Ci diamo un mese: se qui tutto si è sistemato torniamo a Vancouver e vado subito a parlare con Kabir» dissi un giorno a Claudia.

Eravamo al parco Ruffini, uno dei nostri luoghi preferiti di Torino, teatro dei nostri primi appuntamenti e di infinite passeggiate nelle quali parlavamo di qualunque cosa ci passasse per la testa. Eravamo già a metà settembre ma il clima era perfetto per stare all'aria aperta. In quel parco che già all'epoca (ma ancora di più oggi) rappresentava il nostro rifugio, il nostro porto sicuro a Torino, sembrava quasi di essere a Vancouver.

«No» disse lei dopo un lungo silenzio. «No, tu là non ci torni.»

«Perché? È un'ottima opportunità... è l'unica.»

«Non ha alcuna importanza. Quando sei venuto a prendermi quella sera, dopo esserti licenziato, eri al settimo cielo. Eri felice, pieno di energia e voglia di vivere. Quel lavoro ti deprimeva, lo hai detto tu stesso. Quindi no, non ci tornerai. Non te lo permetterò.»

«Ma potrei lavorare solo per qualche anno, poi...»

«Qualche anno?!» mi interruppe. Si fermò e mi guardò negli occhi. «Qualche anno di totale insoddisfazione, qualche anno vedendoci mezz'ora al giorno? Hai idea di quanto "qualche anno" di frustrazione possa cambiarti per sempre? La nostra vita diventerebbe un inferno. E poi tutta questa esperienza sfortunata ci ha insegnato una grande lezione: un giorno ci sei e il giorno dopo rischi di non esserci più. Dobbiamo vivere appieno questi anni, perché non torneranno mai più.»

Sorrisi e la abbracciai. Aveva ragione. Me lo ero promesso più volte: considerando la mia età e le possibilità che mi ero costruito, dovevo sempre mettere la felicità al primo posto. Non solo la mia, ma anche quella di Claudia. Molte persone scambiano l'amor proprio con l'egoismo, ma io ero già sicuro che non puoi donare felicità agli altri se non sai donarla a te stesso.

Mi rendeva felice vivere a Vancouver? Certo. Mi avrebbe reso felice vivere a Vancouver lavorando nel panificio indiano? No, ne ero sicuro. Non era un'opzione.

«Grazie» dissi a Claudia.

«Dobbiamo comunque capire cosa fare della nostra vita.»

«Se tornassimo a Vancouver con un visto studentesco?»

«Mi sembra una soluzione costosa e scomoda.»

«Hai ragione. Però qui non ci voglio stare.»

«Nemmeno io. Mi mette la depressione.»

«Sì, è triste dover tornare dove non avevi intenzione di restare.»

Non era solo la rabbia per essere stati costretti a tornare, c'erano tanti fattori che rendevano la nostra vita a Torino simile a quella di un animale in gabbia. Ci sentivamo limitati in un piccolo spazio mentre il mondo era "là fuori" con le sue mille possibilità e tutta la sua sconfinata bellezza. Non che odiassimo la nostra città, ma ormai la conoscevamo bene: non c'era il brivido della scoperta ma solo la sicurezza di un luogo che non poteva più stupirci. Quello era il posto dove eravamo cresciuti e, dopo aver fatto due esperienze in due continenti diversi, sentivamo il bisogno di esplorare il mondo, di vedere personalmente luoghi di cui avevamo solo sentito parlare. Eravamo diventati viaggiatori, piccoli esploratori perennemente alla ricerca della prossima destinazione da visitare. D'altronde, se eravamo riusciti ad arrivare dall'altra parte del mondo con pochi soldi e tanti sogni, avremmo potuto fare qualunque cosa. Dunque perché limitarci? Magari un giorno saremmo tornati per stabilirci, fermarci e vivere lì. O magari no. Sicuramente, in quel momento, non avevamo alcuna intenzione di fermarci.

Nonostante lo scherzo che l'Universo ci aveva tirato, ci sentivamo carichi di energie e pieni di voglia di fare, vedere, sperimentare. Volevamo riempire la nostra vita di avventure e meraviglia, volevamo emozionarci come avevamo fatto di fronte ai Dodici Apostoli in Australia o tra i boschi di Vancouver Island. In due parole, *volevamo viaggiare*.

Pensando a quello strano impulso di partire, la mia mente tornò indietro a quando eravamo a Perth. Un giorno avevamo iniziato a chiacchierare con una ragazza australiana che era seduta vicino a noi in spiaggia. L'avevo riconosciuta: era solita venire nella caffetteria dove lavoravo, così, influenzato da quel clima molto amichevole tipicamente australiano, la salutai e le presentai Claudia. Avevo già notato che aveva un tatuaggio particolare sul polso, una specie di scritta che si trasformava in un aeroplano. Quel giorno ero felice e spensierato come spesso mi capitava di essere a Perth, così le chiesi cosa significassero quel disegno e quelle parole.

«Questo? C'è scritto *wanderlust*» replicò lei guardandosi il polso.

Non avevo la minima idea di ciò che volesse dire quella parola. La ragazza notò la mia espressione e ci spiegò qualcosa che ci sarebbe rimasto impresso. Un concetto semplice ma in cui ci ritrovavamo appieno, che mi tornò in mente in quella triste giornata a Torino.

«In poche parole, *wanderlust* significa volersi sempre muovere. È il desiderio di viaggiare, esplorare, vedere posti nuovi. È il contrario di stare fermi» ci spiegò.

Era intrigante, questo *wanderlust*.

All'epoca, sulla spiaggia di Perth, dovevamo ancora scoprire il nostro animo di viaggiatori. Dovevamo ancora partire per il viaggio on the road. E ricordo che mi chiesi se esistessero davvero persone così, incontenibili e incontentabili. Al rientro a Torino dopo le esperienze in Australia e in Canada, avevo scoperto di essere una di quelle persone. Chissà quante persone hanno, senza saperlo, la malattia del viaggiatore. Quante di loro vivono sentendosi strane, diverse, sbagliate, solo perché non sanno di aver tatuato la parola *wanderlust* sull'anima.

Quel termine mi tornò in mente più volte in quelle settimane di stallo a Torino, perché sentivo davvero il desiderio di partire verso terre sconosciute, di trascorrere il mio tempo in giro. Infatti, se da un lato volevo tornare a Vancouver, dall'altro mi dicevo che il mondo è enorme e pieno di posti meravigliosi che non conoscevo neanche un po'. Riflettendoci, mi resi anche conto che mi ero innamorato follemente di Perth per poi "dimenticarla" una volta messo piede a Vancouver. Ma allora qual era il mio posto del mondo? E soprattutto, ne esisteva uno? E se il mondo intero fosse stato la mia casa?

Iniziai a fantasticarci, a pensare a una vita nomade. Un'esistenza perennemente in viaggio, da un punto all'altro del pianeta, da un innamoramento a un altro, costantemente alla ricerca delle coordinate della mia felicità. "La mia casa è il mondo" pensai un giorno mentre camminavo verso casa di mio padre per pranzare con lui. D'istinto presi il cellulare e scrissi a Claudia. In quel periodo c'era anche la questione di una nostra sistemazione ad aumentare stress e confusione. Non avevamo più la casa in affitto e ci stavamo arrangiando in modi talvolta assurdi.

"E se la nostra casa fosse il mondo?" le scrissi.

Dopo qualche secondo, Claudia mi rispose semplicemente inviandomi l'emoji del cuore.

Quella risposta accese il motore di un sogno che in quel momento era ancora molto fumoso, ma che più avanti sarebbe diventato la mia missione di vita: trovare il modo di lavorare viaggiando.

29
Wanderlust

Più passavamo i giorni a Torino a chiederci cosa fare della nostra vita e più salivano ansie, tensioni e frustrazione. I motivi erano molteplici, ma personalmente era soprattutto una circostanza a farmi sentire fuori posto: avevo l'impressione che tutti intorno a me fossero andati avanti mentre io ero stato costretto a tornare al punto di partenza.

Nei due anni precedenti avevo vissuto in Australia e Canada e nel frattempo i miei coetanei si erano laureati. Alcuni lavoravano, altri stavano frequentando l'università per la laurea magistrale. Ebbi l'impressione, confrontandomi con loro, ma soprattutto con alcuni membri della mia famiglia, di essere rimasto indietro. Non era un pensiero che nasceva nella mia testa, bensì si insinuava dall'esterno, perché molte persone si ponevano nei miei confronti con un atteggiamento del tipo: "Bello girare il mondo, ma adesso? Adesso cosa fai, povero scemo?". Questa circostanza aumentava ancora di più la rabbia per essere stato costretto a tornare a Torino. C'era la profonda gratitudine per il modo in cui la questione che ci aveva spinti a quel rientro si era risolta, ma circondarmi di individui con cui non avevo nulla da spartire portava sofferenze inutili. Mi sentivo diverso e incompreso e pativo molto il fatto che nessuno sembrava avere un briciolo di empatia nei nostri confronti. Nessuno che dicesse: "Mi dispiace, avete dovuto stravolgere tutti i vostri piani. Ma vedrai che vi riprenderete". No, al contrario c'era una crudele e malcelata soddisfazione nel vederci in difficoltà.

Inizialmente ci rimasi molto male. Mi chiedevo perché ci fosse così tanto odio e rancore, ma poi compresi che quel gioire delle sventure altrui nasceva da una forma di invidia nei confronti di chi almeno aveva avuto il coraggio di provarci, a cambiare una vita che non lo rendeva felice.

In fondo, per quanto fossi in un momento molto duro da gestire per via dei dubbi che mi attanagliavano, sapevo che avrei portato per sempre con me tutte le lezioni di vita, i ricordi e le esperienze dell'Australia e del Canada. Realizzai che molte persone si sentono vive solo quando possono giudicare gli altri, quando possono godere dei loro fallimenti. Sono quelli che non vedono l'ora di vederti cadere per poterti dire: "Te l'avevo detto!". Magari anche solo per autoconvincersi di aver fatto bene a non averci mai nemmeno provato.

Con il passare dei giorni iniziai a comprendere che non si trattava di qualcosa per cui valesse la pena di arrabbiarsi. Io avevo scelto di provarci, a vivere secondo le mie regole, loro avevano solo scelto di giudicare. Dovevo solo continuare per la mia strada e inseguire la felicità, imparando a fregarmene del giudizio insignificante di chi non ha nulla da offrirti, proprio nulla, se non sterili giudizi e cattiverie. Dovevo andare oltre e rivolgere la mia mente al presente e al futuro, senza dare valore a chi non lo meritava.

Il problema era capire come uscire da quella crisi personale. Era palese che io e Claudia desiderassimo viaggiare e scoprire il mondo il più possibile, ma come farlo con un lavoro fisso? E, senza lavoro fisso, come si poteva viaggiare non guadagnando denaro? Avevamo qualche risparmio da parte, ma non era certo abbastanza per stare a lungo in giro. Soprattutto perché non si trattava di entrate costanti e garantite e quindi saremmo stati costretti a fermarci in un solo posto per lunghi periodi e lavorare lì, proprio come avevamo fatto in Australia e in Canada.

Ci pensavo intensamente, notte e giorno, fino a farmi venire il mal di testa. Volevo viaggiare ma non avevo i soldi per farlo; per guadagnare soldi, però, dovevo lavorare e quindi fermarmi. Era un rompicapo incredibilmente frustrante, ma continuavo a ragionarci su perché sentivo che una soluzione c'era e, se avessi avuto la determinazione di continuare a cercare, avrei finalmente trovato qualcosa che mi avrebbe portato a realizzarmi.

Presto mi resi conto che il punto era sempre lo stesso: dovevo aggirare la regola assurda per cui o si viaggia o si lavora. Il poker era stato più di un passatempo perché mi aveva aiutato dal punto di vista economico, ma non era una via percorribile. I motivi erano tanti: dal livello medio dei giocatori online che si era alzato (come avevo previsto), all'effetto novità che era sparito portando a una drastica diminuzione del traffico ai tavoli, fino a una più generica mancanza di stimoli. Quando mi chiedevo se avrei voluto essere un giocatore professionista di poker nella vita, come Peter, mi rispondevo di no. Il mio tempo era finito. Era un bel capitolo della mia vita che si chiudeva lasciandomi solo ricordi e sensazioni positive. Avrei continuato a giocare a poker per svago, ma senza più pensare a tutta la tecnica che avevo imparato studiando per centinaia di ore.

Dovevo quindi trovare un modo di guadagnarmi da vivere che non mi vincolasse a un solo luogo e a rigidi orari di lavoro, permettendomi di realizzare quel sogno che molti avrebbero considerato irrealizzabile: viaggiare senza limiti. Anche se, in realtà, il viaggio era solo uno degli aspetti di ciò che inseguivo davvero: la libertà. Ormai avevo capito che era quella la mia felicità, la libertà di potermi comportare, muovere e vivere come preferissi.

A Vancouver avevo osservato affascinato alcuni contesti lavorativi che, agli occhi di un giovane italiano, sembravano fantascienza. Si trattava per lo più di aziende del settore informatico che avevano uffici simili ai campus delle università, dove campi da beach volley o tavoli da ping pong erano sempre a disposizione dei dipendenti che avevano voglia di sfogarsi. La filosofia era quella dello *smart working*, ovvero del lavoro intelligente: i dipendenti potevano gestire da soli i loro orari e avevano la possibilità di lavorare da casa per qualche giorno a settimana. L'obiettivo dell'azienda era mettere il lavoratore a proprio agio, perché si era compreso che un essere umano felice è anche un professionista molto più efficiente. Molte di queste aziende all'avanguardia davano persino la possibilità di portare il proprio cane in ufficio.

La prospettiva di lavorare in un ambiente del genere era allettante, ma fin dall'inizio ero consapevole che fosse pura utopia per me. Senza laurea e competenze in ambito informatico non avevo chance, dato che si trattava quasi sempre di aziende del settore tecnologico (visitai personalmente, ad esempio, una delle più grandi produttrici al mondo di videogame). Accantonai quell'opzione non solo perché non avevo le giuste capacità, ma anche perché in fin dei conti desideravo qualcosa di più. Sarebbe stato bello lavorare in mezzo al verde, con la musica rilassante e i tavoli da ping pong a disposizione. Avrei anche potuto gestire gli orari come meglio credevo, ma sarei stato comunque costretto a vivere in un solo luogo. Non avrei potuto viaggiare.

Se devi sognare, fallo in grande. Era ciò che mi ripetevo in quei giorni: perché puntare a un buon lavoro se potevo avere un lavoro che mi garantisse la libertà? Avere un'opportunità del genere avrebbe significato più di qualunque altra cosa.

Il mio cervello iniziò a fumare, da quanto ci pensai. Mi informavo, leggevo, passavo ore su Internet a cercare di capire. La soluzione c'era, ne ero sicuro, ma non riuscivo proprio a trovarla. Intanto i giorni passavano e la frustrazione aumentava, non solo in me ma anche in Claudia. Sapevamo solo di non voler restare a Torino a lungo e di voler viaggiare, ma ci mancava tutto il resto. Avevamo soltanto due pezzi di un puzzle molto complesso.

Alla fine, visti i livelli di confusione e stress che stavamo raggiungendo, prendemmo una decisione che rappresentava a tutti gli effetti una fuga: mollammo tutto e partimmo. Lo avevamo deciso durante una delle tante notti insonni a discutere di vita, sogni e felicità. Dopo un paio di ore avevamo prenotato un biglietto per Lanzarote. Era vicina, il biglietto costava poco e ci ispirava l'idea di scappare su un'isola vulcanica. Non c'era altro dietro quella decisione. Non avevamo un piano e nemmeno una motivazione precisa: ci eravamo fatti guidare dall'istinto, dall'impulso di partire verso orizzonti nuovi. Forse si era concretizzato il nostro essere *wanderlust*, forse era semplicemente una fuga da una situazione di stallo che ci stava divorando dentro. Il nostro unico proposito era di trovare le giuste risposte in viaggio. Ne avevamo trovate tantissime nelle due esperienze di vita all'estero, ora era arrivato il momento di riprovarci senza andare dall'altra parte del mondo.

Così, in una gelida mattina torinese di gennaio, uscimmo di casa con i nostri zaini sulle spalle diretti all'aeroporto. Non sapevo che quel viaggio, come tanti altri, avrebbe cambiato la mia vita.

30
L'unico viaggio di cui ti puoi pentire

Lanzarote si presentò fin da subito come un piccolo paradiso. Distante appena cinque ore di volo da Torino (una sciocchezza per chi è abituato a voli di dodici ore da un continente all'altro), è un'isola dove la natura è dominante e offre paesaggi di una bellezza sconvolgente. Mentre l'aeroplano si apprestava ad atterrare avevo notato grandi distese di deserto vulcanico, il mare e un po' di verde sparso qua e là.

Non appena mettemmo piede fuori dall'aeroporto fummo accolti da un'aria calda che rendeva il gelo di Torino un lontano ricordo. Lì, nella hall dell'aeroporto, in attesa di decidere il da farsi, tornai a sorridere con le labbra e con il cuore. Non c'era una motivazione specifica, era semplicemente il momento. Un po' mi sentivo come quando mi mettevo al volante della nostra Mitsu in Australia, pronto a riempirmi gli occhi di nuove immagini. Era la sensazione semplice, ma totale, di un viaggio che sta per iniziare: non sai cosa aspettarti, non sai se tutto andrà bene o tutto andrà a rotoli, ma non vedi l'ora di scoprirlo. È vita allo stato puro.

«Ti ricordi quella ragazza australiana?» chiesi a Claudia.

Non mi fece nemmeno proseguire.

«Oddio, quella del *wanderlust*? Ma sai che ci stavo pensando pure io?»

Sorrisi perché ero sicuro che dicesse la verità. Con tutto quello che avevamo passato, era normale che arrivassimo alle stesse conclusioni. Normale ma non scontato. Ero davvero felice che anche lei fosse sulla mia stessa lunghezza d'onda, perché significava che avremmo continuato a generare gli stessi sogni, combattere le stesse battaglie e fissare obiettivi simili. Anche così si mantiene vivo un rapporto di coppia: guardando nella stessa direzione, mano nella mano.

A volte qualcuno ci aveva chiesto come facessimo a essere così affiatati, come se ci fossimo appena messi insieme. Io ero sicuro che la forza della nostra relazione si basasse su un aspetto: sulle cose davvero importanti la pensavamo nello stesso identico modo, mentre su tutto il resto avevamo opinioni spesso molto diverse. Dicevo sempre che io e Claudia litighiamo eccome, ma solo per le stupidaggini. In questo modo non ci si annoia mai, ci si confronta costantemente e ogni litigio si conclude facilmente con una risata. Con leggerezza. Invece, sulle cose davvero importanti (vedi il desiderio di viaggiare o di trasferirci all'estero, ma anche il modo di prendere e vivere la vita ogni giorno), siamo sempre d'accordo. Ovviamente ci si viene incontro, ma non è mai una forzatura. Non è mai un'imposizione. Tutto avviene naturalmente. Trovare la persona giusta non ha niente a che vedere con l'aspetto fisico, l'età, l'estrazione sociale, i titoli di studio, il parere dei genitori e tutti gli altri aspetti superficiali a cui si pensa subito. L'anima gemella è quella con cui condividi le stesse coordinate della felicità. Trovarla è la più grande fortuna che ti possa capitare.

Non avevamo organizzato nulla. Avevamo deciso di vivere quell'avventura alle Canarie senza pianificazione perché volevamo sentirci vivi dopo tante settimane di dubbi, ragionamenti, paure e rinunce. Partire, allontanarci dai problemi e metterci in gioco. Non eravamo in vacanza, stavamo viaggiando. Non volevamo comfort e relax, volevamo tempo per noi ed emozioni forti.

Decidemmo di affittare un'automobile direttamente all'aeroporto e poi iniziammo a esplorare Lanzarote. Fin dai primi chilometri mi resi conto che quel posto era speciale, anche solo per i suoi paesaggi mozzafiato. La strada tagliava in due il deserto, a volte sabbioso e a volte nero a causa della lava dei vulcani. E loro, i vulcani in lontananza, aggiungevano ulteriore magia e misticismo a un'isola che con i suoi colori contrastanti e gli spazi enormi mi faceva sentire libero. La giusta compagnia, la strada e la natura da esplorare. La libertà di spazio e tempo. Cosa potevo chiedere di più?

Lanzarote si rivelò essere esattamente ciò che cercavamo. Volevamo aria fresca, luoghi nuovi, lingue diverse, il mare, i vulcani, il deserto. Il silenzio, quello che hai intorno e ti entra dentro portando una pace primordiale all'anima. Passavamo da piccoli centri abitati nell'entroterra dove sembrava di essere in Messico ai paesini sulla costa affollati di turisti, fino a Famara Beach, una spiaggia dove surfisti e appassionati di *kite surf* trovavano le condizioni ideali per praticare il loro sport preferito. Qui sembrava di essere nuovamente in Australia, con la spiaggia che si perdeva a vista d'occhio, l'oceano impetuoso e il vento forte. Nel corso della nostra esplorazione soggiornammo in un villaggio lontano dal mare, in una casetta bianca come tutte le altre nei dintorni. L'avevamo trovata su Airbnb a un buon prezzo e ci permise di ricaricarci di energia positiva: non si sentiva il minimo rumore e alla sera godevamo di una vista sensazionale del tramonto sul deserto. Quella casetta era la base da cui partivamo per esplorare e dove tornavamo alla sera, stanchi ma innamorati della vita.

Visitammo anche La Graciosa, una piccola isola a nord di Lanzarote pressoché incontaminata. Si può raggiungere solo con il battello e non ci sono molte strutture dove fermarsi per la notte, pertanto arrivammo, affittammo una bicicletta e mangiammo al sacco su una spiaggia da cartolina.

Lanzarote era la pausa necessaria per iniziare a ragionare con la mente sgombra sul futuro. Il problema era che, una volta pronti a ragionare, mi feci prendere dal panico. Dopo circa una settimana di viaggio davvero piacevole e spensierata, una forte sensazione di disagio si impadronì della nostra quotidianità. Era qualcosa di strano, una specie di ansia per il tempo che passava: improvvisamente mi sembrava di stare sprecando la mia vita. Avevo desiderato con tutto me stesso viaggiare e ora che potevo farlo mi sentivo quasi in colpa. Claudia provava sensazioni simili, così iniziammo a parlare a lungo nel corso delle nostre "passeggiate terapeutiche".

Fu così che capimmo qual era il problema: quel viaggio non era altro che una fuga. Eravamo partiti d'impulso nella speranza di lasciarci alle spalle i problemi, ma avevamo presto capito che i problemi non spariscono quando ti allontani. Magari all'inizio ti sembra di esserteli lasciati alle spalle ma poi, all'improvviso, la loro presenza si fa ancora più forte. Li senti in ogni momento del giorno, per quanto siano lontani fisicamente. Non sapevamo cosa fare delle nostre vite, non sapevamo che futuro costruire, così eravamo scappati dalle responsabilità. Dopo qualche giorno, però, tutto ci era scoppiato in mano. L'iniziale amore per il viaggio e l'esplorazione si era trasformato in una costante inquietudine. Provavo sensi di colpa infondati eppure molto intensi. Scavando più a fondo compresi che entrambi sentivamo una forte ansia per la totale mancanza di sicurezze e punti fermi nella nostra vita. Non avevamo un lavoro, non avevamo una casa, non avevamo un piano. Non sapevamo cosa avremmo fatto una volta a Torino, ma era come se avessimo un enorme timer sopra le nostre teste. Il tempo passava inesorabile mentre noi scappavamo da tutto e tutti, e così era impossibile godersi la vita o il viaggio. In quel momento ci era impossibile fregarcene del resto e concentrarci su di noi. Viaggiare dovrebbe essere un'esplorazione del mondo, degli altri e di noi stessi. Dovrebbe essere un'attività da fare con la mente sgombra e il cuore aperto a tutta la meraviglia che ti offre questo pianeta e chi lo abita. Non dovrebbe essere una fuga da ciò che ci fa paura, perché alla fine tutti i nodi vengono al pettine. Al massimo, viaggiare può diventare un modo per osservare la propria vita dall'esterno, una pausa di riflessione dalla frenesia quotidiana. Ma non era quello il nostro caso: non avevamo nessuna quotidianità, nessun posto da chiamare "casa". Ci sentivamo persi.

Dopo le lunghe passeggiate in riva al mare, comprendemmo che quel viaggio era nato dalla paura di scegliere. Ancora una volta una non-scelta mi perseguitava e mi rendeva infelice. Per quanto fosse difficile restare a Torino e accettare l'ingiustizia di una vita che non avevamo scelto ma che ci era stata imposta, saremmo dovuti restare nella nostra città e organizzare il futuro. Altro che *wanderlust*: forse era ora di mettere la testa a posto e pianificare.

Quasi pensavamo che quel viaggio fosse stato un tremendo errore, uno spreco di tempo, soldi ed energie. E invece, di lì a pochi giorni, l'Universo mi avrebbe mostrato che l'unico viaggio di cui ti puoi pentire è quello che non hai mai fatto.

31
Ovunque e da nessuna parte

Pur essendo ormai convinti di aver sbagliato a partire in un momento di così grande incertezza personale, avevamo deciso di proseguire nell'esplorazione delle isole Canarie. D'altronde ormai eravamo in ballo e dovevamo ballare, visto che non avevamo nemmeno un biglietto di ritorno prenotato.

La più grande preoccupazione, con il passare dei giorni, erano le spese quotidiane. Entrambi disoccupati e senza prospettive di guadagno immediate, vedevamo i nostri risparmi ridursi sempre di più e non ci davamo pace per quella situazione: da un lato volevamo esplorare, dall'altro volevamo risparmiare.

Fu proprio la questione monetaria a spingermi a prendere una serie di decisioni basate sull'idea di spendere il meno possibile. Ci ero già passato nel periodo tra l'Australia e il Canada, quando frequentavo il corso da panificatore a Torino e praticamente non avevo entrate né soldi da parte ma volevo mantenere a tutti i costi la mia indipendenza, senza dover tornare a vivere a casa dei miei genitori. All'epoca mi ero studiato un piano a tavolino per vivere low cost, riducendo al minimo le spese quotidiane e, a quel punto, dovevo fare la stessa identica cosa in viaggio: spendere il meno possibile. Era una tattica difensiva verso la vita, ma solo così avrei potuto godermi, almeno per un po', quell'esperienza che dopo i primi giorni di pura euforia stava diventando sempre più soffocante.

Mi resi anche conto di quanto sia strano il modo in cui ragioniamo noi esseri umani: lavoriamo duramente per accumulare denaro e, quando finalmente lo spendiamo in un ottimo modo come il viaggio, ci sentiamo in colpa. Ma allora a cosa serve lavorare? Forse accettiamo di fare lavori che odiamo nella speranza di poterci portare nell'aldilà i soldi accumulati in una vita di sacrifici?

Il primo passo dell'operazione low cost, a cui Claudia aveva acconsentito pur avendo una disponibilità economica superiore alla mia (ha sempre avuto un incredibile fiuto per gli affari), era di andarcene da Lanzarote. L'isola era molto bella ma anche più cara di quanto potessimo spendere, mentre a Gran Canaria si era trasferita da tempo una ragazza che frequentava il liceo con Claudia, e lei ci avrebbe ospitati per qualche notte.

Prima di spostarci a Gran Canaria, però, decidemmo di fare una breve sosta a Fuerteventura, che ci era stata descritta come un'isola "invasa" da italiani. Effettivamente c'erano tantissimi connazionali e quasi tutti i local parlavano un po' di italiano per venire incontro alle esigenze del turismo proveniente dal nostro Paese. Ma ci restammo tre giorni, visitammo gran parte della zona a nord e la trovammo meravigliosa. Passeggiare in riva al mare su spiagge bianche o camminare tra le dune del deserto mi regalava un inaspettato conforto emotivo. Certi luoghi hanno questo potere: la loro maestosa bellezza ti fa capire quanto sono piccoli i tuoi problemi. Ti ridimensionano e ti insegnano a lasciar andare tutte quelle paure e quei fastidi.

Dopo anni di metropoli e frenesia, Lanzarote e Fuerteventura rappresentavano un bel ritorno alle origini, ai ritmi lenti dell'Europa. Durante quel viaggio camminai a lungo e riscoprii il piacere delle piccole cose, come il sole, il mare e la bontà genuina del cibo povero, di strada. Eppure, nonostante fossi riuscito a placarmi rispetto alla crisi di Lanzarote, non riuscivo proprio a godermi tutto a fondo sapendo che avevo lasciato la mia vita in stand-by in Italia. Davanti a me avevo tante opportunità, forse troppe, ma ognuna di esse era molto fumosa e indefinita. Continuavo a ossessionarmi con le solite domande: perché non potevo essere libero di mollare tutto e viaggiare ogni volta che volevo, pur continuando a lavorare? Sono una persona testarda e so bene quanto possa sembrare un pensiero assurdo e infantile, ma era quello che volevo. Erano quelle le coordinate della mia felicità.

La ragazza che ci ospitò a Gran Canaria lavorava come barista e fu estremamente disponibile con noi. Nonostante la sua gentilezza, però, mi sentivo un intruso a casa sua. Era la prima volta che venivo ospitato da uno sconosciuto, perché non avevo mai fatto *couchsurfing* prima. Non mi piaceva l'idea di irrompere nella "tana" di qualcun altro, mi sentivo di troppo e invadente, anche perché sono alto un metro e novanta e all'epoca ero anche parecchio disordinato: la mia presenza si faceva inevitabilmente sentire. Così, quando un giorno Claudia mi disse che sarebbe andata a correre sul lungomare, uscii di casa con lei. Volevo evadere un po', staccare la spina dai pensieri che la mia testa elaborava ogni secondo della giornata. Quei pensieri che nascevano dalle domande scomode sul futuro, il lavoro, i soldi, il luogo da chiamare "casa" e via discorrendo.

Da sempre sono una persona con molti interessi, forse troppi. Per me, comunque, nessuna attività si avvicina alla meraviglia della lettura. Leggere è una forma di viaggio mentale: ogni libro ha le potenzialità di trasformarsi in un mezzo di trasporto verso mete lontane, persone affascinanti e storie incredibili. Non c'è niente come un buon libro da divorare pagina dopo pagina nel giusto posto, con la giusta atmosfera. Leggere certi libri è come allontanarsi dalla realtà. Ti ritrovi in una dimensione parallela, in una bolla dalla quale puoi osservare il mondo "là fuori" come un gatto sul cornicione. Ogni tanto avrei alzato lo sguardo e mi sarei perso a osservare le persone che mi passavano davanti, ignare di essere l'oggetto delle mie riflessioni.

Così, mentre Claudia usciva di casa per andare a correre, io la salutai e mi diressi con il mio fidato ebook reader in mano alla ricerca di un buon posto dove leggere *Factotum* di Charles Bukowski, un autore che avevo scoperto grazie alla prefazione che aveva scritto per *Chiedi alla polvere* di John Fante.

Factotum è un libro che ritengo grandioso e brutale, pieno di storie di vita vissuta, ed era esattamente quello di cui avevo bisogno per staccare dalla mia esistenza e mettermi nei panni di qualcun altro. I tuoi problemi e le tue difficoltà sembrano un lontano ricordo quando leggi e ti dimentichi chi sei e da dove vieni. Leggere è una fuga come lo può essere un viaggio, ma è una fuga immediata e meno impegnativa.

Camminavo sul lungomare, rapito dalle opere d'arte della natura e dalle cattedrali create dall'uomo. A un certo punto, mentre cercavo una panchina non occupata dai turisti per abbandonarmi alla lettura, sentii un profumo di caffè intenso e invitante. Mi girai intorno e notai una caffetteria poco distante. Stavo cercando di risparmiare il più possibile, ma in quel momento ero disposto a investire qualcosa per un buon caffè da accompagnare al libro. Il locale sembrava uno Starbucks come quelli di Vancouver dove talvolta mi mettevo a leggere o a scrivere i miei pensieri sul quaderno che portavo sempre con me in attesa che Claudia finisse il turno al ristorante. Entrai e mi misi in coda per ordinare. C'erano tanti giovani e tanti turisti, il locale era pieno ma non caotico. Una piacevole musica rendeva l'atmosfera piuttosto rilassante e le ampie vetrate facevano entrare molta luce. Pensai di fermarmi a bere il caffè e leggere lì dentro.

Ordinai un americano, un'abitudine che avevo acquisito in Canada ma che avevo fatto mia soprattutto quando volevo leggere o scrivere: durava a lungo ed era quindi perfetto per accompagnarmi nei miei viaggi mentali anche per diverse ore. Mi sarei piazzato nei divanetti di fianco alle vetrate, con il mio caffè annacquato e strapagato (due euro e cinquanta centesimi) e il mio ebook reader e mi sarei fatto trasportare nel magico e disperato mondo di Henry Chinaski, il protagonista del libro e alter ego di Bukowski.

Al tavolino di fianco al mio un ragazzo che stava scrivendo sul suo computer portatile. Per un po' lessi cercando di non ustionarmi con il caffè bollente, poi iniziai a chiedermi cosa stesse combinando quel tizio alla mia destra, concentratissimo. Indossava una canottiera con alcuni simboli di qualche lingua orientale, aveva la barba lunga fino quasi al petto e i capelli biondi tenuti molto corti. Non era italiano. Sembrava stesse lavorando.

Vivere in Australia prima e in Canada poi mi aveva insegnato che non c'è niente di male nel buttarsi in una conversazione con uno sconosciuto, e che anzi è proprio così che succedono tante cose belle. Decisi quindi di lanciarmi, perché ero curioso di sapere cosa stesse facendo con così tanta concentrazione.

«Ehi, amico. Stai scrivendo un libro sulla tua vita?» chiesi sorridendo.

Doveva essere una battuta, ma suonò davvero male e mi vergognai immediatamente di quell'approccio maldestro.

Per fortuna il ragazzo scoppiò a ridere.

«No, niente del genere. Sto traducendo un manuale» mi rispose in inglese con un lieve accento tedesco.

«Un manuale?»

«Esatto, un manuale su come utilizzare un software di editing fotografico.»

Tante informazioni e tutte insieme: non ci avevo capito nulla.

«Cioè un programma che serve a modificare le fotografie? Tipo Photoshop?»

«Esatto, è proprio Photoshop.»

«Quindi stai traducendo un manuale per utilizzare Photoshop.»

«Sì, lo ha prodotto una compagnia tedesca e, visto il successo avuto nel mio Paese, ha deciso di esportarlo anche sul mercato internazionale.»

«Interessante... quindi sei un traduttore?»

Annuì. Forse non aveva voglia di parlare ma decisi comunque di insistere perché sentivo che quel tizio biondo con la pelle scottata dal sole avrebbe potuto ispirarmi, in qualche modo.

«E ti porti il lavoro in vacanza?» chiesi bevendo un sorso di caffè.

«Vacanza?» replicò alzando un sopracciglio come se avessi detto una stupidaggine.

«Credevo fossi in vacanza...»

«Be', non hai tutti i torti. In fondo la mia vita è una lunga vacanza.»

«In che senso?»

«Sono un nomade digitale. Sai cosa significa?»

Non lo sapevo, ma quel termine già mi piaceva. Profumava di nuovo e di libertà. Ora aveva tutta la mia attenzione: il libro di Bukowski era finito in un angolo lontano della mia mente.

«Significa che mi sono costruito la possibilità di lavorare in remoto, ovunque voglia.»

Boom.

Una bomba esplose direttamente nel mio cuore e mi fece mancare il respiro. Com'era possibile trovare esattamente ciò che stavo cercando, in modo così casuale? Non poteva essere una coincidenza, doveva trattarsi di un altro segno dell'Universo. Avevo ormai capito che la vita ti dà tanti indizi e l'importante è non smettere di cercarli, ma tenere sempre gli occhi ben aperti.

«Puoi lavorare dove vuoi?»

«In qualsiasi parte del mondo. L'importante è che abbia il mio computer portatile e una connessione a Internet.»

La mia mente iniziò a vagare e mi resi conto di non poterla fermare. Il sogno ormai si era messo in moto ed era partito a tutta velocità. Mi sentivo mancare l'aria nei polmoni per le mille prospettive che mi si paravano davanti.

«Ma è davvero possibile?» chiesi stupidamente.

Mi sembrava troppo bello per essere vero.

«Certo, ormai lo faccio da tre anni. D'altronde, pensaci,

se devo tradurre un libro ho bisogno di andare ogni giorno in ufficio?»

No, non era necessario. Eppure io, come tanti, ero cresciuto con idee ben diverse. Mi tornò in mente l'università, con i suoi orari assurdi e l'obbligo informale di presentarmi a ogni lezione per non perdermi le slide, gli appunti e tutti i documenti distribuiti solo a chi era presente. Ricordai le ore passate in automobile, nel traffico, a imprecare e insultare me stesso per la situazione in cui mi ero infilato. Era davvero necessario? No, non lo era. Lo scopo dell'università era quello di insegnare. Nell'era di Internet si può imparare anche a distanza. Perché non applicare questa flessibilità di spazio e tempo anche a quei lavori che non richiedono la presenza fisica?

«Quindi ti assegnano un lavoro e tu lo svolgi da dove vuoi? Non vivi qui a Gran Canaria?»

«No, sono solo di passaggio. Ci sono tanti nomadi digitali sull'isola e sono passato a salutare qualche amico.»

«Ma dove vivi di preciso?»

«Ovunque e da nessuna parte» disse lui sornione. «Nel senso che mi sposto ogni volta che ne ho voglia o bisogno» spiegò poi di fronte al mio silenzio. «Torno in Germania solo nei mesi estivi. Quando in Europa fa freddo mi sposto altrove. L'anno scorso in Sud America, quest'anno tornerò nel Sudest asiatico. Mi fermerò un po' in Thailandia, poi andrò a Hanoi per qualche mese. In Vietnam, hai presente?»

Avevo presente, ma in quel momento ero completamente in tilt. Già stavo pensando a tutte le implicazioni di quelle informazioni, a tutto ciò che avrei dovuto cercare, sognare, pianificare. A tutte le parole con cui avrei stordito Claudia e alla notte che di sicuro avrei passato insonne in preda all'euforia. Perché quella era la mia strada, era esattamente quello che cercavo da sempre. Un'esistenza libera da gestire come volevo. Dovevo solo capire come diventare anche io un nomade digitale.

32
Nomade digitale

Poco dopo aver conosciuto quel ragazzo tedesco (a cui non chiesi il nome e che non rividi mai più) tornai nell'appartamento e mi misi subito a cercare online tutto sui "nomadi digitali". C'erano pochi risultati in italiano, ma diverse informazioni interessanti in inglese, cercando termini come *remote worker* e *digital nomad*. Lessi tutto ciò che trovai, ogni singolo articolo.

Il concetto di nomadismo digitale è molto semplice: si tratta della possibilità di lavorare in remoto dal proprio computer mentre si gira il mondo. Ciò che più mi affascinava non era tanto la prospettiva di lavorare viaggiando. Certo, sognavo già a occhi aperti quella vita spettacolare, ma ciò che volevo più di ogni altra cosa era la libertà.

Sull'aereo di ritorno per Torino ero stravolto. Il viaggio alle Canarie era stato molto piacevole e, anche se non eravamo riusciti a godercelo appieno a causa dell'ansia per il futuro, avevo visto luoghi meravigliosi, preso un po' di sole e respirato aria di mare. Mi appoggiai con la testa al sedile e guardai fuori dal finestrino. Le nuvole, l'infinità del cielo, il mondo lontano. Quando sei in volo, costretto a stare fermo, la mente è libera di vagare e portarti anche negli angoli più remoti della tua coscienza. Così non la trattenni e la lasciai fare, le permisi di saltare da un pensiero all'altro, senza filtri.

Ragionai a lungo sul concetto di libertà. Ci definiamo liberi, ma alla fine la stragrande maggioranza dei lavori funziona secondo schemi molto rigidi: ci sono orari da rispettare, uffici a cui presentarsi ogni giorno e in cui restare per un certo numero di ore e regole ferree sul modo corretto di comportarsi, vestirsi, comunicare. Il lavoro tradizionale offre comfort e sicurezze, ma toglie quella libertà che io invece stavo inseguendo. Per quelli come me, pensai, un lavoro tradizionale era una forte limitazione, significava piegare la testa e obbedire. Qualcosa che mi era sempre venuto molto difficile fare, specialmente quando gli ordini erano palesemente irragionevoli e frutto di una testarda applicazione di leggi decise chissà quanti anni prima e mai messe in discussione.

Quello della libertà è un discorso che va ben oltre il lavoro. Il catechismo a cui ero stato obbligato da piccolo senza che nessuno chiedesse il mio parere, ad esempio, era una forma di limitazione della mia libertà. Ma anche l'insopportabile responsabilità di dover a tutti i costi fare qualcosa di mondano il sabato sera e tutte le altre convenzioni sociali che inquadrano le persone in una etichetta di "normalità" decisa da chissà chi.

Giunsi alla conclusione che non può esistere libertà se ti limiti a obbedire senza mai mettere in dubbio nulla. La libertà la acquisisci attraverso la consapevolezza; se hai accettato tutto passivamente, senza mai porti una domanda, puoi avere tutto ma non la vera libertà.

Guardando il cielo fuori dal finestrino, pensai che in fondo avevo sempre inseguito la libertà. Come sarebbe andata la mia vita se non mi fossi trasferito in Australia e mi fossi solo preoccupato di essere "normale" e rispettare le aspettative altrui? Forse mi sarei laureato in Economia o Giurisprudenza e avrei trovato un lavoro rispettabile, specialmente agli occhi della mia famiglia. Mi sarei rinchiuso dentro quattro mura per otto ore al giorno, cinque giorni su sette, per quarant'anni. Avrei trascorso gli anni migliori della mia vita dietro a una scrivania, vestito con scomode camicie e maglioncini orribili, scarpe lucide e strette. Dopo qualche occhiataccia da parte dei colleghi e dei superiori, mi sarei tagliato la barba e i capelli fino a trasformarmi in una delle tante persone fatte con lo stampino, prive di personalità. Una vita in bianco e nero. Sarei stato costretto a vivere a Torino per sempre. Oppure mi avrebbero trasferito in un'altra città, ma non lontano, magari a Milano o a Bologna. In ogni caso, non avrei avuto alcuna possibilità di scegliere davvero il luogo da chiamare "casa". Avrei avuto qualche opzione, messa sul mio tavolo da qualcuno che sostanzialmente, oltre a decidere come, avrebbe decretato anche dove avrei vissuto la mia esistenza. E non parliamo di Dio o di qualche entità superiore, ma di un altro essere umano che, magari per meriti, ma più probabilmente per una questione di anzianità o conoscenze ai piani alti, aveva ottenuto il potere di decidere per me. E poi avrei dovuto sorridere falsamente a colleghi e superiori con cui non avevo nulla in comune. Magari con alcuni di loro avrei persino stretto amicizia per una pura questione di convenienza: li hai attorno e allora inizi a frequentarli, anche se non avete assolutamente nulla in comune. Come succede a scuola, quando credi di aver trovato amicizie eterne, ma in realtà hai solo trovato altri esseri umani con cui interagire. Non li hai scelti davvero, ti sono capitati.

Chissà, magari scegliendo quella vita avrei perso Claudia, un'anima ribelle tanto quanto la mia. Addomesticando il mio spirito avventuroso sarei cambiato e lei sarebbe andata a cercare altrove un compagno che la facesse sentire viva. E se fosse rimasta al mio fianco per quell'amore incondizionato che ci porta a rinunciare a qualunque cosa, anche a mangiare, respirare e sorridere, sarebbe stata profondamente infelice. L'avrei vista morire dentro giorno dopo giorno. E chi lo sa, magari mi sarei trasformato in uno di quegli individui squallidi che avevo sempre disprezzato. Quelli che non hanno il coraggio di cambiare le cose e cercano il piacere facile e immediato altrove, in altre persone o in luoghi oscuri, lontani da occhi indiscreti. Quelli che non pensano, non prendono decisioni, non scelgono una strada ma si lasciano trasportare dagli eventi. Quelli che anestetizzano il cervello per non affrontare le conseguenze delle loro non-scelte.

Mi dissi anche che ci sono persone che riescono a realizzarsi ed essere felici in quel genere di vita che mi era sempre stato stretto. Le conoscevo, avevo amici e famigliari che erano molto soddisfatti di vivere nello stesso luogo per undici mesi e mezzo all'anno, svolgere lo stesso lavoro per sempre e prendersi cura della loro casa. Non c'è niente di male in tutto questo. Se sei felice, hai vinto. Qualunque cosa tu faccia. Ma per quelli come me, quella normalità data per scontata dalla maggior parte delle persone è una condanna all'infelicità.

Queste erano riflessioni che venivano stimolate anche dai libri che divoravo in quel periodo: Bruce Chatwin, forse il più grande scrittore di viaggi di tutti i tempi, sempre testardamente alla ricerca di risposte a domande scomode, ma anche e soprattutto Charles Bukowski. Il suo *Factotum*, che stavo leggendo a Gran Canaria quando incontrai il nomade digitale tedesco, era un inno alla libertà e alla trasgressione delle regole insensate della nostra società occidentale. Paradossalmente, raccontando percorsi autodistruttivi, era un inno alla vita. C'erano tanti passaggi che avevo trascritto sui miei quaderni, ma uno mi restò particolarmente impresso: "Come cazzo si poteva pensare che fosse divertente svegliarsi alle sei e trenta con la suoneria, saltar giù dal letto, vestirsi, ingoiare qualcosa di malavoglia, cacare, pisciare, spazzolarsi denti e capelli e buttarsi nel traffico per arrivare in un posto dove essenzialmente si facevano un sacco di soldi per qualcun altro ed essere anche grati a chi ti dava la possibilità di farlo?".

Su quel volo di ritorno verso Torino pensai a tante cose. La mia mente era reattiva come non mai perché stimolata dalla sensazione che un nuovo, grande inizio fosse alle porte. Per la prima volta sentivo che un'altra vita era possibile, e questo mi portò a chiedermi perché non me ne avesse mai parlato nessuno.

Riflettendoci, mi resi conto che non si parla mai delle alternative. Ma, a dir la verità, non si parla mai di felicità, quasi come se fosse un argomento tabù.

Ad esempio, uno dei problemi più grandi della nostra società e del sistema scolastico (soprattutto in Italia) è la totale mancanza di orientamento e supporto nella scelta del giusto lavoro. Perché il lavoro è importante, è ciò che farai quasi ogni giorno per decenni. Può distruggerti la vita o renderla una meravigliosa avventura. Se trovi un lavoro che ti appassiona, ti sveglierai ogni mattina con la voglia di spaccare il mondo. Se fai un lavoro che odi, odierai anche tutto il resto. Eppure, a scuola il poco orientamento si basa esclusivamente sul percorso scolastico. Alle medie ti chiedono di scegliere che liceo frequentare (quando non sono i tuoi genitori a importelo), alle superiori si parla solo della scelta dell'università. Non c'è alcuna prospettiva di lungo periodo, quasi come se la vita non andasse oltre ai banchi di scuola.

E il lavoro? Chi ti prepara a scegliere un lavoro che ti renderà felice e realizzato? Nessuno. Così, una volta finiti gli studi, migliaia di giovani si ritrovano persi e confusi. Hanno dato retta a vecchi professori, ai genitori, alla società in tutte le sue forme. Hanno fatto tutto nel modo giusto, eppure... eppure il lavoro non c'è e se c'è spesso porta a grandi insoddisfazioni personali. Così si concretizza quella disillusione di massa che purtroppo sta caratterizzando la mia generazione, quella che dà vita a trentenni incapaci di lasciare casa, depressi e senza alcuna prospettiva. Individui che a ventisette anni sentono di aver fallito completamente e non hanno più nemmeno voglia di ripartire. Li ho visti con i miei occhi a Torino, persone che da giovani erano solari e positive e ora non fanno altro che lamentarsi e odiare la vita. D'altronde, pensi che, se non funziona quando segui le istruzioni alla lettera, forse non può proprio funzionare. Inizi a credere di essere tu il problema.

La scelta del proprio lavoro non è solo importante, è fondamentale, e non c'è alcun tipo di formazione nella società occidentale che si basi sulla felicità e la gioia dell'individuo. Ci spiegano nel dettaglio quali lavori pagano meglio, ma nessuno parla mai di quali ci renderebbero più felici. Quali lavori ci permettono di valorizzare il bene più prezioso che abbiamo: il tempo. Alla fine ci ritroviamo a fare un lavoro che odiamo e sprechiamo i nostri soldi in modo compulsivo nel tentativo di acquistare un po' di felicità temporanea. Proprio come avevo fatto a Vancouver, quando lavoravo nel panificio e un bel giorno, in preda a una profonda tristezza per una vita lontana dalla donna che amavo e dalle mie passioni, avevo comprato uno smartphone di ultima generazione spendendo tutti i soldi che avevo guadagnato fino a quel momento. In realtà non volevo uno smartphone, volevo una dose di felicità.

Sapevo già tutte queste cose, erano riflessioni che facevo da tempo. D'altronde, dopo la scelta di mollare l'università, ero andato a vivere per due volte in nazioni lontane migliaia di chilometri da dov'ero cresciuto. Mi ero mantenuto giocando a poker online e avevo svolto un corso per panificatore negli stessi mesi in cui molti miei coetanei preparavano la tesi di laurea. Avevo rifiutato un lavoro ben pagato perché mi rendeva infelice, mentre i miei coetanei iniziavano a lavorare. Mi resi conto che tutta la mia vita era stata caratterizzata da gesti di ribellione di cui andavo fiero per un motivo ben specifico: avevo scelto di inseguire la mia felicità e di non arrendermi. Al sentiero battuto e senza sorprese, avevo scelto una stradina secondaria che passava da mille ostacoli e pericoli, ma che offriva viste mozzafiato. Avevo scelto di assecondare la mia natura invece di reprimerla. Non era stato per niente facile, vuoi per i giudizi degli altri da affrontare dopo ogni caduta, vuoi perché non è mai facile mollare ogni certezza e trasferirsi dall'altra parte del mondo. Eppure avrei rifatto tutto senza esitazione.

Non era stato certamente durante quel viaggio alle Isole Canarie che avevo compreso quanto fosse importante avere la libertà di scegliere come vivere. Ma quel viaggio, e nello specifico l'incontro con quel ragazzo tedesco, mi aveva messo di fronte a una soluzione, una soluzione vera e propria per la prima volta nella mia vita: diventare nomade digitale era la chiave giusta per aprire una serratura bloccata da troppo tempo. Avevo deciso di diventare un panificatore perché speravo, un giorno, di poter tornare a Perth e ottenere la residenza permanente. Avevo messo in secondo piano la mia felicità, pensando che un timbro sul passaporto valesse più di qualsiasi altra cosa. Lo avevo fatto per una ragione molto semplice: non credevo di avere alternative. E invece l'alternativa c'era: se potevo lavorare al computer da qualsiasi parte del mondo, potevo vivere a Perth senza preoccuparmi del visto. Potevo entrare nel Paese con il visto turistico e rinnovarlo ogni volta che stava per scadere uscendo dal Paese per qualche giorno. Non avevo bisogno di portare *curricula* di persona, né di firmare contratti. La possibilità di lavorare in remoto mi apriva le porte del mondo intero.

Quella prospettiva mi diede speranze ed energie che mai avevo avuto in precedenza. Avevo trovato, finalmente, la mia strada.

33
Ascoltare tutti, dare retta a pochi

Tornai a Torino carico di entusiasmo e voglia di fare. Desideravo al più presto poter lavorare ovunque preferissi con il mio computer. Fin dal primo momento decisi che avrei dedicato ogni minuto a quell'obiettivo, mettendo tutto il resto in secondo piano. In ballo c'era la mia realizzazione personale e doveva assolutamente diventare una priorità. Ovviamente ne parlai a Claudia e lei non solo mi disse che era senza dubbio la strada giusta per me, ma fu a sua volta naturalmente attratta dalla prospettiva di poter lavorare viaggiando. Decidemmo che avremmo affrontato quel percorso insieme, seppure in modi del tutto diversi.

Qualche giorno dopo aver scoperto il nomadismo digitale, mi resi conto che Claudia aveva già una grande opportunità davanti a sé, poco "digitale" ma sicuramente "nomade". In Canada, in particolare quando io lavoravo di notte e lei passava le mattinate da sola, aveva iniziato a creare borse e zaini utilizzando materiali riciclati. Da sempre era fortemente convinta che il riciclo, l'autoproduzione e il supporto alla produzione locale fossero aspetti fondamentali per salvare il mondo dall'autodistruzione, così aveva deciso di provare a dare una seconda vita a materiali già utilizzati per altri scopi, per portare avanti la sua personale battaglia contro gli sprechi inutili. Con una macchina da cucire che ci aveva gentilmente prestato la ragazza rumena che amministrava lo stabile in cui vivevamo a Vancouver, aveva iniziato a produrre borse e zaini con vestiti e tessuti usati.

Un giorno Claudia indossava uno zaino creato partendo da un sacco di juta per il caffè. Era venuto benissimo, perché la scritta dell'azienda produttrice dei chicchi sembrava a tutti gli effetti la marca dello zaino. Passeggiando per la Commercial Drive di Vancouver era stata fermata più volte da persone che le chiedevano dove avesse comprato quello zaino così originale. Tornati in Italia, avevo compreso che quella poteva essere un'opportunità lavorativa per lei. La incoraggiai e fin dall'inizio vidi il suo percorso delinearsi nettamente. Nel giro di pochi mesi aveva prodotto centinaia di zaini, borse e sacche, che poi iniziò a vendere nei mercatini di Torino e provincia. Così, senza dover passare da un percorso di vita tradizionale, si era costruita l'opportunità di mantenersi facendo qualcosa che le dava soddisfazioni.

La mia strada era più complessa, perché non sapevo da dove iniziare. Mi chiesi a lungo in che modo potessi diventare un nomade digitale e per oltre due mesi non feci altro che informarmi. Una delle opzioni più comuni era quella della programmazione: potevo imparare (anche da solo) un linguaggio di programmazione per poi propormi come freelance sulle piattaforme dedicate. Mi resi conto subito, però, di non essere tagliato per quel percorso professionale: per me era semplicemente troppo complesso. Diventare un programmatore era come accettare il lavoro nel panificio di North Vancouver: a lungo andare non mi avrebbe reso felice, anche se mi avesse dato l'opportunità di viaggiare a tempo indeterminato.

Cominciai ad analizzare la mia vita in modo chirurgico per capire quali fossero le mie passioni.

Ragionandoci su mi resi conto di avere un grande amore fin da quando ero piccolo: la lettura. Ho letto centinaia di libri, di qualsiasi autore e genere. Sono un lettore compulsivo e se non ho un libro a disposizione non mi sento completo. Nel tempo ho letto qualsiasi cosa, dagli horror ai thriller alle biografie, a volte anche i romanzi rosa, oltre a un'infinità di saggi di vario tipo. Sicuramente posso definirmi un lettore accanito, ma in che modo avrei potuto trasformare questa passione in un lavoro? Non mi pareva esistesse la possibilità di leggere per professione...

Parallelamente alla lettura, c'era un'altra attività che portavo avanti da tanto tempo: la scrittura. A quattordici anni scrissi il mio primo racconto e poi all'ultimo anno di liceo, mentre tutti i miei coetanei erano preoccupatissimi per la maturità, pensai che fosse una buona idea iniziare a scrivere un romanzo thriller. Gli dedicai tutto il mio tempo mettendo in secondo piano gli studi, riuscii comunque a diplomarmi e poi lo autopubblicai. Fu un buco nell'acqua e lo ritirai, ma ne fui comunque orgoglioso. A tal proposito ricorderò sempre il giorno in cui incontrai Giorgio Faletti in centro a Torino. Avevo letto i suoi romanzi ed ero un suo fan. Lo fermai e gli dissi, scherzando: «Ho scritto un libro che, se portasse la tua firma, venderebbe milioni di copie». Lui sorrise e utilizzò alcune parole di incoraggiamento molto toccanti, che mi colpirono dritte al cuore. Le custodisco gelosamente e anche per quell'episodio non smisi di scrivere. Semplicemente accantonai il sogno di diventare il nuovo Stephen King e mi dedicai a quella che definisco la "scrittura terapeutica": scrivo perché mi fa stare bene.

Negli anni ho riempito decine di quaderni con appunti, piccoli frammenti di vita, sogni, piani, storie vere e storie inventate. Così la mia mente non resta chiusa in se stessa, ma trova un ponte (o una valvola di sfogo) verso il mondo là fuori. Durante il primo anno di università avevo smesso, segno inequivocabile della mia insofferenza, ma poi avevo ripreso durante il viaggio on the road in Australia e da quel momento non mi ero più fermato.

Se non mi sembrava che leggere potesse offrirmi opportunità lavorative (mi sbagliavo, anni più tardi avrei conosciuto una nomade digitale che basa parte della sua attività sulla lettura), la scrittura apriva a scenari molto interessanti. Ad esempio potevo provare a diventare un giornalista, anche se l'idea non mi faceva impazzire di gioia perché temevo che i giornalisti fossero comunque costretti a lavorare in una redazione e a recarsi in ufficio, mentre io volevo qualcosa di totalmente indipendente. Volevo una vita davvero libera. Inoltre, quella del giornalista era una professione che mi faceva pensare a lauree, tesserini e attestati: tutte cose a cui ero allergico.

Poi, improvvisamente, l'illuminazione: il web è pieno di pagine, a loro volta piene di parole. La maggior parte dei siti non sono testate giornalistiche, ma allora chi scrive tutti quei testi? Ci dovrà pur essere qualcuno pagato per scrivere online, no?

Fu così che scoprii il lavoro del web writer.

Chi svolge questa professione si occupa di creare testi per siti Internet. Non si tratta semplicemente di scrivere, ma anche di padroneggiare tutti gli strumenti della scrittura sul web. In breve tempo, durante le mie ricerche che spesso si prolungavano anche a notte fonda, scoprii termini che mai avevo incontrato prima, come SEO e Wordpress. Compresi anche che ogni tematica dev'essere trattata in un modo ben specifico. Non esiste un solo stile valido per ogni argomento: se scrivi di calcio devi impostare il testo in modo completamente differente rispetto a come faresti per un articolo di cucina.

Era un mondo molto affascinante, per quanto ancora esclusivo. All'epoca non c'erano corsi per diventare web writer, non c'erano indicazioni su Internet o libri, né tantomeno modelli da prendere come riferimento. Quella del web writing era una terra inesplorata e proprio per questo motivo mi attraeva: non c'erano regole, quindi avrei potuto scriverle io. Ero ben consapevole che al tempo stesso questa libertà significava anche andare incontro a tanti rischi e fallimenti. Buttarmi in quel settore era come mettere piede su un'isola deserta dopo un naufragio: per sopravvivere dovevo assaggiare bacche sconosciute e sperare che non fossero velenose.

Volevo a tutti i costi diventare un web writer, quindi, ma fin dall'inizio compresi che non sarebbe stato facile. C'erano tanti ostacoli e in un momento di particolare difficoltà commisi un errore: mi aprii con le persone sbagliate.

Una sera, a una cena, osai dire che il mio obiettivo di vita era diventato quello di scrivere online. Non ricordo quale fosse l'occasione, ma calò il silenzio. Alla fine, una persona con cui non ero nemmeno in confidenza disse quello che pensavano in molti.

«Hai lasciato l'università e ora vuoi fare il giornalista?»

«Non è il lavoro del giornalista, è ben diverso.»

«In ogni caso, hai lasciato l'università e vuoi fare lo scrittore? Ha poco senso, non credi?»

«Quando esci dall'università con la laurea in mano e il cappello in testa non diventi automaticamente bravo a scrivere» replicai infastidito.

«E il corso da panificatore? E il poker online? E il desiderio di trasferirti in Australia? E poi quello di andare a Vancouver?» insistette.

Era visibilmente frustrato da una situazione che non lo riguardava. O forse sì, perché osservando il mio percorso sicuramente stravagante forse pensava a quanto fosse stato noioso e banale il suo. Non potevo esserne certo, così decisi di far cadere la conversazione. Nessun sognatore viene mai compreso, al massimo viene giudicato. E di essere giudicato per una vita che, per quanto in continua evoluzione, mi ero costruito da solo e unicamente con le mie forze non mi andava per niente.

È vero, avevo cambiato idea tante volte, ma in fondo cosa c'è di male? Come fai a capire come realizzarti se non ti confronti con tante realtà, se non fai molteplici tentativi? C'è una differenza enorme tra il trovare la propria strada al primo colpo e credere che sia quella giusta perché le alternative non sono mai state prese in considerazione.

Anche parlando con alcuni amici e conoscenti vennero fuori le stesse argomentazioni: "Se vuoi scrivere, perché non ti sei laureato?". Me lo chiedevano in tanti, spesso con supponenza, e io restavo allibito da quanto fosse limitata la mentalità della gente, così convinta che solo un pezzo di carta possa davvero definirti come persona e professionista. Poi però li osservavo e notavo che più c'era astio nelle loro parole e più il loro modo di ragionare era determinato dal percorso che avevano scelto. O meglio, che avevano non-scelto: senza porsi alcuna domanda avevano seguito il branco sulla strada asfaltata e larga, priva di ostacoli e sorprese. Una lunga strada sempre identica, sulla quale avevi di fronte lo stesso paesaggio che ti eri lasciato alle spalle, giorno dopo giorno, anno dopo anno.

Da quelle esperienze compresi l'importanza di far entrare solo le persone giuste nella mia vita ed escludere tutte quelle che non hanno altro che negatività da offrire. Non tutte le opinioni hanno lo stesso valore e, in termini più generici, sono molto sopravvalutate: chi ti dà un parere spesso lo fa senza alcun reale interesse ad aiutarti, ma spinto dal suo ego (che trasforma gli individui in tuttologi) o dall'invidia nei tuoi confronti. Ascoltare tutti, dare retta a pochi e fidarmi sempre del mio cuore: questa era la mia nuova filosofia di vita.

34
Pronti-via, il sogno ha inizio

Nel mondo del lavoro tradizionale avevo sempre avuto molta fortuna, una circostanza per cui Claudia mi ha sempre preso in giro: trovai lavoro a Perth il giorno dopo aver inviato i *curricula*, poi Fabio mi procurò un impiego senza che nemmeno lo chiedessi; a Vancouver ero stato assunto dal panificio gestito dalla famiglia indiana senza che mi avessero visto all'opera nemmeno per un minuto, poi ero stato assunto per fare le pizze da Walter ancora una volta sulla fiducia. Non avevo mai faticato a trovare un lavoro tradizionale, ma sapevo che trovarne uno online sarebbe stato ben diverso.

Come si cerca lavoro da web writer? Non ne avevo la minima idea. Non sapevo quali fossero gli step giusti, se esistevano, così decisi molto semplicemente di seguire il mio istinto e le mie intuizioni. Sentivo che online avrei trovato molte persone disposte a giudicarmi in base alle mie competenze e non solo al mio *curriculum*, quindi scelsi di non inviarne alcuno. Al contrario, mi concentrai totalmente sulla *cover letter*: scrissi e riscrissi un'infinità di volte questa lettera di presentazione molto comune nel mondo del lavoro negli Stati Uniti, nella quale spiegai quanto amassi scrivere, quanto fossi versatile, rapido e professionale. Una volta soddisfatto del risultato finale, dovevo solo trovare il modo di farla arrivare a più persone possibili.

Ci ragionai per giorni, non volevo essere impulsivo e commettere errori. Mi conveniva inviarla a qualsiasi portale online oppure dovevo selezionarli con cura? Trovai risposta in fretta a quel quesito: avevo promesso a me stesso di non farmi trasportare dagli eventi attraverso non-scelte. Così, invece di sparare nel mucchio, compilai una lista di tutti i siti web per cui mi sarebbe piaciuto scrivere articoli, guide, *landing page* o qualunque altro contenuto testuale. Li selezionai con cura, basandomi sui miei interessi e sulle mie passioni. Il semplice gesto di compilare quella lista mi fece capire di essere sulla strada giusta: non solo ero libero di scegliere, ma potevo anche propormi solo a siti che trattavano argomenti a me cari. Ero intenzionato a propormi per scrivere di musica, sport, esperienze di vita all'estero, libri, poker e viaggi e alla fine buttai giù una lista di circa cinquanta portali, magazine, blog e anche qualche testata giornalistica.

Conclusa questa fase, mi restava una cosa da fare prima di inviare ufficialmente la mia candidatura: scrivere un articolo di prova. Sapevo che me lo avrebbero chiesto, perché se è vero che il web annulla le distanze è altrettanto vero che abbassa il livello di fiducia: posso darti un lavoro tradizionale fidandomi di te perché ti ho visto in faccia e istintivamente mi piaci, ma se non so chi sei, non so dove sei, non ti vedo e non riesco a capire se hai cattive intenzioni, non posso fidarmi alla stessa maniera. Un articolo di prova mi avrebbe permesso di offrire una piccola testimonianza della mia competenza.

Ci passai settimane. Seriamente: intere settimane per scrivere un articolo che rasentasse la perfezione. Cambiai argomento almeno una decina di volte, riscrivendo tutto da capo. Di quel periodo disperato ho un ricordo intriso di nostalgia, perché non avevo la consapevolezza che la stesura di quel testo mi avrebbe insegnato numerose lezioni.

Innanzitutto compresi che la perfezione non esiste. Siamo umani e siamo destinati a fallire, motivo per cui, per quanto ti possa impegnare, troverai sempre qualcosa che si sarebbe potuto fare meglio. Non sarai mai pienamente soddisfatto se ti metti nell'ottica di ottenere un risultato perfetto, un discorso che vale tanto nella scrittura quanto nella vita di tutti i giorni. Inseguire la perfezione significa rovinarsi l'esistenza e non serve a nulla. Io, ad esempio, non avrei mai e poi mai potuto tenere lo stesso livello di qualità negli articoli successivi. Non serviva a nulla creare l'articolo definitivo, perché quel grado di presunta eccellenza sarebbe stato inarrivabile. E in più inviare un testo di prova così elaborato sarebbe stato anche un tentativo di ingannare il potenziale datore di lavoro: da me si sarebbe aspettato solo articoli di quel tipo e, prima o poi, avrei certamente deluso quelle aspettative insostenibili.

Imparai anche una grande lezione professionale: l'importanza di essere efficienti, che significa anche essere veloci. Il mondo dell'online viaggia alla velocità della luce e nessuno avrebbe mai assunto un web writer così maledettamente lento. All'inizio mi aggrappavo a una convinzione: negli articoli che leggevo ogni singolo giorno sul web per provare a imparare osservando il lavoro degli altri, trovavo tantissimi errori di vario tipo. Io non volevo essere uno di quegli autori che scrivono male e in maniera superficiale. Dopo due settimane a scrivere e riscrivere lo stesso articolo, però, compresi che è fondamentale avere una forma curata, ma che quella non è la priorità. Ebbi l'impressione che molti articolisti scrivessero appositamente "male", nel modo più semplice e superficiale possibile, perché al giorno d'oggi la gente legge "male", senza voglia, impegno e concentrazione, con il solo scopo di assorbire l'informazione. La forma è importante, ma il contenuto lo è molto di più.

Infine quell'articolo, che si prese quasi un mese della mia vita, mi aprì gli occhi su una circostanza che non avevo mai considerato: il rapporto tra tempo e denaro. Considerando solo il tempo passato a scrivere, leggere e riscrivere l'articolo di prova, avevo investito almeno trenta ore. La domanda successiva era una sola: quanto valeva il mio articolo una volta finito? A livello puramente economico, qual era la cifra giusta per quel testo? Ci pensai a lungo e alla fine compresi con grande amarezza che non poteva valere più di trenta euro, forse al massimo cinquanta. Poniamo che valesse proprio cinquanta euro, una cifra comunque ai limiti dell'utopia: avrei guadagnato 1,60 euro all'ora. Il mio tempo, il bene più prezioso che possiedo, valeva così poco? Meno di due euro all'ora? Ovviamente no. Compresi subito che era molto meglio scrivere dieci articoli in dieci ore incassando cento euro che scriverne uno in trenta ore incassando duecento euro.

L'ultima cosa che feci prima di inviare le mie candidature fu sostituire il pc. Sono sempre stato fortemente contrario agli sprechi e mi aveva colpito il comportamento che avevo avuto in Canada, quando avevo comprato uno smartphone costoso e non necessario in modo compulsivo, come un drogato alla disperata ricerca di un briciolo di emozione nella sua vita. Non mi ero piaciuto e avevo deciso di mantenere un netto distacco dagli oggetti e dal consumismo. Inoltre, osservare Claudia creare borse e zaini utilizzando solo materiali di recupero mi stimolava a continuare su quella strada, perché il nostro pianeta ha bisogno di tante cose, ma certamente non di ulteriori rifiuti. Ciononostante, il mio vecchio computer portatile era inadatto alle mie ambizioni di diventare un web writer. Avevo bisogno di uno strumento affidabile, veloce e il più ergonomico possibile, perché sapevo che ce l'avrei fatta e che presto mi sarei ritrovato a stare per ore e ore davanti al computer. Prelevai quindi una somma importante per le mie finanze dell'epoca e la investii in un computer portatile leggero e performante, veloce e affidabile. Formattai il mio vecchio pc e lo misi in regalo su un sito di annunci online. Non volevo buttarlo, ma venderlo mi sembrava una pretesa eccessiva visti gli anni che aveva. Il giorno dopo aver inserito l'annuncio mi contattò un signore marocchino che era alla ricerca di un computer per il figlio. Glielo regalai volentieri e lui mi ringraziò di cuore.

Con questa bella energia positiva, la lista dei cinquanta siti compilata, la *cover letter* e l'articolo di prova pronti e il computer nuovo sulla mia scrivania, non mi restava che mandare le candidature. Pronti-via, il sogno iniziava ufficialmente.

35
750 euro

Ci ho messo un anno intero. Dodici mesi, forse anche qualcosa in più, per trasformare un sogno improbabile in realtà. Da quando ho inviato le candidature ai cinquanta siti web a quando ho iniziato a lavorare e a ricevere una retribuzione per i miei articoli, è passato un anno fatto di speranza, sacrifici, determinazione e silenzi insopportabili. Fin dall'inizio sapevo che non sarebbe stato facile, ma non avrei mai immaginato quanto mi sarei dovuto spingere lontano per riuscirci.

Dopo mesi di insuccessi e zero risultati avevo pensato seriamente di abbandonare quell'idea in cui nessun altro credeva, a parte Claudia. Stavo per cedere alla tentazione di una vita più stabile e sicura, più prevedibile e certamente più infelice di quella che stavo inseguendo. Il mio sogno sembrava troppo sfocato e irrealizzabile, soprattutto quando lo filtravo attraverso le opinioni degli altri, spesso incapaci di comprendere ciò che volevo fare nella vita eppure, per qualche strana ragione, pronti a giudicare.

«Devi portare a casa il pane» mi disse una volta un conoscente. «Non lo porti a casa il pane con Internet.»

Ad altri avevo invece parlato della prospettiva di lavorare viaggiando mantenendomi con gli articoli che, speravo, qualcuno avrebbe pubblicato.

«Ti sei fatto fare il lavaggio del cervello, Gianlu... sono

tutte truffe» mi disse un amico. «Ti hanno convinto che si può fare per spillarti i soldi, è una truffa.»

Non aveva ascoltato nulla di ciò che avevo detto o, cosa ben più grave, non aveva capito.

«Guarda che non è un concorso a premi, non devo mettere dei soldi. Come può essere una truffa?» chiesi incuriosito e abbattuto al tempo stesso.

«Bah, a me sembra una fregatura» sentenziò lui.

Ciò che mi fece andare avanti nonostante fossi l'unico pesce a nuotare controcorrente era il desiderio di dimostrare a me stesso che ce la potevo fare. Desideravo più di ogni altra cosa poter guadagnare con una passione come la scrittura, era una prospettiva troppo invitante per non continuare a inseguirla. E poi avevo al mio fianco Claudia, una persona che con la sua semplice presenza riusciva a stimolarmi ogni giorno a non mollare.

La vendita dei suoi zaini stava andando a gonfie vele, al punto che aveva istituito un piccolo laboratorio artigianale dove passava ogni mattinata a cucire, tagliare e recuperare materiali usati. Si era candidata a un concorso indetto dal Comune di Torino sul riciclo e aveva vinto con un distacco netto sul secondo classificato. La osservavo mentre si godeva il meritato successo e pensavo che forse la svolta era dietro l'angolo anche per me. Tenevo duro anche se tutto diventava sempre più difficile.

Dopo aver inviato le cinquanta candidature avevo atteso con impazienza una risposta, aggiornando la casella e-mail diverse volte ogni giorno. Niente, nessuno mi rispondeva. Dopo due settimane arrivò un responso da parte di un sito che trattava di musica. Lessi il messaggio con il cuore in gola, ma solo per scoprire che non erano alla ricerca di nuovi collaboratori. Poi niente per un'altra settimana.

Dopo quasi un mese di attesa mi rispose un portale di informazione sportiva. Il messaggio era una sola domanda secca, senza nemmeno un "ciao" o un "grazie". C'era scritto: "Sei disposto a scrivere gratis? Possiamo darti una buona visibilità".

Non avevo ancora ragionato sulla possibilità di scrivere gratis. Ovviamente non era un'opzione che mi facesse impazzire, ma se in cambio del mio lavoro avessi ricevuto una formazione importante sul web writing era certamente una prospettiva da prendere in considerazione. Non ero esperto di Wordpress, SEO o di qualsiasi aspetto del lato tecnico della scrittura online. Avevo bisogno di fare esperienza e soprattutto di iniziare. Quindi sì, ero disponibile a lavorare gratuitamente. Risposi in maniera affermativa a quella domanda, ma non ricevetti alcuna risposta.

Per altre settimane nessuno si fece vivo e intanto il tempo passava inesorabile. I soldi che avevo da parte diminuivano e io non incassavo nulla. Senza un lavoro, senza entrate, senza prospettive di guadagno, mi ritrovavo con le spalle al muro. Ero consapevole di avere abbastanza denaro da parte per sopravvivere per almeno un anno, ma non per molto di più. Andai a chiedere a Enzo se poteva farmi lavorare qualche giorno alla settimana, ma mise in chiaro che mi avrebbe preso solo a tempo pieno e se gli garantivo almeno tre anni in panetteria. Non potevo dare quella sicurezza e non potevo lavorare sei giorni su sette, non se credevo davvero di potercela fare come nomade digitale. Accettare sarebbe stata una presa in giro nei suoi confronti, una mancanza di rispetto. Così lo ringraziai e andai avanti per la mia strada.

Iniziai quindi a risparmiare su tutto, tornando alla stessa situazione in cui ero prima di andare in Canada, quando sognavo di diventare un panificatore e ottenere la residenza permanente in Australia. Tornarono i sacrifici e le spese ridotte al minimo per poter continuare a sognare una vita felice. Mi sentivo come un esploratore che si è staccato dal gruppo e dal sentiero principale per avventurarsi nei boschi, fitti, selvaggi e pericolosi ma tremendamente affascinanti. In quel momento ero perso nella boscaglia, in mezzo ad alberi che oscuravano il sole e animali feroci sempre più vicini. Potevo tornare indietro, ma sapevo che se avessi resistito avrei trovato qualcosa di idilliaco *dall'altra parte*. Dovevo solo tenere duro.

Dopo un paio di mesi e una decina di risposte negative, mi resi conto che gli altri siti a cui avevo inviato la mia candidatura non si sarebbero nemmeno degnati di rispondermi. Così presi il mio quaderno e iniziai a scrivere un'altra lista. In questa c'era anche un sito dedicato agli italiani che vivono all'estero o che vogliono espatriare. Il tema lo conoscevo molto bene e nel tempo avevo letto svariati articoli su quel portale. Inviai l'e-mail e dopo poche ore ricevetti una risposta. Il fondatore del portale mi scrisse un breve messaggio per dirmi che potevo scrivere qualche articolo online per il suo sito, senza retribuzione. Accettai immediatamente e gli chiesi se poteva interessare un pezzo su come iscriversi all'università in Australia. Sapevo che era un argomento che avrebbe incuriosito molti suoi lettori. Mi rispose subito, dicendo che andava benissimo.

Ecco come mi ritrovai a scrivere il primo vero articolo della mia vita sull'università in Australia, proprio io che anni prima l'università l'avevo lasciata per scappare a lavorare nella terra dei canguri. Era una situazione paradossale, ma nel buio pesto della foresta riuscivo a scorgere finalmente qualche spiraglio di luce.

Lavorai per quel sito di italiani all'estero per qualche mese, scrivendo circa un articolo a settimana. Non ero retribuito con il denaro, ma per la prima volta ebbi l'opportunità di vedere un articolo pubblicato a mio nome. Una soddisfazione immensa, soprattutto perché tantissime persone lo lessero e commentarono sui social network. Era qualcosa che avevo creato io e che ora era in rete, dove sarebbe rimasto per sempre. La sensazione era la stessa di quando facevo il pane: un mio prodotto nel mondo là fuori, a disposizione di chiunque.

Grazie a quell'esperienza ebbi conferma che c'è un valore nel lavorare senza retribuzione, una lezione che avevo già imparato da Enzo. Se all'epoca mi sembrava accettabile perché in cambio del mio tempo e del mio impegno venivo formato professionalmente e portavo a casa il pane ogni giorno (letteralmente), scrivere per un portale letto da migliaia di persone mi offriva tante opportunità di farmi conoscere. Ecco cos'era la famosa "visibilità".

Me ne resi conto subito, fin da quando vidi il mio primo articolo condiviso su Facebook: avevo la possibilità di raggiungere tante persone e volevo credere che una di queste, prima o poi, potesse offrirmi una possibilità. Non solo lavorativa, ma anche di vita. In cuor mio ero sicuro che sarebbe successo: dovevo solo essere paziente, continuare a scrivere nel miglior modo possibile e tenere gli occhi ben aperti.

Dopo un paio di articoli, diverse persone mi avevano già contattato via Facebook per i più disparati motivi. Una ragazza voleva delle informazioni sulle università australiane, mentre un'altra aveva letto della mia esperienza con il Working Holiday Visa e voleva chiedermi consigli su come affrontarla. Mi riempiva di gioia l'idea di mettermi in contatto con individui sparsi in tutto il mondo grazie ai miei articoli e più ricevevo messaggi e più mi convincevo che scrivere gratis non significasse non ricevere nulla in cambio. Una persona mi chiese un parere: era meglio Vancouver o Perth per la sua esperienza di vita all'estero? Gli risposi con passione e interesse e lui mi ringraziò assicurandomi che se fossi passato dalla sua città mi avrebbe offerto una birra. Fu una grande soddisfazione personale, ma sentivo che prima o poi sarebbe arrivata anche un'occasione professionale, ne ero sicuro. Nel frattempo conoscevo persone interessanti e non potevo non considerare questo aspetto come un valore, anche alla luce del fatto che scrivere era per me una grande passione.

Un giorno il proprietario del sito sugli italiani all'estero mi inviò una e-mail per segnalarmi la nascita di un progetto editoriale online. Era un sito che avrebbe trattato di un gran numero di argomenti, dallo sport all'attualità alla tecnologia, e i caporedattori stavano cercando articolisti per formare una redazione. Mi proposi, di getto. Inviai la mia *cover letter* e tutti gli articoli scritti fino a quel momento. Dopo un paio di ore ero ufficialmente parte del progetto.

Anche in questo caso non era prevista alcuna retribuzione, ma c'erano prospettive di guadagno legate alla crescita del progetto. Fui inserito nella redazione dello sport, dove c'era una grande concorrenza e un clima da "troppi galli nel pollaio". Mi impegnai al massimo e dopo un paio di mesi fui promosso a caporedattore della sezione "Innovazione e tecnologia". Ero in prova: se avessi dimostrato di essere all'altezza, avrebbero iniziato a retribuirmi. Niente di trascendentale, circa centocinquanta euro al mese, ma era qualcosa di cui avevo un disperato bisogno.

A quel punto avevo una piccola redazione da gestire e mi sentivo responsabilizzato: oltre a dover scrivere articoli, dovevo correggere quelli dei ragazzi e delle ragazze che collaboravano, contattare persone da intervistare e valutare le decine di *curricula* che ricevevo. Piano piano il sogno stava diventando sempre più concreto: sentivo che c'era qualcosa di importante dietro l'angolo.

Sul finire del mio primo anno a scrivere online, arrivò finalmente l'occasione che stavo aspettando fin dall'inizio. Dopo più di cinquanta candidature e centinaia di articoli scritti senza retribuzione, mi contattò un ragazzo che avevo intervistato per il sito di italiani all'estero. Viveva a Malta e nell'intervista mi aveva raccontato tutti i lati positivi e negativi di quell'isola, ma anche che lì lavorava per un'azienda che si occupava di gestire numerosi siti web. Mi scrisse una e-mail: "Ciao Gianluca, ti ricordi di me? L'azienda per cui lavoro sta cercando articolisti e gli ho subito fatto il tuo nome. Oltre all'intervista che mi hai fatto, leggo spesso i tuoi articoli e mi sembri molto professionale".

Già a quel punto ero molto felice, perché una nuova opportunità era sempre motivo di gioia e orgoglio. Fu però l'ultima riga a farmi capire che il traguardo era davvero vicino.

"Non perdere questa occasione, ti assicuro che pagano bene."

Un anno intero a scrivere di tutto, dalle esperienze di vita all'estero alla musica allo sport alla tecnologia, senza ricevere un soldo in cambio. Poi la svolta: proprio grazie a un'intervista fatta gratuitamente, avevo conosciuto una persona disposta a darmi una possibilità. Avevo dimostrato il mio valore ed ero stato finalmente ricompensato.

L'opportunità lavorativa era molto interessante: cercavano un web writer che potesse scrivere almeno un articolo al giorno. La paga era di dieci euro all'articolo, quindi avrei guadagnato trecento euro al mese. Mi dissero fin dall'inizio che l'azienda era grande e che il *business* funzionava molto bene, motivo per cui c'erano buone possibilità di "fare carriera" se mi fossi dimostrato all'altezza. L'azienda in questione gestiva diversi siti web di informazione, tra cui il più importante in Italia sul poker. Data la mia conoscenza molto approfondita del gioco, ero il candidato ideale. Per me era un'occasione unica, perché poter scrivere di qualcosa che conoscevo così bene annullava tutte le ansie da prestazione.

Durante uno dei primi colloqui mi resi conto con orgoglio del fatto che le mie scelte di vita alternative stavano finalmente iniziando a pagare. I miei futuri datori di lavoro mi avevano infatti spiegato che cercavano un articolista da mesi, ma nessuno conosceva bene il gioco del poker. Cercavano qualcuno che padroneggiasse le dinamiche, le regole, le strategie. Cercavano una figura professionale estremamente rara: in grado di scrivere in maniera decente ed esperta di poker.

Si trattava del mio primo lavoro *digital* retribuito, quindi era anche la mia prima possibilità di constatare concretamente se la vita da nomade digitale fosse possibile. Con trecento euro al mese non sarei andato lontano, ovviamente, ma intanto potevo fare qualche interessante esperimento e scoprire se potevo davvero guadagnarmi da vivere scrivendo articoli da qualsiasi parte del mondo. Ormai era passato così tanto tempo da quando avevo accarezzato quell'idea la prima volta, che mi sembrava troppo bello per essere vero. Ero felice ma anche stanco e un po' preoccupato, come un naufrago che è sopravvissuto per mesi in balia delle onde e ora è su un'isola deserta, contento di essere vivo ma comunque consapevole di doversi procacciare il cibo e trovare rifugio.

Iniziai quell'avventura lavorativa con tanti dubbi, che presto sparirono: era davvero possibile essere un nomade digitale, ed era anche meglio di come lo avessi immaginato. Nemmeno nei miei sogni più audaci avrei pensato che sarebbe stato così. A volte capita di fantasticare su una vita semplicemente perfetta, con la consapevolezza che sia irrealizzabile; poi, se ti impegni con tutto te stesso, l'Universo ti premia regalandoti l'impossibile.

Ricorderò sempre la prima videochiamata su Skype con il proprietario dell'azienda e il mio nuovo caporedattore.

«Ciao Gianluca, piacere di conoscerti virtualmente» mi dissero.

«Grazie a voi per questa opportunità» replicai.

Ero teso come una corda di violino. Temevo di sembrare impacciato e non professionale o, più banalmente, che la connessione saltasse facendo perdere tempo a tutti.

«Ci è piaciuto molto l'articolo che ci hai inviato» mi dissero. «Scrivi molto bene. Per quel che ci riguarda, sei dei nostri.»

«Grazie, ne sono molto felice» risposi con il cuore in gola. Stava succedendo davvero?

«Ascolta, ti spiego un po' come funziona il lavoro» proseguì il caporedattore. «Per noi è importante avere almeno quattro o cinque articoli online in mattinata, perché è quello il periodo in cui abbiamo il picco di visitatori al sito. La gente si alza al mattino, prende lo smartphone e va a cercare news.»

«Non c'è nessun problema, sono abituato a svegliarmi all'alba» dissi.

Risero, anche se la mia non voleva essere una battuta.

«Non ce n'è bisogno. Puoi scrivere la sera precedente e programmare la data di uscita. In ogni caso, l'importante è che il tuo articolo esca entro le 9 di mattina. Se vuoi svegliarti all'alba ben venga, se vuoi svegliarti più tardi non c'è problema. Se vuoi scriverlo, appunto, il giorno prima per la mattina dopo, ancora meglio, così siamo certi di essere coperti.»

Libertà. Quelle parole sapevano di libertà.

«Gli argomenti li sceglierò io?»

«Nelle prime settimane te li daremo noi, poi dovrai diventare indipendente.»

«Per quanto riguarda il pagamento» intervenne il proprietario dell'azienda, «i tuoi articoli verranno pagati il primo di ogni mese, in riferimento al mese precedente. Come abbiamo concordato, verrai pagato 10 euro ad articolo e scriverai un articolo al giorno. Questo per iniziare, poi vedremo.»

Era arrivato il momento della fatidica domanda. Non c'era nulla che mi facesse pensare a una risposta negativa, ma dovevo a tutti i costi chiederlo. Altrimenti non sarebbe stato reale.

«Ho solo una domanda: lavorerò sempre e solo in remoto, giusto? Nel senso... posso scrivere da qualsiasi posto del mondo?»

Ci fu un attimo di silenzio. Poi la risposta.

«Se ci consegni articoli di qualità e lavori con serietà, puoi scrivere pure dalla luna. Non ha alcuna importanza, l'importante è che lavori bene.»

Così, il mio grande progetto di vita di lavorare viaggiando diventava realtà.

I mesi successivi passarono molto in fretta. Lavorai sodo e diedi la priorità a quel primo lavoro retribuito come web writer. Cercavo di essere sempre il primo ad arrivare nella nostra redazione virtuale, Skype. Leggevo tutti gli articoli pubblicati (i "nostri" e quelli della concorrenza) per individuare lo stile migliore, mi informavo e cercavo di essere il più professionale possibile. In breve tempo, complice anche la dipartita professionale di un membro storico della redazione, ricevetti la prima promozione: da uno a due articoli al giorno. Da trecento a seicento euro al mese. Parallelamente, all'interno del progetto editoriale in cui mi occupavo di tecnologia e innovazione, fui confermato editor: avrei guadagnato altri centocinquanta euro al mese. Complessivamente avevo quindi a disposizione circa 750 euro al mese.

Quando ricevetti per la prima volta il bonifico, mi lasciai andare a un momento di pura gioia. Ce l'avevo fatta. Era tutto ancora molto fragile, ma era vero: stavo guadagnando soldi in modo legittimo, scrivendo. In pratica ero riuscito a monetizzare una delle mie più grandi passioni. Era il sogno di una vita che diventava realtà: mantenermi con la scrittura. E in più ero ufficialmente diventato un nomade digitale, perché con quei soldi avrei già potuto vivere viaggiando. Certo, non potevo andare in capo al mondo o visitare destinazioni particolarmente costose come New York o Londra, ma non era quello il mio obiettivo. Non avevo intenzione di andare a fare il turista e soggiornare negli hotel di lusso. No, volevo diventare un giramondo a tempo indeterminato lavorando dal mio pc.

Fu in quel clima di grande positività che si delinearono le nuove coordinate della mia felicità. Indicavano una sola direzione: l'Oriente. L'attività di Claudia andava a gonfie vele, quindi anche lei avrebbe lavorato viaggiando. Io avrei scritto gli articoli, lei avrebbe girato per i mercati e i negozi di artigianato delle città che avremmo visitato, sia per recuperare materiali da utilizzare per le sue creazioni, sia per acquistare pezzi di artigianato da rivendere nei mercatini a cui partecipava in Italia.

Dovevamo solo decidere dove andare, e le possibilità infinite che avevamo di fronte facevano un po' paura. Tuttavia, c'erano dei parametri che dovevamo per forza di cose rispettare. *In primis* la nostra destinazione doveva essere economica, perché non potevamo permetterci di spendere decine di euro al giorno. In secondo luogo, doveva essere adatta alla nostra esigenza di lavorare viaggiando. Un'esigenza condivisa: se io avevo bisogno di buone connessioni Wi-Fi, Claudia aveva bisogno di luoghi dove fosse presente un certo tipo di produzione locale. Con questa premessa, ci rendemmo conto di avere due possibilità: il Sud America o l'Asia.

Sulla scelta finale pesò molto un libro. Claudia aveva iniziato a leggere Tiziano Terzani, rimanendo profondamente affascinata dalle sue parole e dalle sue riflessioni. Spesso mi diceva che non poteva che starmi simpatico un ribelle e testardo del genere. E così, senza doverci giustificare con nessuno, scegliemmo: il Sud America avrebbe aspettato, era il momento dell'Asia.

Senza pianificare granché, prenotammo un biglietto di sola andata per Bangkok, con l'idea di esplorare parte del Sudest asiatico via terra. Sarebbe stato il mio primo tentativo di lavorare viaggiando, la dimostrazione pratica di qualcosa che fino a quel momento funzionava solo in teoria.

L'attesa della partenza fu interminabile, ma a suo modo meravigliosa. Mentre continuavo a vivere normalmente, sapevo che nel mio futuro c'era un viaggio sicuramente straordinario ad attendermi. È una sensazione strana: i giorni passano, la data di partenza si avvicina e tu non riesci a pensare ad altro. Cosa troverò sulla mia strada? Quali luoghi visiterò? Quante e quali persone incontrerò? Questo viaggio cambierà la mia vita? Quel mix di entusiasmo, ansia, eccitazione, paura, desiderio è qualcosa che solo chi vede nel viaggio un processo di crescita personale conosce e sa apprezzare. Un viaggiatore vive per queste sensazioni, per i giorni crocettati sul calendario e le notti passate a immaginare colori, profumi, architetture, volti, sapori e modi di vivere nuovi.

L'attesa fa parte del viaggio, è quel periodo magico e spaventoso nel quale non vedi l'ora di lasciarti tutto alle spalle e partire. Giorni infiniti, fatti di monologhi interiori e una facciata di normalità da tenere di fronte agli altri. Tutti devono pensare che la tua vita scorra come sempre, perché il viaggio che stai sognando è un segreto che conservi gelosamente. In particolare per chi, come me, si stava per imbarcare in un'avventura di vita decisamente alternativa: avrei viaggiato, ma anche lavorato in remoto. Come potevo confidarmi con qualcuno se questo era qualcosa di nuovo e mai visto prima? Nessuno, tra le persone che conoscevo, poteva consigliarmi. Al massimo mi avrebbero giudicato, quindi non potevo che tenere tutto per me e coltivare la passione per quella grande esperienza che mi attendeva in un piccolo spazio dentro il mio cuore, lontano da occhi indiscreti.

L'attesa crea dipendenza. Negli anni avrei capito che ciò che ti spinge a voler viaggiare sempre e comunque è il pacchetto completo: non solo il viaggio in sé, ma anche tutto ciò che precede la partenza. Forse non te ne rendi conto, ma quando metti piede sull'aereo il viaggio è già iniziato da tempo perché ogni volta che ci pensi stai viaggiando con la mente. Non avevo mai visto o considerato particolarmente l'Asia, ma in un certo senso provavo già un'attrazione fatale.

Finalmente, però, l'attesa terminò. E così, in un'altra gelida mattinata di Torino, dopo un anno di sacrifici, sofferenze e sogni improbabili, io e Claudia uscimmo dalla nostra casetta in affitto per prendere un bus che ci avrebbe portati all'aeroporto di Milano Malpensa. Da lì, il volo per Bangkok.

36

Pad thai

La prima cosa che mi colpì della Thailandia fu il profumo del cibo. Poco dopo essere sceso dall'aereo, aver superato i controlli dell'immigrazione e aver preso un bus per il centro, mi ritrovai immerso nel caos di Bangkok. C'erano automobili e persone ovunque, dal rumore si faticava a parlare. Eppure, in quel caos, emergeva un intenso odore di cibo che preannunciava sapori forti e indimenticabili. Così, poco dopo essere arrivati nella zona dove si trovava la nostra guesthouse, decisi di iniziare ufficialmente l'esplorazione di quel Paese con uno dei piatti tipici più famosi: il pad thai.

Si tratta di una specialità dello street food, e infatti lo ordinai direttamente da una delle bancarelle posizionate lungo la Khao San Road, la strada più eccentrica, rumorosa e turistica di Bangkok. Non avevo ancora capito precisamente quanto fosse il cambio tra euro e baht, quindi non sapevo quanto stessi pagando quando consegnai quaranta baht alla ragazza dietro al banchetto. Lei li prese con un sorriso soddisfatto, li infilò nel suo marsupio e iniziò a cucinare con quei gesti rapidi e sicuri tipici di chi ha ripetuto quelle operazioni un milione di volte nella vita. Prese i noodles di soia da un cesto e li lanciò in un wok vecchio e usurato, che scoppiettò al contatto con il cibo. Lo chiesi senza carne

THAILANDIA - LAOS - CAMBOGIA

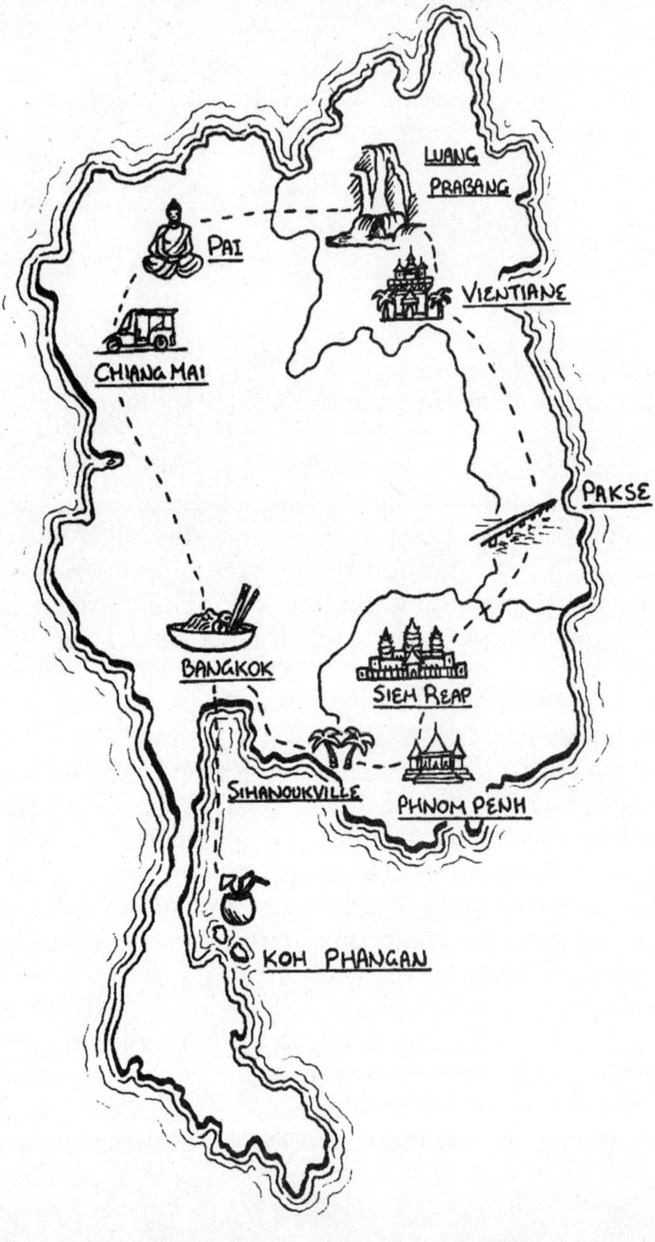

o salsa di pesce e lei allora ci mise dentro una quantità mostruosa di verdure, tofu e arachidi.

«*Soy sauce?*» mi chiese urlando per farsi sentire, ma sorridendo.

«*Yes, please*» risposi sorridendo a mia volta.

Mise una quantità abbondante di salsa di soia, poi prese un piccolo contenitore che sembrava di polistirolo e vi versò dentro il pad thai. Mi diede anche due bacchette in legno che infilai nei noodles. La ringraziai e mi allontanai.

Non c'erano panchine o muretti dove potermi sedere. Ero in mezzo alla fiumana umana della Khao San Road, c'era gente ovunque. Chi vendeva ogni tipo di oggetto, dai vestiti al finto artigianato agli accendini, chi comprava compulsivamente qualunque cosa per riempirsi la valigia in vista del ritorno a casa. C'era chi cucinava e chi mangiava, c'erano esseri umani, cani, gatti e sicuramente qualche topo. C'erano cinesi, thailandesi, europei, americani, australiani. E sapevo che, come in qualunque angolo di mondo, c'era anche almeno un altro italiano oltre a me. C'erano le bancarelle, i 7-Eleven (minimarket dove si trova tutto il necessario per mangiare o bere) e gli autisti dei tuk-tuk (una specie di Ape diffusissima in Thailandia) insistenti come non mai. Poi c'ero io, fermo in mezzo al caos con il mio pad thai fumante in mano.

Non trovavo un posto dove sedermi, quindi decisi di fermarmi a lato della strada e mangiare in piedi. Non avevo mai utilizzato le bacchette e feci del mio meglio per riuscire a mangiare il mio primo boccone di pad thai. In qualche modo trasportai il cibo verso la mia bocca e fu un'esplosione di gusti mai provata prima, totalmente inaspettata. Era piccante, per nulla salato, un po' aspro e un po' dolce. Unto come non mai. I noodles erano scivolosi mentre le arachidi erano dure, e il contrasto era perfetto. Un mix anomalo per il mio palato, ma straordinario. Era semplicemente delizioso e fin da quel primo assaggio mi innamorai della cucina thailandese.

Mangiai il mio pad thai osservando il divenire incessante della vita di fronte a me. Vedevo tante cose, e soprattutto tanta umanità: c'era chi rideva, chi aveva l'aria stanca, chi gli occhi avidi di affari, chi camminava circospetto, chi urlava, chi schivava gli scooter e chi le persone. "La gente è il più grande spettacolo del mondo. E non si paga il biglietto" diceva Bukowski. "Quanto è maledettamente vero" pensai mentre finivo il primo dei tanti pad thai che avrei mangiato nella mia vita.

Il primo impatto con la Thailandia fu colorato, saporito e caotico. Faceva caldo, c'era vita ovunque e avevo l'impressione di non poter scoprire completamente quella nazione nemmeno visitandola per il resto dei miei giorni. Scoprii anche che avevo pagato quel delizioso pad thai circa un euro. Con un euro avevo cenato e mi ero goduto uno spettacolo indimenticabile. Tutto sembrava perfetto e non stavo nella pelle all'idea di iniziare a girare per le strade di Bangkok, per poi esplorare tutta la Thailandia. Prima, però, c'era da pensare al lavoro.

Non ero in vacanza, ero in missione: dovevo dimostrare a me stesso che si poteva davvero lavorare viaggiando. I presupposti c'erano tutti, ma dovevo passare dalla teoria alla pratica. Così, quella stessa prima sera tornai nella camera della guesthouse con il sapore di pad thai in bocca e una strana eccitazione addosso. Presi il mio fidato quaderno su cui annotavo qualunque cosa mi passasse per la testa, mi misi nel letto e iniziai a scrivere.

Claudia si stava facendo la doccia e con il suono dell'acqua scrosciante buttai giù un piano d'azione per lavorare viaggiando. Anche se cercavo di non darlo a vedere, ero preoccupato: temevo che tutto si rivelasse un grosso fallimento. Non solo ero preoccupato di non riuscire a lavorare e consegnare gli articoli (mi tormentava un pensiero: e se si fosse rotto il pc?), ma soprattutto temevo di non potermi godere il viaggio. Se avessi trovato sulla mia strada un articolo insidioso, di quelli che ti intrappolano per ore e ore, avrei gettato un'intera giornata di viaggio per stare attaccato al computer. Non volevo che accadesse qualcosa del genere, però al tempo stesso temevo che fosse una possibilità concreta.

Così iniziai a scrivere appunti, indicazioni a me stesso e scalette da seguire per provare a fare tutto nel modo più funzionale. Mi resi conto immediatamente che era tutta una questione di organizzazione del tempo: dovevo sapere cosa avrei fatto in qualsiasi momento della giornata. Non dovevo lasciare nulla al caso, non in quel contesto.

Prima di partire avevo cronometrato quanto tempo ci mettevo a scrivere un articolo. La media era di circa un'ora, quindi avevo scoperto di guadagnare più o meno dieci euro all'ora. Non male per un lavoro che mi dava tutta quella libertà. Considerando che dovevo consegnare sessanta articoli al mese, avevo bisogno di ritagliarmi in media due ore al giorno per lavorare. Potevo programmare l'uscita di alcuni articoli per avere almeno un giorno completamente libero alla settimana, ma questo significava che un giorno avrei lavorato il doppio (quattro ore per produrre quattro articoli invece di due). Non avrei avuto problemi a trovare due ore al giorno per lavorare. Le avrei ritagliate dopo colazione, per poi godermi tutta la giornata in libertà. Grazie al fuso orario ero in anticipo sull'Italia di cinque ore, quindi pubblicare un articolo alle 10 in Thailandia significava pubblicarlo alle 5 in Italia, l'orario preferito dai miei datori di lavoro: i nostri lettori affezionati si potevano svegliare e trovare contenuti freschi a disposizione, ben prima che la concorrenza potesse uscire con qualche contenuto. Tutto si incastrava alla perfezione.

Io e Claudia, poi, eravamo d'accordo sul fatto che avremmo speso il meno possibile per poter viaggiare il più a lungo possibile. Non era solo una questione di mero risparmio o di timore di non farcela (era pur sempre la nostra prima volta), ma di principio: il mio obiettivo era di spendere meno di quanto guadagnavo. Incassavo settecentocinquanta euro al mese e non volevo spendere più di settecentocinquanta euro al mese per vivere viaggiando nel Sudest asiatico. Allo stesso modo, Claudia aveva risparmiato una cifra ben precisa in Italia e non voleva sforare quel budget.

Può sembrare un comportamento da psicopatici o tirchi, ma la realtà era ben diversa: eravamo determinati a viaggiare per lunghi periodi. Quella era la nostra priorità e non potevamo permetterci che una gestione superficiale delle nostre finanze facesse emergere timori o paure varie. Più avremmo guadagnato e più saremmo stati tranquilli. L'obiettivo era di arrivare, un giorno, a non doverci più preoccupare di segnare ogni singola spesa, ma in quel primo tentativo dovevamo monitorare ogni singolo movimento nei nostri portafogli. Infatti, per quanto fosse tutto sempre più reale, mancava ancora la pratica.

Conclusi la prima giornata a Bangkok con un pad thai nello stomaco e gli occhi rivolti al soffitto scrostato della stanza in cui dormivamo. Pensavo che, se ci fossi riuscito, quella sarebbe stata la più grande soddisfazione della mia vita e mi addormentai con una voglia pazzesca di mettermi alla prova.

La mattina successiva mi svegliai con le idee chiare: dovevo creare una routine positiva che mi aiutasse a velocizzare il lavoro e rendere la mia vita molto semplice e lineare. Sul foglio di carta avevo scritto tutto per filo e per segno ed era finalmente arrivato il momento di provarci.

Mi alzai molto presto com'ero ormai abituato a fare. La colazione non era inclusa nella struttura dove ci trovavamo, quindi per prima cosa scesi in strada, sulla Khao San Road che solo la sera precedente era piena di gente, oggetti, colori, suoni e profumi e che ora invece era quasi deserta. C'erano qualche tassista mezzo addormentato e alcuni turisti occidentali di ritorno da una nottata troppo lunga ed estrema. Mi godetti l'aria fresca del mattino e il sole ancora pallido, che di lì a poco sarebbe diventato una palla di fuoco in cielo. Camminai per cinque minuti fino a raggiungere il 7-Eleven più vicino. Avevo notato che c'erano 7-Eleven ovunque a Bangkok, li avevo già conosciuti in Australia e sapevo che erano la soluzione giusta per me che volevo viaggiare low cost.

Entrai e fui accolto dal tipico saluto thailandese, *sawadee ka*, che le ragazze dietro alla cassa pronunciarono all'unisono, quasi come se fosse una cantilena. Ricambiai felice e mi misi alla ricerca di una colazione che mi riempisse per bene e alleggerisse poco il portafoglio. Era il mio primo tentativo di lavorare viaggiando per un lungo periodo, quindi non potevo pensare di spendere come se fossi in vacanza. Dopo un'ispezione attenta di tutti i prodotti in vendita, decisi che la mia colazione sarebbe stata a base di biscotti, caffè e spremuta d'arancia. Un pacchetto da cinquantasei biscotti costava l'equivalente di circa un euro; il caffè costava trentasei centesimi; la spremuta quaranta centesimi. Complessivamente spesi meno di due euro, e i biscotti mi sarebbero durati per almeno cinque giorni. Le spese fisse erano il caffè e la spremuta, pari a settantasei centesimi. Segnai tutto sul mio taccuino, come un contabile. Era necessario non solo a livello pratico, ma anche per il mio stato emotivo: avevo bisogno di avere tutto sotto controllo perché quello che stavo facendo era così assurdo e incredibile che a volte non ci credevo. Non c'erano istruzioni da seguire per quello stile di vita alternativo, quindi dovevo scriverle io.

La nostra guesthouse aveva un terrazzo sporco, ma con una vista piacevole sulla Khao San Road. Ci sedemmo lì e facemmo colazione osservando le persone che si muovevano sotto di noi. Finita la colazione, era tempo di tornare in camera e lavorare.

Ci misi parecchio per trovare la giusta posizione per scrivere. La nostra stanza aveva un minuscolo tavolino con una sedia estremamente scomoda, ma era sempre meglio che stare sdraiato nel letto. Mi piazzai quindi lì, con il computer sotto carica, il mouse a disposizione e le cuffie nelle orecchie. Salutai Claudia, che andò a svolgere il suo, di lavoro: girare tra le bancarelle alla ricerca di oggetti interessanti da comprare e rivendere nei suoi mercatini oppure di materiali per le sue creazioni. Ero pronto.

Mi presi un attimo prima di iniziare a scrivere, perché volevo assaporare il momento. Quella era la prova definitiva, tutto ciò per cui avevo sacrificato tempo libero e svaghi nell'ultimo anno. Con i Nirvana nelle orecchie e il cuore che batteva più forte del previsto, scrissi le prime parole.

Come da abitudine, feci partire il cronometro e iniziai a scrivere. Dopo cinquantasette minuti avevo concluso il primo articolo. Appena cinquantadue minuti per il secondo, scritto sulle ali dell'entusiasmo. In meno di due ore avevo finito e avvisato nella chat di Skype i miei colleghi e superiori. Tolsi le cuffie, mi alzai, mi stirai i muscoli della schiena e mi resi conto che era tutto reale. Per poco non piansi: ero in una squallida stanza di una guesthouse di Bangkok e avevo appena finito di lavorare. Venti euro per un'ora e quarantanove minuti trascorsi a scrivere. Non ero diventato ricco, ma ero al settimo cielo. Ero eccitato, orgoglioso, incredulo. Felice? Sì, quella era una forma di felicità nuova, che non avevo mai sperimentato prima.

Incontrai Claudia mentre tornava in camera.

«Hai trovato qualcosa?»

«Ci sono tante cose interessanti» mi rispose. «E tu? Ce l'hai fatta?»

Aveva un bel sorriso. La sua era una domanda, ma conosceva già la risposta. Forse l'aveva sempre conosciuta, fin dal primo momento in cui le avevo detto che sarei voluto diventare un nomade digitale scrivendo.

«Ce l'ho fatta» le risposi.

Andammo a fare un giro per Bangkok, senza meta. Scoprimmo meravigliosi templi buddhisti e parchi infiniti. Ci lasciammo trasportare dal caos e all'ora di pranzo scegliemmo il primo ristorante vegetariano che trovammo (avremmo poi scoperto che ce ne sono moltissimi in Asia). Era un posto molto tranquillo, in qualche modo un'oasi di pace lontana dal rumore delle strade inquinate e trafficate. Ci sedemmo per terra, di fronte a un tavolino basso. Sfogliai il menu perdendomi tra piatti che sembravano uno più intrigante dell'altro e alla fine ordinai un massaman curry, un curry thailandese a base di patate, carote, broccoli, tofu e latte di cocco. Era semplicemente strepitoso e costava circa due euro. Quando pagai, dissi al cameriere di congratularsi con lo chef da parte mia. Lui si rallegrò visibilmente e mi fece cenno di fermarmi, poi scomparve. Riapparve dopo qualche secondo con una signora bassa e rotonda. Avrà avuto sessant'anni, indossava un grembiule sporco e una retina in testa; il ragazzo le parlava in modo frenetico, lei annuiva ma non sembrava essere pienamente consapevole di ciò che stava succedendo. Neanche io lo ero.

«*Mom! Mom!*» mi disse il ragazzo più volte con un sorriso genuino.

Compresi che quella donna, la cuoca, era sua madre. Era davvero orgoglioso per quello che avevo detto, per il complimento che avevo rivolto inconsapevolmente a sua madre.

«*Food was amazing*» ribadii con il mio miglior sorriso.

Poi, senza pensarci, giunsi le mani e annuii con la testa, come avevo visto fare proprio dai thailandesi. Lei arrossì, fece un'esclamazione e mi toccò un braccio, come farebbe una nonna di fronte al complimento del suo nipote preferito. Fu un bel momento.

Dopo pranzo avevo tutto il pomeriggio da occupare come meglio credevo. Alla fine ero un lavoratore come tanti, con delle scadenze e delle responsabilità. Ma c'era una differenza: io non tornavo a casa dopo aver timbrato il cartellino. Avevo un mondo intero da esplorare.

37
Vi piace il piccante?

Non avevamo prenotato alcun biglietto di ritorno per l'Italia, quindi non avevamo idea di quanto saremmo stati nel Sudest asiatico. Il primo mese lo trascorremmo tutto in Thailandia, il cosiddetto "Paese del sorriso". Un soprannome azzeccato, perché i thai erano sempre molto spensierati, un sentimento che talvolta si trasformava in pura incoscienza. Ad esempio, farci portare in giro da un tuk-tuk nel traffico di Bangkok ci metteva costantemente di fronte a situazioni di innegabile pericolo, per quanto gli autisti provassero a rassicurarci con frasi imparate a memoria come "*No problem, all good!*" e "*Twenty years driving tuk-tuk*". Erano veri e propri personaggi, spesso vestiti con sgargianti camicie colorate e catene d'oro al collo con l'immagine di un monaco buddhista al posto del ciondolo. Compresi subito che per loro quello non era un lavoro, ma un vero e proprio stile di vita: scorrazzavano turisti di tutto il mondo a velocità folli, contrattavano il prezzo della corsa come se fosse una questione di vita (avevano il vizietto di provare ad alzare la cifra una volta in movimento), trangugiavano compulsivamente una bevanda che scoprii poi essere l'originale Red Bull (era stato un imprenditore austriaco capitato in Thailandia a esportare quella bevanda, chiamata Krating Daeng, dandogli il nome occidentale che tutti conosciamo) e ammiccavano ai turisti con battute da rimorchio, indipendentemente dal sesso. Per esempio, più di una volta provarono ad attirare la mia attenzione dicendomi: «Che barba curata che hai! Quanto ci hai messo a farla crescere così tanto?» oppure: «Hai dei capelli bellissimi». Se gli chiedevi un'informazione erano ben disposti ad aiutarti, ma poi tentavano in tutti i modi di venderti qualcosa.

«Vi porto io al Lumpini Park!» ci disse un tuk-tuk driver pochi giorni dopo il nostro arrivo in Thailandia, mentre passeggiavamo tra le bancarelle della Khao San Road.

«Quanto vuoi?» chiesi.

«Pochissimo... quaranta baht!»

Sapevo che quaranta baht erano circa un euro. Troppo poco per una corsa di almeno mezz'ora nel traffico infernale di Bangkok.

«Quaranta baht? Davvero?»

«Sì, ma prima di portarvi al Lumpini ti porto a vedere alcuni abiti eleganti che vende mio cugino. Ha un prestigioso negozio di sartoria... ti piacerà!»

Imparammo a declinare le offerte di quel tipo, anche dopo aver parlato con altri viaggiatori e aver ascoltato le loro esperienze. La cosa giusta da fare era fissare un prezzo e assicurarsi che l'autista avesse capito e confermato. Oppure, evitare di prendere i tuk-tuk.

Scegliemmo la seconda opzione, perché avevamo scoperto che Bangkok era ben servita dai mezzi pubblici, il più spettacolare, economico, pericoloso dei quali era certamente la barchetta che attraversava il fiume della città. Per prenderla devi saltare a bordo durante i pochi secondi in cui si ferma di fronte al molo. Mentre ti siedi, il motore lancia la barchetta sul corso del fiume sporco e limaccioso con un rumore assordante. La prima volta che la presi rimasi sotto shock: non avevo nemmeno capito cosa era successo, ma d'improvviso mi trovavo su quell'imbarcazione, stipato in mezzo a decine di thailandesi. E il biglietto? Lo paghi direttamente a un addetto che cammina sul bordo della barca come un gatto sul cornicione. Ricordo alla perfezione la ragazza che mi chiese i soldi (appena quindici centesimi):

era aggrappata a una corda posta sul tetto. L'imbarcazione andava a tutta velocità saltando pericolosamente sulle onde sollevate dal passaggio delle altre imbarcazioni e questa ragazza thailandese con una mano contava i soldi per darmi il resto, mentre con l'altra si teneva al tetto in lamiera. Se avesse perso il contatto sarebbe finita in quell'acqua minacciosa ad alta velocità. Eppure era tranquilla come una segretaria annoiata in ufficio.

Fin da quelle prime esperienze provai una grande simpatia per il popolo thailandese. Erano divertenti, spericolati, spensierati e interessanti sotto molti punti di vista. Il lavoro mio e di Claudia ci imponeva di viaggiare lentamente, e questo si rivelò essere una grande fortuna, perché ci permetteva di conoscere bene la gente del luogo. Come tutti, eravamo sempre stati abituati a credere che viaggiare fosse una questione di brevi permanenze, se non proprio di vacanze dedicate esclusivamente al relax. Arrivi, visiti quello che ti suggerisce la guida turistica e riparti. Il tutto nel giro di un paio di giorni, se non di poche ore. Metti una puntina sulla mappa e via verso la prossima destinazione. La nostra situazione, invece, era ben diversa. Mentre un turista ha dalla sua il denaro per comprare esperienze di viaggio molto costose, noi avevamo a disposizione un bene ancora più prezioso: il tempo. E, con il tempo dalla nostra parte, non avevamo bisogno di fare tour frettolosi, né di visitare ciò che le guide turistiche definivano "imperdibile". Sapendo di poter restare in Thailandia a lungo, facevamo solo quello che volevamo fare. Una libertà che ci faceva sentire leggeri.

Non era facile allontanarsi dalle rotte turistiche in una città come Bangkok, ma era possibile con il giusto tempo e un modo di viaggiare lento, senza scadenze. Tutto si basava sull'idea di perdersi: muoversi senza una meta precisa, esplorare senza un piano preciso, interagire con le persone che il destino piazzava sulla nostra strada. Qualcuno potrebbe dire che in questo modo rischi di incorrere in pericoli, ed è vero, ma rischi anche di scoprire la vera essenza di un luogo e fare esperienze straordinarie. Il gioco vale la candela.

Una volta, ad esempio, ci fermammo a parlare con il proprietario della guesthouse in cui alloggiavamo da ormai una settimana. Ci aveva presi in simpatia perché aveva capito che la nostra non era una toccata e fuga, né una vacanza.

«Cosa state facendo qui a Bangkok? Business?» ci chiese dopo che pagammo un'altra notte di soggiorno.

Era un uomo di circa cinquant'anni, magro e ben vestito. Apparentemente aveva una collezione infinita di polo, che ben si abbinavano ai capelli sempre ordinati e agli occhiali da vista da professore universitario.

«Più o meno» risposi.

Non pensavo di essere in grado di spiegare cosa facevo precisamente. Non lo aveva capito mia madre, figuriamoci il gestore di una guesthouse thailandese.

«Lavoriamo e viaggiamo» risposi.

«Siete nomadi digitali?» mi chiese lasciandomi di sasso.

«Be'... sì. Ma come fai a sapere chi sono i nomadi digitali?» chiesi.

«Ne passano tanti di qua!» mi rispose lui. «Ormai li riconosco: sono quelli che stanno al computer a lavorare. Spesso nella hall, qui davanti a me.»

«Davvero ce ne sono tanti?» chiesi con grande curiosità. «Noi non ne conosciamo nemmeno uno in Italia.»

«Oh sì! Sempre di più.»

L'uomo disse di chiamarsi Mike e ammise che il suo vero nome era un altro, ma che se lo avesse detto non lo avremmo ricordato. Aggiunse anche di aver scelto quel nome perché era stato un grande fan di Mike Tyson. Quel signore vestito in modo impeccabile, con piccoli occhiali rotondi e i capelli neri pettinati con cura, ammirava uno dei pugili più violenti e brutali nella storia della boxe. Adoravo scoprire persone di quel tipo, persone che qualcuno definirebbe strane, ma che per me non erano altro che speciali nel loro essere uniche. Quel giorno parlammo a lungo, gli raccontai il nostro percorso di vita e lui ci disse che lo trovava affascinante, ma che non avrebbe mai e poi mai abbandonato la sua guesthouse.

«Stare qui è come viaggiare» disse con la gentilezza che contraddistingueva il suo modo di parlare. «Ogni giorno vedo facce nuove, persone da ogni parte del mondo. Oggi, parlando con voi, ho scoperto un po' di Italia!»

Era un bel discorso, che mi toccò nel profondo. Da una vita intera stavo cercando la mia felicità, ma più probabilmente stavo anche scappando da qualcosa. Avrei mai trovato una vita stabile come la sua? Avrei mai avuto la serenità di chi sa di essere nel posto giusto? Non ne avevo idea e questa circostanza mi angosciava un po'. Al tempo stesso, però, ero certo di non voler smettere con la mia vita nomade: avevo appena assaggiato un po' di quell'esistenza ed ero ben lontano dall'esserne sazio. Ma l'idea di fermarmi, un domani, e costruire qualcosa di simile a quella guesthouse, magari un ritrovo per viaggiatori da tutto il mondo, mi emozionava. Era un futuro molto lontano, però forse un giorno mi sarei stufato di esplorare fisicamente e mi sarei fermato per ospitare o servire cibo ad altri nomadi, continuando a viaggiare pur restando fermo.

D'altronde, viaggiare è innanzitutto una mentalità, uno stile di vita, un modo di approcciare le giornate. Un viaggiatore è un viaggiatore sempre, anche quando è a casa. E infatti, pur essendo ormai "fermi" a Bangkok da diverso tempo, fu proprio da quel breve scambio di battute con Mike che venne fuori una delle esperienze di viaggio più incredibili della mia vita.

«Vi piace il cibo thailandese?» ci chiese l'uomo a un certo punto.

«Lo adoriamo.»

«E vi piace il cibo piccante?»

Guardai Claudia. Io ho una tolleranza molto limitata, ma lei va letteralmente matta per tutto ciò che è *spicy*. Lo spiegai a Mike dicendogli anche che una volta, in un ristorante indiano di Vancouver, chiesi al cameriere di portarle il piatto più piccante che potessero cucinare. Una volta finito di mangiare, Claudia aveva detto al cameriere: «Tutto qui?». Era un aneddoto divertente, che per qualche motivo amavo raccontare. Mike ascoltò in silenzio, annuendo lentamente. Sulla parte finale del mio racconto mostrò un sorriso indecifrabile.

«La signorina vuole provare il vero cibo piccante thailandese?» chiese rivolgendosi a Claudia.

Non sapevamo cosa rispondere, ma non avevamo nessun piano preciso per il resto della giornata.

Mike chiamò un impiegato della guesthouse, gli disse qualcosa in thailandese e poi ci accompagnò fuori, sulla Khao San Road. Lo seguimmo continuando a parlare del più e del meno, ma senza mai chiedergli dove ci stesse portando. Avrebbe rovinato l'atmosfera: volevamo che fosse una sorpresa e soprattutto volevamo farci guidare dagli eventi. Il lavoro e la gestione delle finanze dovevano essere organizzati nei minimi dettagli, ma il viaggio andava lasciato in balia dell'Universo.

Dopo aver camminato per una ventina di minuti, ci ritrovammo fuori dalla zona più turistica di Bangkok. Ci eravamo lasciati alle spalle le bancarelle strapiene di oggetti e vestiti, i *backpackers* e i tuk-tuk. Nessuno ci chiedeva se volevamo un massaggio, né se avevamo bisogno di un taxi. Mike ci guidava attraverso strade popolate da thailandesi impegnati nella vita di tutti i giorni. Alcuni ci guardavano con un leggero stupore, chiedendosi cosa ci facessimo lì, molti altri semplicemente non si curavano di noi. Ed era una bella sensazione, perché Bangkok si era mostrata, tra le altre cose, come una delle nazioni più turistiche in assoluto: poter passeggiare come semplici esseri umani e non come banconote con le gambe era un vero sollievo.

Mike si fermò di fronte a un piccolo locale con l'insegna in thailandese. C'erano una cucina a vista sul fondo e tavoli e sedie in plastica dove sedersi. Non c'era nessun menu, ma il cibo era in bella vista dietro una vetrina. C'erano altre quattro o cinque persone oltre a noi, che eravamo gli unici occidentali. Notai con curiosità che molti ordinavano cibo da asporto che gli veniva consegnato in piccoli sacchetti di plastica come quelli dove, nei nostri supermercati, mettiamo le verdure. Così si venivano a formare queste piccole palline di cibo chiuse con un semplice nodo nella parte superiore.

Il ritmo era frenetico: tutti sapevano cosa fare e come comportarsi per non interrompere il flusso degli eventi. Mike salutò un uomo dietro al bancone, poi indicò Claudia e lo sconosciuto fece un'espressione stupita.

«Qual è il tuo piatto thai preferito?» le chiese l'uomo.

«Il massaman curry» rispose Claudia sorridendo.

L'uomo e Mike continuarono a parlare tra di loro, poi il primo si fece molto serio e si mise al lavoro. Mike ci fece sedere.

«Gli ho detto di prepararti un autentico massaman curry. E gli ho detto di farlo molto molto piccante» disse con entusiasmo. «Per te invece un pad thai poco piccante» aggiunse strizzandomi l'occhio come se fossi il bimbo guastafeste che per qualche ragione bisogna sopportare.

Mike sparì dietro al bancone, parlò con il cuoco e tornò da noi. Discutemmo del più e del meno, mentre io guardavo le fotografie del re della Thailandia sulle pareti bianche del locale.

«Il re è molto amato qui?»

«Amatissimo» disse Mike con un'espressione seria. «È stato lui a portare la Thailandia dov'è ora, a farla evolvere e a permettere a noi thailandesi di vivere dignitosamente. La Thailandia è diventata una delle nazioni più turistiche del mondo proprio grazie a Sua Maestà.»

Finalmente arrivò da mangiare. Ringraziammo l'uomo con cui Mike aveva parlato, ma lui non se ne andò. Rimase fermo e immobile fissando Claudia. Le disse qualcosa in thailandese, che Mike tradusse per noi:

«Vuole vederti mentre mangi il suo curry. Dice che non vuole perdersi la scena.»

I due amici ridevano e scherzavano, come se fosse la cosa più divertente del mondo. Intanto si erano radunati intorno al nostro tavolo altri thailandesi. Iniziarono a parlare freneticamente tra di loro, spiegandosi la situazione.

«Vogliono tutti vederti mangiare il curry più piccante di Bangkok» disse allora Mike.

Guardai la ciotola di Claudia: era molto piccola, come se fosse solo un assaggio. Il massaman curry aveva mille tonalità diverse, dal giallo all'arancione al rosso fuoco del peperoncino. Dal liquido spuntavano un *baby corn* (una minuscola pannocchia) e due patate. Sapevo che sul fondo c'erano altre verdure, ma il punto forte di quel piatto erano certamente le spezie. Non era solo il peperoncino a far sì che fosse una specialità non per tutti, ma anche il mix che rendeva ancora più intensa la sensazione di piccante. Era un piatto delizioso, che avevo già mangiato molte volte da quando ero lì, ma ci mettevo sempre mezz'ora a finirlo perché ogni tanto dovevo fermarmi per respirare e soffiarmi il naso.

«*No rice?*» chiesi per provare a venire in soccorso a Claudia. Sapendo quanto è competitiva, ero sicuro che l'avrebbe mangiato tutto al costo di finire all'ospedale. Il riso avrebbe alleviato la sensazione di piccante.

«*No rice*» rispose lei stessa cogliendomi di sorpresa. Mi guardò come a dire "ci penso io", poi prese il cucchiaio, lo riempì e lo mise in bocca.

Tutti gli occhi erano puntati su di lei, sembrava che alcuni stessero trattenendo il respiro. Finì il boccone e, come se nulla fosse, ne mangiò un altro. Qualcuno lanciò un'esclamazione stupita. Al terzo boccone notai che gli occhi di Claudia erano lucidi. Al quarto boccone le guance erano in fiamme.

Ci mise circa cinque minuti per arrivare all'ultimo boccone. A quel punto aveva le lacrime che le scendevano fino al mento ed era rossa come... un peperoncino. Però finì il suo massaman curry e, quando appoggiò il cucchiaio sul tavolo e si allungò sullo schienale della sedia boccheggiando, tutto il piccolo ristorante esplose in urla e celebrazioni. Qualcuno provò maldestramente a scattarsi selfie con lei, mantenendo le distanze con quel rispetto tipicamente asiatico.

Il cuoco era immobile. Ci rimase per qualche secondo, poi si avvicinò a Claudia che sembrava sul punto di esplodere.

«C'erano diciannove pezzi di peperoncino» disse Mike stupito. «Solitamente noi thailandesi non andiamo oltre gli undici» ci spiegò.

Il cuoco e Claudia si strinsero la mano e tutti applaudirono.

38
Maledettamente bello

Dopo Bangkok ci spostammo verso nord, in direzione di una delle capitali mondiali del nomadismo digitale: Chiang Mai. Non avevo ancora incontrato nessun nomade digitale di persona e speravo di incrociarne almeno uno in Asia, perché credevo fosse importante conoscere qualcuno che condivideva il mio stesso stile di vita.

Per arrivare a Chiang Mai da Bangkok esistevano varie opzioni, tra cui il treno notturno. Non avevamo mai provato quell'esperienza, così ci buttammo. Era un modo di vivere un po' spregiudicato, ma di cui stavamo diventando dipendenti, perché quando inizi a vivere davvero, a svegliarti ogni giorno con la voglia di prenderti il tuo tempo e il tuo spazio per fare qualcosa di memorabile, poi non riesci più a tornare indietro.

Il treno per Chiang Mai era in orario, piuttosto pulito e ben organizzato. Sedendomi sulle panche, mi resi conto per la prima volta di quanto noi occidentali ci poniamo su un piedistallo molto fragile quando giudichiamo gli altri. Avevo sentito molti connazionali definire la Thailandia un Paese del terzo mondo e parlarne come se fosse un luogo sporco, arretrato, povero e pericoloso. Niente di più falso, o almeno, niente di più ingiusto visto il pulpito da cui arrivava quel giudizio. In alcune zone c'erano degrado, sporcizia e povertà? Certamente, ma lo stesso si può dire di tante città italiane sommerse dai rifiuti. E se è vero che in certe circostanze la Thailandia poteva essere considerata "arretrata" rispetto agli standard occidentali, lì c'era molta meno criminalità. Una ragazza da sola poteva passeggiare per una metropoli come Bangkok senza problemi. Non potevo dire la stessa cosa di molte città italiane.

Fu anche grazie a quel semplice viaggio in treno che mi resi conto di quanto l'Asia sia molto più evoluta rispetto all'immagine che molti si sono costruiti. Lo stesso pensiero che avevo avuto poco dopo essere atterrato a Bangkok e aver preso l'innovativa metropolitana sopraelevata che collegava tutta la città. Mentre noi occidentali ci specchiamo nel nostro passato glorioso e lontano, il mondo va avanti. E va avanti veloce.

Io e Claudia cenammo con un po' di riso e verdure che un venditore ambulante era venuto a proporre a bordo del treno durante una fermata. Mangiammo osservando le campagne thailandesi al tramonto. Mentre il sole scendeva, i contadini non erano altro che figure nere che si muovevano lentamente verso le rispettive case. La natura, l'uomo, una vita lenta e lontana da tutti i problemi della nostra società, dove siamo intrappolati in circostanze create da noi stessi ad arte per complicarci la vita da soli. E se la vita fosse facile, invece? Se lo scopo della vita non fosse altro che quello di… vivere?

Dopo una cena silenziosa, un ragazzo thailandese venne a prepararci il letto – che in realtà non era altro che la panca su cui eravamo seduti, allungata a dovere. E così quella notte ci addormentammo osservando il cielo stellato su un treno che sfrecciava tagliando in due la Thailandia. Con l'aeroplano ci avremmo messo molto meno, ma ci saremmo persi uno spettacolo che valeva ben più del prezzo del biglietto.

Arrivammo a Chiang Mai di mattina e fummo accolti da un'infinità di templi buddhisti e da un traffico infernale, molto simile a quello di Bangkok. La città, che alcuni chiamano la "capitale del Nord", era divisa nella zona storica e in quella più moderna. La prima era caratterizzata dalla tradizionale architettura thailandese, edifici vecchi e mai più alti di tre piani e ristoranti tipici. Nella seconda c'erano invece palazzi alti, catene di fast food e centri commerciali. C'erano tante scuole di yoga, meditazione o cucina (le *cooking classes*), ma i luoghi più magici della città erano per noi i *night markets*, i mercati notturni dove perdersi tra mille colori, profumi, persone e oggetti. Nella zona più antica e genuina di Chiang Mai si respirava un'aria densa di pace e tranquillità, nonostante il rumore e il caos. C'erano tanti ragazzi e ragazze occidentali, alcuni con i tappetini da yoga nello zaino, altri lanciati a gran velocità a bordo di scooter.

Pochi giorni dopo il nostro arrivo visitai per la prima volta un *co-working space*, ovvero un luogo dove si possono trovare tutti gli strumenti per lavorare in remoto. Si paga l'ingresso come se fosse una palestra e si ha accesso a connessioni Internet veloci e stabili, prese elettriche, scrivanie, sedie da ufficio, caffè a volontà e un'atmosfera studiata per essere confortevole (negli anni successivi ne avrei visitati alcuni con piscina, tavoli da ping pong, amache e prati verdissimi dove rilassarsi), ma soprattutto tante persone molto interessanti che avevano scelto, anche loro, percorsi di vita e professionali alternativi. Conobbi ragazzi e ragazze da ogni parte del mondo che lavoravano ai loro progetti, o freelance che venivano pagati per occuparsi di quelli di altri: c'erano web writer come me, graphic designer, programmatori, esperti di marketing, assistenti virtuali e tanti altri *nomad workers*. Mi resi conto molto presto di non essere adatto a quell'ambiente, non su un piano umano ma strettamente professionale: lavoravo molto meglio nella solitudine, con la musica nelle orecchie e nessuna distrazione. Molte delle persone che osservavo, invece, vedevano nei *co-working spaces* un luogo dove sentirsi parte di qualcosa di più grande: una comunità, se non addirittura una famiglia. D'altronde, per un viaggiatore il concetto di casa è particolare: spesso non è un luogo, ma una persona con cui condividere un pezzo di strada, una conversazione, un pasto o una birra. Spesso "casa" non è un luogo, ma una sensazione.

Dopo aver conosciuto diversi nomadi digitali, io e Claudia ci prendemmo un paio di giorni da dedicare esclusivamente alla scoperta di Chiang Mai. Avevo programmato la pubblicazione di quattro articoli, quindi avevo due giorni interi completamente liberi. Affittammo uno scooter e visitammo i templi sui monti, affollati di turisti da ogni parte del mondo. Poi seguimmo il consiglio di una coppia che avevamo conosciuto proprio in un *co-working space* e visitammo un luogo ben lontano dalle rotte turistiche, che non era neanche segnalato sulle mappe dei nostri smartphone. Si trattava di un piccolo canyon le cui cavità erano piene di acqua. Sostanzialmente era un lago da cui spuntavano faraglioni alti tra i dieci e i venti metri. Veniva chiamato "il canyon della morte" perché negli anni erano morti alcuni turisti, quasi sempre annegati. Questa circostanza aveva spinto la popolazione locale a ritenere il luogo maledetto. In realtà, quando ci arrivammo dopo mezz'ora di scooter, trovammo numerosi *backpackers*, molti dei quali intenti a tuffarsi dalle creste del canyon senza farsi il minimo problema. Ci buttammo anche noi e trascorremmo una giornata diversa, a base di acqua e sole in una delle città più lontane dal mare della Thailandia. Quel canyon era un luogo particolare, affascinante e mistico, qualcosa di diverso da ciò che è solitamente indicato in una guida turistica. Il bello di farsi trasportare dagli eventi è proprio la possibilità di scoprire luoghi come quello, che in un tour organizzato non avremmo mai potuto visitare.

Dopo Chiang Mai andammo in scooter a Pai, una piccola cittadina sulle montagne thailandesi a circa tre ore di distanza. Quel luogo ci rapì il cuore: era isolato, con pochi turisti, tanto verde e un gigantesco Buddha bianco che troneggiava sulla città dominando il paesaggio. Avevamo trovato un delizioso (e superpiccante) ristorante cinese vegetariano dove, per appena un euro e mezzo, potevamo mangiare fino a scoppiare. Al mattino lavoravo mentre Claudia andava a caccia di pezzi per i suoi mercati, poi insieme ci dedicavamo all'esplorazione della zona, guidati dalle sensazioni del momento. Un giorno affrontavamo centinaia di scalini per raggiungere la statua del Buddha bianco, quello dopo andavamo a rilassarci alle terme naturali, poi era la volta dei campi di fragole. Non so quanto ci restammo precisamente. Una settimana, forse? Dieci giorni? Due settimane? Avevo smesso di guardare il calendario, perché non esisteva alcun valido motivo per tenere il conto delle giornate che passavano. Volevamo vivere pensando solo al presente e potevamo farlo, senza la preoccupazione dei soldi e del lavoro che ci aveva angosciato a Lanzarote. Un giorno mi fermai a pensarci e mi venne quasi da piangere.

Ero sulla cima della collina dove si trovava la statua bianca del Buddha che spuntava dalla fitta vegetazione ed era visibile praticamente da qualsiasi punto di Pai. C'era un tramonto bellissimo, l'ennesimo che potevo contemplare da quando avevo scelto di lasciare l'università ormai anni prima. Ero stravolto per la salita e iniziavo ad avere fame, ma in quel preciso istante volevo solo piangere di gioia osservando il sole che scendeva dietro alle montagne del nord della Thailandia. Una volta ero ossessionato dal lento scorrere dei minuti, adesso avevo trovato il modo di riempire il mio tempo senza doverlo guardare mentre passava inesorabile. Avevo smesso di essere uno spettatore della mia stessa storia, per vestire finalmente i panni dell'attore protagonista.

Il giorno successivo, come eravamo arrivati ce ne andammo. Molto semplicemente era ora di passare oltre, senza che nessuno ci obbligasse a farlo. Lo avevamo scelto noi e poter scegliere era bello. Era maledettamente bello.

39
E se avessimo sbagliato tutto?

Dopo aver visitato Pai, tornammo a Chiang Mai con l'obiettivo di lavorare sodo per ritagliarci un altro paio di giorni completamente liberi. Claudia aveva trovato un contatto dall'Italia disposto a "ingaggiarla" per portargli alcuni pezzi di artigianato molto rari, così passava gran parte del tempo a girare per mercatini e laboratori artigianali. Nel mentre, io scrivevo i miei articoli.

Un giorno, Claudia tornò in camera prima del previsto. Io stavo ancora finendo di scrivere.

«Tutto bene?» le chiesi togliendomi le cuffie.

«Tutto bene, ma forse ho un problema: devo trovare questa campana tibetana, però qui a Chiang Mai non ce ne sono. Ho guardato ovunque. Ci sono alcune imitazioni, probabilmente cinesi, ma non è quello che cerco.»

Ci fu un attimo di silenzio. Ci guardammo negli occhi e le scappò un sorriso.

«Che ne dici di visitare il Laos?» mi chiese subito dopo.

Questa volta toccò a me sorridere.

«Direi che possiamo partire quando vuoi.»

Sapevamo ben poco del Laos, ma avevamo deciso fin dall'inizio che lo avremmo raggiunto via terra. Avevamo due opzioni: l'autobus notturno fino in Laos oppure la barca che attraversava il Mekong a partire dal confine tra le due nazioni. La seconda alternativa era decisamente più affascinante. Significava metterci almeno due giorni per arrivare a Luang Prabang, quando un volo ci avrebbe impiegato solo un paio di ore, ma quel viaggiare lento ci avrebbe permesso di prendere consapevolezza del passaggio da una nazione a un'altra. Avremmo visto il paesaggio mutare metro dopo metro e, strada facendo, avremmo notato le prime piccole differenze nel modo di fare delle persone che sarebbero salite a bordo della barca. Acquistammo i biglietti, riempimmo i nostri zaini e lasciammo la stanza della guesthouse di Chiang Mai.

Il viaggio fu parecchio faticoso, ma fu un'esperienza importante che ci permise di vedere il vero volto del Sudest asiatico, quello più lontano dal turismo. La barca procedeva lentamente lungo il fiume e ci metteva nella posizione privilegiata di osservare villaggi di pescatori immersi nel verde rigoglioso di quella zona di mondo. Ancora una volta mi ritrovai a riflettere sul controsenso delle vite che noi occidentali ci costruiamo, sull'infelicità così paradossalmente diffusa considerando il livello di benessere apparente che abbiamo raggiunto. I pescatori del Mekong, invece, non avevano niente, alcuni nemmeno i denti, eppure ridevano e ci salutavano senza alcun secondo fine, mentre i bambini correvano per osservare meglio la nostra barca. Erano persone povere dal punto di vista materiale, eppure erano chiaramente molto serene, di quella serenità che non trova spazio nella nostra abbondanza. Qual è la vera ricchezza, allora? Me lo chiesi e più ci pensavo e più mi convincevo del fatto che un uomo non può definirsi "ricco" perché possiede tanti oggetti e soldi, se per accumularli ha rinunciato a gran parte del suo tempo. Al contrario, chi ha poco, ma non ha bisogno di altro, si ritrova con una forma di libertà che non si ottiene aggiungendo, bensì rimuovendo: meno stress, meno responsabilità, meno paure, meno pensieri per la testa.

Guardavo quelle famiglie e mi chiedevo se non avessimo sbagliato tutto, ma proprio tutto, nella parte "illuminata" del mondo.

Dopo un giorno in barca ci fermammo presso un piccolo porto dove svolgemmo le pratiche per l'immigrazione. Ottenuto il timbro sul passaporto, entrammo ufficialmente in Laos.

Arrivammo a Luang Prabang stravolti ma contenti di aver scelto quel modo di viaggiare. A volte è necessario dare il giusto tempo alle cose importanti e viaggiare era diventato molto importante per noi. Vivevamo per il viaggio, specialmente dopo quell'anno infernale a Torino passato a risparmiare i centesimi e a sognare posti straordinari come quelli che finalmente stavamo visitando.

Luang Prabang era più piccola rispetto a Bangkok, ma il traffico incessante era lo stesso a cui ormai eravamo abituati. Ci mettemmo qualche giorno a trovare una stanza adatta, perché la connessione Wi-Fi non era molto diffusa e, quando c'era, era piuttosto scadente. Una volta sistemati iniziammo una nuova routine: al mattino appena svegli una lunga passeggiata per i mercati, poi due ore di lavoro, quindi il pranzo e infine il tempo libero da dedicare all'esplorazione della zona. Luang Prabang mi piacque fin dall'inizio perché sembrava più "genuina" rispetto a Bangkok: camminando per i suoi mercatini avevo l'impressione che il tempo si fosse fermato a trent'anni prima. Inoltre non c'erano grattacieli, né centri commerciali.

La nostra guesthouse si trovava su una stradina sterrata che ci dava l'impressione di essere finiti in qualche parte del mondo dimenticata da Dio: fuori dall'ingresso non c'era nessuno, nemmeno i taxisti. Di notte si sentivano i canti di galli insopportabili e cani randagi impegnati a ringhiarsi a vicenda. Ciononostante, apprezzavo che Luang Prabang non si fosse piegata alle leggi del turismo: la città non nascondeva il degrado delle sue zone meno centrali, e per questo era come una di quelle persone che ti affascinano non perché hanno una bellezza classica, ma perché non temono di mostrare le loro cicatrici. A Luang Prabang, tutto era più *vero* rispetto a ciò che avevo visto nelle grandi città della Thailandia. Al mattino uscivamo dalla guesthouse, prendevamo le biciclette che avevamo affittato e pedalavamo fino al centro, e lì facevamo colazione a base di caffè e baguette. Tornare a mangiare pane dopo l'astinenza forzata in Thailandia (dove i prodotti da forno sono più unici che rari) fu una sensazione inaspettatamente piacevole. Poi passeggiavamo senza meta, scoprendo per puro caso meravigliosi templi nascosti in cima alle colline, giardini curatissimi e ristorantini molto economici in cui cenare con una vista sensazionale sul fiume Nam Khan, un affluente del Mekong.

Ci dedicammo anche all'esplorazione di luoghi più popolari come le Kuang Si Falls, forse le cascate più famose dell'intero Sudest asiatico. Ci aspettavamo un luogo molto turistico, ma partendo all'alba ci ritrovammo praticamente soli in questo piccolo angolo di paradiso. Sembrava di essere finiti in un romanzo d'avventura, con la fitta vegetazione che proteggeva la stupenda piscina naturale e le alte cascate che fornivano una straordinaria colonna sonora. Ci tuffammo nell'acqua gelida e nuotammo a lungo. Dopo un paio di ore arrivarono i primi gruppi di turisti e decidemmo di andarcene. Prima, però, Claudia decise di arrampicarsi su un albero e tuffarsi da un'altezza considerevole. Fu un tuffo piuttosto scoordinato, ma un gruppo di turisti giapponesi di una certa età la applaudì con entusiasmo.

Quando uscì dall'acqua, Claudia fece un inchino, come se avesse appena vinto l'oro alle Olimpiadi. Di fronte a quel gesto, i giapponesi esplosero in un'esclamazione di gruppo e applaudirono ancora più forte.

Io trattenevo a stento le risate, quando uno di loro si avvicinò e iniziò a ripetermi una sola parola, puntando il dito contro di me.

«*Lucky! Lucky! Lucky!*»

Mi stava dicendo che ero fortunato ad avere una fidanzata così.

«*I know, I know*» risposi io.

E con le immagini dei pescatori sul Mekong ancora fresche nella mente, pensai che aver trovato una persona così con cui condividere il viaggio della vita era la più grande fortuna che avessi.

Sviluppai una profonda gratitudine, quel giorno, alle cascate di Kuang Si. E feci a me stesso un'altra promessa: mai più sarei stato così ingrato da permettere al mio ego di farmi sentire triste o arrabbiato, di farmi lamentare per stupidaggini, di farmi sentire come se non avessi abbastanza, come se dovessi puntare più in alto.

La fortuna di averla trovata sovrastava tutte le possibili sfortune che avrei potuto subire nella vita.

40
Fallire non significa essere falliti

Dopo Luang Prabang scendemmo con un bus verso Vientiane. Fu un viaggio infinito, perché il grosso veicolo su cui eravamo seduti arrancava e sbuffava inerpicandosi su per le strette stradine di montagna del Laos. Intorno a noi non c'era altro che giungla, interrotta occasionalmente da qualche piccolo villaggio. Avevamo letto che in quella zona c'erano i pirati, ovvero gruppi di banditi che vivevano nei boschi, sbucavano all'improvviso con le loro moto e derubavano i turisti. Ne parlai con l'autista e mi disse che ormai ne erano rimasti pochissimi e che quindi non c'era alcun motivo di preoccuparsi.

Quando tornai al mio posto, incrociai lo sguardo di un ragazzo seduto di fianco a noi, sull'altra fila di sedili. Lo salutai, come avevo imparato a fare in Australia ogni volta che i miei occhi incrociavano quelli di un'altra persona. Lui ricambiò e quel piccolo gesto mi spinse a iniziare una discussione.

«Allora, da quanto tempo sei in Laos?» gli chiesi.

«Da poco, sono appena arrivato. E me ne sto già andando» disse con un sorriso amaro.

Era americano e per lui il Laos era letteralmente dall'altra parte del pianeta. Un viaggio breve in quella zona di mondo non aveva grande senso. Gli chiesi il motivo di una tempistica così stretta e dopo qualche titubanza si lasciò andare. Mi raccontò che un anno prima lui e la sua fidanzata si erano lasciati. Una storia come tante, una rottura come tante. Lei aveva deciso di prendersi un anno sabbatico per visitare l'Asia, lui era rimasto a casa. Con il passare del tempo, però, aveva compreso di essere ancora innamorato di lei. La sofferenza era atroce, i rimpianti si facevano strada nel suo cuore e la paura di aver perso l'occasione della sua vita diventava sempre più concreta. Tutti gli suggerivano di andare avanti, ma lui non voleva. Non poteva. Al tempo stesso, però, non riusciva a trovare il coraggio di fare qualcosa di concreto. Semplicemente si svegliava al mattino ed era triste, abbattuto, pieno di rimorsi.

Un giorno, poi, si era reso conto dell'assurdità di quel modo di reagire. E così aveva deciso di passare all'azione: era partito per Bangkok senza dire niente a nessuno, con l'obiettivo di tornare dalla sua amata e provare a ricostruire il rapporto.

Una volta raggiunta la ragazza, aveva scoperto che lei aveva decisamente voltato pagina: si era rifatta una vita nella quale non c'era più spazio per lui. Non ne voleva sapere di ricostruire qualcosa insieme. Il ragazzo era tornato nella camera dell'ostello in lacrime e poi aveva deciso di visitare il Laos prima di rientrare a casa.

Qual è la morale di questa storia? La compresi guardando quel ragazzo negli occhi mentre me la raccontava. Erano occhi pieni di dispiacere, ovviamente, ma animati da una nuova voglia: quella di ripartire. Mi disse chiaramente di essersi tolto un peso dal cuore e di essere pronto a riprendere in mano la sua vita. Se non fosse mai partito per l'Asia nel disperato tentativo di riconquistarla, avrebbe continuato a vivere per anni con la speranza di poter tornare insieme a lei, fantasticando sull'impossibile. In questo modo avrebbe messo in stand-by la sua vita per tanto, troppo tempo, per poi ritrovarsi inevitabilmente di fronte alla realtà dei fatti. Avrebbe fatto ancora più male, dopo, sarebbe stato ancora più devastante.

«E invece eccomi qui» mi disse in piena notte mentre sobbalzavamo per l'ennesima buca centrata dal bus. «Sto per visitare il Laos con la consapevolezza di poter davvero ripartire. Ora ne ho la certezza e avere questa sicurezza mi fa stare bene. Meglio di quando passavo le giornate a chiedermi se ci fossero altre possibilità con lei.»

Quella conversazione con un perfetto sconosciuto fu per me illuminante, e mi aprì gli occhi sul tema del fallimento.

Viviamo in una società che considera il fallimento come la vergogna più grande. Ma fallire, a conti fatti, cosa significa se non averci provato? E provarci significa vincere in ogni caso. Non importa il risultato finale, l'unica cosa che conta è la consapevolezza di non aver lasciato nulla d'intentato. Perché nel cuore di una persona che ha vissuto appieno non c'è spazio per i "se" e per i "ma", non c'è spazio per i rimpianti né per i rimorsi. Ogni fase della nostra vita è proprio come un viaggio: ne giudichiamo la bellezza dal primo all'ultimo momento, non solo in base al punto di arrivo. Nessun fallimento può essere analizzato di per sé, ma solo osservando il percorso che lo ha preceduto.

Fallire non significa essere un fallito. Significa credere di poter cambiare le cose, mettersi in gioco per qualcosa di importante, provarci sempre e comunque. C'è da esser fieri dei propri fallimenti, come se fossero cicatrici da mostrare con orgoglio, e invece ne abbiamo una paura tremenda. Ci vergogniamo profondamente, quando la vergogna dovrebbe appartenere a coloro che non rischiano mai, a coloro che hanno barattato i loro sogni con la sicurezza di un'esistenza piatta e incolore.

Chi non si mette in gioco non può farsi male, non può essere giudicato o messo in imbarazzo. È questa la comfort zone nella sua connotazione più negativa: rinunciare ai propri sogni per paura di non riuscire a realizzarli. Ma la vera felicità, quella sensazione che ti travolge quando finalmente ce la fai, arriva dopo mille ostacoli e tanti errori commessi. Non esiste crescita personale senza una serie più o meno lunga di fallimenti. Non esiste sogno realizzato o storia di successo senza almeno una grossa caduta.

Dopo aver salutato il ragazzo americano ed essermi seduto nuovamente al mio posto, tirai fuori il mio fidato taccuino di vita e di viaggio.

Ci scrissi solo una frase, che sarebbe diventata il mio mantra:

"Fallire non significa essere falliti. Non vergognarti mai di aver fallito. Significa che hai provato a essere felice."

41
Com'è Angkor Wat?

Vientiane non ci piacque. Era una città che ci nascondeva il vero Laos in favore di grandi hotel di lusso e tutta una serie di servizi dedicati esclusivamente al turismo. Avevamo prenotato solo per una notte e, dopo aver fatto un giro per le strade della città, decidemmo di non restare oltre.

Era una bella sensazione sentirsi immuni da quell'ansia "da ferie" che ti viene quando ti rendi conto di aver scelto una destinazione o un periodo dell'anno sbagliati. Così, poche ore dopo essere arrivati, ripartimmo per Pakse, nell'estremo Sud del Paese, e poi verso le quattromila isole, un'area del Mekong in cui, durante la stagione secca, affioravano numerosi isolotti. Qui le sistemazioni erano tutte molto spartane, ma comunque piuttosto care. Con il budget che avevamo a disposizione non ci potevamo permettere più che una palafitta sulle rive del fiume. Ci restammo per un paio di giorni, durante i quali staccammo dalla tecnologia e da Internet dedicandoci solo ed esclusivamente a noi stessi.

Il nostro viaggio in Laos si concluse con il rientro a Pakse. Anch'essa affacciata sul Mekong, è una cittadina molto più interessante di quanto la sua scarsa popolarità faccia pensare. Ci passammo una settimana molto intensa, della quale ricordo soprattutto i tanti templi e le statue del Buddha, tutti molto diversi tra di loro e per questo motivo unici e difficili da dimenticare.

In uno degli ultimi giorni decidemmo di affittare uno scooter e guidare fino a un punto di osservazione di cui ci aveva parlato il ragazzo addetto alla reception della nostra guesthouse. Guidammo per diverse ore e poi camminammo per almeno un chilometro tra alberi e sentieri improvvisati, ma la fatica fu ripagata da una vista incredibile: il ponte nippo-laotiano (chiamato in questo modo perché donato dal Giappone al Laos) attraversava imponente l'immenso fiume Mekong. Tutto intorno non c'era altro che verde. Un'opera umana e la natura incontaminata: in quel momento ci sentimmo molto piccoli. Crediamo di essere la cosa più importante di questo mondo, quando in realtà non siamo altro che granelli di polvere che prima o poi verranno spazzati dal vento del tempo. Una consapevolezza che fa paura, ma al tempo stesso ti fa sentire grato di essere vivo e di non avere alcun reale problema. Volevamo fermarci per osservare il tramonto, ma eravamo soli e in mezzo al nulla. La prospettiva di perderci nella fitta vegetazione con il buio pesto fu sufficiente a convincerci ad andare via.

L'ultimo ricordo di viaggio che ho del Laos è la giornata che dedicammo a visitare due delle tante cascate nei dintorni di Pakse. Di fronte allo spettacolo della natura che mi offrirono le Tad Yuang Waterfalls, mi resi conto del perché molti viaggiatori considerano il Laos la nazione dell'acqua: tra laghi, fiumi, cascate e piogge torrenziali improvvise, questo elemento è davvero parte integrante dell'essenza del Paese.

Al di là del viaggio, la nostra vita professionale andava avanti a gonfie vele. Claudia aveva trovato quello che cercava ed era riuscita a spedire un pacco di venti chili direttamente da Pakse, in direzione di Torino. A quel punto la nostra esplorazione del Laos era ufficialmente conclusa. Dove andare, dopo? Potevamo tornare in Thailandia via terra considerando che il confine thailandese non distava più di un paio di ore da Pakse. Ma poi ci chiedemmo: perché saltare la Cambogia, che era poco più a sud del Laos? Fu così che un giorno preparammo i nostri zaini e ci ritrovammo a bordo dell'ennesimo bus, questa volta diretto a Siem Reap.

Il visto costava trenta dollari e alla frontiera dovemmo schivare una serie infinita di tentativi di truffa che ci preoccuparono e ci infastidirono non poco. Gli stessi ufficiali dell'immigrazione si inventarono una tassa di dieci dollari a testa. Forti delle loro divise militari, ci dissero che il visto ora costava quaranta dollari. Noi ci impuntammo, perché avevamo letto sul sito ufficiale che il visto costava trenta dollari e solo dopo un'accesa discussione ci lasciarono passare. Pochi secondi dopo aver messo piede in Cambogia, la situazione non migliorò: ci recammo a cambiare i soldi nella moneta locale e fummo costretti a far notare per tre volte che il denaro ricevuto non corrispondeva al cambio. In generale, i cambogiani ci sembravano poco amichevoli e molto tendenti allo *scam*, alla truffa, una sensazione che ebbi anche durante i primi giorni a Siem Reap.

Il nostro obiettivo era di restare in città per qualche giorno, lavorare sodo e poi visitare Angkor Wat senza fretta: si tratta del più grande monumento religioso al mondo, di cui avevamo sentito parlare da chiunque, quindi meritava ed esigeva il nostro tempo. Il biglietto costava venti dollari e, dopo esserci informati sia nelle agenzie turistiche del luogo, sia online, sia parlando con gli altri viaggiatori che incontravamo ogni giorno, decidemmo di affittare due biciclette, raggiungere Angkor Wat e girare tutto il sito su due ruote. Le alternative erano partecipare a un tour organizzato oppure pagare un autista di tuk-tuk che restasse per l'intera giornata a nostra disposizione. La bicicletta era di gran lunga la nostra opzione preferita, e non solo per una questione economica: ci dava la possibilità di esplorare in totale libertà e indipendenza.

Fu molto emozionante entrare in quel luogo sacro e antichissimo, anche perché partimmo in piena notte per poter osservare l'alba in mezzo ai templi. Purtroppo quando il sole sorse c'erano già migliaia di persone ovunque, ma fu comunque un'esperienza intensa, che decidemmo di vivere senza preoccuparci di scattare fotografie o girare video. Avremmo avuto tutta la giornata per farlo, mentre un'alba ad Angkor Wat è davvero un momento di straordinaria intensità e bellezza. Mi concessi un attimo per respirare a fondo e osservare la meraviglia indescrivibile di quel luogo che aveva ispirato milioni di persone nel corso del tempo. Negli anni che sono seguiti a quel giorno, tante persone mi hanno chiesto: "Com'è Angkor Wat?". Potrei utilizzare tante parole per descriverlo, ma sarebbero tutte piuttosto banali, specialmente considerando i grandi scrittori e viaggiatori che l'hanno raccontata. Ma non è solo questo: certi luoghi vanno visitati per essere davvero compresi. A chi mi chiede: "Com'è Angkor Wat?", non posso che rispondere di andare a visitare questo luogo personalmente. Quando si parla di esplorare il mondo, i libri sono strumenti straordinari per volare lontano con la mente, ma sono la parte "teorica" di un viaggio. La parte pratica non può essere raccontata a parole, può solo essere vissuta sulla propria pelle.

Dopo Angkor Wat e qualche giorno di nuovo a Siem Reap (una città di cui non ci innamorammo particolarmente), puntammo dritti verso Phnom Penh. Qui sperimentammo un'altra volta come i cambogiani potessero dimostrarsi piuttosto scontrosi con i visitatori stranieri.

Nella guesthouse che avevamo scelto online per soggiornare dovevano esserci delle finestre (come nella maggior parte delle stanze del mondo); invece, quando arrivammo alla struttura, scoprimmo che le stanze non ne avevano alcuna. Se chiudevi la porta di ingresso ti ritrovavi immerso nel buio. Come se non bastasse, il lavandino del bagno perdeva in continuazione acqua, allagando tutto. Confrontammo le immagini viste sul sito di prenotazione online con il luogo in cui ci trovavamo e scoprimmo che erano due strutture completamente diverse. Lo feci notare alla reception con grande serenità e tranquillità, ma i due ragazzi si scaldarono subito, minacciando persino di chiamare la polizia. Alla fine restammo solo una notte e poi ci spostammo altrove. Questa pessima esperienza, sommata ai numerosi tentativi di truffa che avevamo dovuto fronteggiare da quando avevamo messo piede in quel Paese, non mi fecero certamente amare il popolo cambogiano, anzi, mi ritrovai a desiderare di andarmene presto. Ma viaggiare ha il potere di cambiarti e mostrarti cose che normalmente non vedresti. Come successe in un caldo pomeriggio di Phnom Penh.

Dopo aver lavorato al pc per tutta la mattina, decidemmo di visitare i *killing fields*, i campi che durante la dittatura di Pol Pot venivano utilizzati per uccidere milioni di persone innocenti. Prima di entrare nel sito ci consegnarono un dispositivo con gli auricolari, così da poter comprendere ciò che avremmo visto.

Fu sconvolgente passeggiare nei luoghi in cui solo quarant'anni prima quel popolo aveva subito uno dei più grandi genocidi nella storia dell'umanità. Avevo già letto molto a riguardo nei libri di Terzani, ma toccare e osservare personalmente quella realtà era un'altra cosa: uomini e donne, anziani e bambini, tutti massacrati in quei campi senza alcuna valida ragione (ma potrebbe forse esistere una valida ragione?). C'erano dei pannelli con delle immagini crude, sconvolgenti e disturbanti di persone fucilate, cadaveri ammassati l'uno sull'altro e bambini magrissimi in fila per ricevere una manciata di chicchi di riso con cui tirare avanti per qualche giorno, in attesa di morire. Complessivamente, persero la vita un minimo di un milione e mezzo circa di cambogiani nel giro di appena quattro anni. Anche se alcune stime arrivano a due milioni e mezzo. Intere famiglie spazzate via, un numero sconvolgente di persone con una vita, dei sogni, delle aspettative, delle paure, degli amori, brutalmente uccise. Fu scioccante scoprire quel genocidio e, ripensando alla ruota dell'amore, la teoria che avevo elaborato in Australia, compresi che con quel passato tragico era normale che molti cambogiani avessero cattive intenzioni verso il prossimo. L'odio genera odio e la catena si può spezzare solo quando qualcuno trova il coraggio di mettere in circolo un po' di amore, nonostante tutto il dolore che ha dovuto subire. Forse la Cambogia era ancora in attesa di qualcuno che lo facesse, ma dopo le immagini tremende che avevo visto non me la sentivo più di prendermela per qualche palese tentativo di fregare lo straniero.

Chi ero io per giudicare quelle persone? Potevo davvero dire che nei loro panni mi sarei comportato meglio?

No, non potevo esserne sicuro. È facile giudicare gli altri, al contrario è molto più difficile mettersi nei loro panni, comprendere cosa hanno passato. Quel viaggio mi aveva insegnato a non essere così presuntuoso da pormi su un piedistallo. Certe situazioni, frutto di profonde sofferenze e disperazione, non vanno giudicate, ma solo accettate.

A Phnom Penh ci chiedemmo se proseguire verso il Sud del Paese e visitare le spiagge di Sihanoukville e l'isola di Koh Rong oppure tornare in Thailandia. Anche in questo caso ci facemmo guidare dall'istinto e dalle sensazioni del momento: ci mancava Bangkok, ci mancava il cibo thai, ci mancavano i sorrisi dei thailandesi. Così decidemmo di tornare in Thailandia, prendendo l'ennesimo bus notturno.

42
Sesso in ostello

Ormai erano passati due mesi e mezzo da quando eravamo arrivati in Thailandia e tutto sembrava andare alla perfezione sotto ogni punto di vista: grazie a un'ottima gestione del tempo e a una grande organizzazione, riuscivamo a viaggiare e lavorare senza alcun problema. Ovviamente c'erano giornate in cui non tutto andava secondo i programmi, ma la gioia per quella vita nomade rendeva ogni problema insignificante. Se ad esempio non riuscivo a finire di lavorare in tempo, rimandavamo al giorno successivo la visita a quel tempio di cui tanto avevamo sentito parlare. Se Claudia non trovava quello che cercava nei vari mercati e mercatini, preferivamo goderci un buon pad thai in santa pace invece di correre a fare quel trekking in programma per la giornata.

Visto che il nostro piano di lavorare viaggiando stava funzionando bene, decidemmo di farci un regalo e andare un po' al mare. Dopo foreste, montagne, città, traffico incessante, fiumi e cascate, era arrivato il momento di un po' di vita da spiaggia. Così partimmo da Bangkok con un immancabile bus che ci portò fino alla costa e poi da lì salimmo su una nave diretta a Koh Phangan.

Le isole thailandesi ci erano state descritte quasi come luoghi di perdizione, dove giovani *backpackers* da tutto il mondo passavano le loro giornate in spiaggia e le loro serate tra feste, alcol e sesso. Il nostro primo impatto con Koh Phangan non si discostò molto da questa immagine.

Io e Claudia eravamo soliti alloggiare in stanze private, soprattutto per avere la libertà di seguire i nostri orari senza disturbare nessuno (quanti sarebbero felici di sentire una sveglia suonare alle 5.30 di mattina perché una coppietta vuole andare a vedere l'alba mano nella mano?). Tuttavia, ogni tanto andavamo a dormire negli ostelli con bagno in comune e occasionalmente anche nei dormitori misti. Arrivammo a Koh Phangan in pieno Full Moon Party, una festa con cadenza mensile (ogni luna piena, appunto) che attira giovani viaggiatori da tutto il mondo. Sembrava che non ci fosse alcun posto disponibile per dormire e, non avendo prenotato nulla (l'improvvisazione ha anche conseguenze negative), sapevamo di dover accettare la prima sistemazione libera. Alla fine, dopo aver girato a lungo con gli zaini in spalla, ci ritrovammo all'ora di cena costretti a fermarci in uno squallido e sovraprezzato ostello vicino alla zona del Full Moon Party. Ci liberammo del peso che portavamo sulle spalle e andammo a cenare in un ottimo ristorante sulla spiaggia, incredibilmente economico considerando la posizione. Mentre divoravamo ciò che avevamo ordinato, osservammo la fiumana di persone che si stava lentamente riversando in spiaggia per iniziare a festeggiare. Noi eravamo stravolti a causa del viaggio di oltre venti ore da Bangkok e decidemmo quindi di tornare in ostello dopo una passeggiata in riva al mare, a quel punto invasa da persone che non vedevano l'ora di bere e divertirsi.

Tornati nel dormitorio trovammo altre due coppie che, come noi, non erano particolarmente affascinate dall'idea di partecipare al Full Moon Party.

«Niente festa stasera?» chiesi a una coppietta.

«Non fa per noi» dissero loro sorridendo.

Ricambiai il sorriso. Tra viaggiatori non ci si giudica, si è schietti e diretti. Era una cosa bella, soprattutto per uno come me che in Italia doveva vergognarsi quando diceva di non voler uscire il sabato sera. Oltre a loro c'era anche una coppia americana costretta nel dormitorio perché lei aveva un'intossicazione alimentare.

Io e Claudia ci mettemmo nei lettini con l'idea di chiacchierare un po', ma dopo pochi minuti piombammo entrambi in un sonno profondo. Con la testa sul cuscino e il corpo finalmente disteso dopo ore e ore sui sedili stretti e scomodi del bus e della nave, non riuscimmo a resistere.

Dormii alla grande, finché in piena notte non sentii qualcosa toccarmi. Mi alzai di scatto, convinto che fosse un animale: il livello della struttura alberghiera rendeva quella prospettiva terribilmente verosimile. Presto scoprii che non poteva trattarsi di un animale, viste le dimensioni. Era buio e non vedevo nulla, ma capii che nel mio letto, oltre a me, c'erano almeno altre due o tre persone. Cercai lo smartphone e accesi lo schermo per fare luce: mi ritrovai davanti a una ragazza e a un ragazzo completamente ubriachi, lei con una collanina di perle colorate al collo e lui con dei segni colorati sul volto (avrei poi scoperto che erano il tratto distintivo di chi partecipa al Full Moon Party). Si stavano baciando, avvinghiati, mezzi nudi e talmente ubriachi da non rendersi nemmeno conto di essersi infilati nel mio letto.

«*Guys*...» gli dissi con gentilezza.

Niente, continuavano ad amoreggiare. Non volevo urlare e svegliare tutti, ma nemmeno ritrovarmi con due sconosciuti nel letto. Per qualche secondo restai immobile a chiedermi cosa fare, imbarazzato come non mai, mentre quei due continuavano a baciarsi maldestramente. Sembravano sul punto di collassare e io non sapevo come comportarmi per non sembrare un guastafeste, ma al tempo stesso volevo evitare che quei due si scambiassero fluidi corporei nel mio letto. Poi ebbi l'illuminazione: allungai lentamente la gamba destra, posai cauto il mio piede sulla schiena di lui e li spinsi con grazia giù dal mio letto. Sentivo di aver fatto la cosa giusta: la caduta gli avrebbe sicuramente dato una bella svegliata. Quando puntai lo schermo del mio smartphone su di loro per assicurarmi che fossero ancora vivi, scoprii che non solo la caduta non era stata così rovinosa come avevo temuto, ma che i due se l'erano spassata al punto tale da non riuscire più a contenere le risate. Si fecero poi strada verso una brandina vuota e io tornai a farmi gli affari miei, cercando di occupare più spazio possibile per evitare altre intrusioni. Mi aspettavo di sentire gemiti degni di una notte di sesso infuocata, ma dopo pochi minuti l'unica cosa che udivo era il sonoro russare del ragazzo. Considerando quanto era ubriaca la ragazza, ero certo che anche lei fosse piombata in un sonno profondo. Magari il giorno dopo si sarebbero svegliati convinti di aver fatto sesso. E chi lo sa, magari si sarebbero innamorati e sposati e avrebbero raccontato ad amici e parenti che la loro prima notte d'amore era stata a Koh Phangan, in un ostello. Quando in realtà era stata la notte in cui un tizio italiano li aveva spinti giù da un lettino facendoli cadere rovinosamente per terra.

Mi addormentai sorridendo, con un pensiero in testa: l'unico modo per avere storie straordinarie da raccontare è vivere esperienze non ordinarie.

43
L'erba sotto i piedi

Koh Phangan non è soltanto l'isola del Full Moon Party. È un luogo magico capace di trasmettere vibrazioni molto particolari. Non a caso qui si trova una vasta comunità di *expats*. Ne incontrammo tanti durante il nostro soggiorno, e ognuno di essi aveva una storia molto interessante da raccontare.

Ricordo una ragazza russa (la comunità russa sull'isola è molto forte) che conoscemmo in spiaggia una sera, al tramonto. Il suo cane era venuto a farci le feste e quando lei si era scusata per il disturbo le avevamo detto che non era assolutamente un problema, perché amiamo i cani. Da lì era nata una conversazione che nel giro di un'ora si era trasformata in una sorta di terapia: lei ci raccontava i tanti problemi che aveva dovuto affrontare nella sua vita, noi le parlavamo del nostro percorso alternativo. Le difficoltà che ci si erano parate davanti sembravano sciocchezze di poco conto in confronto a quelle che aveva dovuto fronteggiare lei. Era stata costretta dalla famiglia a sposarsi da giovane e si era trasferita dalle gelide campagne russe a San Pietroburgo, dove la sua vita si era trasformata in un vortice di violenza messo in atto dal marito. Da lì era caduta nella depressione e nell'autolesionismo. Poi aveva deciso di non arrendersi e aveva iniziato a pianificare la sua fuga, che si concretizzò quando un giorno uscì di casa dicendo di andare a trovare un'amica che non esisteva. In realtà stava andando all'aeroporto a prendere un volo per Bangkok.

«Da allora non sono mai più tornata in Russia» ci raccontò visibilmente emozionata.

Il sole era ormai tramontato e la spiaggia era buia, ma riuscivo ancora a vedere i suoi occhi bagnati di pianto. Sull'isola si era reinventata organizzatrice di feste ed era felice di ciò che aveva, del suo cane e delle tante persone che incontrava ogni giorno. Non perdeva troppo tempo a fantasticare su un domani incerto e non voleva rivolgere la mente al passato orribile: voleva vivere appieno il momento, godendosi ogni giornata. Le chiesi se le mancava la Russia e lei mi disse di sì, certamente. Ma poi aggiunse che la nostalgia è una brutta bestia, perché ha il potere di abbellire momenti tristi attraverso la lontananza nel tempo.

«In fondo, non è forse meglio godermi il presente?» ci chiese con un bel sorriso mentre il suo cane giocava in spiaggia con un bambino thailandese.

Ascoltai anche storie più leggere e spensierate: dalla coppia neozelandese che si era aperta una scuola di yoga al pensionato che era venuto a godersi la vita in riva al mare sull'isola. C'erano viaggiatori che avevano girato mezzo mondo e poi avevano deciso di fermarsi lì. Nei dieci giorni che passammo a Koh Phangan incontrammo tante persone con cui ci sentivamo a nostro agio come mai eravamo stati con amici o parenti. Perché erano anime simili alle nostre: perennemente in movimento, alla ricerca di un orizzonte sempre diverso. Sognatori, ribelli, viaggiatori, anticonformisti... a Koh Phangan c'erano tutti.

Un giorno, mentre pranzavamo con un gruppetto di queste anime speciali, tutti a piedi nudi a pochi passi dal mare, una ragazza disse qualcosa che catturò la mia attenzione.

«Mia madre dice che ho l'erba che cresce sotto i piedi» esclamò. «Non so stare ferma: l'erba cresce, mi solletica i piedi e mi costringe a muovermi.»

Era una metafora bellissima e quanto mai calzante per me e per tutti quelli che si sentono a disagio in una vita dove non c'è spazio per sogni improbabili e scelte alternative. Ne stavo incontrando tante a Koh Phangan, di persone con l'erba che cresce sotto i piedi. Non significa far parte di una élite; semplicemente diventiamo molto insofferenti quando ci ritroviamo a fare sempre le stesse cose, quando non possiamo essere noi stessi perché intrappolati negli schemi di una società che ci vuole tutti uguali (e ugualmente infelici), quando non possiamo esplorare persone e luoghi nuovi perché bloccati in un solo punto del mondo.

Più ci fermiamo, più l'erba cresce, più il fastidio aumenta. E a quel punto non ha senso restare, né per noi né per gli altri. L'unica soluzione è partire, oppure stravolgere la nostra quotidianità per renderla sempre diversa, cercare di vivere ogni giorno una nuova avventura. Viaggiare all'interno della propria vita senza cambiare casa, città e lavoro non è facile, ma qualcuno ci riesce. Li riconosci dal sorriso.

Avere l'erba che cresce sotto i piedi non ci rende speciali, ma non è nemmeno motivo di vergogna. Non dobbiamo vergognarci di essere nomadi nell'animo. Tanti di noi pensano di essere strani e finiscono per dirsi di mettere la testa a posto. "È ora di smetterla, bisogna diventare seri" si ripetono fino ad autoconvincersi. Ma così non può funzionare. L'erba crescerà, che tu lo voglia o no. Per trovare la felicità non puoi far altro che accettare questa situazione. Che sia mentalmente o fisicamente, che sia dietro casa o dall'altra parte del mondo, non importa: hai bisogno di muoverti, fare esperienze nuove, provare emozioni. Hai bisogno dell'avventura nella tua vita.

Grazie a quel viaggio avevo conosciuto persone molto simili a me, persone che mi avevano fatto capire che non dovevo nascondermi, non dovevo scappare. Compresi il valore di essere me stesso e di non temere i giudizi di chi sussurrava alle mie spalle dandomi del pazzo e dell'idiota.

Lavorare viaggiando? Follia. Nomade digitale? Vai a lavorare. Le avevo lette negli occhi di tanti queste parole, quando spiegavo cosa sognavo di fare.

"Sarò pure pazzo, ma non sono idiota" pensai quel giorno

a pranzo, guardando il mare thailandese. I veri idioti sono quelli che non cambiano mai e vivono un'esistenza scelta da altri. Quelli che, al posto dell'erba, sotto i piedi hanno radici marce che li trascinano sempre più giù.

Forse non lo avrei mai capito se fossi rimasto a casa. Se non avessi trovato il coraggio di cambiare, forse non sarei mai arrivato a Koh Phangan, non con quello spirito. Viaggiare, tra le altre cose, mi aveva insegnato che non c'è niente di male a essere se stessi. Anzi, prima impari ad accettarti e a capire chi sei davvero, e prima capirai quali sono le coordinate della tua felicità.

44

L'età è solo un numero

Lasciammo Koh Phangan con la certezza che ci saremmo ritornati e iniziammo il nostro secondo periodo a Bangkok godendoci una routine molto serena e felice. Avevamo deciso di fermarci lì, dove ci svegliavamo presto al mattino e facevamo colazione all'aperto con caffè e biscotti. In quel periodo ascoltavamo spesso una canzone che incitava a "svegliarsi lentamente" ed era esattamente quello che facevamo. Non avevamo nessun rigido orario da rispettare, non dovevamo prepararci per l'ufficio o prendere l'automobile per andare a lavorare. Godevamo di una grande libertà e volevamo sfruttarla al massimo delle nostre capacità. Dopo colazione io mi mettevo al computer a scrivere per un paio di ore, mentre Claudia faceva i suoi giri esplorativi alla ricerca di oggetti da imbarcare o spedire verso l'Italia. Concluso il lavoro, staccavo letteralmente dalla tecnologia e insieme andavamo a pranzo.

Avevamo alcuni ristoranti preferiti dove avevamo fatto amicizia con i camerieri e i gestori. In particolare, entrammo in confidenza con Paul, un signore australiano che aveva aperto un ristorante vegano proprio nelle vicinanze della Khao San Road. Prima di conoscerlo ero abbastanza sicuro che ci fosse un'età giusta per rischiare, mollare tutto e cambiare completamente vita. Credevo che oltre a una certa età fosse ridicolo farlo, se non addirittura patetico. Poi, parlando con Paul con sempre maggiore frequenza, compresi che l'età non è altro che un numero a cui diamo un'importanza esagerata.

«Io mi sono trasferito a Bangkok a cinquant'anni» ci raccontò una sera. «Mia moglie mi aveva lasciato e in Australia non avevo più niente. Com'è che si dice? Nessun valido motivo per restare è un ottimo motivo per partire! Così mi sono regalato un viaggio, dopo tanti anni di vita monotona e infelice. E grazie a un viaggio ho deciso di non tornare più. Ho aperto questo ristorante una decina di anni fa e oggi sono felice di essere qui e fare quello che faccio.»

In quei tre mesi in giro per il Sudest asiatico avevo ascoltato tante storie come quella. Oltre a Paul, avevo incontrato un'intera famiglia che aveva aperto una guesthouse a Luang Prabang, una ragazza che si era "inventata" un'agenzia turistica a Siem Reap, un uomo che aveva mollato tutto per diventare insegnante di immersioni sulle isole thailandesi. C'erano giovani ma anche tante persone che avevano superato da tempo i quaranta o i cinquanta, se non persino i sessanta. Io mi ero ribellato prima ancora di entrare nel meccanismo infernale della società occidentale, mentre loro avevano vissuto tutto il processo di illusione, disillusione, rabbia e ribellione. Avevano affrontato la vita nel modo *giusto* rispettando le istruzioni scritte da altri, e solo dopo tanti anni si erano resi conto che non funzionava, che non faceva per loro.

«Bravi, voi avete capito a vent'anni quello che io ho capito a quaranta dopo essermi distrutto il fegato per lo stress» ci aveva detto l'insegnante di immersioni. «Chi vi criticherà, quasi sempre, lo farà perché vi invidia. E mi dispiace per loro, sapete perché? Perché non sanno che si può cambiare vita e ripartire da zero anche a settant'anni, se uno lo vuole davvero!»

Le persone che incontravo erano state ben più coraggiose di me, perché io non avevo dovuto rinunciare a un lavoro per inseguire la mia felicità. Avevo dovuto scegliere di non proseguire l'università, un gesto che nulla aveva a che vedere con l'abbandono di un posto fisso, di una casa e una routine per loro sicuramente triste, ma anche sicura e collaudata. Provavo grande stima nei loro confronti e al tempo stesso mi rendevo conto di quanto sia assurda l'ossessione che abbiamo per l'età.

Siamo convinti, proprio come lo ero stato io prima di quella serie di incontri straordinari in Asia, che ci sia un'età giusta per rischiare, una per fare figli, una per mettere la testa a posto e una per rassegnarsi al fatto che nulla cambierà, perché tanto ormai è troppo tardi. In base a un numero stampato sulla tua carta d'identità, devi seguire certe regole e determinati percorsi di vita per non sembrare uno di quei personaggi strani da cui tutti ti mettono in guardia. Pensai che il gesto di ribellione di Paul, il ristoratore di Bangkok, poteva essere riassunto nella volontà di non permettere all'età anagrafica di decidere come doveva vivere. D'altronde, la data di nascita non è altro che una trappola per ingabbiarci in convinzioni moralmente illegittime: ogni etichetta che ci anticipa con la presunzione di parlare per noi è un impedimento al nostro desiderio di esprimere ciò che siamo, senza maschere e filtri. Mi resi anche conto che l'età è solo uno di quei fattori che sembra ci debbano precedere sempre e comunque, solo uno dei tanti.

Quando conosciamo una nuova persona, le chiediamo quali sono le sue passioni, cosa la rende felice, cosa la fa incazzare, di fronte a cosa si emoziona, cosa la fa sentire viva? No, niente di tutto ciò. Se lo facessimo verremmo subito additati come individui strani, da cui stare alla larga, perché alle masse niente fa più paura di chi non si omologa e prova invece a essere se stesso.

Quando ci troviamo di fronte a una persona sconosciuta, per prima cosa ci presentiamo utilizzando il nostro nome, che di *nostro* ha poco o nulla: non lo abbiamo scelto, lo abbiamo accettato passivamente. Dopo le strette di mano e i nomi di cui spesso ci dimentichiamo un secondo dopo averli sentiti, parte la vera e propria conversazione. Ed è qui che si nota quanto siamo condizionati da fattori che poco o nulla hanno a che fare con il nostro essere.

Quali sono le prime domande che fai quando incontri una persona nuova? Le chiedi del lavoro, tanto per cominciare. Che lavoro svolge, se si trova bene, persino se guadagna bene. Poi si passa all'età: vuoi sapere quanti anni ha così da poterla categorizzare. Perché così ci hanno abituati: c'è un'età giusta per ogni cosa, quindi vediamo se questo individuo che ho davanti sta seguendo le regole o è uno di quei matti che credono di poter ancora sognare a cinquant'anni. Poi si parla di mille altre banalità che si basano esclusivamente sulla forma, sull'immagine, sull'impressione. Si parla di calcio o di gossip o di qualunque altra cosa non permetta a quello sconosciuto o sconosciuta che abbiamo di fronte di capire davvero qualcosa sul nostro conto. Allo stesso modo, noi non capiamo davvero nulla su chi abbiamo davanti.

Non siamo più persone, siamo categorie. Non esiste Marco, esiste "Marco il benzinaio". Non esiste Maria, esiste "Maria la zitella che a trentacinque anni è ancora single". Abbiamo permesso a semplici parole e numeri di definire ciò che siamo, quando la nostra essenza è qualcosa di molto più complesso e profondo. È un modo di vivere e di interagire davvero assurdo e maledettamente superficiale quello che porta a rispondere che "va tutto bene" anche quando vorresti solo scappare il più lontano possibile. Significa utilizzare parole vuote per esprimere pensieri vuoti, spacciandoli per la nostra identità.

Ma chi siamo veramente? La nostra data di nascita, la nostra professione, il nostro ceto sociale? Oppure siamo quello che facciamo, quello che ci rende felici, quello che diamo agli altri? Vogliamo farci definire dal modo in cui ci guadagniamo da vivere o dalle nostre passioni? Era una visione utopistica e romantica della realtà. Un mondo senza maschere e quindi senza barriere, dove non ci si può nascondere dietro alle etichette. Impossibile? Probabilmente, ma tutte le esperienze che avevo provato negli ultimi anni mi avevano insegnato che i grandi cambiamenti passano sempre da piccoli cambiamenti. Così da quel giorno mi imposi di rendere ogni conversazione più profonda e significativa.

«Piacere di conoscerti! Cosa fai nella vita?» mi chiese qualche giorno dopo un ragazzo incontrato in un bar di Bangkok in cui stavo lavorando al mio pc.

«Nella vita viaggio e scrivo. Sono due tra le mie più grandi passioni. Amo ascoltare la musica. Mi piacciono un sacco la cucina indiana e quella thailandese» risposi.

Il ragazzo rimase spiazzato. Tutto si aspettava, tranne quella risposta a una domanda teoricamente facile come "cosa fai nella vita?". Poi fece un sorriso che, ne ero certo, non ci sarebbe stato di fronte a una risposta fredda, vuota e stereotipata.

«E tu? Dimmi qualcosa di te» gli chiesi. «Ma non dirmi quello che fai per guadagnarti da vivere, se non è qualcosa che ami davvero fare: siamo molto più del nostro lavoro.»

Era una frase azzardata da utilizzare con uno sconosciuto, ma avevo imparato che il brivido di lanciarsi è ineguagliabile. E la mia sfrontatezza fu ripagata.

«Okay, non ti dico che lavoro schifoso devo fare per mantenermi» disse ridendo di gusto. «Ti dico cosa sogno: voglio diventare un musicista. Suono la batteria e spero, un giorno, di trovare la band giusta con cui girare il mondo e far impazzire le ragazzine!»

Era una risposta sciocca per certi versi, ma era quello che cercavo. Non mi aveva parlato dell'etichetta che qualcuno aveva appiccicato alla sua vita, ma di un sogno. E ormai avevo scoperto in prima persona che non c'è niente che ci definisca meglio di ciò che sogniamo.

45
Minimalista

Tornammo in Italia in un grigio pomeriggio di primavera. Il bel tempo non era ancora arrivato e fu brutale passare dal clima thailandese a quello molto più rigido di Torino. Ma non era solo una questione di gradi, sole e nuvole. Era il modo di vivere a rappresentare una differenza così profonda da risultare quasi dolorosa.

I sorrisi, prima di tutto. Abituati all'idea che sia normale e sacrosanto essere sempre incazzati, frustrati e infelici, ci siamo dimenticati della bellezza di un sorriso. Passeggiare per le strade di Bangkok significa ricevere sorrisi a raffica, che siano quelli maliziosi di chi ti vuole vendere qualcosa o quelli genuini di chi, molto semplicemente, non trova ragioni per non farlo. Passeggiando per Torino, pochi giorni dopo essere tornato, mi resi conto che praticamente tutte le persone che incontravo avevano ricevuto tanto dalla vita, ma avevano molta meno felicità di quelle che incontravo in Asia. In Thailandia avevo incontrato uomini e donne che vivevano con pochi dollari al giorno eppure sorridevano e ridevano di gusto. Non avevano le nostre automobili, né i nostri vestiti costosi o case enormi e piene di oggetti. In questo modo, per assurdo, non avevano nemmeno tanti problemi che trasformano noi occidentali in piccoli individui infelici.

Avevo capito fin dai tempi dell'Australia quanto viaggiare possa insegnarti preziose lezioni di vita. Il viaggio on the road da Perth a Melbourne mi aveva mostrato che non hai bisogno di molto per essere felice, perché durante quell'avventura avevamo dormito in automobile senza un vero letto e mangiato pasti improvvisati in riva all'oceano, senza grandi comfort, senza un bagno sempre disponibile, senza elettricità e Internet. Eppure non mi serviva nient'altro, perché avevo tutto il necessario per essere felice: la donna che amavo, qualche buon libro e luoghi stupendi da scoprire. Tutto il resto sarebbe stato superfluo. E forse è proprio il superfluo (e la sua spasmodica ricerca) a renderci così nervosi e frustrati.

Dopo il primo viaggio in Asia approfondii la questione, perché tornare a Torino mi aveva aperto gli occhi su tanti aspetti della vita. Iniziai a leggere, a informarmi, a esplorare nuove idee dopo aver esplorato così tanti luoghi.

Fu durante una delle mie ricerche, leggendo un libro, che scoprii il minimalismo, inteso come stile di vita. Era una parola che avevo già sentito, ma non avevo idea del suo significato profondo.

Il minimalismo è una filosofia che parte da una premessa fondamentale: sulla carta la società occidentale offre ciò di cui abbiamo bisogno per vivere serenamente, eppure sereni non lo siamo per niente.

Abbiamo cibo, mezzi di trasporto, opportunità, benessere e tecnologia avanzata. Ci sono tutti i presupposti per essere felici. Eppure, in questa società apparentemente così evoluta, per molti la felicità è solo un miraggio. Tante persone si sentono in gabbia e hanno l'impressione di non riuscire a respirare, senza neppure conoscere il motivo di questo malessere. C'è un fondo di insoddisfazione diffuso e immotivato, considerando che c'è chi dall'altra parte del mondo non ha niente eppure prende la vita con molta più leggerezza, trovando la felicità in una situazione che noi occidentali definiamo "povera".

Incredibilmente, in un'epoca nella quale c'è un'abbondanza mai vissuta prima, i livelli di stress, ansia e insicurezza sono altissimi.

Da dove nasce questo paradosso? Da un eccesso. Un eccesso di informazioni, stimoli e soprattutto oggetti. La tecnologia ci bombarda ogni giorno con migliaia di informazioni inutili. Le notifiche del nostro smartphone sono diventate la causa primaria di distrazione: ogni volta che suona ci concentriamo sulla nuova informazione, che nella maggior parte dei casi risulterà completamente inutile. Si tratta di qualcosa di cui potevamo anche fare a meno, o meglio, di cui avremmo dovuto fare a meno. Siamo costantemente distratti da sciocchezze che creano confusione nella nostra mente. Solo alla sera, prima di andare a dormire, affiorano quei pensieri soffocati nel corso della giornata. E in quei momenti arriva l'ansia, dettata dalla sensazione di aver vissuto una giornata di cui non abbiamo ricordi. Molti reagiscono a questa brutta situazione cercando soluzioni complicate, quando basterebbe qualcosa di molto più semplice: ritrovare la concentrazione. Spegnere il cellulare e le sue continue distrazioni ed essere presenti durante la giornata, immersi nel "qui e ora", senza permettere alla mente di volare sempre verso futuri preoccupanti e un passato che non tornerà mai più.

La dipendenza dalla tecnologia non è l'unico motivo alla base di questa condizione di ansia generalizzata. Anzi, potrebbe essere solo una conseguenza di un altro aspetto ben più pericoloso: l'eccesso di materialismo nelle nostre vite.

Prova a guardarti intorno e renditi conto dell'infinità di oggetti che fanno parte della tua vita. Guardandoti intorno in casa, in automobile e in ufficio, cerca di individuare quali oggetti ti sono davvero necessari. Ti stupirai dell'incredibile numero di cose inutili che riempiranno i tuoi occhi e la tua mente ogni giorno.

Crediamo di essere noi a possedere gli oggetti, ma quando ne abbiamo troppi sono loro a possedere noi. Sono lì, a occupare spazio, a richiedere la nostra attenzione, a generare preoccupazioni. Hanno un costo in termini strettamente monetari quando li compriamo, ma quando poi entrano a far parte della nostra vita hanno un costo in termini di energie mentali.

Avevo letto di una sfida lanciata negli Stati Uniti, uno dei Paesi più materialisti e consumisti del mondo e proprio per questo motivo anche uno nei quali si è venuto a creare un movimento molto forte che punta a una riduzione dei consumi: provare a vivere con meno di cento oggetti personali.

Non avevo intenzione di mettermi a contare quanti oggetti possedessi, ma quella sfida mi fece riflettere. Ripensai a quando avevo acquistato uno smartphone carissimo e inutile solo per dare sfogo alla mia frustrazione. Avevo sacrificato il mio tempo lavorando in un posto che odiavo, per ottenere del denaro che avevo speso per acquistare un oggetto superfluo. E anche una volta che finalmente lo avevo in mano, non potevo godermelo appieno. Prima, infatti, dovevo comprare una cover per proteggerlo. Poi dovevo comprare una pellicola per evitare che lo schermo si rigasse. Infine dovevo acquistare accessori e adattatori di ogni genere per utilizzarlo al massimo delle sue capacità. E poi? Poi finalmente avevo un oggetto pronto all'uso, ma che non faceva altro che generare ansie e paure. "E se me lo rubassero?" mi chiedevo. "E se lo perdessi? E se mi dovesse cadere? E se non funzionasse più?"

Alla fine lo smartphone era diventato un cucciolo da accudire. Un carissimo, superfluo oggetto acquistato barattando il mio tempo con il denaro.

Compresi che la grande trappola del materialismo ci spinge a spendere soldi per prenderci cura di un oggetto che non ci fa nemmeno stare meglio, ma che molto semplicemente tiene la nostra mente occupata e lontana da pensieri pericolosi. E il discorso fatto per lo smartphone è valido per tantissime altre cose: automobili, computer, televisori, persino le scarpe. C'è chi compra un paio di scarpe e ha paura di indossarle perché c'è il rischio che si rovinino. Di fronte a una situazione del genere, come si può non vedere la verità? Le cose si impadroniscono della nostra vita.

Adottare una mentalità minimalista significa iniziare una rivoluzione personale. In realtà non si tratta di niente di straordinario, non ti è imposto di diventare un eremita che vive ai confini della società. Non significa non possedere uno smartphone, vivere in una casa vuota e vivere spendendo il meno possibile. Non necessariamente, se non è quello che vuoi.

Il minimalismo si basa su un unico concetto base: eliminare tutto il superfluo. Vivere di ciò che è necessario ed escludere dalla propria vita il resto. Perché si tende a sottovalutare i danni che gli oggetti inutili causano alla nostra vita, ma questi danni sono reali. Nel momento in cui si possiede meno si ha più spazio per pensare liberamente e riempire il proprio tempo di ciò che più si desidera.

Quando possiedi solo il necessario, hai la mente sgombra. Quei pensieri che ti attanagliano prima di andare a dormire spariscono perché, se hai meno, hai anche meno distrazioni, e questo significa che hai il tempo e l'attenzione sufficiente per affrontarli nel corso della giornata, gradualmente. Così impari a gestirli ed eviti che ti colpiscano improvvisamente, quando finalmente stacchi da tutto e ti ritrovi solo con te stesso. Quando smetti di farti possedere da cose inutili, torni a concentrarti su te stesso.

In un certo senso, il minimalismo è una mentalità che ti porta a vivere il presente e a non lasciarti trascinare dalle cose inutili. C'è qualcosa che non va nella tua vita? Ad esempio, ti senti insoddisfatto del lavoro che hai o della città in cui vivi? Con il minimalismo puoi affrontare subito questi pensieri scomodi, senza che l'abbondanza di oggetti e distrazioni sposti la tua attenzione su altro. Tante persone si attaccano allo smartphone quando una domanda affiora nella loro testa: "Sei felice?". Iniziano a fare il solco sullo schermo per distrarsi e non pensarci. Altri corrono a comprare un nuovo paio di scarpe, altri si buttano sul cibo spazzatura.

Ma prima o poi tutte queste domande scomode accumulate portano a un'esplosione interiore e a quel punto non puoi più scappare.

Avere solo ciò che è necessario ti permette di renderti conto di ciò che non funziona nella tua vita prima che sia troppo tardi. Senza le distrazioni tipiche degli oggetti e l'effimera sensazione di piacere che danno subito dopo averli comprati, ti ritrovi con le spalle al muro. Se scegli di essere minimalista, scegli di avere meno per poter riprendere il controllo totale della tua vita.

Quando lessi quel libro non ero certamente una persona consumista, ma compresi che c'erano tante cose che potevo eliminare per sentirmi più libero.

Soprattutto mentalmente, perché il minimalismo riguarda tutta la tua vita, non solo gli oggetti. Ad esempio eliminai tutte le applicazioni inutili dal mio smartphone e disattivai le notifiche di tutte quelle che non avevano alcun valido motivo per distrarmi (quella sul meteo, la e-mail secondaria, i social network, ecc.). Notai subito una differenza enorme nella qualità della mia vita: senza Facebook che mi notificava cose inutili, senza WhatsApp che mi segnalava continuamente i messaggi non letti, senza le e-mail di spam che illuminavano di tanto in tanto lo schermo, mi sentivo molto più leggero e concentrato. Avevo meno distrazioni inutili e soprattutto ero tornato padrone della mia vita: se ero su Facebook era per una mia decisione, non perché l'applicazione mi aveva preso all'amo con l'ennesimo *bip*. Così lo smartphone tornò a essere ciò che dovrebbe essere: uno strumento, non una presenza costante e ingombrante nella mia vita. Uno strumento potentissimo, non più un peso.

Eliminai anche il 50 per cento circa dei miei vestiti e degli oggetti personali. Alcuni li misi in vendita, altri li regalai. In ogni caso, erano cose che non mi servivano a nulla. Quando conclusi la mia piccola rivoluzione minimalista, provai una sensazione di grande libertà. Che per me, ormai, era un chiaro sinonimo di felicità.

46
Che motivo abbiamo di stare qui?

Per qualche tempo vivemmo a Torino, in un'altra minuscola casa in affitto. Era l'appartamento che un mio parente aveva affittato per vent'anni a una signora, poi morta. Ci fece un buon prezzo e ci trasferimmo lì.

Dopo aver portato le nostre cose e aver iniziato una nuova routine in quell'appartamento, una sera io e Claudia ci fermammo e ci guardammo negli occhi. Stavamo cenando, chiusi in quelle quattro vecchie mura ingiallite. Le tapparelle erano abbassate, una piccola luce illuminava i nostri volti. I termosifoni erano spenti per risparmiare sulla bolletta, così entrambi indossavamo vestiti pesanti. Non stavamo parlando, stavamo semplicemente mangiando.

«Cosa diavolo ci facciamo qui?» le chiesi.

La consapevolezza arrivò all'improvviso. Eravamo in quella casa da meno di due mesi ma il tempo sembrava essere passato alla velocità della luce. Solo il giorno prima mi sembrava di essere a Bangkok a fare colazione osservando i turisti e i local sulla Khao San Road e ora, tutto d'un tratto, mi trovavo chiuso in una scatola a Torino. Claudia aveva capito, ovviamente. Stavamo pensando la stessa cosa.

«Anche tu?» mi chiese.

«Che motivo abbiamo di stare qui?» continuai. «Possiamo lavorare da qualsiasi parte del mondo e decidiamo di stare... qui?»

In realtà non lo avevamo deciso, non consapevolmente. In quel momento mi resi conto che mi ero fatto trasportare dagli eventi. Come per l'università, tornare a Torino e restarci era stata una non-scelta.

«In effetti, perché siamo tornati? Perché ci siamo fermati?» disse Claudia.

Già, qual era il motivo? Ci pensammo su, ne parlammo a lungo fino ad arrivare alla conclusione più ragionevole: ci eravamo fatti condizionare da ciò che era giusto. Non per noi, ma per gli altri. Per tutto il periodo in cui eravamo stati in Asia i nostri famigliari non avevano fatto altro che chiederci quando saremmo tornati; una volta tornati, tutti, dai nostri genitori agli amici ai semplici conoscenti, ci chiedevano se avevamo deciso di mettere la testa a posto.

«Ora vi fermate, finalmente?» ci domandavano dando per scontata la risposta.

E così, senza pensarci più di tanto, ci eravamo fatti condizionare da quello che *altri* ritenevano fosse giusto per noi. Ma non era quello l'unico motivo del nostro ritorno: in un certo senso avremmo voluto che quella vita ci piacesse. Era un pensiero che mi accompagnava praticamente da sempre ed era legato a una certa insoddisfazione difficile da spiegare e comprendere.

Non ho mai amato particolarmente Torino. Non è una cosa che puoi scegliere: se la città in cui sei nato e cresciuto non ti piace, puoi solo accettarlo. Prima lo fai e meglio è, perché convincerti del contrario non fa altro che aumentare la tua frustrazione. Lo so per esperienza personale. Proprio perché non mi sono mai sentito a casa a Torino, ho sempre cercato la mia "casa" altrove. Ed è stata questa una delle spinte più forti verso una vita in costante movimento, anche se non ne sono stato sempre consapevole. A volte pensavo di voler viaggiare, ma in realtà volevo scappare da quella città che tutti amavano, mentre a me dava una sensazione di soffocamento. Ero a tutti gli effetti una di quelle persone con l'erba che cresce sotto i piedi. Ed era sicuramente emozionante non avere un luogo da considerare "casa", ma sentire di appartenere al mondo intero. Tuttavia, a volte, era anche frustrante.

Ci sono momenti in cui può capitarti di provare un mix di tristezza e nostalgia di casa, una sensazione che (sono sicuro) ogni viaggiatore ha provato almeno una volta nella vita. Era capitato anche a me e a Claudia e in quei momenti avevo desiderato di avere un'esistenza normale. Mi chiedevo perché fossi venuto fuori così diverso dalla media. Perché non potessi essere come uno dei miei tanti coetanei che amano Torino, tifano per una squadra di calcio, passano i sabati sera a bere e il lunedì parlano del più e del meno con i colleghi sul lavoro. In qualche rara occasione ho desiderato essere così: *normale*. E, sia chiaro, io non mi ritengo speciale, ma solamente *diverso*. Non è facile essere sempre quello che va controcorrente e, dopo un viaggio lungo diversi mesi nel Sudest asiatico, io e Claudia avevamo pensato che dovessimo provare ancora una volta a farci piacere Torino e un'esistenza canonica. Ci avevamo già provato dopo l'Australia e dopo il Canada. Quella volta, però, fu l'ultima. Perché ogni volta che ci dicevamo di tornare a "casa" e iniziare un percorso di vita "tradizionale", prendevamo subito coscienza del fatto che quella non era la nostra strada: siamo fatti per muoverci e troviamo la felicità in orizzonti sempre nuovi. E non seguire la propria natura, bensì reprimerla, significa solo una cosa: essere profondamente infelici.

Me ne resi conto, forse definitivamente, in quella triste serata a Torino. A cosa era servito costruirci una vita basata su certe possibilità se poi non le sfruttavamo? In quel minuscolo appartamento avevo continuato a scrivere i miei articoli, seguendo la routine che mi ero costruito in Asia. Ma lì non stavo viaggiando e nemmeno vivendo: stavo sopravvivendo. Perché da un punto di vista personale ero insoddisfatto: io e Claudia desideravamo l'avventura, l'ignoto, l'adrenalina e la gioia dell'esplorazione. E, perché no, anche un clima caldo e il mare. E, perché no, persone sorridenti provenienti da tutto il mondo con cui condividere un pezzo di strada. Ma c'era anche un discorso molto più pratico. Vivere a Torino tirando la cinghia significava spendere gli stessi soldi (se non di più) che spendevamo in Asia. Con la differenza che in Asia mangiavamo sempre fuori, viaggiavamo e visitavamo luoghi incredibili.

Improvvisamente tutto mi sembrava assurdo. Il mio lavoro aveva iniziato a ingranare e la mia paga era aumentata. Ma soprattutto guadagnavo in euro con la possibilità di spendere il mio denaro in qualsiasi valuta. Guadagnare in euro e spendere in euro non era una buona idea: avrei vissuto molto meglio guadagnando in euro e spendendo in baht thailandesi o rupie indonesiane. E avrei anche contribuito all'economia di Paesi di cui mi ero follemente innamorato.

C'era la motivazione personale e c'era la motivazione pratica: io e Claudia ci pensammo e non trovammo alcuna ragione valida per restare a Torino, se non per la vicinanza ai nostri cari. Ne discutemmo e giungemmo alla conclusione che, se davvero ci volevano bene, allora avrebbero voluto volerci felici. E se la nostra felicità era altrove, avrebbero dovuto spingerci a inseguirla. Ostacolarci sarebbe stato un gesto puramente egoista.

«Che si fa?» chiesi al termine di una chiacchierata lunga più di tre ore.

I nostri piatti, vuoti e freddi, erano lì dal momento in cui ci eravamo seduti per mangiare.

Ci guardammo a lungo, poi Claudia annuì.

Lo sapevamo entrambi: le coordinate della nostra felicità puntavano verso Oriente.

Quella sera tornammo a fantasticare sui futuri viaggi. Immaginammo i luoghi che avremmo visto e pianificammo un itinerario molto generico, ma fu sufficiente per accendere le nostre anime. Tornò il sorriso, tornarono gli occhi sognanti.

Prima di andare a dormire avevo ritrovato una gran voglia di vivere. E così, d'impulso, presi il quaderno e scrissi parole che venivano da dentro:

Viaggia.

Riempi la tua vita di sogni, sorrisi e avventure.

Emozionati.

Perché alla fine dei tuoi giorni non ti importerà niente dei soldi che hai accumulato.

Non penserai al modello del tuo smartphone o all'automobile che hai in garage.

Ti guarderai indietro e ripenserai a quei luoghi che ti hanno lasciato senza parole.

Alla prima volta che hai girato senza meta nella tua città preferita.

A quando ti sei innamorato del mondo osservando un tramonto.

A quando ti sei perso negli occhi di una persona speciale.

A tutte le volte che hai pianto prima di tornare a sorridere.

47
Forse sì, forse no. Vedremo

Le hostess vestite di rosso che mi salutano e mi ringraziano con la classe innata tipica di molte donne asiatiche. Il banco dell'immigrazione con il poliziotto thailandese che mi dice di guardare la piccola webcam per la fotografia del mio volto che finirà, per la seconda volta, nei loro archivi. I tassisti che ci danno l'assalto appena messo piede fuori dall'aeroporto e quell'odore delizioso di pad thai che arriva chissà da dove.

La Thailandia mi diede il benvenuto così, come la prima volta. Così mi avrebbe accolto tutte le altre volte in cui ci sarei tornato. Quando poi rimettemmo piede nella guesthouse di Mike, ci sentimmo finalmente a casa, come non eravamo mai riusciti a sentirci nei due mesi passati a Torino. Ci sembrò ancora più assurdo che avessimo pensato di fermarci in una città dove non provavamo alcuna soddisfazione. Preferivamo di gran lunga lavorare a un passo da strade affollate di viaggiatori e venditori ambulanti, tuk-tuk e templi, street food e monaci buddhisti. Tornare nel luogo dove la nostra seconda vita era iniziata fu emozionante e ci fece sentire leggeri e liberi.

Riprendemmo con la nostra routine e per una settimana circa non facemmo altro che lavorare e goderci il tempo libero insieme.

Bangkok era diventata la nostra casa, il luogo dove ci sentivamo a nostro agio. Nella mia vita, specialmente dopo il divorzio dei miei genitori, avevo trovato "casa" negli occhi di Claudia, nelle parole del mio scrittore preferito, in certe canzoni e anche nel sapore di un pad thai o nel sorriso genuino di un viaggiatore o di una viaggiatrice con cui condividere un pezzo di strada, un pezzo di vita.

E poi, attraverso quello strano percorso che avevo intrapreso, dall'Australia al Canada all'Asia, sempre seguendo le coordinate della mia felicità, avevo fatto una scoperta straordinaria: puoi sentirti a casa sempre, anche se sei dall'altra parte del mondo. Ci riesci quando comprendi che il tuo corpo è la tua casa, le persone che ami sono la tua casa, il mondo intero è la tua casa.

Forte di quella consapevolezza, da Bangkok decidemmo di spostarci nuovamente verso sud per visitare altre isole oltre a Koh Phangan. Un giorno, parlando con alcuni *backpackers*, scoprimmo l'esistenza di un'isola di nome Koh Lipe. Ci era stata descritta come un'isola molto piccola, con tramonti emozionanti e un mare stupendo.

Ci passammo alcuni giorni, lì la connessione a Internet era quasi assente ma era fortissima la connessione con la natura e l'Universo. Mi sentivo parte del Tutto di cui ogni cosa fa parte. Soggiornammo in un semplicissimo bungalow in legno, simile a quello in cui eravamo stati a Pai, ma a due passi dal mare. Furono giornate indimenticabili, caratterizzate da albe che mi lasciavano senza parole e mi convincevano dell'assurdità del modo di vivere più comune. Cerchiamo sempre qualcosa di più complesso, desideriamo la massima artificialità, quando un'alba e un tramonto vanno in scena ogni giorno. Uno spettacolo di una bellezza commovente, gratuito e per tutti.

Poi, il giorno in cui avremmo dovuto lasciare l'isola, successe qualcosa. Eravamo seduti nella sala comune della struttura in cui soggiornavamo. C'erano dei libri ammucchiati su un tavolino basso, come accade quasi ovunque in Asia. Libri a volte vecchi di trent'anni, lasciati lì da viaggiatori per altri viaggiatori.

Ne presi uno senza nemmeno conoscerne il titolo e iniziai a sfogliarlo. Parlava di spiritualità e Oriente. A un certo punto mi fermai a leggere un'antica storia della tradizione popolare cinese, una sorta di parabola. Faceva più o meno così:

Tanti anni fa, nelle campagne cinesi, un uomo e suo figlio vivevano in un piccolo villaggio. Non possedevano molto: una baracca, un campo da coltivare e un cavallo per arare il campo.

Un giorno il cavallo scappò. Gli abitanti del villaggio andarono a trovare l'uomo e gli dissero: «Il cavallo era necessario per poter lavorare. Che sfortuna hai avuto!».

E l'uomo rispose: «Forse sì, forse no. Vedremo».

La settimana successiva, il cavallo fece ritorno insieme ad altri due cavalli selvatici. L'uomo e il figlio si ritrovarono quindi con tre cavalli. Gli abitanti del villaggio sorrisero all'uomo e gli dissero: «Avevi un solo cavallo e ora ne hai tre. Che fortuna hai avuto!».

E l'uomo rispose: «Forse sì, forse no. Vedremo».

Pochi giorni dopo il figlio era intento a pulire la stalla del cavallo, troppo piccola per contenerne tre. Uno degli animali si agitò e lo colpì con forza, facendolo cadere. Il ragazzo si ruppe la gamba. Gli abitanti del villaggio passarono davanti all'abitazione e dissero al padre: «Tuo figlio è il tuo unico aiutante e famigliare. Che sfortuna hai avuto!».

E l'uomo rispose: «Forse sì, forse no. Vedremo».

Alcune settimane dopo, alcuni ufficiali dell'esercito arrivarono nel villaggio e iniziarono a reclutare tutti i giovani per portarli a combattere una guerra che sapevano di non poter vincere. Quando passarono dalla casa dell'uomo e videro che suo figlio aveva la gamba rotta, decisero di non portarlo in guerra.

Gli abitanti del villaggio, saputa la notizia, dissero al padre: «I nostri figli vanno a morire in guerra e il tuo invece no. Che fortuna hai avuto!».

E l'uomo, come sempre, rispose: «Forse sì, forse no. Vedremo».

Quelle parole mi entrarono dentro e non se ne andarono più. Nella loro semplicità mi avevano mostrato un modo completamente diverso di prendere la vita e giudicarne gli eventi.

Prendemmo una barca per tornare sulla Thailandia continentale, poi ci toccò un infinito tratto di bus per arrivare a Bangkok. Nel frattempo non riuscivo a togliermi dalla testa quell'antica storia cinese. Mi sembrava fosse un segnale dell'Universo.

Compresi che era così un paio di giorni dopo il rientro a Bangkok. Eravamo nella nostra stanzetta nella guesthouse di Mike e Claudia stava riordinando le foto che aveva sul computer. A un certo punto mi disse: «Ma questa foto l'hai mai vista?».

Mi avvicinai, la osservai e il cuore prese a battere forte. Era la fotografia che Claudia mi aveva scattato uno degli ultimi giorni a Vancouver, quando era andata a prendermi un tè freddo dall'altra parte della strada.

Al centro della fotografia c'ero io, con l'aria depressa, seduto sulla panchina in attesa del bus che ci avrebbe riportato a casa. In quel momento ero disperato: ero convinto di aver trovato il mio posto nel mondo, ma il destino mi aveva strappato quella possibilità costringendomi a tornare in Italia.

Ero infelice e incazzato. Ma, soprattutto, avevo la mente rivolta al futuro: pensavo continuamente a cosa sarebbe stato di noi e della persona a noi cara, e a cosa avremmo fatto una volta a Torino. Ed era rivolta anche al passato: avevo già nostalgia di quella città in cui, comunque, mi trovavo ancora.

Così, totalmente lontano dal momento presente, non mi ero reso conto di qualcosa che forse in quel momento era esattamente ciò di cui avevo bisogno per ritrovare un po' di serenità.

Nello scatto, alle mie spalle, c'era infatti un enorme murales con uno sfondo color rosso intenso e due sole parole impresse: NI HAO. È un'espressione cinese, proprio come la parabola che avevo da poco letto a Koh Lipe, che significa "tu bene" ma che viene utilizzata come saluto, come un "ciao". Quel giorno avevo un gigantesco segnale alle mie spalle e non me ne rendevo conto. L'Oriente mi aspettava.

Rimasi a guardare quell'immagine per mezzo minuto, incredulo e con gli occhi lucidi. In quel momento mi sembrava tutto così chiaro: quel giorno, l'Universo mi stava dicendo di non essere triste perché essere costretto a lasciare Vancouver non era necessariamente una brutta notizia.

«Forse sì, forse no. Vedremo.»

Ed effettivamente, se non fosse mai successo quell'avvenimento tragico in Italia, se non fossimo stati costretti a tornare di corsa e poi a ripartire da zero, non mi sarei mai ritrovato in quella stanza a Bangkok.

Non sarei mai diventato un nomade digitale, non avrei mai fatto della mia passione per la scrittura un lavoro e del viaggio uno stile di vita. Non avrei mai conosciuto l'Asia e non me ne sarei mai innamorato. Non sarei mai stato felice come invece ero in quel momento, dopo aver passato alcuni giorni semplicemente incredibili a Koh Lipe.

Fu una rivelazione osservare quella foto. Compresi che non dovremmo mai essere precipitosi nel giudicare gli avvenimenti inattesi della nostra vita. Nulla è bello o brutto in modo assoluto. Dovremmo sempre dare tempo al tempo e valutare il nostro percorso nel suo complesso.

Magari ciò che oggi ci sembra un dramma ci sembrerà una benedizione tra due anni. Magari quel tradimento subito, che ora ti sta distruggendo il cuore, diventerà la tua salvezza quando, un giorno, avrai al tuo fianco la persona che hai sempre sognato. Così come certi episodi apparentemente fortunati che ti succedono oggi potrebbero rivelarsi una sfortuna in futuro. Magari ti hanno promosso sul lavoro e sei felice, ma tra qualche anno ti guarderai allo specchio, stanco e invecchiato, e penserai di aver rinunciato alla tua felicità e al tuo tempo libero per un aumento di stipendio.

Ancora una volta presi il mio taccuino, stavolta quello nuovo, che avevo comprato proprio a Bangkok. Sopra c'era scritto "*Have a nice life*", semplici parole che mi ricordavano ogni giorno qual è l'unico vero obiettivo: avere una buona vita.

Con gli occhi lucidi e le mani tremanti, scrissi:

Nella vita ti succederanno tante cose inaspettate. Prima di giudicarle, fai passare un po' di tempo. Prima di pensare a quanto sia ingiusta la vita con te, ricordati cosa disse il contadino cinese: «Forse sì, forse no. Vedremo».

48

Volevano solo ballare, ed era bellissimo

Immagina di salire su un bus in Thailandia. C'è il tramonto e sei stravolto dopo una lunga giornata passata a esplorare Bangkok. Sul bus non ci sono i normali sedili, ma quelli reclinati per potersi sdraiare. Così ti stendi, osservi le sagome dei templi scorrere via in lontananza e poi ti addormenti. La mattina successiva, dopo una nottata interminabile fatta di tante avventure e pochissimo vero sonno, ti ritrovi in un'altra nazione, che sia il Laos, la Cambogia o la Malesia. E provi la sensazione straordinaria di mettere piede in un luogo tutto da esplorare.

Questa è l'esperienza degli *sleeping buses*, pullman che ti permettono di spostarti di notte da una nazione all'altra del Sudest asiatico per non sprecare neanche una giornata del tuo viaggio.

Le nottate sugli *sleeping buses* sono infinite e piene di momenti indimenticabili, nel bene e nel male: le pause nel mezzo del nulla per usufruire dei servizi, le colazioni improvvisate, film improbabili trasmessi su schermi minuscoli, gli autisti che ridono di chissà cosa mentre fumano e bevono caffè in attesa che il bus si riempia, le ore passate ai controlli dell'immigrazione quando superi una frontiera, le chiacchierate a notte fonda con perfetti sconosciuti, come mi era successo l'anno precedente in Laos... Non è facile affrontare l'esperienza dello *sleeping bus*, ma quando ci ripenserai

VIETNAM

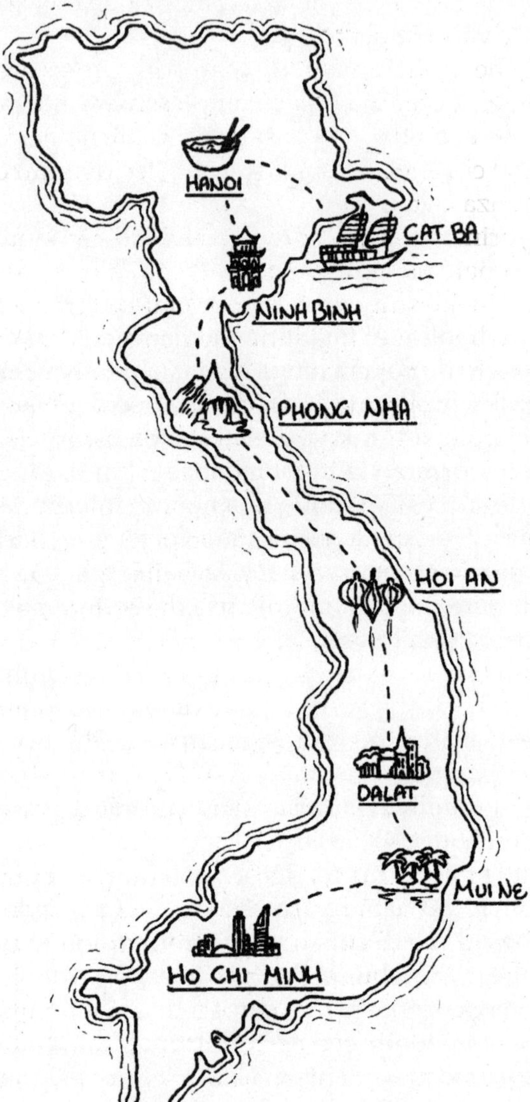
HANOI
CAT BA
NINH BINH
PHONG NHA
HOI AN
DALAT
MUI NE
HO CHI MINH

nella comodità di un letto vero, lo farai sempre con grande nostalgia. Perché lo *sleeping bus* è scomodo, il viaggio interminabile e stancante, ma quando osservi l'alba nascere dal finestrino e senti che la tua destinazione è vicina capisci che ne è valsa la pena.

Fu così che arrivammo in Vietnam, dopo aver preso due *sleeping buses* e aver viaggiato complessivamente per oltre venti ore. Se ci mettemmo così tanto fu anche per un'idea assurda che ci venne a Bangkok e che decidemmo di assecondare senza esitazioni.

L'anno prima, quando eravamo arrivati a Phnom Penh, avevamo cenato nel primo ristorante indiano che avevamo trovato. Eravamo stravolti e il proprietario ci aveva trattato come se fossimo i suoi figli. Era una persona meravigliosa: un uomo indiano sui cinquant'anni che parlava con tutti i clienti per il semplice desiderio di scoprire altre persone e culture. Alla fine della serata ci aveva chiesto il permesso di scattarci una fotografia. Avevamo accettato e mesi dopo, cercando tra le immagini della pagina Facebook del ristorante, avevamo visto i nostri volti stanchi ma felici. Il proprietario del ristorante aveva scritto nella didascalia "Oggi ho avuto ospiti due ragazzi italiani. Una bellissima coppia. Viva l'amore". Era un messaggio così istintivo e dolce che avevamo deciso di andare a trovarlo allungando il nostro viaggio di qualche ora. Dopo un pranzo abbondante e una lunga chiacchierata (il signore indiano non poteva credere al motivo del nostro ritorno e alla fine ci offrì tutto), prendemmo un secondo *sleeping bus* al tramonto e il giorno dopo ci ritrovammo a Ho Chi Minh City.

La più grande città del Vietnam ci sembrò estremamente simile a Bangkok. Tante luci, tanti colori, un traffico irreale, ottimo street food e un po' di degrado malcelato. Riguardo all'ultimo punto, ci trovammo spesso di fronte a situazioni quantomeno particolari... come quando entrammo nella camera che avevamo prenotato e trovammo una ragazza con un vestito molto corto ad attenderci, sdraiata sul letto. Ci fissò per qualche secondo, pensando a chissà cosa. Poi si alzò, ci guardò dalla testa ai piedi. Non sembrava convinta.

«Due persone?» chiese indispettita in inglese.

Io e Claudia ci guardammo stupiti, senza capire. Eravamo stravolti e volevamo solo farci una doccia e andare a mangiare qualcosa.

«Credo che tu abbia sbagliato stanza» replicai io.

La ragazza mi strappò di mano la chiave e lesse il numero. Poi scoppiò a ridere e se ne andò.

Restammo a Ho Chi Minh City per qualche giorno, visitando i musei dedicati alla guerra e portando avanti la nostra attività di viaggio preferita: perderci. Uscivamo dalla nostra guesthouse e vagavamo senza una meta precisa. Non avevamo una lista di luoghi da visitare, semplicemente giravamo e ogni tanto chiedevamo informazioni alle persone del luogo. Forse quella città non era il posto più adatto per farlo, perché ci ritrovammo in alcune situazioni di pericolo che sarebbe stato meglio evitare. Un pomeriggio, ad esempio, camminavamo su un marciapiede quando sentii il rumore di uno scooter troppo vicino a noi. Credevo ci stessero per investire, così mi spostai istintivamente di lato. Mi girai appena in tempo per vedere due ragazzi in motorino che tentavano senza successo di strapparmi lo zaino dalle spalle. Ciononostante, quel perderci ci sembrava il modo giusto di scoprire veramente un luogo nuovo. E ovviamente avevamo la fortuna di essere in due, quindi avevamo molto meno da temere rispetto a un viaggiatore o una viaggiatrice solitaria.

A Ho Chi Minh City ebbi la possibilità di togliermi un dubbio che avevo da tanto tempo. Da ragazzino ero un grande appassionato di storia contemporanea e avevo letto diversi libri sulla guerra in Vietnam. Mi ero posto tante domande sui vietnamiti, considerando tutto quello che erano stati costretti a subire nel corso della loro storia, non solo dagli americani. Il Vietnam era stato infatti sotto il controllo dei cinesi per secoli, poi fu invaso dai giapponesi durante la Seconda guerra mondiale e dovette combattere l'esercito francese fin quando Ho Chi Minh (rivoluzionario comunista ed eroe nazionale) guidò una vittoriosa rivolta. Infine i vietnamiti dovettero combattere gli statunitensi, un'invasione che respinsero solo dopo anni di sanguinose battaglie. Mi ero chiesto a lungo se provassero rancore verso lo straniero, il visitatore. Quando finalmente misi piede nel Paese, vidi che il loro comportamento era molto rispettoso, ma che tenevano una netta distanza, un aspetto che negli altri Paesi del Sudest asiatico non avevo mai notato. Ero abituato a parlare molto liberamente con i thailandesi, ridendo e scherzando. Spesso mi era capitato persino di essere preso in giro e di prenderli in giro, specialmente quando contrattavo per l'acquisto di qualcosa. Mi chiamavano *big guy* (per la mia altezza) e io li chiamavo *my friend* o *buddy*. Con i vietnamiti tutto ciò non mi sembrava possibile (specialmente con gli uomini, sempre molto seri e composti; le donne, al contrario, erano più amichevoli), perché temevo di risultare irrispettoso. Non mi sentivo nella condizione di dar loro confidenza, perché erano cordiali ma al tempo stesso molto orgogliosi. Avevano un atteggiamento inedito, almeno per quello che avevo visto nelle nazioni limitrofe, un modo di fare del tipo: "Sei il benvenuto nel mio Paese, ma sia chiaro che non puoi comprarmi o atteggiarti da padrone".

Dopo pochi giorni in Vietnam trovai molto curioso che ci fossero così tanti visitatori americani. Non lo avrei mai detto: meno di cinquant'anni prima i due popoli si erano massacrati a vicenda in quelle stesse terre. Non a caso, diversi americani con cui parlai erano lì per visitare i luoghi in cui i loro cari avevano perso la vita o erano rimasti feriti. Eppure sembrava che la maggior parte dei vietnamiti non provasse alcun rancore, ma che, anzi, molti di loro avessero sposato una visione consapevole e pacifica. Ne ebbi la conferma una sera, quando visitai una mostra fotografica sulla guerra.

L'evento si concludeva con una serie di interventi da parte di esperti, artisti e fotografi. Quando fu chiesto al pubblico se qualcuno avesse una domanda da porre, si alzò in piedi una signora di circa sessant'anni. Era americana e chiese come il popolo vietnamita avesse potuto perdonare tutto il dolore che gli Stati Uniti d'America gli avevano causato. Pronunciò quelle parole balbettando un po', con un evidente disagio. Era una domanda scomoda, che nessuno si aspettava. Dopo qualche secondo di imbarazzo, prese la parola un uomo molto magro, più o meno della stessa età della signora. Indossava una camicia perfettamente stirata e un piccolo paio di occhiali. Con un forte accento asiatico, disse qualcosa come: «Signora, credo che nessun americano volesse davvero quella guerra. Non c'è una logica nella guerra. Non possiamo odiare un popolo perché poche persone avevano deciso che migliaia di ragazzini dovevano andare dall'altra parte del mondo ad ammazzare loro coetanei senza porsi alcuna domanda».

La sala applaudì e io feci lo stesso. L'uomo non fece una piega, posò il microfono e rimase immobile, con quello sguardo fiero che vedevo sul volto di molti vietnamiti di una certa età. Camminando per le strade di Ho Chi Minh ne avevo notati diversi seduti con grande compostezza sulle panchine dei numerosi parchi. Uomini di una certa età, seduti in silenzio a osservare il mondo. Persone che hanno visto e vissuto la guerra e in qualche modo sono riuscite a ripartire, pur senza dimenticare. E ora si siedono su una panchina e osservano il tempo scorrere e le persone cambiare. Ne ho visti tanti in Vietnam e ogni volta ho pensato che non sarebbe male fare come loro, almeno ogni tanto: osservare in silenzio, senza giudicare. Riflettere e ricordare, ma senza chiudersi in se stessi. Senza mai smettere di essere curiosi.

Fu proprio nei parchi di Ho Chi Minh City che ebbi il privilegio di conoscere, giorno dopo giorno, il popolo vietnamita. Un popolo forte, orgoglioso e soprattutto unito. Lo vedevo al mattino, quando osservavo gruppi di ragazzi che correvano insieme prima di andare a lavorare, ma soprattutto all'ora del tramonto. Ogni parco era pieno di persone, pieno di vita. Rimasi piacevolmente sorpreso nel vedere gruppi di decine di persone di ogni sesso ed età ballare insieme. Era una scena che alle nostre latitudini molti riterrebbero imbarazzante: uno stereo trasmetteva canzoni dance, una persona ballava a ritmo e tutti gli altri la seguivano con movimenti che diventavano sempre più assurdi e inaspettati. Era bello vedere come chiunque potesse mettersi lì e sfogarsi ballando dopo aver lavorato per ore e ore, senza che nessuno lo giudicasse. Era uno spettacolo che emanava vibrazioni così positive che un giorno anche io e Claudia ci unimmo a quel folle ballo di gruppo. E cosa successe? Che nessuno ci degnò di uno sguardo di disapprovazione, nessuno rise di noi. A nessuno importava di giudicare. Volevano solo ballare, ed era bellissimo.

La forte connessione che c'era tra i vietnamiti si percepiva anche da tante altre circostanze. Come mi era già capitato e mi sarebbe capitato tante altre volte in Asia, avevo spesso la sensazione che le persone fossero più unite, come se tutti si conoscessero. Esisteva un vero senso di comunità tra gli abitanti di Ho Chi Minh City, una sorta di amore imprescindibile gli uni per gli altri. Lo notavo specialmente nelle piccole cose della quotidianità, proprio quei dettagli che puoi scoprire solo quando decidi di non limitarti a visitare le attrazioni turistiche di una città ma scegli di immergerti completamente nella nuova realtà. Una volta, ad esempio, osservai una scena che mi fece pensare.

Ero seduto al tavolino di un bar, dove stavo lavorando al computer. Dall'altra parte della strada c'erano diversi negozi di frutta e verdura, alcuni dei quali con i prodotti esposti su un banchetto posto fuori dal locale, in strada. A un certo punto, uno di questi banchetti in plastica cedette di colpo: si spezzò uno dei supporti e tutta la frutta cadde in strada. La proprietaria della piccola attività, una signora sui cinquant'anni con i capelli legati, i guanti di lattice e un grembiule sporco, uscì di corsa e iniziò a disperarsi, mentre le sue mele, le sue banane e tutto il resto rovinavano a terra. Aveva un'espressione di incredulità, ma anche di grande dispiacere. Pensai di alzarmi e andare ad aiutarla, ma non potevo lasciare incustodito il computer, specialmente ora che con quello strumento mi guadagnavo da vivere. Provai un forte disagio nel vedere la signora disperarsi senza sapere che fare per rimediare a quel colpo di sfortuna. Poi, però, dai negozi vicini al suo uscirono uomini e donne di ogni età, osservarono la scena per un istante e iniziarono subito a raccogliere la frutta. Un uomo portò un enorme sacco in juta e tutti vi posizionarono all'interno ciò che raccoglievano. Nessuno parlava, tutti si muovevano con armonia per uno scopo più grande: aiutare la povera signora con il grembiule lercio. Nel giro di un paio di minuti tutta la frutta era stata raccolta e consegnata alla signora, che ora aveva ritrovato il sorriso. Un minuto dopo, senza autocelebrazioni di alcun tipo, tutte le persone che erano uscite dai rispettivi negozi erano di nuovo dentro, a lavorare.

Avevo già assistito a scene simili, di aiuto spontaneo e disinteressato, in Thailandia e in Cambogia. Non potei fare a meno di pensare a cosa sarebbe successo se quell'episodio fosse avvenuto nella mia Torino: quanti sarebbero usciti lasciando il negozio vuoto per aiutare una persona che oltretutto gli faceva concorrenza a pochi metri di distanza? Quanti avrebbero giudicato la signora per la scarsa manutenzione del suo banchetto, osservando la sua disperazione da lontano? E quanti di coloro che l'avrebbero aiutata si sarebbero poi vantati, come se aiutare il prossimo fosse qualcosa di speciale e meritevole di grandi elogi? Quel senso di comunità tipicamente asiatico era una forma di amore: in quell'angolo di mondo le persone non ti chiedono come hai potuto commettere quell'errore, non vogliono sapere se sei ricco o povero, se credi in un Dio o in un altro, se sei di destra o di sinistra, se sei uomo o donna. Osservandoli dal mio punto di vista esterno, mi resi conto che essere un popolo significa essere qualcosa di più della somma matematica degli individui con lo stesso passaporto.

Dopo qualche tempo a Ho Chi Minh City, decidemmo di proseguire il nostro viaggio. L'idea era di muoverci con gli *sleeping buses* e i treni, ma scoprimmo che il prezzo dei biglietti era piuttosto alto. Un giorno il proprietario di un'agenzia turistica ci disse che in quel periodo non contrattava sui prezzi, nemmeno di un centesimo. «È alta stagione!» continuava a dire con indignazione. Non potemmo fare altro che tornare alla nostra guesthouse, un po' giù di morale: non solo gli *sleeping buses* erano scomodi, ma erano anche più cari del previsto. C'era un'interessante possibilità per spendere meno: il biglietto multitratta. Pagando una cifra ben inferiore alla somma dei singoli biglietti, si poteva partire da Ho Chi Minh City e arrivare fino a Hanoi. Il problema era che bisognava fermarsi non più di un paio di giorni in ogni città, una circostanza molto limitante per noi che lavoravamo viaggiando. Poteva capitarci di innamorarci di una città e decidere di fermarci per due settimane, ad esempio.

Mentre attraversavamo la minuscola hall della struttura in cui soggiornavamo, Claudia mi fermò.

«Guarda qui» mi disse indicando un foglio appeso alla bacheca degli annunci.

C'era l'immagine in bianco e nero di una vecchia moto e c'era scritto che era in vendita. "Ho attraversato tutto il Vietnam in moto, devo tornare a casa e vendere in fretta questa fantastica moto" si leggeva nell'annuncio. Il prezzo catturò subito la mia attenzione: appena trecento dollari.

Tre giorni dopo stringemmo la mano a un ragazzo australiano che ci aveva appena venduto la sua moto. Eravamo persino riusciti a scendere a duecentocinquanta dollari ed eravamo pronti a un'avventura che profumava di totale libertà: girare il Vietnam in motocicletta.

49
Il Vietnam in moto

È divertente sedersi su una panchina e osservare il traffico infernale del Vietnam. Lo avevo fatto più volte a Ho Chi Minh City: mi sedevo e guardavo questo fiume infinito e rumoroso di scooter, camion, bus e automobili che si spostavano come un banco di pesci. Era uno spettacolo assurdo e capace di intrattenerti per ore, se non avevi altro da fare. Fu molto meno divertente salire a bordo di una motocicletta e buttarsi in quel flusso fatto di manubri, specchietti, clacson e marmitte. Anche solo per uscire da Ho Chi Minh City rischiammo la vita una decina di volte, tra scooter che ci tagliavano la strada e automobilisti distratti che accostavano all'ultimo e, non contenti, spalancavano le portiere appena fermi. Una volta fuori dal caos della grande città, i nostri nervi si rilassarono un po' e iniziammo a goderci lo spettacolo del paesaggio che scorreva di fianco a noi. Avevamo solo due piccoli zaini con noi, perché quelli grandi dove avevamo praticamente tutto li avevamo spediti direttamente alla guesthouse dove avremmo soggiornato a Hanoi: ci era bastata una telefonata con la struttura per assicurarci che ce li avrebbero tenuti al sicuro in cambio di dieci dollari.

Dopo un paio di ore ci rendemmo conto, nonostante il male al fondoschiena, che viaggiare in moto è davvero pura libertà. Potevamo fermarci quando volevamo, guidare solo quando ci andava ed essere completamente padroni del nostro tempo. Puntammo la ruota anteriore della nostra moto verso la costa e iniziammo la lunga salita che ci avrebbe portati (imprevisti permettendo) fino a Hanoi, nell'estremo Nord del Paese.

La prima tappa del nostro viaggio fu Mui Ne, una cittadina sul mare famosa per le dune di sabbia. Arrivammo di sera, andammo a dormire e ci svegliammo il mattino successivo pronti a sbrigare in fretta le questioni lavorative. Ci mettemmo più del previsto, quindi decidemmo di andare direttamente a pranzo.

Dopo aver mangiato eravamo nella miglior condizione possibile per esplorare: lo stomaco pieno e la testa priva di preoccupazioni e pensieri. Camminammo su dune che non sembravano appartenere a quella zona del mondo e godemmo di uno dei tramonti più belli della nostra vita, con i piedi affondati nella sabbia fredda e il vento sui nostri volti sorridenti. Restammo a Mui Ne per qualche giorno, giusto il tempo di superare il dolore al fondoschiena e farci tornare la voglia di salire in moto e guidare verso nuovi orizzonti. Ripartimmo carichi di energia positiva e buone sensazioni, questa volta puntando verso l'entroterra.

Dopo un paio di giorni arrivammo a Dalat, una località sulle montagne dove rimettemmo nello zaino le infradito e tirammo fuori scarpe chiuse e felpe. Faceva abbastanza freddo e per qualche giorno ci rifugiammo nella nostra camera trovata in offerta su Airbnb, limitandoci a lavorare e vivere in quella città nuova come se fosse casa nostra da sempre. Al mattino andavamo a fare la spesa, cucinavamo in casa, facevamo lunghe passeggiate sulla riva del lago e poi ci godevamo serate tranquille davanti a un buon film, stretti sotto le coperte per scampare al freddo di quella zona. Era strana, la vita che avevamo scelto. Ma era meglio di un film. Quella a Dalat era l'esperienza più simile a una settimana di relax in montagna che avessimo mai fatto. E noi, nati ai piedi delle Alpi, la stavamo facendo nel cuore del Vietnam.

Con la nostra moto esplorammo i dintorni di Dalat, percorrendo strade incredibili che passavano in mezzo alla rigogliosa vegetazione. Un giorno scoprivamo una cascata, un giorno raggiungevamo la cima di una collina dalla quale si godeva di una vista meravigliosa su un'immensa vallata, un giorno ci trovavamo a percorrere un tunnel naturale costituito dai rami di antichi alberi. La zona intorno a Dalat era un territorio ancora incontaminato e con tantissimo verde.

Decidemmo poi che era arrivato il momento di tornare sul mare: il freddo ci aveva stufati. Preparammo i nostri zaini, riempimmo il serbatoio della moto e scendemmo verso Nha Trang, una località dove decidemmo di non fermarci: era molto turistica, con tanti hotel di lusso e ben poco di nostro interesse. Già ci eravamo costruiti una vita nella quale potevamo decidere sul momento di muoverci verso la prossima destinazione, ma la motocicletta aveva amplificato ulteriormente quella sensazione di libertà: ora non dovevamo nemmeno aspettare l'arrivo di un treno o di un bus. Bastava accendere il motore e partire, cosa che facemmo poche ore dopo essere arrivati in città.

Dove andare adesso? Non ne avevamo idea, così decidemmo semplicemente di salire lungo la costa e fermarci dove avremmo avvertito le giuste vibrazioni. Fu così che passammo di località in località, fino ad arrivare a Hoi An.

Una coppia di viaggiatori italiani che avevamo incontrato a Ho Chi Minh City ci aveva detto che la "città delle lanterne" era assolutamente da visitare. Non solo per le splendide lanterne che caratterizzano i suoi vicoli, ma anche perché è una delle cittadine più vivibili del Vietnam. «Niente a che vedere con questo traffico» ci dissero indicando gli scooter che sfrecciavano a pochi metri dal tavolino del ristorante dove stavamo mangiando. Temevamo che fosse troppo affollata di turisti, ma in realtà scoprimmo una piccola città con ritmi molto più blandi rispetto alla media del Sudest asiatico.

C'erano molti modi per esplorare Hoi An, ma ci rendemmo conto che quello era davvero un luogo a misura d'uomo, al punto che persino la nostra vecchia moto sembrava inadatta a girarla. Decidemmo quindi di parcheggiarla sotto al balcone della nostra stanza nella guesthouse dove soggiornavamo e girare in bicicletta. La vita in quei giorni era leggera e spensierata: due biciclette, una cittadina graziosa, poco traffico, ottimo clima, buon cibo e soprattutto buona compagnia.

Dopo esserci ricaricati con qualche giorno "lento", partimmo alla volta di un posto di cui avevamo sentito parlare da più parti: il parco nazionale di Phong Nha, nel cuore del Vietnam. Avevamo letto di grotte impressionanti, tra le più grandi e spettacolari al mondo, ma anche di paesaggi da cartolina. Per tutto il tragitto non facemmo altro che pensare con eccitazione al momento in cui saremmo finalmente entrati in quel luogo straordinario.

Il benvenuto nel paesino al centro del parco (l'unico luogo dove poter soggiornare) non fu però dei migliori: arrivammo di sera mentre diluviava, guidando ai venti all'ora per paura di cadere rovinosamente. Avevamo prenotato una stanza, ma la signora che gestiva la struttura in questione ci disse senza mezzi termini di averla data via. «*You are late!*» ci urlò mentre tentavamo di protestare. Fummo costretti a cercare una soluzione alternativa e, un po' per curiosità e un po' per disperazione, chiedemmo il prezzo di una notte nell'unico hotel di un certo livello presente in quel paesino incastrato tra vallate, montagne e fiumi. La cifra era ovviamente fuori budget e il receptionist non riuscì a convincerci nemmeno quando sostenne che Samuel L. Jackson soggiornava nella suite più costosa perché stavano girando un film di Hollywood proprio all'interno del parco. Un ragazzino, vedendoci per strada mentre ci guardavamo intorno senza speranze, coperti dalle nostre giacche impermeabili sotto la pioggia battente, ci consigliò di chiedere ospitalità a una famiglia del luogo. Ma non sapevo se ci sarei riuscito.

Camminammo bagnati fradici finché una signora ci notò.

Decisi di seguire il consiglio di quel ragazzino. Trovando una faccia tosta che non mi apparteneva, le chiesi se era disposta a ospitarci per una notte. Le dissi che ovviamente avremmo pagato per l'ospitalità e lei si dimostrò entusiasta all'idea di avere due viaggiatori sotto il suo tetto. Ci accordammo su un prezzo molto basso, circa la metà di quanto avremmo pagato nella guesthouse. Ci assicurammo dunque un tetto sulla testa, ma non solo: la signora, vedendoci stanchi e bagnati, ci offrì di cenare con lei e la sua famiglia. Fu così che ci ritrovammo a tavola con una decina di persone, tra nonni, bambini e ragazzi della nostra età. Quasi nessuno parlava inglese (tranne i figli adolescenti), ma alla fine riuscivamo a comunicare con tutti, perché in quei momenti di unione la lingua non è un ostacolo: si parla con i gesti, i sorrisi e gli occhi. Mangiammo una deliziosa zuppa di noodles e ci godemmo la compagnia inaspettata di quelle persone straordinariamente gentili e disponibili, che amavano il loro Paese e volevano prendersi cura di chi arrivava dall'altra parte del pianeta per visitarlo. Quando poi ci sdraiammo sul letto, stravolti, ci rendemmo conto di quanto il mondo sia popolato di belle persone. A volte devi solo lasciare da parte i pregiudizi e aprire il tuo cuore: troverai sempre qualcuno pronto ad accoglierti come un figlio, proprio quando ne hai più bisogno. Viaggiare ti insegna a non prendere per buono tutto ciò che dicono telegiornali e giornali, per cui la terra è un brutto posto e i pericoli sono ovunque.

Il parco nazionale di Phong Nha non deluse le aspettative: sembrava di essere nel film *Jurassic Park* per l'immensità dei paesaggi, il verde delle vallate e della vegetazione che si perdeva a vista d'occhio e alcune delle grotte più grandi al mondo, scoperte solo pochi decenni prima. Durante tutto il nostro soggiorno venimmo fermati più volte da guide turistiche che ci volevano convincere a prenotare un tour, perché a detta loro era impossibile fare tutto da soli. Ovviamente non era così e poter girare per quelle terre bellissime in moto e in totale libertà fu una delle esperienze migliori della mia vita. Ci lasciammo alle spalle Phong Nha sfruttando una giornata nella quale sembrava non dovesse piovere, e ci dirigemmo verso Ninh Binh, l'ultima grande città sulla strada verso Hanoi. Arrivammo alla sera, crollammo stravolti sull'ennesimo nuovo letto e al mattino ci svegliammo presto per iniziare l'esplorazione.

Solitamente quell'attività cominciava con una colazione abbondante, e fu in quell'occasione che provai finalmente il caffè vietnamita. Avevo già provato ad assaggiarlo a Dalat, ma il gestore del bar dove ci eravamo seduti mi aveva detto che è una bevanda che richiede tempo; se avevo fretta era meglio ordinare un caffè normale. Quel giorno volevo partire a stretto giro e quindi avevo rinunciato. Certe cose pretendono il giusto tempo e non volevo rovinare l'esperienza pensando di essere in ritardo. A Ninh Binh, invece, non c'era alcuna fretta. Scegliemmo un bar, ci sedemmo al tavolino sul marciapiede (un tavolino stranamente non di plastica, ma di metallo) e ordinai questo famoso caffè vietnamita. Dopo una decina di minuti il cameriere mi mise davanti un bicchiere di vetro su cui erano appoggiati un dischetto in acciaio, un filtro di acciaio simile a una tazzina e una specie di coperchio, anch'esso di acciaio. All'interno di questa "costruzione" composta da diversi pezzi di metallo veniva prodotto il caffè, che cadeva all'interno della tazza in vetro goccia dopo goccia. Ecco perché il caffè vietnamita richiede tempo: ci vogliono quasi dieci minuti prima che la tazza di vetro si riempia! Solo a quel punto tolsi le componenti sopra al bicchiere e provai per la prima volta il caffè più famoso del Vietnam. Com'era? Onestamente mi sembrava caffè come tanti altri. La preparazione scenografica non aveva fatto colpo su di me.

Dopo colazione prendemmo la nostra moto e ci avviammo fuori città, verso le risaie. Arrivati a destinazione notai che sulla cima di una collina poco distante c'era una costruzione che sembrava un tempio in disuso.

«Dev'esserci una bella vista da lassù» dissi a Claudia.

Dopo un minuto stavamo salendo su per centinaia di

scalini. Arrivammo in cima trafelati, ma la vista era effettivamente spettacolare: potevamo osservare la città in lontananza e la valle ricoperta dalle risaie che si estendeva fino all'orizzonte. Il Vietnam, per lo meno quello lontano dalle rotte turistiche, era caratterizzato da quei paesaggi pazzeschi, simili tra di loro ma sempre emozionanti e unici. Per un po' io e Claudia restammo abbracciati in silenzio a contemplare la bellezza di quel luogo e sentirci nuovamente grati di poter vivere momenti come quello praticamente ogni giorno. Poi iniziammo la discesa.

Incontrammo una ragazza che stava salendo.

«È dura, ma ne vale la pena» le dissi. Lei sorrise e scambiammo qualche parola.

Era americana e viaggiava da sola per il Sudest asiatico. Ci disse di essere impegnata nel percorso opposto al nostro: dal Nord al Sud del Vietnam. Aveva già visitato Hanoi e ci consigliò di non perderci per nessuna ragione al mondo l'isola di Cat Ba. Tirai fuori il mio taccuino e mi segnai quell'appunto. Più avanti avrei scoperto che aveva proprio ragione.

Il giorno successivo decidemmo di seguire il consiglio della coppia di anziani che gestiva la struttura dove dormivamo. Ci avevano invitati a visitare un tempio imponente distante pochi chilometri dai palazzi e dal traffico onnipresente in Vietnam. Anch'esso si trovava in cima a una collina e fummo costretti a percorrere centinaia di scalini per raggiungerlo. Stavolta la vista non era particolarmente sensazionale, quindi decidemmo di scendere poco dopo.

Mentre camminavamo verso lo scooter, notammo un banchetto di *sugar cane juice*, il succo di zucchero di canna. È una bevanda molto popolare nel Sudest asiatico, perché secondo le popolazioni del luogo è un integratore vitaminico naturale. Si prepara sul momento infilando le canne da zucchero dentro un macchinario che ne estrae il succo. Ne ordinammo due, pagando una cifra irrisoria. A gestire il banchetto erano tre signore vietnamite di una certa età, probabilmente una di loro aveva più di ottant'anni. Pioveva appena e faceva anche un po' freddo ma le tre signore indossavano vestiti leggeri e avevano le infradito ai piedi.

«*No kids?*» mi chiese una di loro mentre stavamo per andarcene. Le altre due ridacchiarono.

Le dissi che non avevo capito la domanda.

«*No kids?*» ripeté lei. «*No baby?*»

Poi si alzò, indicò Claudia e mimò il gesto del pancione di una donna incinta.

Sorrisi.

«*Not yet!*» risposi. "Non ancora."

«*Why no kids?*» proseguì lei.

Tutto avrei pensato nella vita, tranne di ritrovarmi a rispondere a una domanda così personale in un parcheggio da qualche parte del Vietnam, sotto la pioggia.

«*We are twenty-five... still young!*» le risposi sorridendo. "Abbiamo venticinque anni, siamo ancora giovani."

Lei fece un'espressione confusa. La stessa delle altre due donne.

«*Young?*» chiese. Poi indicò se stessa e iniziò a contare con le dita. «*First baby*» disse alzando il tono della voce. Poi mi fece capire contando con le dita di aver avuto il primo figlio a sedici anni.

Ero spiazzato e non sapevo cosa dire. Pensai che senza l'ostacolo della lingua le avrei potuto spiegare che nel mio Paese c'è una crisi economica e i giovani non hanno sicurezze concrete da quel punto di vista. Ecco perché io e Claudia, così come tantissime altre coppie, non avevamo neppure preso in considerazione l'idea di fare figli "così giovani". Poi però osservai quelle tre donne che vendevano un bicchiere di succo di zucchero da canna a mezzo dollaro: erano anziane e stavano per ore sotto la pioggia con indosso abiti malridotti e leggeri, eppure ridevano e sembravano felici. E si chiedevano perché una coppia come noi, in salute e con la possibilità di viaggiare, non avesse ancora dei figli. Quello fu uno dei tanti momenti in cui mi resi conto di come il viaggio sia il modo migliore per osservare la tua vita dall'esterno e mettere in dubbio quegli aspetti che avevi sempre considerato certezze.

Le domande della signora mi spinsero a pormene altre. Mi chiesi perché noi occidentali siamo così ossessionati dall'analisi di ogni singolo aspetto e dettaglio prima di prendere una qualsiasi decisione. A furia di pensare e riflettere si finisce per trovare sempre qualcosa che può andare storto: i soldi non saranno mai abbastanza, le responsabilità saranno troppo grandi, ci potrebbero essere ostacoli insormontabili e rischi di ogni tipo... e alla fine ci facciamo spaventare dalle prospettive negative al punto di rinunciare completamente a fare qualunque cosa. Per paura di fallire, scegliamo un immobilismo che non ci porta da nessuna parte. E questo non è solo un discorso legato al creare una famiglia, ma al modo di vivere così ciecamente razionale da trasformare la nostra logica in un credo senza alcuna logica. Perché quando prendiamo consapevolezza dei rischi e dei pericoli della vita (quella consapevolezza che miliardi di persone nel mondo non hanno), decidiamo di costruire zone di comfort dove rinchiuderci per sentirci al sicuro.

Nelle nostre piccole bolle è tutto sotto controllo, non ci sono sorprese né rischi. Le cose brutte che succedono nel mondo là fuori, quelle di cui parlano al telegiornale, non possono toccarci se non mettiamo mai piede fuori dal nostro quadrato di vita. A molti sembra la soluzione migliore, ma in realtà è estremamente limitante: mentre ti proteggi da pericoli più o meno reali, stai escludendo dalla tua vita un'infinità di opportunità. Ad esempio, pensai ricollegandomi alla domanda della signora, si decide di non iniziare una famiglia perché dopo mille calcoli si è stabilito che i soldi non sono abbastanza. Ma questo modo di ragionare è una spirale: a ben pensarci, niente è mai abbastanza, perché non esistono sicurezze in questa vita. In altre parti del mondo non hanno la nostra stessa visione razionale e scientifica della vita e, se è vero che questo aspetto talvolta porta a conseguenze devastanti per l'umanità (tutto l'odio e la violenza generati in nome di un Dio, ad esempio, ma anche abitudini frutto dell'ignoranza, come bruciare la spazzatura, pratica tristemente diffusa in Asia), è altrettanto vero che avremmo molto da imparare dalle persone più istintive. Perché un conto è essere razionali e un conto è diventare ossessionati dalla ricerca di certezze, quelle che oltretutto non esistono nemmeno quando si parla di scelte di vita. Ci sarà sempre qualcosa che potrebbe andare male e, seguendo questa logica, si finisce per rinunciare a tutto ciò che non è estremamente sicuro. E magari poi si cade vittime di un male incurabile o di un incidente impossibile da evitare e si lascia questa terra con un unico rimpianto: non aver mai rischiato e quindi non aver mai vissuto veramente. Si muore pensando con tristezza di non esserci mai dichiarati alla donna della nostra vita per paura di essere rifiutati, di non aver mai viaggiato per paura di non essere all'altezza, di non aver mai pubblicato quel romanzo per paura del giudizio altrui. È tutta una questione di paura: per alcuni è la spinta fondamentale verso il cambiamento, per altri è la parola FINE scritta a caratteri cubitali sui propri sogni e sulla propria prospettiva di felicità.

«Quando avremo dei figli, passeremo a salutarvi» dissi alla fine alle tre signore.

Era una risposta stupida, ma non sapevo che altro dire.

«*Don't worry!*» disse quella che aveva mimato il pancione. Forse si era resa conto di avermi mandato in crisi con le sue parole così semplici e spontanee. «*You are a beautiful couple.*»

La ringraziammo, le salutammo e andammo verso lo scooter sorseggiando il succo di zucchero da canna. Pochi secondi dopo un tuono potentissimo ci fece sobbalzare.

Iniziò a diluviare proprio mentre uscivamo dal parcheggio a bordo della moto. Guardai nello specchietto: nonostante la pioggia battente, le tre signore erano ancora là.

50
Perdona, perdonati e guarda avanti

Arrivammo a Hanoi stravolti da quel lungo viaggio in moto. Era stato bellissimo, senza dubbio una delle esperienze più intense e indimenticabili della mia vita, ma in fondo ero contento di aver portato a termine il nostro percorso.

Viaggiare in moto non è facile come sembra, anzi, è logorante e richiede ogni tua energia fisica e mentale. Devi essere sempre attento a qualsiasi dettaglio, ti ritrovi a implorare il cielo di non tirar giù il più grande diluvio della storia e vivi nell'ansia che quel rumorino si trasformi in un motore in fiamme oppure che la pompa di benzina che hai superato venti chilometri prima con noncuranza fosse l'unica per altri duecento. Tuttavia, fu grazie a quella straordinaria avventura che capii a fondo che certe esperienze sono straordinarie proprio perché non sono facili da realizzare.

Ci fermammo a Hanoi, dove rinnovammo il visto e mettemmo in vendita la moto. Eravamo sicuri che avremmo trovato qualche viaggiatore a cui cederla e infatti bastò una settimana per essere contattati da una coppia olandese che se ne era già innamorata. Augurammo loro buona fortuna e li accompagnammo con lo sguardo mentre si avventuravano nel traffico di Hanoi, con l'intenzione di scendere fino a Ho Chi Minh City, dove il nostro viaggio era iniziato.

Hanoi è una grande città caratterizzata da strade moderne, grattacieli e tanta frenesia, ma anche da banchetti dello street food e dai caratteristici tavolini e sedie in plastica dei ristoranti di strada. Fu proprio in uno di questi luoghi che iniziammo un rito decisamente originale: fare colazione come fanno i vietnamiti.

Stufi di strapagare caffè annacquati e brioche indecenti, ma anche di mangiare solo frutta come ci succedeva spesso in Thailandia, scegliemmo di provare a seguire le tradizioni locali. Avevamo visto che i vietnamiti (come quasi tutti i popoli del Sudest asiatico) mangiano una zuppa salata a colazione, pranzo e cena. Nello specifico, si tratta del piatto nazionale, il *pho*, una zuppa a base di spaghetti di riso. Così io e Claudia ci sedemmo in uno dei ristoranti di strada dove mangiano i local. Intorno a noi c'erano già diverse persone, nonostante fossero le sette di mattina. Molti ci guardarono sbalorditi: che ci facevano due occidentali lì, così presto, a mangiare insieme alla gente del luogo? Proprio per questo motivo, dopo poco un uomo si avvicinò e ci salutò. La stessa cosa fece una donna con i due figli piccoli. Erano semplici saluti come "*Hello!*" o "*Good morning!*", ma erano il modo migliore per iniziare la giornata con positività.

Ordinammo due *pho* con verdure, senza carne o pesce. Quando la ragazzina che aiutava la famiglia a gestire quel posto ce li portò, erano fumanti e invitanti. Per la prima volta nella mia vita, provavo la zuppa a colazione, ed era semplicemente deliziosa. Un mix di sapori inaspettato, ma anche un toccasana per riscaldarti in quella fresca mattinata. Finii la mia zuppa chiedendomi come avevo fatto a non aver mai considerato un pasto del genere per colazione. Ancora una volta, il potere del viaggio: ti porta fuori dalla tua comfort zone dove tutto è dovuto e scontato e ti mette di fronte a realtà che ti aprono gli occhi alle mille opportunità che abbiamo di fronte ma siamo troppo ciechi per vedere. La vita è troppo bella per viverla sempre nello stesso modo: ne avevo avuto ulteriore conferma mangiando una zuppa a colazione.

Ricordo il nostro periodo a Hanoi soprattutto per le nostre avventure culinarie. Trattandosi di una delle città più care del Vietnam (forse la più cara) mangiavamo solo nei ristorantini di strada popolati dai local. Fu così che, oltre al *pho*, scoprimmo la *bia hoi*.

Una sera, mentre mangiavo un piatto di noodles fritti, avevo notato che molte persone sedute intorno a noi bevevano una strana bevanda gialla. Sembrava birra ma non credevo che potesse esserlo, perché gente di ogni età continuava a berne un boccale dietro a un altro. Quando finalmente la ordinò un ragazzo seduto al tavolo vicino al nostro, gli chiesi cosa fosse.

«È la *nostra* birra» disse con quell'orgoglio tipicamente vietnamita.

«Ah, è birra? Ne bevete parecchia» risposi io, stupito.

Poco prima avevo visto una signora ben oltre i sessanta berne un boccale intero.

«È una birra molto leggera... anzi, è leggerissima» mi disse il ragazzo. «Qui in Vietnam molti la bevono a colazione. Soprattutto chi svolge lavori manuali molto duri, come i muratori.»

Era una storia affascinante. Parlammo con quel ragazzo ancora per un po' e scoprii che la *bia hoi* è un autentico prodotto del Nord del Vietnam, di cui gli abitanti del luogo sono così orgogliosi da volerla produrre esclusivamente in modo artigianale: non esistono fabbriche di *bia hoi*, sono le persone a occuparsi della produzione (spesso direttamente in casa) e della distribuzione. Inoltre è sempre fresca, perché secondo l'antica tradizione la *bia hoi* dev'essere consumata entro ventiquattr'ore dalla produzione.

Ne ordinai un boccale e la trovai molto leggera, è vero, ma deliziosa. Poi scoprii perché è considerata la birra più economica del mondo: pagai il boccale cinquemila dong, pari a diciotto centesimi di euro.

Esplorammo quindi Hanoi in modo alternativo, senza badare alle attrazioni turistiche, ma immergendoci nella vita delle persone del luogo. E soprattutto attraverso i suoi sapori. Una forma di viaggio pura, che mette in contatto le persone come solo i cibi e le bevande tradizionali sanno fare.

Prendemmo un autobus e ci lanciammo verso la baia di Halong che ci era stata descritta da altri viaggiatori come un luogo dalla bellezza incredibile. Anche in questo caso, le aspettative non furono tradite: passandoci in mezzo a bordo di una barca, sul mare liscio e immobile, ci sentimmo minuscoli di fronte ai faraglioni e alla vegetazione rigogliosa di quell'angolo del Vietnam.

Fu però l'isola di Cat Ba a conquistarci, proprio come ci aveva detto la ragazza americana incontrata a Ninh Binh. Era una piccola isola immersa completamente nel verde. C'erano spiagge di ogni tipo, da quelle turistiche e affollate ad altre più selvagge raggiungibili solo avventurandosi con lo scooter sulle stradine dell'isola. Nella zona del porto si trovavano gran parte delle guesthouse e degli hotel, oltre a ristoranti e locali. Ma fu al centro dell'isola che vissi l'esperienza più intensa: c'era un sentiero di trekking che si snodava nella giungla e sbucava su un'altura dove c'era un piccolo tempio buddhista in legno e si poteva godere di una vista incredibile di tutta l'isola. Cat Ba divenne subito uno dei miei posti preferiti al mondo, sullo stesso livello di Pai, la cittadina con i campi di fragole e l'enorme statua bianca del Buddha nel Nord della Thailandia. Era un luogo tranquillo, senza traffico, né rumore e caos. C'era il mare, c'era la foresta, c'erano tantissimi viaggiatori da ogni parte del mondo. Avevamo trovato un solo ristorante vegetariano, ma non potevamo chiedere di meglio.

Era gestito da una famiglia vietnamita che praticamente non parlava inglese. Per questo motivo assumeva i *backpackers* che passavano da Cat Ba offrendo loro vitto e alloggio in cambio di un paio di settimane di lavoro come cameriere. Mangiavamo a pranzo e a cena in quel ristorantino a pochi metri dal mare, non solo perché il cibo era delizioso e costava pochissimo (il riso con verdure saltate in padella migliore che avessi mai mangiato nella mia vita costava quaranta centesimi di euro), ma anche perché ogni occasione era buona per incontrare viaggiatori da ogni parte del mondo. Fu un periodo molto felice e spensierato. Eravamo stanchi, di quella bellissima stanchezza, però, che solo un lungo viaggio sa darti. Forse non è nemmeno stanchezza, è semplicemente pace dei sensi. La sensazione di fare qualcosa che ti toglie energie ma ti riempie l'anima.

Ricorderò sempre con grande piacere Cat Ba anche per un altro motivo: fu su quella piccola isola vietnamita che imparai una grande lezione di vita.

Fin da quando ero partito per l'Asia la prima volta, avevo avuto modo di incontrare tante altre persone che erano partite con l'intenzione di voltare pagina. Giovani con il cuore spezzato, cinquantenni traditi dalle promesse della società, uomini e donne alla ricerca della propria dimensione. Ognuno di loro aveva occhi che lasciavano intravedere un turbinio di emozioni: desiderio di ripartire, amarezza per le delusioni del passato, volontà di essere felici, dolore malcelato dietro a lacrime trattenute a stento. Viaggiando avevo parlato con molti di loro, li avevo osservati e avevo provato a lungo a individuare quel tratto caratteristico che li accomunava tutti. C'era qualcosa che li faceva sembrare simili, ma inizialmente non riuscivo a comprendere quale fosse il comune denominatore. Di sicuro erano viaggiatori partiti non con l'idea di esplorare, ma nel tentativo di fuggire da qualcosa e ricercare una soluzione da qualche parte del mondo ben lontana da casa. Conoscevo bene quella sensazione, perché anche io, in fondo, ero fuggito molte volte. Credevo di avere le idee chiare sul viaggio inteso come fuga. Poi, un giorno, incontrai un ragazzo tedesco.

Capelli corti, biondi e disordinati, canottiera nera come il suo umore, tatuato e con lo sguardo triste. Mi sedetti di fianco a lui per pranzare in un piccolo ristorante sulla strada. Sedendomi lo salutai. Lui ricambiò e iniziammo a parlare. Mi disse di aver lasciato la Germania il mese precedente per girare il Sudest asiatico con lo zaino in spalla. Aveva già visitato la Thailandia e il Laos ed era da poco arrivato in Vietnam. Sguardo basso, nessun sorriso, tono di voce rassegnato: parlava di un'esperienza che cambierebbe la vita a moltissime persone come se fosse del tutto insignificante.

Decisi di chiedergli direttamente il motivo del suo malessere, senza preoccuparmi di sembrare invadente. Lui alzò lo sguardo e mi fissò negli occhi per la prima volta: ci vedevo dentro tanta rabbia, sicuramente anche un po' di fastidio nei miei confronti. D'altronde ero un tizio che gli aveva appena fatto una domanda molto intima. Aveva uno sguardo che diceva in tutto e per tutto: "Ma tu chi diavolo sei e perché non ti fai i cazzi tuoi?". Mi aspettavo che pronunciasse quelle parole, ma poi notai che la fiamma nei suoi occhi iniziava a spegnersi. L'energia che emanava cambiò: niente più rabbia, ma tanta rassegnazione. Tanta tristezza. E alla fine mi raccontò la sua vera storia, con l'aria di chi non ha più nulla da perdere.

Nella sua città natale, dove era nato e cresciuto, aveva collezionato una serie di fallimenti e delusioni che lo avevano distrutto emotivamente. Prima aveva deciso di lasciare l'università, una scelta che aveva indispettito i suoi genitori. Poi aveva perso l'opportunità di essere assunto da un'importante azienda perché aveva commesso un errore banale durante il periodo di prova. Infine era stato lasciato dalla sua ragazza. Queste delusioni, ben diverse tra di loro, avevano generato in lui il desiderio di scappare il più lontano possibile. Quel ragazzo ce l'aveva con il mondo intero: la sua famiglia che non lo aveva mai capito, l'azienda che non lo aveva assunto e la sua ex fidanzata che lo aveva abbandonato. Mi disse con tono rassegnato di sentirsi un fallito. Aveva poco più di vent'anni ma sentiva di aver deluso chiunque gli fosse vicino e di essere stato tradito. Ecco perché aveva deciso di fuggire.

Osservandolo chino sul boccale di birra mentre mi raccontava a bassa voce la parte più triste della sua vita, pensai che al giorno d'oggi tendiamo a voler essere a tutti i costi perfetti e abbiamo una paura enorme dei fallimenti. Diventiamo insicuri perché ci poniamo obiettivi irraggiungibili e fissiamo su noi stessi e sugli altri aspettative irreali. Con questa mentalità è molto facile ritrovarsi con il cuore spezzato o l'autostima sotto i piedi, perché la verità è una sola: nessuno è perfetto e chiunque commette errori. I primi a sbagliare siamo noi e non dovremmo essere troppo severi nel giudicarci. Ma a sbagliare sono anche gli altri, e lo fanno spesso. Non dovremmo essere troppo severi nemmeno con chi ci circonda. Nel momento in cui ci sforziamo di essere perfetti e infallibili, succedono due cose: la prima è che soffriamo intensamente per ogni nostro (inevitabile) errore o insuccesso; la seconda è che veniamo feriti profondamente dagli errori degli altri, che avevamo idealizzato pretendendo da loro la stessa perfezione che avevamo proiettato su noi stessi.

Viaggiando ho visto tante persone che vagano senza meta, mosse dall'unico scopo di allontanarsi il più possibile dalla sofferenza causata dai propri errori o da quelli degli altri. Cercano nel viaggio una soluzione che quasi sempre è semplicemente una pausa dalla vita, una fuga da una serie di circostanze che fanno affiorare in loro ricordi dolorosi. In molti periodi della mia vita ero stato proprio come loro: un uomo in fuga dalle responsabilità, da un passato doloroso e da tante incomprensioni, delusioni e salite senza fine. Viaggiare ha tanti effetti, ma non può guarire l'anima di chi non ha intenzione di superare il proprio passato e andare avanti. Viaggiare può solo valorizzare il tuo tempo presente e il futuro, ma niente è in grado di farti tornare indietro per riscrivere le pagine della tua vita.

Conversando con quel ragazzo abbattuto, compresi che alla fine è tutta una questione di perdono. È fondamentale imparare a perdonare. Perdonare gli altri, ma soprattutto se stessi. Perdonare e guardare avanti. Lo dissi anche a lui mentre era piegato su se stesso a lamentarsi, incapace di godersi un'avventura che tante persone nel mondo possono solo sognare a occhi aperti.

«Impara a perdonarti, amico» gli dissi. «Tutti sbagliamo. Stai ingigantendo piccole questioni, che nell'arco di una vita hanno un peso molto piccolo. Non hai fatto male a nessuno se non a te stesso; se continui a fissarti su ciò che ti hanno fatto gli altri non sarai mai felice. Guardati: sei in Vietnam e passi la tua giornata a lamentarti di quanto faccia schifo la vita con un tizio italiano che non hai mai visto prima!»

Rise, per la prima volta, e quella risata fu l'apice della mia giornata. Quello che avevo detto lo avevo imparato mentre ascoltavo la sua storia. Parlammo ancora per un'ora, ci sfogammo e alla fine concordammo su quanto fosse importante andare avanti. Lo salutai con un abbraccio, gli augurai buona vita e non lo rividi mai più. Non so se quel ragazzo sia riuscito a riprendersi e ad accettare che la vita non va mai come l'avevi pianificata, che le aspettative sono destinate a essere tradite così come le regole troppo rigide a essere infrante. Quello che so è che viaggiando e aprendomi con gli altri l'Universo mi aveva nuovamente premiato con una preziosa lezione di vita: è impossibile essere felici se prima non impariamo a perdonare, specialmente noi stessi.

Non sono un indovino, eppure posso dirti due cose su di te, chiunque tu sia: non sei perfetto e hai commesso piccoli o grandi errori che ogni tanto generano in te sensi di colpa e sofferenza. Lo so perché nessuno è infallibile. Né tu, né io, nessuno. Non serve a niente tornare sempre indietro con la mente a rivivere mille volte situazioni di dolore. Come quel ragazzo tedesco non riusciva a godersi il viaggio di una vita, ognuno di noi rischia di non riuscire a godersi minimamente il proprio tempo a disposizione a causa di inutili sensi di colpa e tanto rancore. Il tempo scorre inesorabile e lo stesso dovremmo fare noi verso la nostra felicità. Non serve a niente essere troppo severi con se stessi, è importante invece essere esigenti ma realisti: sbagliare e fallire fanno parte della vita di chiunque. I veri vincenti sono coloro che imparano da un errore e trovano la forza di ripartire senza piangersi addosso.

La riflessione sul perdono e sul perdonarsi mi tornò in mente più volte nei giorni successivi. Quando lasciammo l'isola, mentre la osservavo allontanarsi con un pizzico di nostalgia, mi chiesi come si possa perdonare. Tutti ti dicono quanto è importante farlo, specialmente se sei cresciuto in un Paese con una forte influenza cattolica, ma concretamente come si fa? Ci ragionai su a lungo finché non giunsi alla conclusione che non è per nulla complicato. Perdonare è un gesto difficile da compiere, ma non richiede grandi mezzi o energie. Bastano un foglio di carta e una penna. Quando l'idea mi venne in mente, tirai subito fuori il mio quaderno dallo zaino. Su un foglio bianco tracciai una linea verticale: da un lato scrissi "Perdonare", dall'altro "Farsi perdonare". Nella prima lista c'erano i nomi di coloro che in un modo o nell'altro mi avevano ferito, nell'altra i nomi di quelli che avevo ferito. Compilandole mi sentii subito bene, come se mi fossi tolto un peso dal cuore. Nel tempo mi sono impegnato a chiedere scusa alle persone a cui avevo fatto del male e a perdonare quelle che ne avevano fatto a me. Non ho ancora finito, ma posso assicurare che funziona. Certi vecchi rancori, certi dispiaceri che sembravano parte di me, sono spariti totalmente quando ho deciso di perdonare o perdonarmi. Ho lasciato andare quel peso, che solo a quel punto si è rivelato per ciò che era fin dall'inizio: un ostacolo senza sostanza eppure in grado di bloccarmi dall'andare avanti.

Bastano un pezzo di carta e una penna, davvero: questo è un ottimo modo per superare le delusioni, qualunque esse siano, e iniziare un reale percorso di crescita personale. La strada per la felicità passa anche da qui, perché la felicità appartiene a chi sa vivere il presente, ma per farlo è necessario prima di tutto imparare a risolvere tutte le questioni in sospeso. Chiudere capitoli dolorosi della nostra vita, andare oltre la sofferenza. Quando lo fai ti senti improvvisamente leggero, dopo anni di inutili sofferenze.

E solo a quel punto puoi davvero spiccare il volo.

51

Bali?

Dopo il Vietnam era arrivato il momento di tornare a Bangkok per lavorare con più stabilità. Arrivati nella capitale thailandese ci stabilimmo nella guesthouse di Mike con l'idea di restarci per almeno un paio di settimane, se non fino alla scadenza del visto. Claudia, nel frattempo, aveva iniziato a lavorare online come me. A Koh Phangan aveva conosciuto una ragazza russa che era rimasta affascinata dalla sua attività di artigianato, soprattutto per come la promuoveva sui social network.

La ragazza era un'imprenditrice digitale, si occupava di vendere prodotti in tutto il mondo attraverso decine di siti di e-commerce. Chiese a Claudia se fosse interessata a occuparsi del mercato italiano. Avrebbe dovuto gestire gli ordini e soprattutto occuparsi dei canali social della compagnia. Contrariamente alla creazione di borse, questo lavoro sarebbe stato al cento per cento in remoto.

Claudia ci aveva pensato a lungo durante il viaggio in Vietnam e alla fine aveva deciso di accettare. Tornati a Bangkok aveva iniziato a lavorare come social media manager, quasi per pura curiosità. Non poteva immaginare che la sua attività di artigianato sarebbe tornata a essere semplicemente il suo hobby preferito, mentre la creazione di contenuti online sarebbe diventata il suo lavoro e la sua possibilità di guadagnarsi da vivere da qualunque parte del mondo.

BALI

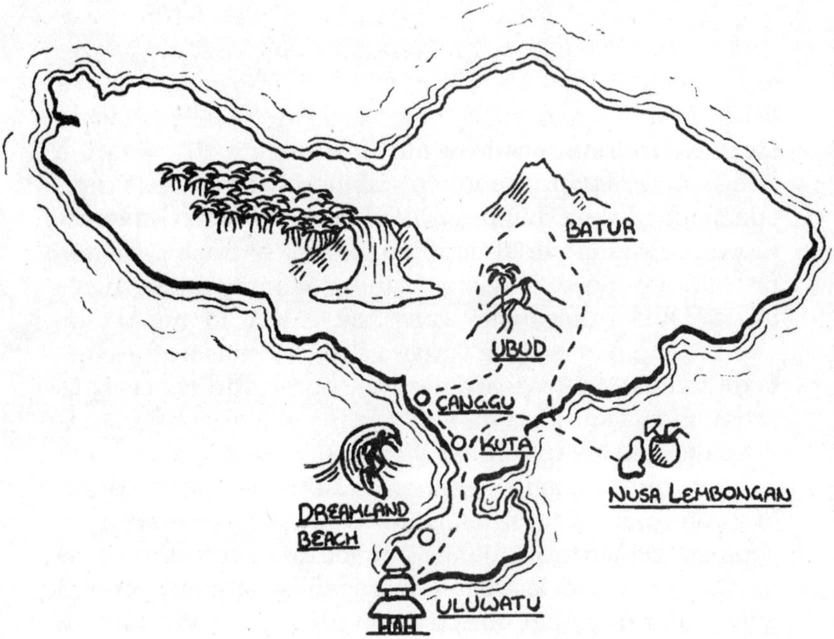
BATUR
UBUD
CANGGU
KUTA
NUSA LEMBONGAN
DREAMLAND
BEACH
ULUWATU

A Bangkok ci sentivamo a casa. Un giorno, però, incontrammo qualcuno che scombussolò tutti i nostri piani.

Eravamo a pranzo nel nostro ristorante vegetariano preferito. Tutti i tavoli erano occupati, così la cameriera ci chiese se due clienti potevano sedersi al nostro. Dicemmo di sì senza esitazioni e ci trovammo di fronte a una giovane coppia. Scambiammo quattro chiacchiere e scoprimmo che vivevano in Australia grazie al Working Holiday Visa. Lei era francese, aveva lunghi capelli biondi, le lentiggini e un anello al naso. Lui sembrava a tutti gli effetti un surfista australiano: anche lui biondo, muscoloso, abbronzato e sorridente. Si erano conosciuti a Sydney e ora erano a Bangkok in attesa di ricevere il secondo visto che avevano ottenuto lavorando nelle fattorie australiane.

Avevamo tanto in comune, così quel pranzo si trasformò in una lunga chiacchierata. Quando dicemmo loro che eravamo nomadi digitali, dimostrarono grande interesse per quella scelta di vita e ci spiegarono di averne conosciuti alcuni a Sydney, ma soprattutto a Bali.

«A Bali?» chiesi.

Di Bali sapevo pochissimo. Mi tornavano alla mente le parole di mio padre, che da piccolo mi diceva di volerci andare almeno una volta nella vita.

«Sì a Bali, precisamente a Ubud. È una località lontana dal mare, immersa nel verde. Ci sono tante scuole di yoga, ristoranti vegetariani e nomadi digitali!» disse Momo, la ragazza, mentre tentava senza successo di mangiare un pad thai con le bacchette in legno.

Dal modo in cui ne parlavano, Ubud sembrava il posto giusto per lavorare: meno caos rispetto a Bangkok, più natura, altri nomadi digitali come noi. Fu così che, senza esitazione o pianificazione, io e Claudia decidemmo di prenotare il primo volo low cost disponibile per l'isola indonesiana. Tre giorni dopo eravamo a Bali.

All'aeroporto fummo accolti da tassisti insistenti che si proposero di portarci a Ubud a prezzi esorbitanti.

«Ah, italiano!» esclamò uno di loro quando gli dissi da

dove venivamo. «Allora, visto che siete italiani vi faccio un prezzo imperdibile: novecentomila rupie.»

Novecentomila rupie corrispondevano a più di cinquanta euro. Su Internet avevo letto che un prezzo onesto era inferiore alle trecentomila rupie. Decidemmo quindi di uscire dalla zona dell'aeroporto, un trucchetto che avevamo imparato a Bangkok. Infatti, per entrare con l'automobile in quasi tutti gli aeroporti del mondo è necessario pagare una piccola tassa. Camminando per una decina di minuti ci si lascia alle spalle l'aeroporto e quindi i taxisti non possono utilizzare la scusa della tassa che hanno pagato per gonfiare il prezzo. Alla fine pagammo duecentocinquantamila rupie.

Ci mettemmo un'ora e mezza per raggiungere Ubud, perché il traffico a Bali non era poi così diverso da quello di Bangkok. Il paesaggio, invece, era tutta un'altra cosa: c'era verde ovunque e non c'erano grattacieli. Quando arrivammo alla struttura dove avevamo prenotato, capimmo cosa intendeva la ragazza francese dicendo che a Bali ci sono posti dove hai l'impressione di dormire dentro un tempio.

A Ubud molte strutture alberghiere sono in realtà un agglomerato di appartamenti appartenenti alle famiglie del luogo. Pernottando nella cosiddetta *homestay* vivi a stretto contatto con i balinesi e puoi osservare la loro quotidianità, scandita da rituali religiosi di fronte a cui potresti incantarti per ore. Ma la vera bellezza di questi luoghi sta nell'architettura che richiama i simboli dell'induismo, intagliati con maestria su pareti e porte. Scegliendo di soggiornare in una *homestay*, trovi ovunque piccoli dettagli di una bellezza unica. In ognuno di questi luoghi è situato anche un piccolo tempio, dove quotidianamente le donne della famiglia lasciano le offerte agli dèi con una maestria d'altri tempi. I primi giorni rimasi incantato osservandole arrivare leggere, avvolte nei loro vestiti tradizionali e con i lunghi capelli lisci a incorniciarne i volti. Mentre bevevo il mio caffè le guardavo ammirato posare con cura le piccole offerte floreali. Muovevano l'incenso nell'aria e pronunciavano qualche parola sottovoce. Poi si alzavano e con la stessa armonia se ne andavano, senza fare un rumore. A volte mi vedevano, io alzavo la mia tazza in segno di saluto e loro mi regalavano un sorriso che illuminava tutto. E non erano solo le donne a essere così *luminose*: anche gli uomini, di qualsiasi età, avevano questi sorrisi splendidi, a cui era difficile, ma bellissimo, abituarsi.

Inevitabilmente, i balinesi mi piacquero subito e molto. Prendevano la vita con grande leggerezza e trovavano sempre un buon motivo per farsi una risata. Spesso al mattino uscivamo presto per andare a comprare un po' di frutta al mercato locale e in quei dieci minuti di passeggiata venivamo salutati da una decina di persone. Ma non era il saluto malizioso tipico di molti thailandesi: i balinesi erano semplicemente di buonumore e gentili. La bellezza unica della semplicità, all'ennesima potenza.

Eravamo molto affezionati a Bangkok, ma dopo pochi giorni a Ubud ce ne eravamo già innamorati follemente. C'erano più natura, ottime vibrazioni e persone simili a noi. L'atmosfera era perfetta per fermarsi per lunghi periodi e infatti incontrammo tantissimi *expats*, proprio come era successo a Koh Phangan. Persone da tutto il mondo che avevano deciso di fermarsi lì, in quell'isola dall'aria densa di spiritualità e misticismo.

C'era un luogo che rappresentava al meglio lo spirito di Ubud, un luogo che ci rubò il cuore fin dal primo momento in cui ci mettemmo piede. Lo scoprimmo grazie a due ragazze appassionate di yoga che soggiornavano nella nostra stessa guesthouse e ci dissero di aver trovato un ristorante vegetariano davvero alternativo. Ci spiegarono come raggiungerlo perché non c'erano cartelli a segnalarne la presenza e neppure c'erano molte informazioni su Internet. Sembrava che si potesse scoprire solo attraverso il passaparola.

Ci arrivammo in un bollente mezzogiorno, dopo una camminata di mezz'ora. Da fuori sembrava un cantiere abbandonato, ma dopo aver percorso un corridoio tra le piante ci ritrovammo in una piccola area protetta dagli alberi. C'erano un tetto improvvisato che riparava dal sole cocente, tre tavoli molto lunghi e decine di sedie sparse ovunque.

«*Hello my friends!*» ci accolse un ragazzo con denti troppo perfetti per essere veri.

Si chiamava Angus (o almeno così diceva) e ci diede il benvenuto in quella che sembrava a tutti gli effetti una comune immersa nel verde: c'erano persone che suonavano strumenti musicali, altri che leggevano, altri che erano impegnati a costruire alcune statue in legno. Poi c'era chi cucinava e chi mangiava. La vita procedeva secondo ritmi molto lenti e c'era un'atmosfera molto rilassante e accogliente.

Scoprimmo che quel luogo era semplicemente indefinibile. In una cucina lavoravano alcune donne balinesi, per fare in modo che ci fosse sempre cibo vegetariano a disposizione di chiunque. La particolarità, però, era che non esisteva un menu: si poteva mangiare solo ciò che veniva preparato sul momento. Non c'erano camerieri, si prendevano un piatto e le posate e alla fine del pasto ci si occupava di lavarli. Non esisteva nemmeno un listino prezzi: pagavi attraverso una donazione, lasciando ciò che ritenevi giusto in base a quanto avevi mangiato. Non solo: non c'era alcuna rete Wi-Fi in tutta la zona. Un cartello posto sopra la cucina assicurava: "Non abbiamo Wi-Fi ma ti promettiamo che qui troverai una connessione più potente".

Iniziammo ad andarci con sempre maggiore frequenza.

Diventammo amici di chi gestiva quel posto, nato dall'idea di riportare in vita gli ideali alla base del movimento hippie: uguaglianza, amore e pace. Era unico e frequentato da persone straordinarie. Incontrammo artisti, viaggiatori, sognatori, individui con una mentalità aperta e predisposta ad accettarti per ciò che sei, senza giudicarti. Trascorremmo nottate infinite a parlare del senso della vita o a condividere le nostre esperienze di viaggio. Ogni tanto cucinavamo, a volte suonavo la chitarra, altre mi fermavo a leggere i libri assurdi lasciati da persone di tutto il mondo che erano passate di lì. Ce n'erano alcuni di cui non trovavo traccia nemmeno su Internet, piccoli capolavori sconosciuti.

Passammo momenti molto felici e, se decidemmo di restare a Bali per tre mesi, fu anche grazie a quell'angolo di Ubud rimasto fermo nel tempo, in un'epoca lontana.

52

Qui non c'è la polizia, ma viviamo bene lo stesso

Perdemmo la testa non solo per Ubud, che era entrata di diritto nella lista dei nostri posti preferiti in assoluto, ma per tutta l'isola di Bali.

La girammo quasi interamente in scooter, spostandoci da un luogo all'altro ogni volta che ne avevamo voglia. Così, dall'entroterra ci dirigemmo sulla costa, a Canggu, un'altra località nota per il gran numero di *expats*. Trovammo una forte cultura del surf e tanti australiani, al punto di avere l'impressione di essere tornati a Perth. Il mare non era però niente di eccezionale e, a parte qualche locale interessante ma molto caro (per gli standard del Sudest asiatico), non c'era nulla che ci trattenesse in quella località. Ci restammo per qualche giorno, che ricordo per i galli che ci svegliavano ogni mattina alle quattro e mezzo e per le lunghe passeggiate in spiaggia al tramonto.

Proseguimmo verso sud sempre restando sulla costa, fino a giungere a Kuta. Si rivelò essere la zona che apprezzammo meno di Bali, soprattutto perché... non era Bali. A dircelo fu un ragazzo nato e cresciuto sull'isola, che ci mostrò la stanza in cui avremmo dormito per qualche notte. Con grande onestà e il solito sorriso, disse chiaramente: «Kuta non è Bali, Kuta è l'Australia!». Aveva ragione, ma andava specificato che rappresentava il lato peggiore dell'Australia: alcol a fiumi, degrado ovunque e consumismo sfrenato con decine e decine di negozi di abbigliamento per surfisti. Restammo a Kuta per un paio di giorni, giusto il tempo di assistere a una mega rissa in un pub dopo un incontro del lottatore di MMA Conor McGregor, trasmesso da qualunque locale della zona per accontentare la clientela australiana, particolarmente appassionata a questo sport.

Ci spostammo ancora più a sud, a Uluwatu. Qui c'era la stessa *surf culture*, ma più genuina: meno negozi di Billabong e più persone in mare con la tavola. I paesaggi erano più estremi rispetto a Canggu, perché non c'erano spiaggette ma scogliere, mare impetuoso e la costa che si perdeva all'infinito all'orizzonte. Anche se il prezzo delle stanze era più alto rispetto ad altre parti dell'isola, ci fermammo per due settimane per riempirci gli occhi di paesaggi straordinariamente belli e respirare aria fresca.

Avevamo trovato un bungalow all'interno di una struttura gestita da un gruppetto di ragazzini. Il più grande avrà avuto sedici anni e nessuno parlava bene in inglese, però tutti sorridevano e ci guardavano incuriositi. Mi chiesero il permesso di inviarmi una richiesta di amicizia su Facebook e io dissi che mi avrebbe fatto piacere accettarla. Per questo motivo, ci fecero un prezzo molto basso... forse *troppo* basso. Appena mettemmo piede nella camera, infatti, scoprimmo che il bagno non aveva la porta: era stata smontata per chissà quale motivo e poi nessuno si era preso la briga di rimetterla al suo posto. Considerando che pagavamo meno della metà rispetto al prezzo più basso che avevamo trovato online, decidemmo comunque di fermarci.

Il mio hobby preferito in quel periodo era prendere lo scooter dopo aver lavorato al pc, andare a Dreamland Beach (una spiaggia molto lunga, simile a quelle californiane) e nuotare tra le onde come un bambino.

Da Uluwatu risalimmo lungo la costa fino a Sanur, una cittadina sul mare dove ci fermammo un paio di giorni. Poi prendemmo un'imbarcazione per arrivare a Nusa Lembongan, un'isola a pochi chilometri da Bali. Ci piacque fin da subito, o almeno da quando un ragazzo del luogo ci accolse dicendo: «Benvenuti, qui non c'è la polizia ma viviamo bene lo stesso!». Era una frase sciocca ma intrigante. E nei giorni successivi compresi bene cosa intendesse: in quel piccolo paradiso indonesiano, sembrava che nessuno potesse avere cattive intenzioni.

Ci divertimmo molto su quell'isoletta divisa tra il verde della vegetazione e il blu dell'oceano. Si girava tutta in scooter e offriva la possibilità di vivere in totale libertà, perché effettivamente sembrava che non ci fossero regole. Eppure si stava bene, senza preoccupazioni di alcun tipo. Ci godemmo le spiagge e il mare, sicuramente tra i più belli che avevamo visto nel Sudest asiatico

Concludemmo il nostro giro di Bali visitando il Batur, un vulcano attivo sopra Ubud. Ci svegliammo in piena notte, prendemmo il nostro scooter e iniziammo la salita nel buio, prendendo come punto di riferimento un piccolo tour guidato. Arrivammo in cima giusto in tempo per l'alba, che però non riuscimmo a goderci appieno a causa del cielo nuvoloso. In questo modo, però, godemmo di una vista ancora più spettacolare: dalla cima del vulcano vedevamo una distesa infinita di nuvole ai nostri piedi. Bevemmo un tè e ci scaldammo abbracciandoci. Poi intraprendemmo la discesa, scivolando rovinosamente qualche volta e ridendo come matti.

Dopo il Batur, tornammo nella *nostra* Ubud. Avevamo viaggiato per quasi un mese sull'isola e non avevo mai smesso di lavorare: ogni giorno, per un paio di ore, scrivevo al mio computer e incassavo cifre che a Bali mi permettevano di vivere alla grande. In cambio di due ore del mio tempo ricevevo una somma di denaro più che sufficiente a condurre un'esistenza libera e spensierata in quella zona di mondo.

Tornammo a Ubud con l'idea di fermarci a lungo, nonostante fossimo in prossimità del Nyepi Day. Si tratta di una festività induista che, dopo una serie di folli festeggiamenti per le strade dell'isola a base di canti, balli e incredibili statue di demoni che vengono "cacciati" dalle città, è interamente dedicata all'introspezione. Alcuni ragazzi australiani ci dissero che sarebbe stato meglio andarsene dall'isola perché in quella singola giornata non si poteva uscire di casa. Credente o no, non aveva importanza: per ventiquattr'ore nessuno poteva andare in giro per Bali. Durante il Nyepi Day, infatti, si deve riflettere sulla propria vita, sul rapporto con gli altri e con la natura, sul proprio ruolo nel mondo e sul nuovo anno (è considerato il Capodanno di Bali, anche se non si festeggia il 31 dicembre).

Per mantenere questa esperienza viva nei secoli, sono state imposte delle restrizioni molto forti: durante il Nyepi Day non si può parlare, mangiare, lavorare, viaggiare, utilizzare elettricità e illuminare la propria casa. Si deve approfittare della luce del sole finché c'è e poi godersi l'oscurità per meditare. Sono regole molto rigide, eppure a Bali le rispettano tutti, dalle zone più rurali a quelle più turistiche. Durante il Nyepi Day nemmeno i visitatori possono uscire dalle loro stanze. L'aeroporto e gli ospedali sono chiusi e i medici possono muoversi solo per aiutare persone in pericolo di vita o donne in procinto di partorire. A controllare che le regole vengano rispettate ci pensano dei vigilanti vestiti di nero, gli unici autorizzati a stare in giro.

Il Nyepi Day, in inglese Silence Day, è chiamato così proprio per il divieto di parlare e l'invito a rivolgere la propria attenzione a ciò che abbiamo dentro e non a ciò che si trova fuori. Dura dalle 6 di mattina alle 6 di mattina del giorno successivo, ventiquattr'ore per stare da soli, meditare e ragionare sui fatti della vita, senza distrazioni di alcun tipo. Tu e i tuoi pensieri, liberi di fluttuare e sfogarsi come non succede mai durante il resto dell'anno. Solo così, secondo i balinesi, si può veramente dare un senso alla fine di un anno e all'inizio di uno nuovo.

Vivemmo il Nyepi Day come un'occasione per staccare dalla tecnologia e da Internet. Eravamo sconnessi, ma per nulla isolati: tra le vibrazioni di Ubud e il clima di fortissima spiritualità, ci sentivamo in perfetta sintonia con noi stessi. Fu la prima volta che meditai davvero e mi innamorai di quell'esperienza che mi portava in quell'unico luogo e in quell'unico tempo che esistono: il "qui e ora". Fu una giornata di disintossicazione che avremmo ripetuto, di nostra spontanea volontà, più volte negli anni a venire. La meditazione sarebbe diventata una pratica quotidiana per me, perché, anche grazie al Nyepi Day, avevo capito che a volte la soluzione ai tuoi problemi è davvero semplice: stacca da tutto e da tutti e concentrati solo su di te. Molti problemi spariranno senza che tu abbia fatto nulla, se non lasciarli andare. Una vera e propria cura per la tua anima.

Adoravamo Ubud. Ci piaceva stare in infradito tutto l'anno e avere la possibilità di vivere in mezzo al verde, ma anche poter arrivare al mare in appena un'ora di scooter. C'erano le persone e l'atmosfera giuste, tutto si incastrava alla perfezione. Ci sentivamo a casa e avevamo già preso in considerazione alcune sistemazioni di lungo periodo. Ipotizzavamo, non senza un po' di emozione, di prendere in affitto una casetta con il giardino e fare di Ubud la nostra base a cui tornare dopo ogni viaggio in giro per il mondo.

Un giorno, però, una e-mail cambiò i nostri piani.

53
Il bivio

La mia carriera di web writer stava andando molto bene. Avevo notato che la qualità del mio lavoro era aumentata ed era stata apprezzata da tutti i miei clienti. Continuavo a scrivere di poker e ogni tanto ricevevo complimenti da parte di colleghi e lettori. Non ci davo molto peso, perché in quel periodo ero concentratissimo sul valorizzare il mio tempo, e io e Claudia eravamo sempre in viaggio.

Ci furono però due momenti che mi fecero capire a che punto ero a livello lavorativo. Il primo fu quando il mio responsabile nella redazione volle fare una videochiamata su Skype per parlarmi di "una cosa importante". Nella chiacchierata mi disse che i boss (così chiamavamo i proprietari dell'azienda) erano molto contenti del mio operato.

«Grazie! Ne sono felice!» dissi attraverso Skype.

«Aspe', Gianlu, non ho finito» replicò lui. «Visto che il progetto si sta espandendo abbiamo bisogno di più articoli. Invece di assumere un altro writer, mi piacerebbe aumentare il numero dei tuoi articoli giornalieri.»

Non me l'aspettavo, ma fu una bella sorpresa. Un lavoro che già adoravo per la libertà che mi garantiva stava diventando ancora più remunerativo.

«Massima disponibilità da parte mia» dissi con entusiasmo.

«Ottimo, allora da domani puoi fare tre articoli al giorno» mi disse.

Improvvisamente il mio stipendio era appena aumentato da seicento euro a novecento euro, solo con quel cliente, senza considerare gli altri per cui lavoravo occasionalmente. Nel complesso guadagnavo circa milleduecento euro al mese per lavorare qualche ora al giorno da qualsiasi parte del mondo. Ero felice. Per festeggiare l'evento io e Claudia andammo a cena in un rinomato ristorante di Ubud dove si mangia osservando le tipiche risaie del luogo al tramonto.

Il secondo episodio che mi fece capire quanto il mio lavoro fosse apprezzato fu molto più forte e sconvolgente. Arrivò in modo totalmente inatteso, specialmente per la vicinanza temporale con la "promozione" che avevo ricevuto.

Una sera, mentre leggevo fuori dalla stanza della guesthouse di Ubud, mi arrivò una e-mail. Dopo aver letto un inedito "Gentile sig. Gotto" scoprii che un'azienda svedese che si occupava di *gaming* aveva individuato nella mia persona l'uomo giusto a cui affidare le operazioni per l'Italia. In poche parole avrei dovuto gestire il sito italiano dell'azienda. Si trattava di un lavoro importante e pagato bene, lo avevo capito dalle prime righe della comunicazione, qualcosa a cui mai avrei pensato nella mia vita. Il messaggio si concludeva con una richiesta: "Sarebbe disponibile a valutare la nostra offerta di persona a Malta? Possiamo organizzarle il volo e il soggiorno. Restiamo in attesa di un suo gentile riscontro. Cordiali saluti".

Rimasi per una decina di minuti immobile a fissare il cielo stellato di Bali, in silenzio. Ripensavo a quell'opportunità, a ciò che significava. All'importanza di un lavoro così prestigioso in un ambito dove non avevo fatto altro che dimostrare le mie competenze, senza aiutini, raccomandazioni o sotterfugi. Avevo lavorato sodo ed ero stato notato. Ero molto orgoglioso di me. Eppure avevo paura. Non ne comprendevo il motivo, e questo mi faceva ancora più paura.

Quell'e-mail, per quanto rappresentasse qualcosa di molto gratificante, aveva appena distrutto il delicato equilibrio che mi ero costruito a Ubud. Un ragazzo canadese che avevo incontrato nella comune pochi giorni prima mi aveva detto che secondo lui la rovina dell'uomo occidentale è da collegare direttamente alle ambizioni. Non riusciamo a controllarle, non sappiamo mai accontentarci e alla fine perdiamo tutto nel tentativo di puntare sempre più in alto. Subito non avevo compreso a fondo le sue parole, ma in quel momento iniziai a capire cosa intendesse.

Guardando la notte su Bali mi chiesi se dovessi anche solo prendere in considerazione l'idea di cambiare quella vita. Poi arrivò Claudia. Era appena uscita dalla doccia, aveva i lunghi capelli bagnati. Era abbronzata e bellissima.

«Che succede?» mi chiese.

La guardai per qualche secondo.

«Ti va di partire?»

«Per dove?» mi chiese stupita.

«Andiamo a Malta.»

Era davvero una bella sensazione poter mollare tutto all'improvviso, salutare Bali e prendere un volo intercontinentale per Malta; una posizione privilegiata che avevo acquisito e di cui ero molto orgoglioso. Ed era anche un percorso, il mio, quello che mi aveva portato a diventare nomade digitale, che difendevo con forza quando qualcuno ne parlava in certi termini. Avevo pulito i piatti e servito ai tavoli in Australia, investito tutti i miei risparmi in un corso da panificatore, avevo lavorato in un panificio che mi toglieva ogni voglia di vivere e in un ristorante a Vancouver e poi, senza alcuna esperienza o attestato, ero diventato un web writer dopo un anno passato a scrivere gratuitamente e mangiare noodles preconfezionati per risparmiare il più possibile. Alla fine mi ero sostanzialmente trasferito in Asia per vivere la mia vita nomade. E ora ero in procinto di partire per Malta senza alcun preavviso per partecipare a un colloquio di lavoro per un colosso del settore in cui lavoravo.

Claudia era felice per me e per quell'opportunità, anche se aveva notato che cercavo di tenere a freno l'entusiasmo. Esattamente come quella volta a Vancouver, prima di iniziare a lavorare al panificio, quando in piena notte mi aveva chiesto se fossi sicuro di essere pronto. Aveva già capito che qualcosa non mi convinceva, ma io avevo deciso di non parlarne prima del colloquio. Nella mia testa c'erano tante, troppe idee. Avrei potuto fare il punto della situazione solo dopo aver discusso personalmente con chi mi voleva assumere. In ogni caso, tornare in Europa significava tornare in Italia, una prospettiva che non ci dispiaceva più di tanto considerando che avevamo alcune questioni irrisolte a Torino e Claudia doveva consegnare molti prodotti accumulati negli ultimi mesi di Asia. Partimmo quindi a cuor leggero, con la consapevolezza che quel viaggio aveva uno scopo a prescindere. Mancavamo da tanto tempo da Torino e se il colloquio fosse andato male avremmo comunque potuto salutare amici e famigliari. E perché no, pensammo mentre ci imbarcavamo sull'aereo, magari avremmo fatto un piccolo viaggio da qualche parte in Europa prima di tornare in Asia. Era gennaio, quindi faceva molto freddo, ma c'erano Paesi europei che prima o poi avremmo certamente voluto visitare: poteva essere l'occasione giusta.

Sbarcammo all'aeroporto di Malpensa e fummo accolti dal freddo, sia quello climatico sia quello caratteriale di molte persone. I sorrisi di Bali ci mancarono fin dal primo minuto, ma ormai eravamo abituati a quello shock culturale dopo un paio di anni di avanti e indietro dall'Asia. Dopo un breve soggiorno a Torino, volammo finalmente a Malta.

Curiosamente, Malta era la sede sia dell'azienda per la quale lavoravo sia di quella che mi voleva assumere. E le due erano in competizione tra di loro, una circostanza che rendeva tutto molto più complesso. Infatti, fin dall'inizio mi resi conto che avevo due scelte: presentarmi al colloquio avvisando i miei datori di lavoro e colleghi oppure tenerli all'oscuro. Non ci misi molto a decidere di metterli al corrente dell'opportunità che mi si era presentata. Se avevo la possibilità di vivere in maniera così intensa e libera, dovevo anche ringraziare loro. Persone che fin dal primo momento avevano creduto in me senza esitazioni, professionisti di nuova generazione che avevano raggiunto un livello di consapevolezza straordinario: avevano capito che un dipendente o collaboratore rende molto meglio se è felice. Quindi non mi avevano mai ostacolato, ma anzi mi avevano persino supportato a viaggiare mentre lavoravo. La regola era sempre la solita: l'importante era consegnare articoli di qualità nei tempi prestabiliti. Come mi avevano detto nella nostra prima chiamata su Skype, potevo anche scrivere dalla luna purché lavorassi bene.

Decisi di parlargliene di persona a Malta, dove li incontrai anche per la prima volta nella mia vita. Era strano: ogni giorno ridevo e scherzavo tramite Skype con persone che ormai consideravo amici, eppure non avevo mai visto negli occhi. Mi dissero che dovevo andare a quel colloquio, perché era un'occasione imperdibile. Li ringraziai e poco dopo mi incamminai verso l'ufficio dell'azienda svedese che mi aveva contattato.

Ero nervoso e una parte di me mi diceva di mollare tutto e tornare a vivere la bella vita nomade che mi ero costruito in Asia. Però ormai ero lì e, per quanto Malta fosse un bel posto, non ero venuto in vacanza. Dovevo almeno ascoltare qual era la proposta che mi attendeva.

L'ufficio si trovava al terzo piano di un palazzo storico. Da fuori sembrava piuttosto malandato, ma dentro sembrava di essere in un qualche hub della Silicon Valley. Fui accolto da una giovane segretaria che mi chiese di attendere per qualche minuto. Arrivò poi un ragazzo biondo, più o meno della mia età. Mi strinse la mano e mi sorrise con cordialità. Ci spostammo nel suo ufficio, un piccolo cubicolo con una grande scrivania piena di fogli e aggeggi tecnologici, tra cui un mouse verticale, una tastiera superleggera e un iMac. Dopo qualche convenevole, parlammo del lavoro.

«Ti seguiamo da tempo, almeno da un anno» mi rivelò. «Apprezziamo molto la qualità dei tuoi contenuti e anche gli ottimi responsi che ottengono sui social network. Inoltre, non abbiamo potuto fare a meno di notare che spesso riporti le notizie prima di chiunque altro. E parlo a livello globale.»

«Grazie» dissi lusingato e sorpreso dalle ricerche che avevano fatto su di me.

A ogni modo, era tutto vero: quel lavoro mi piaceva così tanto da stimolarmi a impegnarmi ogni singolo giorno. Quello dell'informazione sul poker e sul *gaming* in generale è un mondo unico e senza regole. Per questo motivo molti colleghi credono che la soluzione migliore sia semplicemente dare in pasto al lettore informazioni, anche se scarse, inaffidabili e presentate malissimo. È un settore in cui c'è la tendenza diffusa a copiare il lavoro altrui e cercare ossessivamente il clic dell'utente. Io, invece, avevo preso quel lavoro come se fossi un giornalista professionista. Non avevo intenzione di scopiazzare o limitarmi a pubblicare articoli di poche righe con titoli sensazionalistici. Fin dal primo giorno avevo creato delle liste di personaggi noti da seguire sui social network, avevo un elenco di siti di news in lingua inglese da monitorare, guardavo decine di video su YouTube per cercare spunti per gli articoli e avevo stretto contatti importanti per avere interviste sempre interessanti e di prima mano. Questo per dire che sapevo di svolgere un buon lavoro, ma non immaginavo che un colosso del genere mi stesse osservando da più di un anno. È proprio vero che nella vita non puoi mai sapere chi ti sta guardando con interesse. Nel dubbio, dovresti sempre dare il massimo.

«Dunque, noi siamo alla ricerca di un content manager per la versione italiana del nostro sito» proseguì. «Il tuo lavoro consisterebbe nella creazione di contenuti. Non tanto articoli come quelli che scrivi adesso, ma guide tecniche da posizionare sui motori di ricerca.»

Per una decina di minuti mi spiegò quanto era importante per loro lavorare in funzione dei motori di ricerca. La mia priorità sarebbe stata quella di scrivere articoli SEO-friendly, ovvero articoli che seguissero i parametri richiesti da Google per essere considerati contenuti di qualità. Così il motore di ricerca li avrebbe posizionati più in alto nelle ricerche degli utenti e il sito avrebbe guadagnato più soldi con le pubblicità e le affiliazioni presenti nelle varie pagine. Si trattava di un lavoro molto tecnico che avrebbe lasciato ben poco spazio alla mia creatività: avrei dovuto scrivere innanzitutto per un algoritmo, perché dovevo "convincere" Google che il mio articolo meritava di comparire nei primi risultati.

Passammo poi al discorso economico. Non avevo idea di quanto mi avrebbero proposto, ma tutte le persone dell'ambiente con cui avevo parlato di quell'opportunità lavorativa mi avevano assicurato che sarebbe stata una cifra notevole.

Lo era. Maledizione se lo era.

Lavorando per quella compagnia avrei guadagnato quasi tre volte quanto percepivo con il mio lavoro di articolista freelance. E non solo: avrei avuto un contratto a tempo indeterminato, assicurazione sanitaria e tutti i benefit del caso, oltre alla possibilità di fare carriera in un settore che non conosce crisi. I presupposti per dire di sì, quindi, c'erano tutti, ma dentro di me sentivo il fastidio di un aspetto che continuavo a non voler affrontare perché sicuro che rappresentasse un ostacolo insormontabile. Tenni quella domanda per la fine del colloquio, quando il ragazzo biondo mi chiese se avevo qualcosa da chiedergli.

«Sì, una cosa ci sarebbe. Avrò la possibilità di lavorare in remoto?»

Per qualche secondo restai col fiato sospeso. Il ragazzo fece un'espressione stupita.

«Attualmente no» disse. «Se accetterai, verrai a lavorare dal lunedì al venerdì, dalle 9 alle 17.»

«Non c'è la possibilità di *smart working*?» provai a chiedere con un po' di disperazione. Quell'azienda svedese sembrava molto all'avanguardia, valeva la pena tentare l'ultima carta.

«Attualmente non abbiamo nessuno in *smart working*. Però se hai bisogno di un giorno ogni due settimane per lavorare da casa possiamo concedertelo. Credo. Devo chiedere ai piani alti» mi rispose.

Da quel momento in poi, tutto successe molto velocemente. Mi disse che volevano assumermi e che avremmo fatto grandi cose insieme. Lo ringraziai e lo salutai, dicendogli che gli avrei fatto avere una risposta entro il giorno successivo. Poi, quasi inconsapevolmente, mi ritrovai a camminare sul lungomare di Malta.

Ero un po' agitato, sentivo che quella scelta mi posizionava in bilico tra comfort zone e libertà. Da un lato avevo la possibilità di entrare a far parte di un'azienda importante e diventare responsabile del mercato italiano ben prima di compiere trent'anni. Dall'altro, accettando avrei posto fine alla mia vita nomade. Non c'erano altre possibilità, era un bivio: guadagnare il triplo lavorando per più ore, ma con un contratto a tempo indeterminato a Malta, oppure continuare il mio vagabondaggio per il mondo, come una persona libera.

54
Scegliere la libertà

Camminai per almeno un'ora. Quella che per molti sarebbe stata la decisione più facile di sempre era per me estremamente e dolorosamente complicata. Osservando il mare provai a immaginare la mia vita di lì a un paio di anni. Avrei vissuto a Malta, luogo che non mi dispiaceva, ma che al tempo stesso non mi aveva dato le stesse vibrazioni di altri posti. Avrei avuto una casa in affitto e Claudia avrebbe trovato un lavoro *normale* sull'isola. Mi sarei svegliato ogni giorno alle 7.30, avrei fatto colazione e poi sarei andato a lavorare. Sarei tornato a casa solo dopo le 17, cinque giorni su sette.

Non era poi così terribile come prospettiva, eppure non riuscivo a farmela piacere. Cosa mi sarebbe mancato in quella vita? Avrei avuto il mare a disposizione ogni giorno, un buon clima tutto l'anno, tanti soldi e Claudia al mio fianco. Ma allora perché mi sembrava così maledettamente sbagliato?

Mi sedetti in spiaggia. Era un pomeriggio invernale e non c'era praticamente nessuno a parte me. Presi lo smartphone e scrissi a Claudia dove mi trovavo, chiedendole di raggiungermi. Mentre lo rimettevo in tasca, lo sguardo cadde distrattamente sullo sfondo che avevo impostato. Era un'immagine divertente, una fotografia che mi era stata scattata nella comune di Bali. C'ero io, alto un metro e novantadue, mentre abbracciavo la signora balinese che cucinava per tutti, alta forse un metro e cinquanta. Eravamo incredibilmente buffi e ridevamo di gusto per la nostra differenza d'altezza. Ma non solo per quella: anche per la differenza di età, di cultura e di percorso esistenziale. Era una foto stupida ma bellissima. Era genuina. Mi fermai un po' a guardarla, sorridendo. Poi alzai lo sguardo sul mare.

Osservare il mare mi aveva sempre dato le stesse sensazioni di quando osservavo un cielo stellato. Entrambi mi facevano sentire piccolo di fronte all'immensità della natura. Ogni volta che guardavo il mare andare oltre all'orizzonte e le stelle irraggiungibili mi chiedevo cosa ci fosse laggiù, verso quell'infinito che potevo solo ammirare nella mia limitatezza. Era quella forza, quel desiderio incontenibile di esplorare, che aveva caratterizzato tutto il mio percorso. Potevo chiamarlo *wanderlust* o fame di vita, ma era quella la mia forza motrice. Era stata quell'energia a portarmi prima in Australia, poi in Canada, poi alle Canarie, poi a Bangkok, poi a Bali e ora a Malta. Era ciò che mi definiva: la voglia di esplorare, di scoprire luoghi e incontrare persone nuove ogni giorno. Non per forza viaggiando, ma anche solo leggendo o camminando per strada a pochi metri dalla stanza in cui avevo trascorso la notte.

Amavo perdermi in terre sconosciute, ma anche nelle persone. Ogni giorno mi perdevo nella meraviglia unica di Claudia, nei suoi occhi più azzurri del mare più azzurro che abbia mai visto. Nel suo essere un animo ribelle, ma gentile al tempo stesso, nella sua forza e nella sua bellezza. La amavo profondamente, così come amavo la vita. E forse sì, dopo tanti anni (soprattutto nell'adolescenza) passati a provare un inspiegabile disagio nei confronti di me stesso, avevo imparato ad amarmi. Viaggiare mi aveva insegnato a smettere di paragonarmi agli altri. Avevo capito che io sono io e vado bene così, non sono migliore o peggiore di nessun altro. Così avevo capito che non potevo trovare la felicità fuori se non la trovavo prima dentro me stesso. Mi ero costruito una vita nomade, folle, instabile, rischiosa. Ma era mia, era stata costruita sulla forma della mia libertà. Ed era una vita libera.

La libertà. Era quello che inconsapevolmente stavo cercando da sempre. La libertà di guadagnarmi da vivere da qualsiasi parte del mondo, facendo ciò che più amavo e garantendomi la possibilità di impiegare gran parte delle mie giornate come più preferivo. Era qualcosa di importante? No, era la cosa *più* importante che avessi ottenuto nella mia vita.

Riguardai la foto che avevo come sfondo sullo smartphone e mi resi conto che non potevo accettare quel lavoro. Era perfetto sulla carta, ma era come un puzzle senza il pezzo centrale. Potevo guadagnare tanto, avere sicurezza e stabilità, ma senza libertà non sarei stato completo. Perché la libertà che mi ero guadagnato mettendomi in gioco e fallendo più volte mi aveva portato ad abbracciare quella simpatica signora balinese e a ringraziarla per il cibo che preparava per tutti noi. E in precedenza mi aveva portato a conoscere Davide e Fabio e a innamorarmi di Vancouver. La libertà mi aveva permesso di vivere esperienze assolutamente indimenticabili. Puoi comprare tante cose con il denaro, ma non puoi comprare i ricordi. Quelli puoi solo crearli, ma per avere tanti ricordi intensi e meravigliosi un domani, devi vivere in un certo modo oggi. E, per vivere a modo tuo, devi essere libero, prima di tutto mentalmente.

La mia era una vita nomade e felice. Una settimana prima ero a Ubud, immerso nel verde. Vivevo in una casetta a stretto contatto con una famiglia balinese che mi trattava come uno di loro, incontravo ogni giorno viaggiatori da tutto il mondo e con un'ora di guida in scooter passavo dalle risaie al mare. Se avessi voluto, avrei potuto imparare a fare surf oppure yoga oppure i massaggi tradizionali oppure il curry balinese. Vivevo con poco, ma avevo tutto. Tutto. Era il posto giusto per chi, come me, viveva di continui incontri e scoperte.

No, non potevo accettare quel lavoro. Chiunque mi avrebbe detto che era pura follia rifiutare uno stipendio del genere, ma i soldi non valgono assolutamente nulla se sei infelice. Puoi essere anche l'uomo più ricco del mondo, ma se non hai tempo libero e non sorridi mai, continui a rimandare i tuoi sogni e non riesci a prenderti cura di te puoi definirti davvero ricco?

Finalmente ero felice, e lo ero per davvero. No, non potevo rischiare di demolire tutto quello che avevo costruito per inseguire il denaro. Il poker, un gioco che può essere demonizzato solo da chi non lo ha mai davvero capito, mi aveva insegnato una grande lezione: i giocatori più forti non sono quelli che bluffano, ma quelli che sanno passare la mano sbagliata al momento giusto. Certo, quell'offerta di lavoro aveva le sembianze di un poker d'assi, ma non potevo rischiare di giocarmi tutto ciò che avevo guadagnato in anni di sudore, lacrime e sogni per poi ritrovarmi contro una scala reale e perdere tutto.

Avevo percorso migliaia di chilometri e avevo vissuto e viaggiato in decine di nazioni prima di capire che la felicità è davvero molto più semplice di come ci viene continuamente venduta. Avevo capito quanto è fondamentale capire qual è la propria dimensione, e che, una volta trovata la propria felicità, non devi far altro che coltivarla lentamente, giorno dopo giorno, senza strafare, senza puntare sempre più in alto. Ero grato all'Universo per avermi dato un punto di partenza solido, ovvero un corpo e una mente integri. C'è chi quella fortuna non ce l'ha. Ed ero grato a me stesso per averci provato e averci creduto sempre. Avevo la mia vita nomade, libera e felice, non avevo bisogno di altro. Per molti avevo poco, ma io sentivo di avere tutto ciò che mi serviva. Aggiungere qualcosa di superfluo avrebbe rovinato tutto.

"Non hai bisogno di abbellire il mare o un cielo stellato" pensai. E io non avevo bisogno di aggiungere altro al quadro della mia vita. Non era una questione di accontentarsi, era una questione di rispetto. Rispetto per la mia felicità. L'avevo inseguita a lungo, l'avevo trovata e ora dovevo solo prendermene cura. E godermela.

55

Grazie crisi

Claudia comprese le mie ragioni, stupendomi per l'ennesima volta per il modo così non convenzionale e deciso che aveva di guardare ai fatti della vita. Non giudicò la mia scelta, se non per dire che le interessava solo la mia felicità. Parlandone con altre persone, invece, ricevetti tanti consigli non richiesti su ciò che era meglio per me. Persone che sentivo un paio di volte all'anno che improvvisamente avevano capito tutto della mia vita. Ormai, comunque, avevo imparato a non dar valore alle sentenze di chi non ha alcun interesse ad aiutarti ma vuole solo difendere la propria posizione. E più la loro posizione è lontana dalla tua, più le parole sono taglienti.

Ero invece curioso di conoscere la reazione dei miei capi e colleghi. Avevo la sensazione che tutti dessero per scontato il mio addio, quindi non vedevo l'ora di dirgli che avremmo continuato a lavorare in team, tutti insieme. Scrissi direttamente al "grande capo", con cui ormai avevo un buon rapporto di amicizia (pur non essendoci mai visti di persona). Rimase molto stupito e volle conoscere i motivi per cui avevo detto di no. Avrei potuto fare la figura dell'eroe cambiando leggermente la realtà dei fatti: potevo dire, ad esempio, che non volevo passare alla concorrenza per una questione di principio. Ma non era quella la verità e nel tempo avevo capito due cose: innanzitutto non sono bravo a mentire e, in secondo luogo, a essere onesti non ci si pente mai.

«Guarda, sinceramente non ho accettato perché voglio continuare a lavorare in remoto. Per me è davvero importante e voi mi date quest'opportunità senza mai farmelo pesare. Anzi mi incoraggiate a girare, che è una cosa bellissima» dissi.

«Bene, sono davvero molto contento, Gianlu. Sei parte del team e spero sarà così ancora a lungo. Senti ma, per curiosità, quanto ti hanno offerto?»

Glielo dissi.

«Alla faccia! Be', grazie davvero!»

«Grazie a voi: non tutti hanno la fortuna di lavorare con persone così aperte mentalmente.»

«Mah, non siamo niente di speciale. Tutti quelli che conosco e che hanno un sito si affidano solo a freelance in remoto» mi disse il mio capo.

Era vero. La rivoluzione del nomadismo digitale era ufficialmente iniziata e io la vivevo in prima persona. Ci riflettei a lungo sul volo che da Malta ci riportò a Torino.

Io e Claudia saremmo stati qualche giorno nella città in cui eravamo nati, per poi volare nel luogo in cui invece avevamo scelto di vivere: Ubud.

Sul breve volo da Malta, pensai che negli anni successivi avrei visto sempre più persone liberarsi dalle catene di un lavoro tradizionale. Mi rendeva felice quella prospettiva, perché ogni volta che tornavo in Italia vedevo tante, troppe persone profondamente infelici. Tanti individui schiavi dell'infelicità dei loro lavori, tantissimi giovani rassegnati all'idea di non avere un futuro proprio ma di essere condannati (dalla precarietà dei nostri tempi) a sceglierne uno preconfezionato, sicuro e incolore. Eppure io ero la prova che ci si può costruire una carriera rispettabile anche senza laurea o esperienza. Mi ero inventato un lavoro che adoravo profondamente, dal nulla. Mi ero costruito una vita speciale, pur non essendo una persona speciale. Non ho un'intelligenza sopra la media e al liceo non ero certamente il più bravo nei temi in classe. Eppure pochi anni dopo il diploma scrivevo per vivere. Qual era stato il fattore scatenante? La mia determinazione nel voler vivere secondo le mie regole, essere felice e vedere i miei sogni realizzati.

La mia storia era la dimostrazione che si può fare, che si può trovare la propria strada se davvero lo si vuole. Ma anche che nessuno all'interno dei rigidi schemi del percorso tradizionale ti darà mai una mano nel realizzare la tua natura: a scuola o in famiglia, nessuno mi aveva mai detto che sarei potuto diventare ciò che più sognavo di essere. Era tutta una questione di voti, responsabilità, competizione, paura per il futuro, sicurezze da raggiungere in fretta e aspettative da non tradire per nessuna ragione al mondo.

Mi resi conto che, senza il supporto di Claudia, non sarei mai riuscito ad arrivare a quel punto. Mi chiesi cosa sarebbe stato di me senza di lei: probabilmente sarei partito lo stesso, ma il mio percorso non sarebbe mai stato così entusiasmante e quasi sicuramente non sarei mai arrivato al punto di vivere della mia scrittura e fare del viaggio uno stile di vita.

Io e lei avevamo condiviso tutto, ma proprio tutto. E ogni volta che uno di noi aveva un sogno, anche il più assurdo, ci eravamo supportati senza "se" e senza "ma", consapevoli che provarci è l'unico modo per non avere rimpianti. E che la stabilità di una coppia e la qualità di una relazione dipendono proprio dall'assenza di rimpianti.

Fu allora, a bordo di quell'aeroplano, che pensai per la prima volta di aprire un blog.

Ero sicuro che negli anni a venire avrei assistito a una rivoluzione non solo lavorativa ma anche sociale. La mia generazione, quella dei cosiddetti millennial, si ritrovava catapultata in un ecosistema lavorativo ipercompetitivo dove c'è molta più offerta rispetto alla richiesta. Ma soprattutto ci siamo ritrovati in un mondo un po' triste, dove il lavoro diventa una ragione di vita e non un semplice strumento per guadagnarsi da vivere. Un mondo in cui siamo sommersi di responsabilità e difficoltà, tutto corre veloce e ogni previsione sul futuro è sempre più pessimistica della precedente.

Tra le tante cose che avevo imparato dal mio percorso ce n'era una che ritenevo particolarmente significativa: il futuro appartiene ai ribelli. Chi ragiona secondo schemi tradizionali non ha prospettive in questo mondo che cambia ogni secondo e si muove in una direzione opposta rispetto al passato. Gli schemi sono saltati, probabilmente per sempre. L'idea di seguire il libretto di istruzioni dei nostri genitori non è più valida: una laurea non fa apparire come per magia un lavoro ben pagato e dignitoso e non sarà certamente il politico di turno a darci la possibilità di realizzarci. Viviamo in nazioni indebitate fino al collo. Per quanto sia triste, non possiamo contare su nulla se non su noi stessi. Non possiamo affidarci alle istituzioni per uscire da una crisi che non ha alcun motivo di cessare. Che tu sia giovane o meno giovane, uomo o donna, credente o ateo, il futuro è solo nelle tue mani. Il che fa paura, ma è anche una bellissima notizia.

Una volta Claudia aveva condiviso con me una sua riflessione che amavo per l'ottimismo e la forza di volontà da cui nasceva. Diceva che in un certo senso era grata alla crisi economica italiana. Uno dei primissimi lavori che aveva svolto dopo il liceo era stato quello di cameriera in un'enoteca di Torino. Il proprietario, un signore anziano e scorbutico, la trattava come una schiava, la insultava e la scherniva di fronte ai clienti. E la pagava la bellezza di quattrocento euro al mese in nero, per lavorare dalla mattina alla sera per cinque giorni su sette. Claudia, che sa essere la persona più dolce di questo mondo, ma guai a mancarle di rispetto, non aveva avuto esitazioni a lasciare quel lavoro per trovarne uno minimamente più dignitoso. E quando le parlai dell'Australia non stava nella pelle di andarsene da quella città che non le aveva dato nulla dopo la scuola dell'obbligo, se non la prospettiva di lavorare come una schiava per una miseria di stipendio.

Era stato anche grazie alla crisi economica, quindi, alla totale mancanza di prospettiva e dignità lavorativa, che aveva avuto la possibilità di vivere in Paesi meravigliosi come l'Australia e il Canada, lavorare in ambienti in cui era rispettata e tutelata, di imparare l'inglese, viaggiare e conoscere persone interessanti.

Forte della consapevolezza che il mondo è grande e pieno di opportunità, si era inventata un modo di guadagnare decisamente alternativo e ora era felice della sua vita, perché aveva la possibilità di fare ciò che più le piaceva.

Ormai ne ero certo: in quest'epoca la realizzazione personale si può trovare solo partendo da se stessi. La fede più importante che ci sia non è quella in un Dio che ti hanno obbligato a pregare, né nel politico che ti promette l'impossibile: è la fede in te stesso. Credere nel tuo straordinario potenziale umano.

Per questo è importante prendersi del tempo per capire davvero cosa si vuole fare, cosa ci rende felici. Non è detto che sia una vita costantemente in viaggio, magari è metter su famiglia oppure avere un lavoro soddisfacente e tante passioni nel tempo libero. Non esiste una ricetta universale, perché ognuno di noi è diverso e diversa è la sua idea di felicità. Una volta, anni dopo aver lavorato per lui, Enzo mi disse che una vita come la mia non l'avrebbe mai fatta.

«Lavorare al computer? Mi viene mal di testa solo a pensarci! E viaggiare così a lungo? Anche no, sto bene qui dove sono!» mi aveva detto, dimostrandomi che le coordinate della felicità sono diverse per ognuno di noi. E, soprattutto, che essere liberi è innanzitutto una scelta, una mentalità. Alzarti ogni mattina e svolgere il lavoro che ami significa essere libero da quella sofferenza che accomuna così tante persone che detestano il modo in cui devono guadagnarsi da vivere. Se trovi un impiego che ti piace così tanto da pensare che lo faresti anche se non ti pagassero, hai trovato una straordinaria forma di realizzazione personale. Per me è la scrittura, per Enzo è il pane, per un'altra persona è insegnare yoga, per un'altra ancora è prendersi cura del prossimo.

C'è un solo comune denominatore: tutti vorrebbero avere il controllo sulla propria vita. Ho conosciuto persone che hanno fatto di tutto per lavorare in remoto, ma non per girare il mondo: volevano poter vedere i figli crescere e non doverli "parcheggiare" a casa dei nonni e perdersi i primi passi o le prime parole.

Altri, molto più semplicemente, non volevano perdere tempo nel traffico ogni mattina e ogni sera. Lavorando da casa hanno un'ora di tempo libero in più, che occupano facendo qualcosa che li rende felici invece di imprecare in mezzo a smog e clacson.

Io avevo rifiutato un lavoro di tipo tradizionale, di quelli che ti occupano dalle 9 alle 17 cinque giorni su sette, perché avevo capito che volevo vivere la mia vita in totale libertà. Se avessi vissuto in un'epoca con un'economia più forte, me ne sarei mai reso conto? Forse no, forse avrei accettato passivamente una delle tante opportunità lavorative che mi fossero capitate davanti. E forse non avrei mai capito che la mia felicità risiede in una vita non convenzionale.

La precarietà dei nostri tempi ha giocato un ruolo importante nel mio percorso alternativo, ma alla fine è sempre tutta una questione di scelte. Nessuno mi aveva obbligato a fare nulla, lo avevo voluto io. Ecco perché credo che il cambiamento, soprattutto quello che serve per trovare la felicità, passi sempre da un gesto di ribellione: chiunque può piangersi addosso, ma pochi hanno la forza e il coraggio di mettere tutto in discussione. Io lo avevo fatto e così avevo guadagnato qualcosa di molto più prezioso del denaro: la libertà di modellare il mio tempo sulla forma della mia felicità. Essere un artigiano del mio tempo, non un consumatore.

Amavo viaggiare e scrivere, ed era esattamente ciò che facevo per gran parte del mio tempo: scrivevo articoli mentre giravo il mondo. In pratica, vivevo delle mie passioni.

Avevo abbandonato la strada asfaltata, sicura e percorsa da milioni di persone prima di me per avventurarmi nei boschi della vita. Lì avevo vagato senza meta a lungo, poi avevo trovato la luce e ora ero seduto in cima a una montagna a godermi la vista più bella che potessi immaginare. E intorno a me vedevo altre montagne da scalare, per dare alla mia felicità una forma sempre nuova. Perché dare eccessiva importanza alle ambizioni può rovinarti la vita, ma non dovresti mai smettere di sognare in grande.

56
Mangia Vivi Viaggia

Quando tornai a Torino, lo feci con queste idee in testa. Guardandomi intorno mi chiesi quanti ragazzi della mia generazione erano nati per viaggiare e non lo sapevano. Quanti erano talentuosi artisti costretti a reprimere la loro creatività a causa di lavori deprimenti? Quanti avrebbero vissuto per decenni senza sapere che forma avesse la loro felicità?

Pensai che mi sarebbe piaciuto condividere il valore delle scelte di vita alternative, raccontare la storia di persone che attraverso gesti di ribellione avevano trovato la felicità. Volevo farlo perché credevo fortemente che la rivoluzione fosse alla portata di chiunque, ma che mancasse un innesco. Viviamo in un'epoca dove non ci sono modelli di felicità: c'è il personaggio famoso che mostra le sue automobili sportive e la ragazza con un fisico da urlo che ostenta una perfezione falsa e irraggiungibile, ma dove sono gli esempi di felicità? Dove sono le persone che ti dicono che la vita è bella? Quando accendi la televisione non trovi altro che idiozie e tragedie. Come se la vita si riducesse a questo: essere individui non pensanti e completamente privi di consapevolezza oppure diventare quel genere di persone che si fa sopraffare dalle informazioni e si fa convincere che il mondo sia un luogo tremendo e pericoloso.

Non avevo la presunzione di diventare un punto di riferimento o un esempio. Però il portavoce di una rivoluzione positiva sì. Perché il mondo oggi ha un bisogno disperato di sognatori e viaggiatori. Sono loro la risposta al cinismo, all'odio e alla violenza dilaganti. Ma non solo: anche alla tragica mancanza di consapevolezza. Ci alziamo, facciamo colazione, ci laviamo, andiamo a lavorare, facciamo la spesa, torniamo a casa, mangiamo, andiamo a dormire e non ci rendiamo nemmeno conto di aver vissuto. Non c'è motivo per vivere, perché non siamo consapevoli di quale straordinario dono sia la vita. Io stesso ero così, poi, viaggiando, mi sono reso conto dell'immensa fortuna che ognuno di noi ha. Anche solo per il fatto di essere vivo e poter ammirare un'alba o un tramonto.

Il mondo ha bisogno di persone così, pensai. Persone che non abbiano paura del cambiamento e che non abbiano alcun motivo per mascherare ciò che sono nel profondo. Persone che non puntino in alto, ma puntino *oltre*.

Ero consapevole di saper scrivere, d'altronde era il mio lavoro. E allora perché non dedicare un po' del mio tempo libero a scrivere di ciò che più mi appassionava? Viaggi, esperienze di vita, scelte alternative.

Si stava facendo strada in me l'idea di aprire un blog.

Non ne parlai a Claudia, non subito. Era solo una delle mille idee strampalate che avevo avuto nella mia vita. Prendemmo il volo per Bangkok e me ne dimenticai.

Avevamo deciso di fermarci per qualche settimana in Thailandia prima di tornare nella nostra amata Bali. Arrivati a Bangkok scoprimmo che faceva più caldo che mai. C'erano quaranta gradi per dieci ore al giorno, persino i local facevano fatica a vivere con quell'afa. Così scegliemmo, di punto in bianco, di trascorrere un paio di settimane nel Nord della Thailandia, dove l'aria era un po' più respirabile. Un altro aspetto che amavo della mia vita: poter seguire le stagioni in base alle mie preferenze del momento.

Arrivammo a Chiang Mai pianificando di fermarci per una settimana e poi trascorrere qualche giorno a Pai, dove la temperatura era ancora più bassa. E fu proprio durante un pomeriggio a Chiang Mai che quell'idea nata sull'aereo da Malta si trasformò in un qualcosa di concreto. Un progetto che avrebbe cambiato per sempre la nostra vita.

Nella città del Nord della Thailandia avevamo costruito una routine davvero piacevole: sveglia al mattino presto, colazione in un bar vicino alla nostra guesthouse, poi tre ore di lavoro e infine il pranzo e la libertà di fare ciò che volevamo. Io e Claudia impiegavamo il nostro tempo libero seguendo lezioni di cucina thai e artigianato, oppure girando nei dintorni di Chiang Mai in scooter, a caccia di templi e cascate nascoste. Poi, alla fine della giornata, ci sedevamo su una panchina, la "nostra" panchina, a osservare il tramonto. Eravamo liberi, felici e innamorati.

Quando stai così bene, senti un bisogno inaspettato: condividere. Vuoi condividere la tua felicità, perché vuoi che anche gli altri si sentano bene quanto te. Vuoi aiutarli, se ne hanno bisogno, oppure semplicemente trovare qualcuno che possa comprendere la tua gioia. La vera felicità e l'egoismo non vanno d'accordo. Non troverai mai qualcuno davvero felice che possa godere dell'infelicità altrui. Le persone veramente felici vogliono che lo siano anche gli altri.

Il tramonto era uno spettacolo straordinario. Quel momento della giornata, la cosiddetta *golden hour* (l'ora dorata), mi emozionava da sempre: era come se il sole riuscisse a toccare certe corde della mia interiorità ben distanti dalla superficie. Migliaia di anni di evoluzione e tecnologia, e poi una delle cose più belle che ci siano resta gratuita e per tutti: un tramonto.

Quel giorno, in quel preciso momento, capii che volevo un mondo felice. Per quanto fosse un desiderio infantile, credevo davvero che fosse arrivato il momento di fare qualcosa di concreto per mostrare a chiunque che la felicità non è un mito e la realizzazione personale non è un'utopia. Volevo condividere la felicità che avevo trovato, entrare in contatto con altre persone come me.

«E se aprissimo un blog?»

«Un blog?»

Claudia mi guardò con aria divertita e incuriosita.

«Sì, un blog. Un sito dove raccontare gli stili di vita alternativi. Dove parlare di felicità e di viaggio. Un porto sicuro per quelli come noi: sognatori, ribelli ed esploratori della vita.»

Restammo in silenzio per qualche secondo.

«E come lo chiameresti?» mi chiese Claudia.

«Non lo so, qualcosa di positivo... c'è solo negatività in giro. Qualcosa di diverso e immediato... qualcosa di bello.»

«Ma sarà un blog personale?»

Ci pensai su. Non sono una persona a cui piace stare sotto la luce dei riflettori. Non sono timido, ma sono schivo e non troppo bravo a curare il mio aspetto nei minimi dettagli, come invece fanno molti personaggi famosi sul web. Non mi sentivo adatto a lanciare un progetto basato sulla mia immagine, né volevo mettere la mia faccia ovunque sul sito. Volevo che fossero le mie parole a dire tutto quello che c'era da dire. Volevo fare qualcosa di molto semplice: condividere. Non c'è niente di più gratificante e potente della condivisione, come avevo imparato nella comune di Bali.

Ecco, volevo ricreare esattamente quell'atmosfera, ma sul web: dar vita a un luogo sacro dove un sognatore può aprirsi e nutrirsi di storie di vita fuori dal comune. Un grande punto di ritrovo per anime libere alla ricerca della felicità, dove non c'è spazio per giudizi e pregiudizi ma solo per crescere come esseri umani. Volevo usare lo strumento straordinario che è Internet per far sentire meno isolate e diverse tutte quelle persone che in una vita "normale" si sentono "sbagliate".

«No, sarà un raccoglitore di storie, luoghi ed esperienze. Deve avere un nome semplice, che richiami ciò che amiamo della nostra vita.»

«Mi piace l'idea» disse finalmente Claudia.

«Davvero? Ti piace? Ma è fantastico!»

«Calma, calma. Ora troviamo un nome.»

Osservammo senza parlare il sole che spariva. Era quasi ora di cena. Volevo andare a mangiare, non solo perché avevo fame, ma anche perché un buon pasto mi rende felice, specialmente se condiviso con le persone giuste.

«Vorrei inserire qualche riferimento al cibo» dissi. «Mangiare è qualcosa che oggi facciamo rapidamente, senza godercelo. Non ci rendiamo nemmeno conto di mangiare, trangugiamo senza alcuna consapevolezza. Ma il cibo è una delle cose più belle della vita. A chi non piace mangiare?»

Claudia rise.

«Poi voglio che ci sia un rimando al viaggiare. Pensa a quanto è cambiata la nostra vita viaggiando.»

«Già, è vero.»

«Vorrei trovare un nome significativo ma semplice, perché la felicità è una questione semplice.»

La felicità è davvero una questione semplice, e sta nelle piccole cose: un buon pasto caldo, vivere secondo le proprie passioni, viaggiare con il corpo e con la mente, nel mondo e nelle persone. I pensieri scorrevano veloci. Poi, nel caos più totale arrivò l'illuminazione.

«Mangiare bene, vivere alla grande, viaggiare a lungo. E se lo chiamassimo "Mangia Vivi Viaggia"?»

57

Resto ancora un po' qui

«Baby?»

Apro gli occhi e allungo le gambe fino a toccare con i piedi una parete fredda e metallica. Non posso distendermi completamente, ma non è un problema perché da sempre dormo rannicchiato. Mi alzo a sedere e mi passo una mano tra i capelli. Sono lunghi, forse un po' troppo. Dovrei tagliarli? No, mi sono sempre piaciuti così. Anche la barba è lunga, ma non mi dà fastidio. La vita è bella quando non devi preoccuparti di vestirti o apparire in un certo modo. Tutto è maledettamente bello quando non devi fare altro che essere te stesso.

Sono nel retro di un van. Me ne rendo conto solo dopo qualche secondo, quando il mio cervello inizia finalmente a carburare. Sono seduto su un letto improvvisato, con un materasso un po' troppo sottile per risultare davvero confortevole. Se mi giro a sinistra vedo il volante, i sedili e il parabrezza; se mi giro a destra, vedo il portellone posteriore con i due finestrini. È quella la nostra finestra sul mondo, è da lì che ci stiamo innamorando ancora di più di questo pianeta.

«Baby?»

È Claudia che mi chiama. È vicino a me, indossa una mia maglietta e un paio di shorts. È una meraviglia. Mi sta dicendo qualcosa, ma sono ancora mezzo addormentato e parecchio stordito.

«Guarda fuori» mi dice indicandomi qualcosa oltre il finestrino. «Guarda dove abbiamo parcheggiato ieri.»

Mi sporgo sopra di lei e mi avvicino alla nostra finestra sul mondo. Fuori c'è uno degli spettacoli della natura più incredibili che abbia mai visto.

Siamo a pochi metri dallo strapiombo di una scogliera, come avevo già notato la notte precedente (fortunatamente) mentre parcheggiavo. Quello che non avevo notato era la bellezza indescrivibile del paesaggio: l'oceano si estende all'infinito all'orizzonte, il cielo all'alba è una sfumatura di colori mai vista prima, l'infrangersi delle onde è la colonna sonora e le scogliere sono il piedistallo privilegiato da cui possiamo godere di tutta quella meraviglia.

«Dio mio, ma che posto è?» mi chiedo mentre mi stropiccio gli occhi. «Sto ancora sognando?»

Apriamo il portellone del nostro van e usciamo. Mi sgranchisco le gambe, allargo le braccia e mi riempio i polmoni dell'aria fresca del primo mattino. Quante persone si perdono ogni giorno lo spettacolo gratuito e strabiliante dell'alba? Oggi è talmente bella da essere emozionante. Potrei commuovermi mentre osservo l'oceano, accarezzato dalla brezza mattutina. Il sole, intanto, sta salendo e tra poco si farà sentire. Ho le braccia conserte, la schiena dritta, i capelli che volano dappertutto e gli occhi un po' lucidi.

«Bellissimo» dico.

Passo un braccio attorno alle spalle di Claudia. Lei appoggia la testa sul mio petto e mi cinge la vita. Sono sicuro che, se potessimo vederci da fuori, scoppieremmo a ridere. Lei indossa una mia maglietta che le sta enorme, io sono in mutande e a petto nudo. Siamo entrambi scalzi, con i capelli al vento e gli occhi rivolti da qualche parte, lontano.

«Facciamo colazione?»

Claudia è una di quelle persone che si svegliano al mattino e devono mangiare. Io sono una di quelle persone che mangiano volentieri, sempre.

«Certo!» rispondo con entusiasmo.

Ci diamo un bacio, poi mi dirigo sul retro del van. Apro il portellone e inizio a tirare fuori alcuni oggetti dal cassettone sotto al nostro letto. C'è un tavolo pieghevole, ci sono alcune sedie da campeggio, ma anche piatti e posate. E poi c'è la caffettiera e la piccola bombola a gas.

Tiro fuori prima di tutto il tavolo, lo monto e lo sistemo in un punto ben preciso, a circa due metri dallo strapiombo. Lo muovo di pochi centimetri, come il direttore di una galleria d'arte che posiziona con precisione chirurgica il suo quadro migliore. Poi prendo le sedie, le apro e le piazzo su due lati del tavolo. Faccio un passo indietro e osservo la scena: le sedie, il tavolino e lo spettacolo straordinario del mondo come cornice.

«Ottimo» dico sorridendo. «Anche oggi colazione con vista.»

Claudia ride mentre infila la piccola bombola a gas dentro la piastra da campeggio. Negli ultimi dieci giorni è diventato un rito: io preparo la location con sedie e tavolo, lei prepara il caffè. Non lo beve però, non l'ha mai bevuto. Sarà per questo motivo che come lo prepara lei non lo prepara nessuno.

Prendo il pane e la marmellata: oggi faremo colazione così. Claudia toglie la caffettiera dalla piastra e la porta sul tavolo, poi fa bollire un po' di acqua per il suo tè. Io mi godo qualche secondo di totale contemplazione di quel paesaggio indescrivibile. Uno di quelli che ti fanno sentire inerme e ti mettono di fronte alla realtà della vita: i tuoi piccoli problemi nella quotidianità non hanno alcuna importanza. Noi andiamo e passiamo, la natura resta.

Mi chiedo quante persone si siano emozionate di fronte a quel paesaggio prima di me. Esploratori che mille anni prima osservavano l'oceano e si chiedevano cosa ci fosse oltre l'orizzonte. Già, cosa c'è? La scienza ci dà tutte le risposte, ma non sono sicuro di saperlo davvero. Cosa c'è oltre tutto questo, a ciò che vediamo, sentiamo e tocchiamo? Non lo so, ma non smetterò di cercarlo. Qualunque cosa sia.

Claudia arriva con il suo tè.

«Buona giornata, amore.»

Iniziamo a mangiare, tenendo lo sguardo ben fisso su ciò che abbiamo davanti. Abbiamo occhi avidi e gelosi di quella vista mozzafiato.

Per un attimo mi sembra di essere in Australia, sulla Great Ocean Road, quando restammo a bocca aperta di fronte ai Dodici Apostoli. E invece siamo in Portogallo. Dieci giorni fa abbiamo affittato un van e da Lisbona siamo partiti per un'avventura improvvisata alla scoperta di un Paese che avevamo sulla nostra lista dei desideri da diversi anni. Ieri eravamo a Lagos a passeggiare in spiaggia, a lasciarci sorprendere dal verde inaspettato nei dintorni di Praia do Camilo. Avevamo pensato di parcheggiare il van lì, dormire in mezzo alla vegetazione dopo tanta spiaggia, ma alla fine avevamo preferito proseguire fino a Sagres, per raggiungere questa località dal nome troppo intrigante: Fim do mundo. La Fine del mondo. Un luogo strepitoso.

Ci siamo fatti guidare dall'istinto e ora so che anche stavolta non mi ha tradito, perché mentre addento l'ultimo pezzo del mio panino alla marmellata di fragole so che questi istanti non li dimenticherò mai. Ed è proprio in momenti come questo che mi piace fermarmi un attimo e fare il punto della situazione. Pensare, riflettere, tornare indietro e guardare avanti.

Nell'ultimo anno e mezzo ho rifiutato un lavoro prestigioso e ben pagato a Malta perché volevo continuare a essere libero. Con Claudia ho aperto un blog che è diventato presto un punto di riferimento per tutti coloro che amano viaggiare e ambiscono a una vita felice e alternativa. Grazie al blog ho capito che in Italia ci sono molti più sognatori e molte più anime libere di quante immaginassi. È stata una scoperta meravigliosa.

Ho vissuto a Bali, a Bangkok, a Torino, alle isole Canarie. Ho viaggiato tanto. Ho visitato la Malesia, un Paese a maggioranza islamica dove ho visto culture di ogni parte del pianeta convivere pacificamente, soprattutto in quel piccolo mondo chiamato Penang. Ho visitato Hong Kong, vivendo per una settimana in uno dei caratteristici palazzi popolari, veri e propri alveari per esseri umani. Poco spazio, poca luce, ma tanta umanità, tante gentilezze tra noi visitatori stranieri e loro che in quel luogo assurdo e affascinante ci vivono. Sono stato a Macao per intervistare giocatori di poker e ho scoperto l'architettura coloniale portoghese dei ristoranti e dei palazzi storici. Ho visitato Singapore e ho trovato uno di quei pochi luoghi dove ho pensato di potermi fermare, un giorno.

Negli ultimi anni ho visitato più di venti nazioni, ho parlato con persone da tutto il mondo. Ho vissuto appieno ogni singolo momento. E nel frattempo ho continuato a lavorare al mio computer, garantendomi la possibilità di proseguire con quello stile di vita a tempo indeterminato. Mentre osservo questo panorama portoghese di cui potrei non stancarmi mai, penso che tra poco dovrò mettermi al lavoro. Non mi pesa, anzi in un certo senso non vedo l'ora: tirerò fuori il mio computer portatile, mi piazzerò sul sedile del van, metterò buona musica e inizierò a fare ciò che amo: scrivere. Claudia si occuperà del nostro blog, che ora è diventato qualcosa di più grande di quanto avremmo mai potuto immaginare. Un lavoro, direbbe qualcuno, anche se per noi non potrà mai esserlo. Sarà sempre quel che avevamo immaginato che dovesse essere, ovvero un megafono per far arrivare a quante più persone possibili il nostro messaggio: cambiare e costruirsi una vita felice è sempre possibile, perché il mondo, oltre a essere meraviglioso e tutto da scoprire, è anche pieno di opportunità. Ci vuole un po' di coraggio, tanta determinazione e un pizzico di follia.

Già, un pizzico di follia. Ci penso su mentre mi godo gli ultimi momenti di totale spensieratezza di fronte all'oceano. Solo pochi anni fa ero uno studente universitario depresso e totalmente insoddisfatto della sua vita. Ogni giorno mi svegliava il suono fastidioso di una sveglia, dovevo radermi la barba e vestirmi in un certo modo per apparire il più normale possibile. Per essere invisibile, perché non volevo che nessuno posasse il suo sguardo su di me. Temevo potessero vedere ciò che cercavo di celare anche a me stesso. Frequentavo lezioni di cui non mi importava nulla, perché avevo scelto di non scegliere. Non ero il protagonista della mia vita, ero una comparsa. Il libro della mia vita lo stava scrivendo qualcun altro. «Solo un pesce morto segue la corrente» mi disse una volta Lila, una ragazza ungherese che viveva a Ubud ed era diventata mia amica. E io, solo sette anni fa, ero più morto che mai: un corpo che galleggiava sul fiume facendosi trascinare in una direzione che non aveva scelto.

Poi mi ero ribellato e da quel primo gesto di ribellione ne erano nati tanti altri. Sempre più folli, stupidi e assurdi, almeno dal punto di vista di chi non ha mai rischiato. Sempre più sensati ai miei occhi, perché più mettevo in dubbio, più andavo contro corrente testardamente e più mi avvicinavo alla mia felicità. E una volta che ti entra in circolo, ne diventi dipendente. Non torni più indietro, perché capisci che essere felice è l'unica cosa che conta. È quello l'unico obiettivo di ogni essere umano: vivere felicemente.

Io e il mio cuore ci parliamo spesso ormai. L'ho ascoltato sempre negli ultimi anni e ora mi trovo qui, seduto di fronte a una delle viste più incredibili che abbia mai avuto modo di contemplare. Condivido la strada e la vita con la donna che amo, mi guadagno da vivere facendo ciò che amo, conduco un'esistenza che amo. È tutta una questione di amore. La felicità è questo: ascoltare il proprio cuore e comprendere l'importanza di amare. Amare se stessi, amare gli altri, amare il mondo e il semplice fatto di esserci. Perché non tutti hanno questa fortuna.

«Amo tutto questo.»

Lo dico sottovoce e Claudia non lo sente. Se mi guardo indietro, se osservo l'incredibile percorso che mi ha portato qui alla Fine del mondo in Portogallo, un po' mi emoziono. Negli ultimi giorni mi è venuto in mente più volte, ma ho cercato di non pensarci troppo perché sapevo come sarebbe andata a finire.

«Vado giù a vedere la spiaggia» mi dice Claudia. «Vieni?»

«Resto ancora un po' qui» le rispondo. «Ti raggiungo tra cinque minuti.»

Guardo Claudia allontanarsi. Ora sono solo: intorno a me non c'è nessuno. È troppo presto anche per i surfisti, figuriamoci per i turisti. Sono solo di fronte alla massima espressione della bellezza del mondo: la natura, l'oceano, il cielo. E allora mi dico che sì, posso finalmente volgere lo sguardo indietro e rivivere tutto.

Ripenso alla mia vita, permetto al cuore di distruggere la diga che la mia razionalità aveva tirato su per arginare l'emotività. Ripenso alle mattinate nel traffico, nel rumore e nel grigio di Torino. Ripenso a quando arrivai a Perth e spesi una cifra inaudita per il taxi. A quando lavorai per la prima volta nella mia vita in una cucina con un clima militaresco e a quando servivo cappuccini su una terrazza che si affacciava direttamente su Scarborough Beach e sull'oceano Indiano. Ripenso alle notti passate a impastare da Enzo e alla camminata da zombie a metà mattina per tornare a casa, con un sacchetto in mano pieno di cibo che avevo prodotto personalmente. Ripenso a quella giornata a Vancouver in cui facemmo il bagno al mare al mattino e sciammo alla sera. E a quando facemmo l'amore sotto le stelle, a Vancouver Island. Ripenso al primo bonifico ricevuto da web writer, non tanto per la cifra, ma perché quella era la prova concreta di un sogno realizzato. A quando dissi al mio cuore: «Vuoi vedere che ce la sto facendo?». Ripenso ai campi di fragole di Pai e alle risaie di Ubud e a tutte le anime erranti che ho incontrato sulla mia strada da quando ho deciso di muovermi e andare a scoprire il mondo.

Ripenso a tutto il mio percorso, fino a riposizionarmi sul momento presente. Sul qui e ora. Faccio un respiro profondo e mi asciugo le lacrime. Mi rendo conto che viaggiare mi ha insegnato una grande lezione, forse la più importante di tutte: è nell'amore, quello per te stesso, per gli altri e per il mondo intero, che trovi le coordinate della tua felicità. Ti dicono di inseguire i soldi, la carriera, il prestigio, l'ostentazione... ma se non c'è amore nella tua vita, non c'è niente per cui valga davvero la pena di vivere.

Ringraziamenti

Il libro che hai appena letto è stato scritto tra Bali, la Thailandia, Torino, la Malesia, Singapore e la Cambogia. Scriverlo è stato emozionante, a tratti doloroso, spesso divertente, ma soprattutto è stato più complicato di quanto pensassi all'inizio. Credevo che non ci avrei messo poi molto a integrare la storia del mio percorso con le riflessioni e i tanti appunti che negli anni ho preso sui miei taccuini; invece affrontare certi momenti del passato, certe cose lasciate in sospeso, non è stata una passeggiata.

Proprio per questo motivo vorrei ringraziare te, caro lettore o lettrice. Grazie per avermi dato fiducia e aver scelto di leggere la mia storia ed essere arrivato/a fino a qui. Spero che il libro ti sia piaciuto, ma soprattutto che ti abbia dato spunti su cui riflettere. E se non ti ha fornito le risposte che cercavi, spero che almeno ti abbia stimolato a porti le giuste domande.

Ci sono alcune persone che vorrei ringraziare dal profondo del mio cuore per avermi aiutato nel dare questa forma al libro.

Grazie a Maddalena Mariani per il lavoro che abbiamo fatto insieme sulla primissima versione di questo libro. Grazie anche a Ginevra Angiuli e Maurizio Lo Conte.

Grazie a Elisa Treg per aver disegnato la copertina del libro esattamente come Claudia l'aveva immaginata.

Ci sono poi alcune persone che vorrei ringraziare per motivazioni che vanno oltre a questo libro, ma riguardano il percorso e le riflessioni contenute nel testo che hai letto.

Grazie a Davide e Fabio. Sono dovuto andare dall'altra parte del mondo per trovare due veri amici, ma ne è valsa la pena. E se di quel periodo avrò sempre un ricordo meraviglioso è anche per merito vostro.

Grazie a Ferdinando Muroni per essere stato il primo a credere in me e per avermi aiutato sempre e comunque.

Grazie al grande Muz e a Luciano Del Frate, professionisti lungimiranti e intelligenti nel capire che un collaboratore felice è un collaboratore più produttivo.

Grazie a Matteo Felli, Claudio Poggi, Domenico Gioffrè, Piero Pelosi e Andrea Borea per l'ottima compagnia in una straordinaria redazione virtuale.

Grazie a Rosanna Perrone per avermi preso sotto la sua ala quando non ero altro che uno squattrinato sognatore e avermi insegnato tanto, ma davvero tanto, sul mestiere del web writer.

Grazie alla mia famiglia, in particolar modo a mio padre per aver trovato il titolo al libro e a mia nonna Adriana per tutto l'amore che mi ha dato.

Grazie a tutti coloro che non smettono di sognare e lottano ogni giorno per un mondo e un futuro migliori.

Infine vorrei ringraziare Claudia, ma sono certo che non esistano parole adatte a esprimere quello che provo.

A te che sei la mia più grande fortuna, posso solo dire questo: quello che io e te abbiamo condiviso negli ultimi anni, specialmente quello che conosciamo soltanto io e te, vale, da solo, tutto il prezzo del biglietto di questo folle viaggio che chiamiamo vita.

Sei stata l'unica persona che mi ha sempre supportato, l'unica che ha visto qualcosa in me quando nessuno (io compreso) vedeva nulla. L'unica che ha sempre creduto nelle mie potenzialità. Mi hai insegnato che esserci è la prova d'amore più grande che ci sia.

Sei il motivo per cui, domattina o tra cent'anni, me ne andrò da questa terra senza alcun rimpianto ma con una profonda gratitudine.

Quindi grazie, davvero.